LES LIVRES DE LA TERRE FRACTURÉE 2

La Porte de cristal

Du même auteur
aux Éditions J'ai lu

Les livres de la Terre fracturée
1 – La Cinquième Saison, *J'ai lu* 12712

N.K. JEMISIN

LES LIVRES DE LA TERRE FRACTURÉE 2

La porte de cristal

ROMAN

Traduit de l'anglais (États-Unis)
par Michelle Charrier

J'AI LU

Collection dirigée par Thibaud Eliroff

Retrouvez-nous sur Facebook :
www.facebook.com/jailu.collection.imaginaire

Titre original
THE OBELISK GATE
Broken Earth, 2

À ceux qui n'ont d'autre choix
que de préparer leurs enfants à se battre.

Minimal
Arctique
Toundra
Moyennord
Maximal
Grande Forêt orientale
Rift
Route impériale de Lumen-Allia
Allia
Lumen
Alebid
Meov
Désert du Merz
Côtière Occidentale
Tirimo
Moyensud
Pièges de Kiash
Lac Tekkaris
Côtière Orientale
Mont Akok
Antarctique
Le Fixe
distance en kilomètres
0
1600
3200
N
W
E
S
copyright 2014 by Tim Paul, www.timpaulmaps.com

1. Nassun et la pierre

Hum. Non. Je ne raconte pas comme il faut.

Après tout, chacun est à la fois lui-même et d'autres. Ce sont les relations d'une créature qui cisèlent sa forme ultime. Je suis moi et vous. Damaya était elle-même, *plus* la famille qui l'avait rejetée, *plus* les gens du Fulcrum qui l'avaient ciselée jusqu'à en faire une lame aiguisée. Syénite était Albâtre *et* Innon *et* les malheureux habitants d'Allia et de Meov, les comms disparues. Vous êtes maintenant Tirimo *et* les gens qui parcourent les routes couvertes de cendre *et* vos enfants morts… et l'enfant vivante qu'il vous reste. Que vous récupérerez.

Je ne vous apprends rien. Après tout, vous êtes Essun. Vous savez déjà de quoi il retourne. Pas vrai ?

Passons à Nassun. Elle a tout juste huit ans lors de la fin du monde.

Nul ne sait ce qui a traversé l'esprit de la fillette quand elle est rentrée à la maison un après-midi, après sa matinée d'apprentissage, pour découvrir son petit frère mort par terre, dans la salle commune, et son père planté près du corps. Il est possible d'imaginer ce qu'elle a fait, pensé, éprouvé. Il est possible de spéculer. Il ne l'est pas de *savoir*. Peut-être cela vaut-il mieux.

Voici ce que je sais de source sûre. L'apprentissage dont j'ai parlé ? Nassun s'entraînait pour devenir mnésiste.

Le Fixe entretient avec les gardiens autoproclamés de la lithomnésie une relation étrange. Il est prouvé que les mnésistes existaient déjà pendant la Saison légendaire de la Coquille d'Œuf, quand des émissions gazeuses indéterminées ont infligé plusieurs années de suite aux nouveau-nés arctiques des os délicats qui se brisaient au moindre contact et s'incurvaient au fil de la croissance – pour ceux qui grandissaient. (Les archéomestres lumeniens se demandent depuis des siècles si le problème était dû au strontium ou à l'arsenic, et si on peut réellement parler de Saison, puisque seuls ont été affectés quelques centaines de petits barbares pâlichons de la toundra nordique.) À en croire les mnésistes en personne, cette catastrophe s'est produite il y a vingt-cinq milliers d'années, mais la plupart des gens pensent qu'il s'agit d'un mensonge éhonté. À vrai dire, les mnésistes font partie de la vie du Fixe depuis plus longtemps encore. Simplement, il y a vingt-cinq milliers d'années, leur rôle a évolué au point de les rendre quasi inutiles.

Ils sont toujours là, certes, mais ils ont oublié qu'ils ont beaucoup oublié. Leur ordre – si l'on peut parler d'ordre – survit malgré les Universités successives (qui l'ont désavoué de la Première à la Septième, en qualifiant son travail d'apocryphe et de probablement inexact) et les gouvernements successifs (qui ont miné son savoir par la propagande). Malgré les Saisons successives aussi, bien sûr. Les mnésistes d'antan étaient des Regwos – une race de Côtiers Occidentaux à la peau rougeâtre cireuse et aux lèvres noires qui vénéraient la préservation de l'histoire comme on a vénéré les dieux à des époques moins amères. Ils gravaient la lithomnésie à flanc de montagne, dans des plaques de pierre qui montaient jusqu'au ciel, afin que chacun puisse la voir et se pénètre de la sagesse nécessaire à la survie. Malheureusement, il est aussi facile dans le Fixe de détruire les montagnes que de piquer une crise de colère pour un bébé orogène. Détruire un peuple ne demande guère plus d'efforts.

Voilà pourquoi les mnésistes ne sont plus regwos, bien qu'ils se colorent par tradition les lèvres de noir. Non qu'ils gardent la mémoire de leurs origines : cette coutume sert juste de nos jours à les identifier. On les reconnaît à leur bouche, à leurs tablettes en polymère, à leurs vêtements généralement miteux et à leur nom, car la plupart n'ont pas de nom de comm. Ce ne sont pas des hors-comm, attention. Si une Saison éclate, ils peuvent en théorie regagner leur comm d'origine, même si, en pratique, leur profession les en éloigne souvent trop pour les empêcher d'y retourner. En pratique, beaucoup de comms les adoptent, y compris en Saison, parce que même la communauté la plus stoïque est friande de distraction pendant les longues nuits froides. C'est pourquoi la plupart des mnésistes sont également artistes – musiciens, comiques, etc. Ils servent en outre d'enseignants et de gardes d'enfants quand personne d'autre n'est disponible. Enfin, ce sont surtout les preuves vivantes que des hommes ont survécu à pire au fil du temps. N'importe quelle comm a besoin de ça.

La mnésiste de passage à Tirimo s'appelle Renthree Mnésiste Lithos. (Tous les mnésistes s'appellent Quelque Chose Mnésiste Lithos ; leur caste d'usage fait partie des plus rares.) J'ai mes raisons de vous parler d'elle, bien qu'elle soit quantité négligeable. Il s'agissait autrefois de Renthree Reproductrice Tenteek – avant qu'une mnésiste de passage ne séduise la jeune femme qu'elle était alors et ne la détourne d'une vie ennuyeuse de forgeverre. Cette vie aurait cependant gagné en intérêt si une Saison avait frappé pendant que Renthree était tenteekienne, car une Reproductrice endosse dans ces cas-là des responsabilités évidentes. Peut-être y pensait-elle en partant, à moins que seule l'ait poussée la banale folie des amours de jeunesse. Difficile à dire. L'amante mnésiste de Renthree a fini par l'abandonner dans les faubourgs de la cité équatoriale de Penphen, le cœur brisé, la tête pleine de mnésie, le portefeuille gonflé d'éclats de jade, de cabochons et d'un losange de nacre maculé d'une empreinte de fer à cheval. La nacre lui a permis de se faire fabriquer par un débiteur ses propres tablettes, les éclats de jade d'acheter un nécessaire de voyage et de se payer l'auberge le temps que le débiteur termine le travail, les cabochons de boire sec plus d'une fois dans une taverne. Enfin, équipée de neuf et ses plaies pansées, elle est partie de son côté. Ainsi se perpétue la profession.

Quand Nassun apparaît au relais où Renthree a ouvert boutique, peut-être la mnésiste pense-t-elle à son propre apprentissage. (Mais pas aux questions de séduction ; Renthree a évidemment un faible pour les femmes plus âgées – j'insiste sur le mot « femmes ».) Hier, elle est passée à Tirimo, où elle a fait quelques emplettes au marché en souriant gaiement de ses lèvres fardées de noir, afin de répandre la nouvelle de sa présence dans le coin. Nassun rentrait de la crèche ; elle s'est arrêtée le temps de regarder l'inconnue avec une admiration respectueuse. Un espoir aussi soudain qu'irrationnel venait d'envahir la fillette.

Elle a donc séché la crèche aujourd'hui pour venir voir Renthree, non sans lui apporter une offrande. Ainsi le veut la tradition – je parle de l'offrande, pas du fait que les enfants des instructeurs sèchent les cours. Deux Tirimais adultes sont déjà assis sur un banc, au relais, à écouter la mnésiste. Son bol déborde de petits cailloux à facettes de couleurs vives portant la marque du quartant. Elle cligne des yeux, surprise, à l'arrivée de Nassun. Avec son corps dégingandé tout en jambes et son visage tout en yeux, la nouvelle venue est évidemment trop jeune pour ne pas se trouver à la crèche en début d'après-midi, hors période de moissons.

Nassun s'arrête sur le seuil du relais, haletante – une entrée fort théâtrale. Les deux autres visiteurs se tournent vers l'aînée d'ordinaire si calme de Jija. Seule leur présence l'empêche d'annoncer aussitôt ses intentions. Bien que sa mère lui ait enseigné la circonspection – sa mère qui va apprendre qu'elle a manqué la crèche, mais Nassun s'en fiche –, elle déglutit en s'approchant sans tarder de Renthree pour lui tendre son offrande : un éclat de roche foncé, incrusté d'un petit diamant presque cubique.

En effet, Nassun avait déjà dépensé son argent de poche en livres et en sucreries quand la nouvelle s'est répandue qu'une mnésiste était arrivée en ville, mais il se trouve non loin de là un gisement de diamants d'un excellent potentiel dont nul ne connaît l'existence. Enfin, nul hormis les orogènes. Et encore, uniquement les orogènes qui cherchent des diamants. Nassun est la seule à s'en être donné la peine depuis des milliers d'années, alors qu'elle n'aurait rien dû ramasser là-bas, elle en est parfaitement consciente. Sa mère lui a appris à éviter de trahir son orogénie et à ne pas s'en servir, sauf durant des séances d'entraînement planifiées avec soin : la fillette exerce son pouvoir de loin en loin dans une vallée voisine, mais il lui est par ailleurs interdit de l'utiliser. Quoi qu'il en soit, personne ne paie jamais en diamants, parce qu'ils sont trop difficiles à casser pour faire de la monnaie, mais on s'en sert dans l'industrie et l'exploitation minière, par exemple. Nassun a beau savoir qu'ils ont une certaine valeur, elle ignore totalement que le joli caillou dont elle vient de faire don à la mnésiste vaut une ou deux maisons. Elle n'a que huit ans.

Quand les yeux de Renthree s'écarquillent à la vue du grumeau scintillant à demi enfoui dans la masse noire de la pierre, l'excitation qui s'empare de son admiratrice lui rend la présence des deux hommes indifférente.

« Moi aussi, je veux être mnésiste ! » s'exclame-t-elle.

Elle n'a aucune idée de ce que font les mnésistes, bien sûr. Tout ce qu'elle sait, c'est qu'elle a très, très envie de quitter Tirimo.

Nous y reviendrons plus tard.

Il faudrait être idiot pour refuser une offrande pareille. Renthree ne la refuse pas. Toutefois, elle réserve sa réponse, en partie parce qu'elle trouve Nassun mignonne et que son attitude ressemble à celle de n'importe quel enfant saisi d'une passion fugace. (La voyageuse a raison jusqu'à un certain point. Le mois dernier, Nassun voulait devenir génium.) Renthree fait asseoir l'arrivante puis passe le reste de l'après-midi à raconter des histoires à son auditoire réduit, jusqu'à ce que le soleil étire les ombres à flanc de vallée et entre les arbres. Enfin, les deux adultes se lèvent, prêts à rentrer chez eux. Ils enchaînent les allusions, sans quitter Nassun des yeux, pour la convaincre de repartir à contrecœur en leur compagnie : il ne sera pas dit que les Tirimais ont manqué de respect à une mnésiste en laissant une gamine l'assommer toute la nuit de son bavardage.

Après le départ des villageois, Renthree alimente le feu et se prépare à dîner, de la poitrine de porc avec de la farine de maïs et des légumes verts, le tout acheté la veille au marché. Pendant la cuisson de son ragoût, elle grignote une pomme en tournant et en retournant le caillou de Nassun entre ses mains, fascinée. Et inquiète.

Le lendemain matin, elle retourne à Tirimo. Quelques questions discrètes la mènent jusque chez Nassun. Essun se trouve déjà à la crèche, où elle va passer le dernier jour de sa carrière d'instructrice. Nassun aussi, mais elle y attend juste l'heure du déjeuner pour s'échapper et aller retrouver la mnésiste. Jija a gagné son « atelier », la pièce écartée, censée servir de cave, où il fabrique en journée avec ses outils les plus bruyants les objets dont on lui a passé commande. Uche dort sur une paillasse, dans le local. Rien ne l'empêche jamais de dormir. Les chants de la terre lui ont toujours servi de berceuses.

Lorsque Jija ouvre la porte à laquelle Renthree vient de frapper, elle reste un instant déconcertée.

C'est un bâtard des Moyennes, comme Essun, mais d'un héritage plus sanzien : il est grand, brun, musclé, le crâne rasé. Intimidant. Toutefois, son sourire de bienvenue parfaitement sincère rassérène la visiteuse en la persuadant qu'elle a pris la bonne décision. Il s'agit manifestement d'un type bien. Elle ne peut quand même pas l'arnaquer.

« Tenez. »

Elle lui donne la pierre diamantifère : comment pourrait-elle accepter un cadeau aussi coûteux d'une enfant, en échange de ses histoires et d'un apprentissage au sujet duquel l'enfant en question changera sans doute d'avis d'ici quelques mois ? Jija fronce les sourcils, perplexe, mais écoute s'expliquer la mnésiste. Il lui prend le caillou en la couvrant de remerciements et l'assure qu'il va vanter autant que faire se peut sa générosité et son intégrité. Avec de la chance, elle ne quittera pas la ville sans avoir eu grâce à lui d'autres occasions de pratiquer son art.

Renthree repart, sortant ainsi de cette histoire. Elle y a toutefois joué un rôle significatif, ce pourquoi je vous ai parlé d'elle.

Il n'a pas suffi d'un unique incident pour éveiller la haine de Jija, comprenez-vous. Au fil des années, il a tout simplement remarqué chez sa femme et ses enfants des choses qui ont suscité un vague fourmillement dans les profondeurs de son esprit. Le vague fourmillement était devenu démangeaison puis inflammation avant le début de cette histoire, mais le déni a longtemps empêché le débiteur de s'y intéresser. Après tout, il aimait sa famille, et la vérité était tout bonnement… impensable. Littéralement.

D'une manière ou d'une autre, il aurait fini par comprendre. Je répète : *Il aurait fini par comprendre.* Personne n'a rien à se reprocher, à part lui.

Mais s'il vous faut une explication simple, et s'il existe un événement qu'on peut qualifier de point de basculement, de goutte d'eau, de bouchon brisé dans le tunnel de lave… c'est ce caillou. Parce que, voyez-vous, Jija s'y connaît en minéraux. C'est un excellent débiteur. Il s'y connaît en minéraux, il connaît Tirimo, il sait donc que les veines de roche ignée d'un volcan éteint traversent la région. La plupart ont beau être souterraines, il est possible que Nassun ait trouvé par hasard un diamant à un endroit où n'importe qui d'autre aurait pu le ramasser. Improbable, mais possible.

Après le départ de Renthree, cette idée rôde toute la journée durant à la surface des pensées de Jija. Sous la surface rôde la vérité, léviathan prêt à se déployer, à s'étirer, mais les pensées n'en restent pas moins placides. Telle est la puissance du déni.

Jusqu'au réveil d'Uche. Jija l'emmène dans la salle commune en lui demandant s'il a faim ; Uche répond que non, sourit et, avec la sensibilité infaillible d'un petit orogène surdoué, regarde la poche de son père.

« Pourquoi tu brilles dedans, papa ? »

Des mots charmants, prononcés avec un zézaiement de bébé. Une certitude meurtrière, parce que le caillou se trouve bel et bien dans la poche de Jija, mais qu'Uche ne devrait pas le savoir.

Nassun ignore que c'est le caillou qui a tout déclenché. Quand vous la verrez, ne le lui dites pas.

Quand elle rentre à la maison, cet après-midi-là, Uche est déjà mort. Jija se tient près du corps qui refroidit lentement dans la salle commune. Il halète. Tuer un bébé en le rouant de coups ne demande pas beaucoup d'efforts, mais l'hyperventilation s'est emparée de lui. À l'arrivée de Nassun, son sang n'est toujours pas assez riche en dioxyde de carbone ; il a le tournis, il tremble, il est glacé. Irrationnel. C'est pourquoi lorsque Nassun s'arrête brusquement sur le seuil, les yeux rivés au tableau, lorsqu'une lente compréhension monte en elle, il lâche soudain :

« Tu en es une, toi aussi ? »

Jija est un colosse. Sa question se révèle aussi sonore que brutale. Nassun sursaute, et ses yeux se lèvent vers lui au lieu de rester rivés au cadavre de son frère. C'est ce qui la sauve. Elle a les yeux gris de sa mère, mais le visage de son père. La seule vue de sa fille éloigne un peu le débiteur de la panique primitive où il a sombré.

Il y a aussi le fait qu'elle dit la vérité. Ça aide, parce qu'il n'aurait rien cru d'autre.

« Oui. »

Elle n'a pas vraiment peur, à ce moment-là. La vision du corps, et le refus de son esprit d'interpréter cette vision, a paralysé en elle toute cognition. Elle ne sait même pas au juste ce que lui demande Jija, parce que comprendre dans quel contexte il s'exprime reviendrait à admettre que c'est du sang qui lui tache les poings et qu'Uche ne s'est pas simplement endormi par terre. Impossible. Pas sur l'instant. Mais, toute pensée cohérente effacée, Nassun fait ce que font parfois les enfants dans les situations extrêmes : elle régresse. Le spectacle la terrifie, bien qu'elle ignore pourquoi.

Ajoutez à ça qu'elle a toujours été plus proche de son père que de sa mère et qu'elle est d'ailleurs sa préférée – l'aînée, l'enfant qu'il n'attendait pas, qui lui ressemble et qui a hérité de son sens de l'humour. Elle partage ses goûts culinaires ; il espérait vaguement qu'elle suivrait ses traces et deviendrait un jour débitrice.

Elle se met à pleurer, sans comprendre pourquoi. Ses pensées couinent, son cœur hurle. Elle s'approche de Jija. Il serre les poings, mais elle ne saurait voir en lui une menace. C'est son père, et elle veut être consolée.

« Papa », dit-elle.

Il tressaille. Bat des paupières. La regarde comme s'il ne l'avait jamais vue.

Prend conscience. Il ne peut pas la tuer. Même si elle… Non. C'est sa petite fille chérie.

Elle s'approche encore et tend la main. Il n'arrive pas à tendre la sienne, mais ne bouge pas. Elle l'attrape par le poignet. Il reste figé, les jambes de part et d'autre du corps d'Uche. Elle ne peut pas le prendre par la taille, alors qu'elle en a envie, aussi presse-t-elle le visage contre son bras, au biceps d'une force réconfortante. Elle tremble. Ses larmes mouillent la peau de Jija.

Il reste immobile, le souffle de plus en plus lent, les poings s'ouvrant peu à peu. Elle pleure. Au bout d'un moment, il se tourne complètement vers elle, qui lui noue les bras à la taille. Se tourner vers elle oblige Jija à se détourner de ce qu'il a fait à Uche. Un mouvement facile.

« Va chercher tes affaires, murmure-t-il. Comme si tu allais passer quelques jours chez mamie. »

Sa mère s'est remariée il y a quelques années et vit maintenant à Sume, la ville de la vallée voisine qui ne va pas tarder à être totalement détruite.

« On va chez mamie ? » demande Nassun contre le ventre de son père.

Il lui caresse l'arrière du crâne. Il l'a toujours fait, parce qu'elle a toujours aimé ça. Bébé, elle gazouillait plus fort quand il posait la main à cet endroit-là : les valupinae se trouvent dans la zone du cerveau juste en dessous, et les orogènes perçoivent plus complètement grâce à leur pouvoir quiconque les touche au niveau des organes associés. Ni Jija ni Nassun n'ont jamais su que c'était la raison pour laquelle elle adorait ce geste-là.

« On va quelque part où tu guériras, répond-il avec douceur. Quelque part où tu trouveras de l'aide. J'en ai entendu parler. »

Quelque part où on refera d'elle une petite fille au lieu de… Il se détourne aussi de cette pensée.

Elle déglutit, acquiesce puis recule, les yeux levés vers lui.

« Maman vient aussi ? »

Quelque chose passe sur les traits de Jija, d'une subtilité de tremblement de terre.

« Non. »

Nassun était prête à partir n'importe quand avec la première mnésiste venue – à s'enfuir de chez elle, en fait – pour échapper à sa mère. Elle se détend enfin.

« D'accord, papa. »

Elle file dans sa chambre préparer ses affaires.

Jija reste immobile un long moment en suspens, le regard fixé dans la direction où elle est partie. Il se détourne à nouveau d'Uche, il va chercher ses propres affaires puis part atteler les chevaux à la charrette. Moins d'une heure plus tard, père et fille font route vers le sud, la fin du monde sur les talons.

*
**

À l'époque de Jyamaria, qui mourut pendant la Saison du Désert Noyé, on croyait que donner le dernier-né à la mer l'empêchait de venir à terre prendre les autres.

Tiré de La Position du Reproducteur,
histoire de mnésiste rédigée dans le quartant
de Hanl, Côtière Occidentale,
près de la péninsule du Rompu. Apocryphe

2. Vous, suite

« Une quoi ? demandez-vous.

— Une lune. » Albâtre, monstre aimé, fou lucide, orogène le plus puissant du Fixe, goûter bien entamé d'une mangeuse de pierre – Albâtre vous regarde. Avec l'intensité d'antan. Sa volonté vous est sensible, qui fait de lui une force de la nature, car c'en est une. Son regard la porte tel un cavalier quasi physique. Dire que les Gardiens l'ont un jour cru dompté, les imbéciles ! « Un satellite.

— Un *quoi* ? »

Une petite onomatopée de frustration lui échappe. Il n'a absolument pas changé, si on oublie qu'il s'est à moitié minéralisé, depuis l'époque où vous étiez tous deux plus qu'amis et moins qu'amants. Il y a de cela dix ans et un autre vous.

« L'astromestrise est une science sérieuse, Syénite, affirme-t-il. Je sais qu'on t'a martelé le contraire. Le Fixe tout entier est persuadé qu'on perd son temps à étudier le ciel, quand c'est la terre qui essaie de nous tuer jusqu'au dernier, mais, feux souterrains ! Je croyais que tu aurais appris à t'interroger un peu plus sur le statu quo, depuis le temps.

— J'étais trop occupée », ripostez-vous, comme vous avez toujours riposté à ses critiques. Mais penser aux jours enfuis vous fait penser à ce qui vous est arrivé entre-temps, ce qui vous fait penser à votre fille en vie, votre fils mort, votre très bientôt ex-mari. Vous tressaillez. « Et je m'appelle Essun, maintenant, je te l'ai déjà dit.

— Peu importe. » Albâtre se radosse précautionneusement contre le mur en poussant un soupir douloureux. « Il paraît que tu es accompagnée d'une géomestre. Demande-lui de t'expliquer. Je n'ai pas beaucoup d'énergie, en ce moment. » Se faire dévorer n'a sans doute pas que des effets positifs. « Tu n'as pas répondu à ma première question. Y arrives-tu, maintenant ? »

Arrives-tu à appeler les obélisques ? La question n'avait aucun sens pour vous la première fois qu'il l'a posée, peut-être parce que vous aviez autre chose en tête. Comme le fait qu'il était a) vivant, b) en train de se changer en pierre, c) l'orogène responsable de la déchirure du continent en deux et du déclenchement d'une Saison qui pourrait bien ne jamais avoir de fin.

« Les obélisques ? » Vous secouez la tête, plus par perplexité que pour répondre par la négative. Votre regard dévie vers le curieux objet posé près de lui, une sorte de vitrocouteau rose d'une longueur excessive qui, si impossible que ce soit, donne l'impression d'être un obélisque. « Que… Non. Je n'en sais rien. Je n'ai pas essayé depuis Meov. »

Il referme les yeux en gémissant tout bas.

« Comment peux-tu être aussi nulle, Syène ? Essun. Tu n'as jamais eu aucun respect pour notre art.

— Mais si, je le respecte. C'est juste que je n'ai…

— Tu le respectes assez pour t'en tirer, assez pour briller, mais dans le seul but d'y gagner un ou deux avantages. Les autres plaçaient la barre à la hauteur qui les arrangeait, et toi, tu te fichais pas mal de sauter plus haut. Tout ce que tu voulais, c'était un appartement sympa et un anneau de plus…

— Je voulais mon intimité, connard, un minimum de contrôle sur ma vie, un peu de respect…

— Et tu *écoutais* réellement ton rouillé de Gardien, alors que tu n'écoutes jamais personne d'autre…

— *Hé !* » Dix ans d'enseignement ont donné à votre voix le tranchant de l'obsidienne. Albâtre arrête de fulminer et vous regarde en battant des paupières. « Tu sais très bien pourquoi je l'écoutais », ajoutez-vous dans un murmure.

Silence. Vous en profitez tous deux pour reprendre votre calme.

« C'est vrai, admet-il enfin. Je suis désolé. »

Parce que n'importe quel orogène impérial écoute – écoutait – le Gardien qui lui avait été assigné. Sauf Albâtre, une fois de plus. Il ne vous a jamais dit ce qu'il avait fait à sa Gardienne.

Vous lui adressez un petit hochement de tête conciliant. « Excuses acceptées. »

Il inspire avec difficulté. Épuisé, vous semble-t-il.

« Essaie, Essun. Essaie d'atteindre un obélisque. Aujourd'hui. Il faut que je sache.

— Pourquoi ? Qu'est-ce que c'est que cette histoire de satanique ? Qu'est-ce que…

— De *satellite*. Et cette histoire n'a aucun intérêt si tu n'est pas fichue de contrôler les obélisques. » Ses yeux sont en train de se refermer, ce qui est sans doute une bonne chose. Il va avoir besoin de toutes ses forces pour survivre à ce qui lui arrive. S'il est possible d'y survivre. « Aucun intérêt, aucun sens, rien. Tu te rappelles pourquoi je ne voulais pas te parler des obélisques, au départ ? »

Oui. Un jour, avant que vous ne commenciez à prêter attention aux énormes cristaux à demi réels qui flottent dans le ciel, vous lui avez demandé de vous expliquer comment il s'y prenait pour accomplir certains de ses stupéfiants miracles d'orogénie. Il a refusé de vous le dire, vous lui en avez terriblement voulu, mais partager son savoir est dangereux, vous l'avez appris depuis. Si vous n'aviez pas compris que les obélisques sont des amplificateurs, des amplificateurs d'*orogénie*, vous n'auriez pas cherché à atteindre le grenat pour sauver votre vie quand un Gardien vous a attaquée. Mais si le grenat n'avait pas été lui-même à moitié mort, à cause de ses fissures et du mangeur de pierre paralysé qui s'y trouvait incrusté, il vous aurait tuée. Vous n'aviez ni la force ni la maîtrise de vous-même nécessaires pour empêcher son pouvoir de vous frire le cerveau.

Or Albâtre vous demande maintenant d'entrer volontairement en contact avec un des artefacts, dans le seul but de voir ce qui se passe.

Il vous connaît. Votre expression vous trahit.

« Va essayer, qu'on sache. » Ses yeux se ferment complètement. Son souffle produit un léger cliquetis, comme s'il avait du gravier dans les poumons. « La topaze est dans le coin. Appelle-la cette nuit. Demain matin, tu verras… » Une brusque faiblesse le saisit. Il a l'air à bout de forces. « Tu verras si elle est là. Si elle n'y est pas, dis-le-moi, je trouverai quelqu'un d'autre. Ou je ferai mon possible. »

Trouver qui, pour faire quoi, vous n'en avez pas la moindre esquisse d'idée.

« Tu ne veux toujours pas me dire de quoi il retourne ?

— Non. Parce que malgré tout, Essun, je ne veux pas ta mort. » Il prend une longue inspiration, qu'il relâche lentement. Les mots suivants sont prononcés avec une douceur inhabituelle : « Je suis content de te voir. »

Vous serrez les dents pour pouvoir répondre. « Ah. »

Il n'en dit pas davantage. Cet au revoir est plus qu'assez pour vous deux.

Vous vous levez en jetant un coup d'œil à la mangeuse de pierre postée à proximité, celle qu'Albâtre appelle Antimoine – immobilité de statue caractéristique, yeux trop noirs trop fixement posés sur vous. Si classique que soit sa posture, il vous semble y déceler un soupçon d'ironie. La tête élégamment penchée de côté, une main sur la hanche, l'autre levée, les doigts souples – on ne peut pas dire qu'elle indique une direction quelconque. Il peut aussi bien s'agir d'un appel silencieux que d'un adieu ambigu, voire d'une manière de montrer qu'elle a un secret, mais ne se confiera pas.

« Prends soin de lui, dites-vous.

— Comme je le ferais de toute chose précieuse », répond-elle sans remuer les lèvres.

Pas question d'essayer ne serait-ce qu'une seconde d'interpréter une déclaration pareille. Vous regagnez la porte de l'infirmerie, où vous attend Hoa. Hoa, à l'allure d'enfant humain tellement étrange ; Hoa, le mangeur de pierre ; Hoa, qui vous traite en chose précieuse dont il serait propriétaire.

Il vous fixe d'un regard de kirkhusa battu, car il a l'air malheureux depuis que vous avez compris sa nature. Vous secouez la tête en le dépassant pour sortir. Il vous emboîte le pas.

La nuit commence juste à Castrima. C'est difficile à dire, parce que la géode gigantesque baigne dans la douce lumière blanche émise – si impossible que ce soit – par les cristaux massifs qui la composent. Les gens s'activent dans cette clarté immuable, déplaçant des choses, échangeant des cris, vaquant à leurs occupations habituelles. Le ralentissement que la luminosité décroissante induirait forcément dans une autre comm ne les affecte pas. Vous allez sans doute avoir du mal à dormir pendant quelques jours, du moins en attendant de vous habituer à ça. Peu importe. L'heure n'a aucune importance pour les obélisques.

Lerna, qui attendait poliment dehors pendant que Hoa et vous discutiez avec Albâtre et Antimoine, vous rejoint à votre sortie, interrogateur.

« Il faut que j'aille à la surface, annoncez-vous.

— Les gardes ne vous laisseront pas faire, Essun, répond-il non sans inquiétude. Les nouveaux venus ne sont pas jugés dignes de confiance. La survie de la comm dépend du secret de son existence. »

Revoir Albâtre a fait remonter en vous les souvenirs du passé et la franchise de la même époque.

« Ils peuvent toujours essayer de m'en empêcher. »

Lerna s'arrête.

« Vous ferez comme à Tirimo ? »

Nom d'un dieu rouilleux ! Vous vous arrêtez, vous aussi, vacillant un peu sous la violence du coup. Hoa fait halte également, un regard pensif posé sur Lerna. Lequel n'a pas particulièrement l'air furieux : son visage est trop inexpressif pour ça. Rouille de rouille. Bon bon bon.

Un instant plus tard, il soupire et s'approche de vous.

« On va aller chercher Ykka, on va lui dire ce qu'on a à faire et on va solliciter la *permission* de remonter à la surface… avec des gardes, si elle y tient. D'accord ? »

Vous ne pouvez que vous demander pourquoi une idée aussi raisonnable ne vous est pas venue. Enfin non, vous le savez déjà : Ykka est peut-être une orogène, mais vous avez passé des années au Fulcrum à subir l'opposition et les trahisons d'autres orogènes. Vous n'aurez pas la bêtise de lui faire confiance sous prétexte qu'elle est des vôtres… même si vous devriez lui donner une chance parce qu'elle est des vôtres.

« OK », acquiescez-vous, avant de suivre Lerna jusque chez Ykka.

Son appartement n'est pas plus grand que celui qui vous a été attribué et ne s'en distingue en rien, bien qu'elle soit chef de comm. Il s'agit d'un simple ensemble de cavités, creusées par des moyens inconnus dans un gigantesque cristal blanc luisant. Deux personnes attendent cependant devant la « porte », un homme adossé au cristal, une femme appuyée au garde-fou, plongée dans la contemplation de Castrima. Lerna prend la file derrière eux en vous invitant à l'imiter. Il est normal que vous passiez à votre tour, et les obélisques ne risquent pas de s'en aller.

L'inconnue qui admire la vue lève les yeux pour vous examiner de la tête aux pieds. Elle est un peu plus âgée que vous et sanzienne, malgré son teint plus sombre qu'il n'est d'usage. Ses cheveux acendres broussailleux ne forment pas un buisson rêche, mais un nuage crépu, dû à une légère frisure. Il y a en elle de la Côtière Occidentale, d'autant plus que les yeux qui vous soupèsent, las et nullement impressionnés, sont marqués par des plis épicanthiques.

« Vous êtes la nouvelle. »

Ce n'est pas une question.

« Essun », dites-vous en la saluant d'un signe de tête.

Son sourire en coin vous fait battre des paupières. Elle a les dents limées en pointe, alors que les Sanziens sont censés avoir renoncé à cette coutume depuis des siècles. Ça leur donnait mauvaise réputation, après la Saison des Crocs.

« Hjarka Dirigeante Castrima. Bienvenue dans ce trou. »

Son sourire s'élargit. Vous réprimez la grimace que vous inspire la plaisanterie, mais votre esprit ne s'en active pas moins, maintenant que vous connaissez le nom de la Sanzienne. Quand il y a des Dirigeants de caste dans une comm, il vaut mieux en général qu'ils en soient les chefs car, en cas de crise, les Dirigeants insatisfaits ont la mauvaise habitude de comploter pour prendre le pouvoir. Toutefois, c'est le problème de Ykka, pas le vôtre.

L'autre visiteur, l'homme adossé au cristal, a l'air de se désintéresser de vous, mais ses yeux ne suivent pas ce qu'il regarde apparemment au loin. Il est mince, d'une taille inférieure à la vôtre, doté d'une barbe et de cheveux qui rappellent des fraises poussant dans la paille. Vous vous imaginez sentir la pression délicate de son attention indirecte. Vous ne vous imaginez *pas* l'alarme déclenchée par votre instinct pour vous avertir qu'il s'agit d'un des vôtres. Mais, comme il ne fait pas mine d'avoir conscience de votre présence, vous ne lui adressez pas la parole.

« Il est arrivé il y a quelques mois. » Lerna détourne par ces mots votre attention des Castrimiens. Vous vous demandez un instant s'il parle du type aux cheveux de paille aux fraises, avant de comprendre qu'il pense en réalité à Albâtre. « Il s'est matérialisé au beau milieu de ce qu'on considère ici comme la place de l'Hôtel-de-Ville… le Plateau. »

Petit coup de menton en direction de quelque chose qui se trouve derrière vous. Vous vous retournez, perplexe – à quoi Lerna peut-il bien faire allusion ? Ah, d'accord. Parmi les nombreux cristaux pointus de Castrima s'en dresse un qui a l'air d'avoir été coupé à mi-hauteur et dont l'extrémité forme de ce fait une vaste plate-forme hexagonale, située à peu près au centre géométrique de la comm. Plusieurs ponts-escaliers y mènent, des chaises y sont disposées, une balustrade en fait le tour. Le Plateau.

« Tout le monde a été pris par surprise, poursuit Lerna. Les orogènes n'ont rien valué, paraît-il, et les fixes de garde rien vu. Il s'est juste… retrouvé là, avec sa mangeuse de pierre. » Votre surprise lui échappe, malgré votre froncement de sourcils : vous n'aviez encore jamais entendu un *fixe* utiliser le mot dans ce sens-là.

« Les autres mangeurs de pierre savaient peut-être qu'ils arrivaient, mais ils ne parlent pratiquement à personne, à part leurs élus, et en l'occurrence, ils ne l'ont pas fait. » Le regard du médecin dérive jusqu'à Hoa, qui l'ignore consciencieusement à ce moment-là. Lerna secoue la tête.

« Ykka a essayé de le jeter dehors, bien sûr, mais elle lui a aussi proposé une mort miséricordieuse, s'il préférait. Le pronostic en ce qui le concerne est évident ; c'est par compassion qu'elle lui a offert des médicaments apaisants et un bon lit. Mais il a fait quelque chose, quand elle a appelé les Costauds. La lumière s'est éteinte. L'air et l'eau ont arrêté de circuler. Ça n'a pas duré plus d'une minute, mais on aurait juré un an. Quand il a laissé les mécanismes repartir, tout le monde était bouleversé. Alors Ykka a dit qu'il pouvait rester et qu'on allait soigner ses blessures. »

Ça paraît raisonnable.

« C'est un dix-anneaux, expliquez-vous. Et un connard. Donnez-lui ce qu'il veut, et soyez polis.

— Il vient du Fulcrum ? » Lerna inspire brusquement, admiratif. « Feux souterrains. Je croyais que tous les orogènes impériaux étaient morts. »

Votre stupeur est assez forte pour annihiler votre amusement, mais après tout, comment pourrait-il savoir ? Une autre pensée vous rend votre sérieux.

« Il est en train de se changer en pierre, murmurez-vous.

— Oui, admet votre interlocuteur d'un air contrit. Je n'ai jamais rien vu de pareil. Et son état s'aggrave. À son arrivée, il n'y avait que les doigts qui… que la mangeuse de pierre avait… pris. Je n'ai pas suivi l'évolution de la transformation. Il veille à ne rien faire devant témoins, que ce soit mes assistants ou moi. Je ne sais pas si c'est elle qui provoque ça, d'une manière ou d'une autre, s'il le provoque lui-même ou… » Lerna secoue la tête. « Chaque fois que je l'interroge là-dessus, il me dit en souriant que ça ne va pas traîner et qu'il attend quelqu'un. »

Le médecin vous considère, pensif.

Oui, il y a ça aussi : Albâtre savait que vous alliez arriver à Castrima. Peut-être. Peut-être aussi que non. Peut-être espérait-il voir arriver n'importe qui doué du talent nécessaire. Il avait ses chances ici, puisque Ykka attire à elle le moindre gèneur à des kilomètres à la ronde. Vous ne serez la personne qu'il attendait que si vous vous révélez capable d'appeler un obélisque.

Quelques instants plus tard, la tête de Ykka apparaît par la tenture qui ferme son appartement. Elle salue Hjarka de la tête, fixe Paille-aux-Fraises d'une manière menaçante jusqu'à ce qu'il se tourne vers elle en soupirant puis s'aperçoit de votre présence, à Lerna, Hoa et vous.

« Ah, tiens, salut. Bon. Entrez tous.

— Il faut que je vous parle en privé... » commencez-vous.

Elle vous considère. Vous clignez des yeux, perplexe, déconcertée, agacée. Elle vous considère toujours. Lerna danse d'un pied sur l'autre à côté de vous, pression silencieuse. Hoa vous imite et se contente de regarder. Le message met un moment à vous parvenir : sa comm à elle, ses lois à elle. Si vous avez l'intention de vivre ici... Vous soupirez avant d'emboîter le pas aux deux Castrimiens.

Il fait plus chaud et plus sombre chez Ykka que chez la plupart de ses concitoyens. Les murs intérieurs ont beau luire, la tenture bloque la lumière extérieure et donne l'impression qu'il fait nuit, ce qui est sans doute le cas, en surface. Bonne idée, à appliquer dans votre appartement, vous dites-vous avant de vous corriger, parce que vous feriez mieux de ne pas penser à long terme. Là, vous vous corrigez à nouveau, parce que vous avez perdu la piste de Nassun et de Jija, ce qui signifie que vous feriez mieux de penser à long terme. Là, vous…

« Bon. » Ykka s'assied en tailleur sur un divan bas tout simple, le menton posé sur le poing, l'air de s'ennuyer. Les autres s'assoient aussi, mais c'est vous qu'elle regarde. « Je réfléchissais déjà à certains changements, avant votre arrivée. Vous êtes tombés au bon moment, tous les deux. »

Vous vous imaginez une seconde que son « tous les deux » s'adresse aussi à Lerna, mais il s'est installé à côté d'elle, et quelque chose dans ses manières – la décontraction de ses mouvements, peut-être – vous persuade qu'il a déjà entendu ce petit discours. C'est donc à Hoa qu'elle parle. Il s'assied par terre, plus enfantin que jamais… bien que ce ne soit pas un enfant. Vous avez un mal fou à vous en souvenir. Curieux.

Vous prenez vous-même place avec précaution. « Au bon moment pour quoi ?

— Je ne pense toujours pas que ce soit une bonne idée, intervient Paille-aux-Fraises, les yeux fixés sur vous, mais tourné vers la chef. On ne sait rien de ces gens, Ykka.

— On sait qu'ils ont survécu dehors jusqu'à hier, dit Hjarka, penchée de côté, accoudée au bras du canapé. C'est déjà quelque chose.

— Non, ce n'est rien. » Paille-aux-Fraises – vous aimeriez vraiment savoir comment il s'appelle – pince les lèvres. « Nos Chasseurs aussi survivent dehors. »

Des Chasseurs. Vous battez des paupières. Une vieille caste d'usage, à présent obsolète – ainsi en a décidé la loi impériale. Personne ne naît plus

Chasseur, car les sociétés civilisées n'ont pas besoin de chasseurs-cueilleurs. Si Castrima éprouve quant à elle le besoin d'en avoir, ça vous en dit davantage sur la comm que tout le baratin de Ykka.

« Nos Chasseurs connaissent le terrain et nos Costauds aussi, oui, acquiesce Hjarka. *Aux alentours*. Les nouveaux venus en savent plus sur les conditions qui prévalent au-delà de notre territoire. Les gens, les dangers, n'importe quoi d'autre.

— Je ne suis pas sûre de savoir quoi que ce soit d'utile… », commencez-vous, mais vous froncez les sourcils avant même d'en avoir terminé, parce que vous vous rappelez ce que vous avez remarqué pour la première fois à quelques relais d'ici.

Les loques de soie légère au poignet ou au cou de tellement d'Équatoriaux, leur visage fermé à votre apparition, leur détermination alors que tant de voyageurs avaient l'air commotionnés. À chaque campement, ils examinaient les autres survivants, choisissaient les Sanziens mieux équipés, plus en forme ou sortant du lot, d'une manière ou d'une autre, leur parlaient tout bas… et, le lendemain matin, ils repartaient en groupes plus nombreux qu'à leur arrivée.

Cette conduite a-t-elle un sens ? Autrefois, qui se ressemblait s'assemblait, mais les races et les nations n'ont plus d'importance depuis longtemps. L'union se révèle plus efficace entre gens concentrés sur les mêmes buts, quoique de spécialisations variées – l'Antique Sanze l'a prouvé. Lumen se trouve cependant à présent au fin fond d'une fissure ; les lois et coutumes de l'empire ont perdu leur mordant. Oui, peut-être avez-vous bel et bien observé le premier signe du changement. Peut-être, dans quelques années, devrez-vous quitter Castrima pour une comm de Moyens à votre image, bruns mais pas trop, grands mais pas trop, aux cheveux bouclés ou frisés, mais ni raides ni acendres. Auquel cas Nassun pourra vous y accompagner.

Mais combien de temps arriverez-vous à cacher ce que vous êtes, toutes les deux ? Aucune comm ne veut des gêneurs. À part Castrima.

« Vous en savez plus que nous. » Ykka vient d'interrompre votre rêverie. « Mais là n'est pas la question, je n'ai pas la patience de discuter de ça. Je vous dis ce que je lui ai dit, à lui, il y a quelques semaines. » Coup de menton en direction de Lerna. « J'ai besoin de conseillers… de gens qui connaissent cette Saison de la terre au ciel. Vous en êtes, jusqu'à ce que je vous remplace.

— Mais je ne sais rien de rien de cette comm ! protestez-vous, franchement surprise.

— Ça, c'est mon boulot, le sien… le sien… » Coups de menton en direction cette fois de Paille-aux-Fraises et de Hjarka. « De toute manière, vous apprendrez. »

Vous restez bouche bée, jusqu'au moment où vous vous rappelez que Ykka a invité Hoa à cette réunion. Invité, oui.

« Feux souterrains et seaux rouillés ! Vous voulez prendre un *mangeur de pierre* comme conseiller ?

— Pourquoi pas ? Il y en a qui vivent ici. Plus que nous ne le pensons. » Ykka regarde à présent Hoa, qui lui rend son regard, indéchiffrable. « C'est ce que vous m'avez dit.

— Et c'est vrai, répond-il tout bas, avant de poursuivre : Mais je ne peux parler en leur nom. Et nous ne faisons pas partie de votre comm. »

Elle se penche pour le fixer d'un air dur, à mi-chemin entre la méfiance et l'hostilité, vous semble-t-il.

« Vous avez une influence sur notre comm, ne serait-ce qu'en tant que menace potentielle. » Ses yeux se posent brièvement sur vous. « Et ceux d'entre nous auxquels vous êtes, heu… attachés en font bel et bien partie. Or ce qui leur arrive ne vous est pas indifférent, d'accord ? »

Vous vous apercevez alors que vous n'avez pas vu depuis des heures la mangeuse de pierre de Ykka, la statue aux cheveux rubis. Ce qui ne veut pas dire qu'elle est partie. Avec Antimoine, vous avez appris à ne pas vous fier aux apparences de l'absence. Hoa ne répond pas à Ykka, mais vous éprouvez une brusque joie irrationnelle à l'idée qu'il se donne la peine de vous rester visible.

« Quant à vous et au médecin, reprend Ykka en se redressant pour s'adresser à vous, une fois de plus, quoique sans quitter Hoa des yeux, je vous ai choisis parce qu'il me faut des perspectives différentes. Une Dirigeante, même si elle ne veut pas diriger… » Coup d'œil à Hjarka. « Un autre gêneur du coin, qui ne mâche pas ses mots quand il me trouve idiote… » Hochement de tête en direction de Paille-aux-Fraises. « Un médecin Résistant qui connaît la route, un mangeur de pierre et vous, Essun, qui pourriez nous tuer tous… » Mince sourire. « Il me semble raisonnable de vous donner une raison de vous en abstenir. »

Vous ne savez absolument pas que répondre à ça, mais vous vous dites sans vous y attarder que Ykka devrait proposer à Albâtre de se joindre au cercle de ses conseillers, si la capacité à détruire Castrima qualifie pour le poste. Il risquerait cependant de s'ensuivre des questions gênantes.

« Vous êtes d'ici tous les deux ? demandez-vous à Hjarka et Paille-aux-Fraises.

— Non, répond Hjarka.

— Si », intervient Ykka. La Dirigeante la fixe d'un œil noir. « Allez, tu es arrivée à Castrima enfant. »

Hjarka hausse les épaules.

« Personne ici ne s'en souvient à part toi.

— Je suis né et j'ai grandi ici », déclare Paille-aux-Fraises.

Deux orogènes ont atteint l'âge adulte dans une comm qui ne les a pas tués.

« Comment vous appelez-vous ?

— Cutter Costaud. »

Vous attendez. Son sourire n'atteint qu'une moitié de sa bouche et ne monte pas jusqu'à ses yeux.

« Le secret de Cutter l'est resté pendant toute notre jeunesse », explique Ykka, qui est allée s'adosser au mur derrière le sofa. Elle se frotte les yeux, comme si elle était fatiguée. « N'empêche que les Castrimiens avaient deviné. Les racontars ont suffi à empêcher son adoption par la comm, à l'époque du chef précédent. Je lui ai évidemment proposé le nom de comm une demi-douzaine de fois depuis.

— À condition que je renonce à mon *Costaud* ? » rétorque Cutter, sans perdre son sourire d'une minceur de papier.

Ykka laisse retomber ses mains. Les dents serrées.

« Nier ce que tu es n'a pas empêché les gens de savoir que tu l'étais.

— Ce n'est pas de l'exhiber qui t'a sauvée. »

Elle inspire à fond. Les muscles de ses joues se crispent puis se détendent.

« Ce qui explique peut-être pourquoi je t'ai demandé une chose pareille, mais passons. »

La discussion se poursuit.

Vous assistez à la réunion en essayant de comprendre les courants discrets qui circulent entre vos compagnons, mais vous avez encore du mal à croire que vous êtes là pendant que Ykka expose les problèmes de Castrima. Des choses auxquelles vous n'avez jamais eu à penser. D'aucuns se plaignent que l'eau des bains ne soit pas assez chaude. On manque cruellement de potiers, alors qu'il y a pléthore de gens doués pour la couture. Une des cavernes où est stocké le grain a été victime d'une invasion fongique ; il a fallu brûler plusieurs mois de provisions pour éviter la contamination. La viande se fait rare. Vous qui pensiez de manière obsessionnelle à une unique personne, vous voilà obligée de vous inquiéter d'un tas de gens. C'est un peu soudain.

« Je viens de prendre un bain, lâchez-vous dans l'espoir de sortir de l'hébétude. L'eau était parfaite.

— Bien sûr que vous l'avez trouvée parfaite. Vous avez passé des mois à vivre à la dure, en vous baignant dans des ruisseaux glacés, si tant est que vous vous soyez donné la peine de vous baigner. Beaucoup de Castrimiens ont toujours bénéficié d'une géo fiable et de robinets mélangeurs. » Ykka se frotte les yeux. Vous n'êtes là que depuis environ une heure, mais le temps vous a semblé plus long. « Chacun fait face à la Saison comme il peut. »

Vous ne diriez pas que se plaindre pour un rien revient à faire face, mais soit.

« Le manque de viande pose un vrai problème. » Lerna fronce les sourcils. « J'ai bien remarqué qu'il n'y en avait pas lors des dernières distributions. Ni d'œufs.

— Eh non. » Ykka a l'air encore plus sinistre. « C'est pour ça. » Elle ajoute, à votre intention : « On n'a pas de verdure, dans cette comm, au cas où vous ne l'auriez pas remarqué. La terre alentour est pauvre. On peut jardiner, mais il ne pousse pas de bonne herbe ni de foin. Et depuis quelques années, avant le début de la Saison, tout le monde était si occupé à donner son avis sur la reconstruction de la vieille enceinte d'avant l'Étouffement que personne n'a pensé à passer contrat avec une comm agricole qui aurait pu livrer quelques charrettes de terreau. » Elle soupire en se frottant l'arête du nez. « De toute manière, la majorité du bétail n'arriverait pas à descendre dans les puits de mine et les escaliers. Je ne sais pas à quoi on pensait en essayant de vivre ici. Voilà pourquoi j'ai besoin d'aide. »

Sa lassitude ne vous surprend pas, sa capacité à admettre qu'elle s'est trompée si.

« Une comm ne peut avoir qu'un seul chef, en Saison, dites-vous.

— En effet. C'est moi. Ne l'oubliez pas. » Ce pourrait être un avertissement, mais ça n'en a pas l'air. Il vous semble que ça traduit juste l'acceptation pragmatique de la position qu'elle occupe à Castrima. Les gens l'ont choisie et lui font confiance, pour l'instant. Ils ne vous connaissent pas, ils ne connaissent pas non plus Lerna et Hoa, et ils ne font apparemment confiance ni à Hjarka ni à Cutter. Vous avez besoin d'elle plus qu'elle d'aucun d'entre vous. Mais, soudain, elle secoue la tête.

« Suffit. Je n'en peux plus de parler de ces merdes. »

Tant mieux, parce qu'une impression inquiétante de disjonction – ce matin, vous pensiez à la route, la survie, Nassun – se referme peu à peu sur vous.

« Il faut que j'aille à la surface. »

Le changement de sujet se révèle trop abrupt, comme sorti de nulle part. Tout le monde vous regarde.

« Terre rouillée ! Pour quoi faire ? demande Ykka.

— Albâtre. » Elle vous fixe avec des yeux vides. « Le dix-anneaux qui se trouve à l'infirmerie. Il m'a demandé quelque chose.

— Ah. » Cette fois, elle fait la grimace. « Lui. » Vous ne pouvez vous retenir de sourire devant sa réaction. « Intéressant. Depuis son arrivée, il ne parle à personne. Il reste juste là à consommer nos antibiotiques et à manger nos provisions.

— Je viens de préparer de la pénicilline, intervient Lerna en levant les yeux au ciel.

— C'est le principe qui compte. »

À votre avis, Albâtre a étouffé les micro-secousses locales et les moindres répliques venues du Nord, ce qui vaut plus que largement le gîte et le couvert, mais si Ykka n'est pas capable de le valuer elle-même, il ne servirait à rien de le lui expliquer ; et puis vous n'êtes pas sûre qu'elle soit assez digne de confiance pour en apprendre davantage sur votre ex-compagnon.

« C'est un vieil ami. »

Voilà. Un bon résumé, si incomplet soit-il.

« Il ne m'avait pas l'air du genre à avoir des amis. Vous non plus, d'ailleurs. » Elle vous examine un long moment. « Vous êtes une dix-anneaux aussi ? »

Vos doigts se crispent d'eux-mêmes.

« J'en ai porté six, autrefois. » La tête de Lerna se tourne brusquement vers vous. Bon. Les traits de Cutter se tordent d'une manière que vous êtes bien en peine d'interpréter. « Albâtre était mon mentor, à l'époque où je faisais toujours partie du Fulcrum, ajoutez-vous.

— Je vois. Et que veut-il que vous fassiez, à la surface ? »

Vous ouvrez la bouche puis la refermez. Votre regard se pose malgré vous sur Hjarka, qui se lève en reniflant, puis sur Lerna, dont le visage se ferme quand il comprend que vous ne voulez pas parler devant lui. Il mérite mieux, mais… c'est un fixe.

« Un truc d'orogène », lâchez-vous enfin.

Peu convaincant. Il perd cette fois toute expression, mais ses yeux froids ne vous quittent pas. Hjarka agite la main et se dirige vers le rideau.

« Alors j'y vais. Allez, viens, Cutter. Puisque tu n'es qu'un Costaud. »

Son rire ressemble à un aboiement.

Cutter se raidit mais, à votre grande surprise, se lève et sort, lui aussi. Vous considérez un moment Lerna, qui croise les bras. Il ne s'en ira pas. Bon. Ykka vous paraît maintenant sceptique.

« De quoi s'agit-il ? De l'ultime leçon dispensée par votre vieux mentor ? Il n'en a évidemment plus pour très longtemps. »

Vos lèvres se pincent avant que vous ne puissiez vous maîtriser.

« Ça reste à voir. »

Votre réplique la laisse un instant pensive, puis elle hoche la tête d'un air décidé en se redressant.

« Bon. Je réunis quelques Costauds, et on y va.

— Ah bon, vous venez ? Pour quoi faire ?

— Par curiosité. Je veux voir de quoi est capable une six-anneaux du Fulcrum. » Elle vous adresse un grand sourire en ramassant le long manteau de fourrure qu'elle portait lors de votre première rencontre. « Et peut-être vérifier si j'y arrive aussi. »

Vous tressaillez violemment à la pensée qu'une sauvage auto-éduquée essaie de contacter un obélisque.

« Non. »

Les traits de Ykka se figent. Lerna vous regarde avec des yeux ronds, incapable de croire que vous puissiez en un souffle obtenir ce que vous voulez et vous saborder de cette manière. Vous vous empressez de rectifier le tir :

« C'est dangereux, même pour moi, alors que je l'ai déjà fait.

— Fait quoi ? »

Vous voici au pied du mur. Il serait plus sûr qu'elle ne sache pas de quoi il retourne, mais Lerna a raison : vous devez faire de Ykka une alliée, si vous voulez vivre dans sa comm.

« Promettez-moi de ne pas essayer, si je vous le dis.

— Il n'est pas question que je promette quoi que ce soit. Je ne vous connais pas. »

Elle croise les bras. Vous êtes grande, mais elle l'est presque autant, et sa coiffure n'aide pas. Beaucoup de Sanziens laissent leurs cheveux acendres pousser en grosses crinières gonflées, comme elle. C'est un mode d'intimidation animal, qui fonctionne quand on a l'assurance nécessaire pour l'appuyer. Ykka l'a, et plus encore.

Mais vous, vous avez la connaissance. Vous vous remettez sur vos pieds pour la regarder bien en face.

« Vous n'y arriveriez pas. » Vous concentrez votre volonté afin de la convaincre. « Vous n'avez pas l'entraînement.

— Vous ne savez rien de mon entraînement. »

Vous battez des paupières, parce que vous vous rappelez ce qui s'est passé à la surface au moment où vous avez compris que vous aviez perdu la piste de Nassun et où vous avez failli décrocher. L'étrange rafale de pouvoir, incompréhensible pour vous, que Ykka vous a expédiée – une sorte de gifle orogénique, en plus doux. Il ne faut pas non plus oublier qu'elle attire à Castrima tous les gêneurs de passage dans la région. Elle n'a pas d'anneaux, mais l'orogénie n'a rien à voir avec la hiérarchie.

Impossible d'y échapper.

« Un obélisque », avouez-vous. Coup d'œil à Lerna, qui cligne des yeux, les sourcils froncés. « Albâtre veut que j'appelle un obélisque. Je vais voir si je peux. »

À votre grande surprise, Ykka acquiesce, le regard brillant.

« Aaah ! Je me suis toujours dit que ces trucs avaient quelque chose de particulier. Bon, on y va. Je veux absolument voir ça. » Et merde. Elle enfile négligemment son manteau. « Laissez-moi une demi-heure et venez me retrouver au Point de Vue. »

Il s'agit de l'entrée de Castrima, la petite plate-forme où les nouveaux venus restent invariablement bouche bée devant l'étrangeté de cette comm, installée dans une géode gigantesque. Sur ces mots, elle vous frôle en sortant.

Vous secouez la tête, tournée vers Lerna qui, lui, la hoche légèrement : il veut venir aussi. Quant à Hoa, il se contente de prendre sa place habituelle, derrière vous, sans vous quitter de son regard placide. *Y avait-il le moindre doute ?* semble-t-il dire. Eh bien voilà, ce sera une expédition de groupe.

Ykka vous retrouve en effet à la plate-forme une demi-heure plus tard, encadrée de quatre Castrimiens, armés et vêtus de couleurs ternes et de gris qui leur serviront de camouflage à la surface. La procession a plus de mal dans ce sens-là que dans l'autre, à cause des pentes et escaliers ascendants. Vous ne vous essoufflez pas autant que certains de vos compagnons, mais vous parcouriez récemment à pied des kilomètres par jour pendant qu'ils profitaient du confort et de la sécurité de leur ville souterraine. (Ykka, elle, respire à peine un peu plus vite. Elle veille à rester en forme.) Lorsque enfin le groupe atteint la cave d'une des maisons-leurres de la surface, vous découvrez qu'il ne s'agit pas de celle par laquelle vous étiez entrée, ce qui ne devrait pas vous surprendre. Il est évident que le « portail » de Castrima a plusieurs issues. Les tunnels forment un labyrinthe plus compliqué que vous ne le pensiez – il ne faut surtout pas l'oublier, au cas où vous seriez un jour obligée de partir sans prévenir.

Quelques Costauds montent la garde dans cette maison-leurre comme dans l'autre, certains à l'entrée des souterrains, dans la cave, d'autres au rez-de-chaussée, d'où ils surveillent la route. Ce sont les sentinelles du rez-de-chaussée qui vous donnent le feu vert avant que vous ne sortiez dans la pluie de cendre de la nuit tombante.

Vous avez passé… quoi ? Moins de vingt-quatre heures dans la géode de Castrima. Mais, à votre grande surprise, la surface vous semble extrêmement bizarre.

Pour la première fois depuis des semaines, vous *remarquez* l'odeur de soufre omniprésente, la brume argentée, le tapotement ininterrompu quoique ténu des gros flocons de cendre sur le sol et les feuilles mortes, le silence – par contraste, vous prenez conscience du vacarme qui règne dans la Castrima souterraine, voix humaines, grincements des poulies, claquements des forges, bourdonnement omniprésent de l'étrange machinerie invisible de la géode. Rien de tel à la surface. Les arbres ont perdu leurs feuilles. Pas un mouvement n'en anime les restes desséchés, de plus en plus recroquevillés. Pas un oiseau ne chante dans les branchages : ça ne ferait qu'attirer les prédateurs. De toute manière, en Saison, la plupart des oiseaux cessent de défendre leur territoire et de s'accoupler. Pas un bruit animal ne vous parvient. Pas un voyageur ne s'avance sur la route, bien que la cendre y soit moins épaisse. Elle a été foulée il y a peu mais, par ailleurs, le vent même a expiré ; le soleil s'est couché, quoique le ciel reste lumineux. Les nuages reflètent toujours le rift, si loin au nord soit-il.

« Du passage ? demande Ykka à une des sentinelles.

— Un groupe, il y a une quarantaine de minutes. Sans doute une famille. » Le garde s'exprime à voix basse, comme de juste. « Bien équipée. Une vingtaine de personnes. Uniquement des Sanziens, d'âges très divers, en route pour le Nord. »

Tout le monde le regarde avec des yeux ronds.

« Le Nord ? répète Ykka.

— Le Nord », acquiesce-t-il. Ses yeux magnifiques, frangés de longs cils, rendent son regard à la chef. Il hausse les épaules. « Ils avaient l'air de savoir où ils allaient.

— Hum. »

Ykka croise les bras, traversée par un léger frisson, bien qu'il fasse relativement doux. Le froid des Cinquièmes Saisons met des mois à s'installer, mais il fait si chaud dans la Castrima souterraine que ses habitants de longue date trouvent sans doute la Castrima de surface glaciale. À moins que Ykka ne réagisse à la ville sinistre qui l'entoure. Toutes ces maisons silencieuses, tous ces jardins morts, ces allées pleines de cendre que des gens empruntaient autrefois. Vous vous disiez que le niveau extérieur de la comm constituait un appât, que c'était le pot de confiture censé attirer les passants intéressants et distraire les voyageurs hostiles ; vous aviez raison, mais ce n'en était pas moins autrefois une comm à part entière, animée, remuante, tout sauf figée.

« Bon… » Ykka inspire profondément puis vous adresse un sourire forcé – à votre avis. Elle montre d'un signe de tête les nuages de cendre au ventre bas. « Si vous avez besoin de *voir* le truc, ça m'étonnerait que vous arriviez à faire quoi que ce soit avant un bon bout de temps. »

Vous ne sauriez lui donner tort : la cendre embrume l'atmosphère, et la nuée nervurée rougeoyante dissimule le ciel. Vous n'en descendez pas moins du porche puis levez la tête. Par où commencer ? Est-ce vraiment une *bonne* idée de commencer ? Après tout, chaque fois que vous avez essayé d'interagir avec un obélisque, vous avez failli y laisser la vie. Et puis c'est Albâtre qui vous a demandé de tenter le coup. L'homme qui a détruit le monde. Il vaudrait peut-être mieux éviter d'accéder à ses requêtes.

Il ne vous a pourtant jamais fait de mal. Contrairement au monde. Qui méritait peut-être la destruction. Alors qu'Albâtre a peut-être mérité un peu de votre confiance, depuis le temps.

Vous fermez donc les yeux et cherchez à interrompre le flot de vos pensées. Tout n'est pas silence alentour, vous vous en apercevez enfin. Grincements et craquements assourdis des composantes en bois de la Castrima de surface, travaillés par le poids de la cendre ou le changement de température. Trottinements parmi les tiges desséchées d'un carré de joubarbe tout proche – des rongeurs ou autres bestioles, rien d'inquiétant. Un garde qui respire extrêmement fort, allez savoir pourquoi.

Vibration chaude de la terre sous vos pieds. Non. Pas dans cette direction-là.

À vrai dire, la cendre est assez épaisse dans le ciel pour que votre conscience orogénique puisse en quelque sorte s'emparer des nuages car, après tout, il s'agit de minéraux pulvérisés. Toutefois, ce ne sont pas les nuages qui vous intéressent. Vous les longez à tâtons, comme vous le feriez des strates souterraines, en vous demandant un peu ce que vous cherchez…

« On en a encore pour longtemps ? interroge un des Castrimiens dans un soupir.

— Pourquoi, tu as le rendez-vous de ta vie ? » s'enquiert Ykka d'une voix traînante.

Aucune importance. C'est…

C'est…

Traction brutale vers l'ouest. Vous vous tournez en sursaut dans cette direction. Souvenir d'une nuit d'autrefois, dans une comm du nom d'Allia – souvenir d'un autre obélisque. Vous inspirez brusquement.

L'améthyste. *Il n'avait pas besoin de la voir, juste d'être* tourné *vers elle.* Lignes de vision, de force. Oui. Là-bas, très loin sur la ligne que suit votre attention, une… chose attire votre conscience à elle. Une chose très lourde et très… sombre.

Tellement sombre. Albâtre a pourtant bien parlé de la topaze, non ? Ce n'est pas ça. C'est un autre artefact, familier – plus ou moins –, qui vous rappelle le grenat plus que l'améthyste. Mais pourquoi ? Le grenat était cassé, il était fou (vous ne savez trop pourquoi ce mot vous vient à l'esprit), mais, surtout, il était puissant – quoique la notion de *pouvoir* soit trop simpliste pour s'appliquer à ce que renferment les obélisques. Richesse, étrangeté, nuances nocturnes, potentiel profond… Dans ce cas…

« Onyx », dites-vous tout haut en rouvrant les yeux.

D'autres monolithes bourdonnent à proximité de votre ligne de mire, plus proches peut-être, mais ils ne réagissent pas à votre appel quasi instinctif. Leur frère obscur se trouve très, très loin, bien au-delà de la Côtière Occidentale, au-dessus de la mer Inconnue. Il risque de ne pas arriver avant des mois, même en vol, mais.

Mais il vous *entend*. Vous le savez, comme vous saviez autrefois que vos enfants vous avaient entendue quand ils faisaient mine de ne pas vous prêter attention. Pesamment, l'artefact pivote – des mécanismes mystérieux s'éveillent pour la première fois de cette époque terrestre –, déchaînant un assaut de bruit et de vibration qui secouent les flots en contrebas sur des kilomètres à la ronde. (Comment le savez-vous ? Vous ne le valuez pas, vous le savez, c'est tout.)

L'onyx entreprend de vous rejoindre. Terre cruelle et dévorante.

Vous reculez brusquement le long de la ligne qui mène à vous, quand quelque chose attire votre attention sur le chemin du retour. Vous l'appelez aussi, après coup : la topaze ; plus légère, plus vivante, nettement plus proche et plus réactive, peut-être parce que vous percevez dans ses interstices un soupçon d'Albâtre, zeste bouclé de citron aromatisant un plat savoureux. Il l'a préparée à votre intention.

Vous retombez brusquement en vous-même et vous tournez vers Ykka, qui vous regarde, les sourcils froncés.

« Vous avez suivi ? »

Elle secoue lentement la tête, mais il ne s'agit pas d'une dénégation. D'une manière ou d'une autre, elle a perçu une partie de ce qui s'est passé. Ça se voit à son expression.

« Je… C'était… quelque chose. Je ne sais pas trop quoi.

— Quand ils arriveront, n'essayez pas de les contacter, ni l'un ni l'autre. » Parce que vous êtes sûre qu'ils viennent. « N'essayez jamais d'en contacter aucun. *Jamais.* »

Vous hésitez à prononcer le mot *obélisque*. Il y a trop de fixes aux alentours. Ils ne vous ont pas encore tuée, certes, mais les fixes n'ont pas à savoir qu'il existe des artefacts capables de rendre les orogènes plus dangereux encore qu'ils ne le sont déjà.

« Pourquoi ? Qu'est-ce que ça donnerait ? »

La question émane certes d'une franche curiosité, qui n'a rien d'un défi, mais elle n'en est pas moins dangereuse.

Autant être franche, vous aussi.

« Ça vous tuerait. Je ne sais pas au juste comment. » À vrai dire, vous êtes à peu près sûre que Ykka entrerait en combustion spontanée et se transformerait en colonne de feu et de force hurlante, chauffée à blanc, emportant peut-être avec elle Castrima tout entière, mais vous n'en avez pas la certitude absolue. Vous vous cantonnez donc à ce que vous savez. « Les… ces choses ressemblent aux batteries qu'ils utilisent, dans certaines comms équatoriales. » Rouille. « Utilisaient. Vous en avez entendu parler, non ? Des objets qui stockent l'énergie. Ça permet d'avoir de l'électricité, même quand les hydro sont à sec ou que les géo…

— Je sais ce que sont ces rouilles de batteries ! » Ykka a l'air vexée. Ma foi, c'est une Sanzienne, et les Sanziens ont inventé les batteries. « À la moindre esquisse de secousse, tout ce qui les entoure se retrouve couvert de brûlures d'acide, sous prétexte qu'on voulait emmagasiner un peu d'énergie. » Elle secoue la tête. « Ce dont vous parlez n'a rien à voir avec *ça*. »

Elle ne prononce pas non plus le mot *obélisques*. Bien. Elle a compris.

« Ils en fabriquaient au sucre, quand j'ai quitté Lumen. C'est plus sûr qu'à l'acide et au métal. Il en existe différents modèles. Enfin bref, quand une batterie se révèle trop puissante pour le circuit auquel on la relie… »

Ça devrait suffire à lui donner une idée de ce dont vous parlez.

Elle secoue la tête, une fois de plus, mais il vous semble qu'elle vous croit. Quand elle pivote et se met à faire les cent pas, plongée dans ses pensées, vos yeux se posent sur Lerna. Il est resté silencieux à vous écouter, Ykka et vous, avant de s'abîmer dans ses réflexions. C'est ennuyeux. Ça ne vous plaît pas qu'un fixe réfléchisse autant à ces choses-là.

Lorsqu'il prend la parole, pourtant, il vous surprend. « Dites-moi, Ykka, depuis combien de temps cette comm existe-t-elle, en réalité ? »

Elle se fige, les sourcils froncés. Les autres Castrimiens s'agitent, manifestement mal à l'aise. Peut-être n'aiment-ils pas qu'on leur rappelle où ils vivent : dans les ruines d'une civilisation disparue. « Aucune idée. Pourquoi ? »

Il hausse les épaules. « Je pensais juste aux similarités. »

Alors vous comprenez. Les cristaux de la Castrima souterraine brillent, vous ignorez par quel miracle. Les cristaux célestes lévitent, vous ignorez par quel miracle. Les mécanismes des deux artefacts ont été conçus pour être utilisés par des orogènes exclusivement.

Les mangeurs de pierre témoignent un intérêt disproportionné aux orogènes qui utilisent l'un ou l'autre. Vous jetez un coup d'œil à Hoa.

Mais Hoa ne s'intéresse ni au ciel ni à vous. Après être descendu du porche, il s'est accroupi dans la cendre, juste à côté de l'allée, les yeux baissés. Vous suivez son regard jusqu'à un petit monticule, apparu dans ce qui était autrefois la cour de la maison voisine. Un simple tas de cendre d'environ un mètre de haut, vous dites-vous, jusqu'au moment où vous remarquez la minuscule patte desséchée qui en dépasse à un endroit. Un chat ou un lapin, a priori. Il y a sans doute aux alentours des dizaines de menus cadavres enfouis de cette manière ; le début de la Saison a dû provoquer une hécatombe. Mais c'est quand même bizarre qu'il se soit accumulé tellement plus de cendre sur ce corps-ci qu'aux alentours.

« Trop pourri pour être comestible, petit », lance un Castrimien, qui a lui aussi remarqué le manège de Hoa et n'a manifestement aucune idée de la nature du « petit ».

Votre compagnon cligne des yeux et se mord la lèvre, exprimant exactement le malaise idéal. Il joue l'enfant à la perfection. Mais quand il se redresse pour vous rejoindre, vous comprenez qu'il ne s'agit pas de comédie. Quelque chose l'inquiète bel et bien. « Il sera mangé par d'autres, vous dit-il tout bas. Nous ferions mieux d'y aller. »

Mais enfin ? « Tu n'as peur de rien. »

Il serre les dents. Des dents de diamant. Ses muscles couvrent-ils des os de diamant ? Pas étonnant qu'il n'ait jamais voulu se laisser porter. Il doit être aussi lourd que le marbre. « J'ai peur de ce qui vous ferait du mal », dit-il alors.

Et... vous le croyez. Parce que, vous vous en apercevez brusquement, ses bizarreries comportementales ont toujours eu jusqu'ici un point commun. Son empressement à affronter le kirkhusa, qui aurait pu se révéler trop rapide même pour votre orogénie. Sa férocité envers les autres mangeurs de pierre. Il vous protège. On a si peu cherché à vous protéger de toute votre vie. Sans réfléchir, vous levez la main pour caresser ses curieux cheveux blancs. Il bat des paupières. Quelque chose brille dans ses yeux qui n'a rien d'inhumain. Vous ne savez qu'en penser, mais ça vous persuade de l'écouter.

« Allons-y », dites-vous à Ykka et aux autres.

Vous avez fait ce que vous a demandé Albâtre. À votre avis, il ne sera pas mécontent de l'arrivée de l'obélisque *supplémentaire*, quand vous l'en informerez – s'il n'en est pas déjà informé. Maintenant, peut-être ce fichu rouilleux va-t-il enfin vous dire ce qui se passe.

*
**

Avant, rassemblez dans la roche stable un an de provisions par citoyen : dix réglettes de céréales, cinq de légumes, un quart de change de fruits séchés et une demi-réserve de suif, de fromage ou de viande séchée. Multipliez par chaque année de vie désirée. Après, gardez sur la roche stable avec trois âmes costaudes par cache, minimum : une pour surveiller la cache, deux pour surveiller le surveillant.

Tablette première,
« De la survie », strophe quatre

3. Schaffa, oublié

Oui, vous êtes également lui, ou du moins l'étiez-vous jusqu'à l'après-Meov. À partir de là, Schaffa est devenu quelqu'un d'autre.

*
**

La force qui réduit le *Clalsu* en pièces n'est autre que l'orogénie, appliquée à l'air. Il n'y a pas de raison que ça ne marche pas. Syénite a déjà l'habitude d'appliquer son pouvoir à l'eau, parce qu'elle l'a fait à Allia et depuis. Or l'air contient de la poussière, de même que l'eau des minéraux. L'air contient de la chaleur, du frottement, de la masse et du potentiel cinétique, de même que la terre. Simplement, les molécules de l'air sont plus éloignées les unes des autres et ses atomes ont des formes différentes. Quoi qu'il en soit, l'implication d'un obélisque rend l'intérêt de ces détails purement théorique.

Schaffa sait ce qui va se passer à la seconde où il perçoit la pulsation de l'artefact. Il est vieux, le Gardien de Syénite. Très vieux. Tellement vieux. Il sait ce que font les mangeurs de pierre aux orogènes les plus puissants quand ils en ont l'occasion. Il sait pourquoi il est essentiel que les orogènes gardent le regard rivé au sol et ne le lèvent pas vers le ciel. Il a vu ce qui arrive quand une quatre-anneaux – c'est encore comme ça qu'il pense à Syénite – se connecte à un obélisque. Il l'aime vraiment, comprenez-vous (*elle* ne le comprend pas). Il ne s'agit pas seulement de contrôle. Syénite est son enfant, une enfant qu'il a protégée souvent sans qu'elle le sache. La pensée de la mort atroce qui attend sa fille lui est insupportable. Quelle ironie, quand on sait ce qui arrive ensuite…

Au moment où Syénite se raidit et où sa silhouette s'emplit de lumière, où un frisson traverse le minuscule compartiment avant du *Clalsu* et où l'air s'y transforme en un mur de force quasi solide que rien ne saurait arrêter, Schaffa se tient à côté d'une cloison en surplomb, pas devant. Son collègue, qui vient de tuer l'amant sauvage de Syénite, n'a pas cette chance : quand le mur de force le projette en arrière, le surplomb se trouve à la hauteur et à l'angle idéaux pour lui couper la tête avant de céder. Schaffa, lui, traverse la vaste cale du *Clalsu* en vol sans rencontrer d'obstacle, car le bateau n'a pas mené ces derniers jours d'expédition pirate. Tout cet espace lui permet de ralentir un peu. L'essentiel de la force concentrée dans le coup porté par Syénite le dépasse. Lorsque enfin il heurte à son tour une cloison, le choc est assez violent pour lui briser les os, pas pour les pulvériser. Ajoutez à ça que la cloison est à cet instant même en train de se déformer, de tomber en pièces avec le reste du navire. Autre avantage.

Ensuite, des aiguilles de pierre déchiquetées, aussi aiguisées que des couteaux, jaillissent du fond de l'océan, poignards transperçant l'explosion de débris. Schaffa a de la chance, une fois de plus, puisque aucune des pointes ne l'épingle. À ce moment-là, Syénite est perdue dans l'obélisque et dans les premières convulsions d'un chagrin dont les répliques agiteront jusqu'à la vie d'Essun. (Schaffa l'a vue poser la main sur le visage de l'enfant, lui couvrir la bouche et le nez. Il n'a pas compris. Ne sait-elle donc pas qu'il aurait aimé son fils comme il l'aime, elle ? Il aurait allongé le garçonnet dans le fauteuil en fil de fer avec douceur, tant de douceur.) Elle fait partie de quelque chose de plus vaste, d'un pouvoir global tel qu'elle n'est plus capable de s'intéresser à Schaffa, la personne la plus importante de son monde d'autrefois. Il en a conscience à un certain niveau, bien qu'il traverse la tempête en vol, et cette conscience lui brûle profondément, douloureusement le cœur. Puis il se retrouve dans l'eau, en train de mourir.

Tuer un Gardien est difficile. Les nombreux os brisés et organes endommagés de Schaffa n'y suffiraient pas. La noyade même ne poserait pas de problème dans des circonstances normales. Les Gardiens sont différents. Ils ont toutefois leurs limites. La noyade, *plus* la défaillance de certains organes, *plus* le traumatisme infligé par une force écrasante dépassent ces limites. Schaffa le comprend en roulant dans l'eau, en rebondissant contre les éclats de roche et les débris du *Clalsu* détruit. Il ne sait plus où chercher la surface, il constate juste qu'il semble y avoir un peu de lumière dans une direction donnée, mais la poupe du bateau qui coule à toute allure l'entraîne à l'opposé. Il se déplie, heurte un rocher, se ressaisit, tente de nager à contre-courant, malgré son bras à présent cassé.

Ses poumons sont vides. Les coups lui ont fait expulser tout son air, mais il s'efforce de ne pas inhaler d'eau, parce qu'il en mourrait sans doute. Il ne peut pas mourir. Il lui reste tellement à faire.

Il n'en est pas moins humain, pour l'essentiel. Lorsque la terrible pression augmente, que des taches noires apparaissent dans son champ de vision et que son corps s'insensibilise tout entier sous le poids de l'eau, il ne peut s'empêcher d'inspirer avec avidité. Ça fait *mal* : un acide salé se déverse dans sa poitrine, tandis qu'un incendie lui ravage la gorge. Et toujours pas d'air. Ajouté au reste – le reste, il peut le supporter, il a supporté bien pire dans sa longue vie épouvantable –, c'en est soudain trop pour la rationalité prudemment ordonnée qui a jusqu'ici guidé et protégé son esprit.

Il panique.

Un Gardien ne doit jamais paniquer. Il le sait. Les raisons à cette interdiction ne manquent pas. Elles ne l'empêchent pas de paniquer, de se débattre en hurlant pendant que le courant l'entraîne dans une nuit froide. Il ne veut pas mourir. Les siens ne peuvent commettre pire péché que refuser la mort.

La terreur le déserte soudain. C'est mauvais signe. Un instant plus tard, une colère si puissante qu'elle en éclipse tout le reste la remplace. Il ne crie plus, il tremble de rage, mais il sait pourtant : cette fureur ne lui appartient pas. La panique l'a ouvert au danger, et le danger qu'il redoute par-dessus tout est arrivé par cette porte comme en terrain conquis.

Si tu ne veux pas mourir, ça peut s'arranger, dit-il.

Ah, Terre cruelle.

Suivent propositions, promesses, suggestions, description des satisfactions associées à ce qui sera. Il est possible à Schaffa de gagner en pouvoir – assez pour lutter contre le courant, la douleur, le manque d'oxygène. Il lui est possible de vivre… à condition d'en payer le prix.

Non. Non. Le prix, il le connaît. Plutôt mourir que de le payer. Mais décider de mourir et mettre cette décision à exécution alors qu'on est en train de mourir sont deux choses très différentes.

L'arrière de son crâne le brûle, une brûlure froide qui n'évoque en rien le feu dont débordent son nez, sa gorge, sa poitrine. Quelque chose se réveille à cet endroit, chauffe, rassemble ses forces. Se prépare à l'effondrement de la résistance qu'il oppose.

Chacun fait ce qu'il a à faire. Le murmure séducteur use du raisonnement dont il a lui-même usé si souvent au fil des siècles pour se justifier. Pour justifier d'innombrables atrocités. Chacun fait ce qu'il a à faire par sens du devoir. Par instinct de survie.

C'en est assez. La présence froide s'empare de lui.

Le pouvoir envahit ses membres. En quelques battements d'un cœur soudain ranimé, les os brisés se ressoudent et les organes lésés se remettent à remplir leurs fonctions traditionnelles, quoique avec quelques solutions de rechange pour parer au manque d'oxygène. Il ondule dans l'eau, il commence à nager, parce qu'il sent dans quelle direction aller. Pas vers la surface, plus maintenant ; l'eau qu'il aspire lui fournit à présent de l'oxygène. Ses alvéoles pulmonaires en absorbent plus qu'elles ne devraient en être capables, quoiqu'il n'ait toujours pas de branchies. Un gain malgré tout modeste – insuffisant pour nourrir correctement son corps. Ses cellules meurent, surtout dans une zone précise de son cerveau ; il en a conscience, horriblement. Il a conscience de la mort lente de ce qui fait de lui *Schaffa*. Mais il faut payer le prix.

Il lutte, bien sûr. La colère cherche à le propulser de l'avant, à le maintenir sous l'eau, mais il sait que s'il y cède, il mourra *tout entier*. Voilà pourquoi il nage vers l'avant, mais aussi vers le haut, les yeux plissés, fixés sur la lumière à travers les flots boueux. C'est long, mortellement long, mais au moins, la fureur qui l'habite lui appartient en partie. Se trouver acculé à cette situation le révolte ; avoir succombé l'enrage. La violence de sa réaction lui permet de continuer, malgré le fourmillement qui envahit ses mains, ses pieds. Mais…

Il atteint la surface. La crève. Se concentre de toutes ses forces pour ne pas paniquer en vomissant de l'eau, en recrachant de l'eau, jusqu'au moment où il aspire enfin de l'air. La douleur est atroce, mais il arrête de mourir dès cette première inhalation. Son cerveau et ses membres obtiennent ce dont ils ont besoin. Des taches noires dansent toujours dans son champ de vision, le froid monstrueux subsiste à l'arrière de son crâne, mais il est Schaffa. *Schaffa*. Il se cramponne à son identité, il y plante les griffes en grondant pour repousser le froid envahissant. Feux souterrains ! Il est toujours Schaffa, et il ne se permettra pas de l'oublier.

(Il a tant perdu par ailleurs. Comprenez bien : le Schaffa que nous avons connu jusqu'ici, le Schaffa que Damaya a appris à craindre et Syénite à défier, ce Schaffa-là est mort. Restent un homme habitué à sourire, un instinct paternel déviant, une colère qui ne lui appartient pas totalement et qui motivera dorénavant le moindre de ses actes.

Peut-être pleurerez-vous le Schaffa perdu. Ça ne pose aucun problème. Il a fait partie de vous, autrefois.)

Il se remet à nager. Au bout de sept heures environ – telle est la force payée de ses souvenirs –, le cône fumant d'Allia lui apparaît à l'horizon. Il pourrait toucher terre plus près, mais infléchit sa trajectoire pour gagner la ville. Il y trouvera de l'aide, il le sait, d'une manière ou d'une autre.

Le soleil s'est couché depuis longtemps. Il fait nuit noire. L'eau est froide, il a soif et il souffre. Heureusement, aucun monstre des profondeurs ne l'attaque. Le seul réel danger à le guetter n'est autre que sa propre volonté : vacillera-t-elle au cours de sa lutte contre l'océan ou contre la colère froide qui ronge son esprit ? Malheureusement pour lui, il est seul sous les étoiles indifférentes… et l'obélisque. À un moment, il le voit, parce qu'il jette un coup d'œil en arrière : une forme à cette heure incolore, vacillante sur fond de ciel nocturne scintillant. L'artefact n'a pas l'air plus éloigné que quand il l'a découvert depuis le pont du bateau et qu'il l'a chassé de son esprit pour se concentrer sur sa proie. Il aurait dû y faire plus attention, l'examiner le temps de déterminer sa trajectoire, ne pas oublier qu'une simple quatre-anneaux est dangereuse dans certaines circonstances et…

Ses sourcils se froncent. Il arrête de nager et se contente de faire la planche. (C'est dangereux. La fatigue s'insinue aussitôt en lui. Le pouvoir qui le soutient ne peut pas tout.) Il contemple l'obélisque. Une quatre-anneaux. Qui ? Il cherche à se souvenir. C'était quelqu'un de… d'important.

Non. Il est Schaffa. Rien d'autre n'a d'importance. Il repart à la nage.

L'aube approche quand ses pieds touchent un sable noir granuleux. Il sort de l'eau en trébuchant, étranger à lui-même et au mouvement de ses membres sur la terre ferme, quasi à quatre pattes. Les vagues rapetissent derrière lui. Il y a un arbre droit devant. Il s'effondre sur les racines torses et sombre dans une sorte de sommeil, une inconscience proche du coma.

À son réveil, le soleil brille haut dans le ciel. Toutes sortes de douleurs brûlent en lui : poumons à vif, membres meurtris, fractures persistantes, donc palpitantes, des os moins que nécessaires, gorge sèche, peau fendillée. (À quoi il faut ajouter une souffrance plus profonde.) Un gémissement lui échappe. Une ombre tombe sur son visage.

« Ça va ? » demande une voix assortie à ses impressions.

Rude, sèche, basse.

Il réussit à soulever ses paupières collées. Un vieil homme s'est accroupi près de lui. Un Côtier Oriental, mince et tanné, qui a perdu l'essentiel de ses cheveux blancs, à part le demi-cercle dont s'orne toujours l'arrière de son crâne. Schaffa regarde autour de lui. Ils se trouvent dans une petite crique, ombragée par des arbres. Une barque d'où dépasse une canne à pêche y a été tirée à terre. Les arbres sont tous morts, et le vent promène des cendres, mêlées au sable de la baie. Le volcan éteint d'Allia n'est pas loin.

Comment Schaffa a-t-il bien pu arriver là ? Il se rappelle avoir nagé. Mais que faisait-il dans l'eau ? Ça, il ne s'en souvient pas.

« Je… » commence-t-il.

Il s'étouffe sur sa propre langue, sèche et gonflée. Le vieillard l'aide à s'asseoir avant de lui présenter une gourde ouverte. L'eau saumâtre parfumée au cuir n'a jamais été meilleure, mais le Côtier ne le laisse en boire que quelques gorgées. Sage précaution, Schaffa le sait, ce qui ne l'empêche pas de tendre la main en gémissant. Une fois, pas davantage. Il a encore la force de ne pas implorer.

(Le vide en lui n'est pas seulement dû à la soif.)

Il essaie de se concentrer.

« Je... » Cette fois, parler lui est plus facile. « Je... je ne sais pas si ça va.

— Vous avez fait naufrage ? » Son interlocuteur tord le cou pour regarder autour de lui. La crête de pierres aiguisées tirée du fond marin par Syénite pour relier l'île des pirates au continent se dessine très nettement, non loin en mer. « Vous étiez là-bas ? Qu'est-ce qui s'est passé ? Un genre de secousse ? »

Schaffa trouve incroyable que ce type ne le sache pas, mais la compréhension du monde terriblement limitée des gens ordinaires l'a toujours surpris. (Toujours ? L'ignorance d'autrui l'a-t-elle *toujours* surpris à ce point ? Vraiment ?)

« Gèneurs », répond-il, trop fatigué pour réunir les trois syllabes du terme correct.

Il n'en faut pas davantage. Le visage du Côtier se durcit.

« Ces rejetons infernaux du Père Terre. Voilà pourquoi il faut les noyer à la naissance. » Il secoue la tête puis revient à Schaffa. « Vous êtes trop grand, je ne peux pas vous porter, et si je vous traîne, je vais vous faire mal. Vous croyez que vous allez arriver à vous lever ? »

Avec son aide, Schaffa y parvient en effet, titube jusqu'à la barque puis s'y assied à la proue. Il frissonne pendant que le vieillard les éloigne de la crique à la rame, en longeant la côte vers le sud. Ses frissons sont dus en partie au froid – ses vêtements sont toujours mouillés, aux endroits où il était allongé dessus –, en partie à son état de choc persistant. En partie aussi à quelque chose d'entièrement différent.

(Damaya ! Un effort immense lui permet de se souvenir de ce nom et d'une impression : une petite Moyenne apeurée, surimposée à une Moyenne adulte provocatrice. Amour et peur dans ses yeux à elle, chagrin dans son cœur à lui. Il a fait du mal à Damaya. Il faut qu'il la retrouve, mais quand il la cherche dans son esprit, seul un vide s'ouvre à lui. Elle a disparu avec le reste.)

Le Côtier passe tout le trajet à papoter. C'est un certain Litz Costaud Metter, Metter étant un petit port de pêche situé quelques kilomètres au sud d'Allia. Ses habitants se demandaient depuis les terribles événements qui avaient frappé la ville s'ils n'auraient pas mieux fait d'aller s'installer ailleurs, mais le volcan s'est brusquement endormi. Peut-être, après tout, la Terre cruelle n'avait-elle pas décidé de dévorer le monde, du moins pas cette fois. Litz a deux enfants, un imbécile et un égoïste, et trois petits-enfants, tous de l'imbécile, mais il faut espérer qu'ils ne tiennent pas trop de lui. La famille n'est pas riche, puisqu'elle appartient à une banale comm côtière, obligée de se contenter d'arbres et de pieux car incapable de s'offrir une véritable enceinte, mais chacun fait ce qu'il a à faire, vous savez ce que c'est, on prendra soin de vous, ne vous inquiétez pas.

(*Comment vous appelez-vous ?* demande à un moment le vieil homme, dans ce torrent de bavardage.

Après avoir obtenu réponse, il réclame des précisions, mais Schaffa n'a que ce seul nom. *Qu'est-ce que vous faisiez en mer ?* La question ne suscite en lui qu'un bâillement du silence envahissant.)

Le village se révèle particulièrement précaire en ce qu'il est bâti moitié à terre, moitié dans l'eau, barges et maisons sur pilotis reliées par des quais et des jetées. Les habitants se rassemblent autour de Schaffa quand Litz l'aide à descendre de bateau. Des mains le touchent. Il tressaille chaque fois, mais les gens cherchent juste à l'aider. Il ne saurait leur reprocher d'être totalement dépourvus de ce dont il a besoin, même si leur inadéquation lui rend le contact pénible. Poussé, guidé, il finit par se retrouver sous une douche d'eau douce froide, puis on l'habille d'une culotte et d'une chemise sans manches en tissu artisanal. À un moment, il soulève ses cheveux pour mieux les laver ; les témoins s'étonnent de la cicatrice épaisse qui lui divise la nuque, points de suture disparaissant dans sa chevelure. (Il s'en étonne aussi.) Les villageois s'interrogent également devant ses vêtements, si délavés par l'eau de mer et le soleil qu'ils en sont presque décolorés et ont viré à un vague gris-brun. (Il se souvient qu'ils devraient être bordeaux, mais ignore pourquoi.)

Encore de l'eau, la douce. Cette fois, on le laisse boire son content. Il mange un peu. Puis il dort des heures et des heures, un murmure coléreux ininterrompu se dévidant au fin fond de son esprit.

À son réveil, la nuit est bien avancée. Un enfant se tient au pied de son lit. La mèche de la lanterne a beau avoir été raccourcie, Schaffa distingue ses vieux vêtements, propres et secs, dans les mains du visiteur. Lequel en a retourné une poche. Le seul endroit de la tenue qui ait plus ou moins gardé sa couleur d'origine. Bordeaux.

Schaffa se soulève sur un coude. Il y a quelque chose chez ce petit… Peut-être…

« Bonjour. »

Le garçon ressemble tellement à Litz qu'il lui manque juste quelques décennies d'usure et d'alopécie pour en devenir le jumeau. L'espoir désespéré qui brille dans ses yeux serait toutefois totalement déplacé dans ceux du vieillard. Litz connaît sa place en ce monde, alors que quelque chose a privé cet enfant de ses repères. Il doit pourtant avoir onze ou douze ans, l'âge d'être adopté par sa comm. Schaffa pense savoir quel est le problème.

« C'est à vous, dit le gamin en lui tendant les vêtements.

— En effet.

— Vous êtes un Gardien ? »

Quasi-souvenir fugace.

« Qu'est-ce que c'est, un Gardien ? »

Le garçon, manifestement aussi perdu que son interlocuteur, s'en rapproche d'un pas puis s'arrête. (Plus près, oui, viens plus près.)

« Il paraît que vous avez oublié plein de choses. Vous avez de la chance de ne pas être mort. » Il s'humecte les lèvres. « Les Gardiens… gardent.

— Quoi donc ? »

L'incrédulité emporte la peur. Il se rapproche encore.

« Les *orogènes*. Je veux dire… vous gardez les gens pour éviter que les orogènes leur fassent du mal. Qu'ils fassent du mal. Et puis vous les gardez, eux, pour éviter que les gens leur fassent du mal. C'est ce que disent les histoires. »

Schaffa se redresse afin de s'asseoir au bord du lit, les jambes ballantes. Ses blessures ne lui font presque plus mal. Le pouvoir rageur logé en lui l'a soigné nettement plus vite que la normale. À vrai dire, il se sent bien, à un détail près.

« Garder les orogènes, marmonne-t-il d'un ton pensif. C'est ce que je suis censé faire ? »

Le garçon pouffe, mais son amusement ne dure pas. Pour une raison ou pour une autre, il a peur, très peur – même si ce n'est pas de Schaffa.

« Les gens tuent les orogènes, dit-il tout bas. Quand ils en trouvent. Sauf s'il y a des Gardiens.

— Vraiment ? »

Les gens se conduisent comme des barbares, estime Schaffa, avant de se rappeler la crête de pierres aiguisées qui traverse l'océan. Une œuvre d'orogène, il en a la certitude absolue. *Voilà pourquoi il faut les noyer à la naissance,* a affirmé Litz. *Il en a raté un,* se dit Schaffa – pensée qui l'oblige ensuite à lutter contre un fou rire hystérique.

« Je ne veux faire de mal à personne, reprend le gamin. Mais un jour, j'en ferai, si… si je n'ai pas d'entraînement. J'ai bien failli, quand le volcan s'est mis à traficoter. C'était tellement dur de me retenir.

— Si tu ne t'étais pas retenu, ça t'aurait tué, avec peut-être en plus un tas d'autres gens », assure Schaffa. Il bat des paupières. Qu'en sait-il ? « La volatilité des points chauds est bien trop grande pour que tu puisses en calmer un sans danger. »

Les yeux du visiteur s'illuminent.

« Alors vous *savez.* » Il s'accroupit juste à côté des genoux de Schaffa et poursuit, dans un murmure : « Aidez-moi, s'il vous plaît. Ma mère… elle était là quand le volcan… J'ai essayé d'avoir l'air normal, mais je n'y *arrivais* pas. À mon avis, elle sait. Si jamais elle le dit à mon grand-père… »

Il inspire brusquement, comme s'il étouffait, alors qu'il refoule en réalité un sanglot. Le résultat est le même.

La noyade, Schaffa connaît. Il caresse l'épais nuage de cheveux du garçon, du sommet du crâne à la nuque, où il laisse ses doigts s'attarder.

« J'ai à faire », dit-il, car il a à faire. Après tout, la colère et les murmures en lui ont un but, qui est devenu sien. *Rassemble-les, entraîne-les, fais d'eux les armes qu'ils sont censés être.* « Si je t'emmène, on va partir loin, très loin. Tu ne reverras jamais ta famille. »

Le gamin détourne les yeux avec amertume.

« S'ils savaient, ils me tueraient.

— C'est vrai. »

Schaffa lui presse les doigts au creux de la nuque et tire de lui avec la plus grande douceur une première mesure de… quelque chose. De quoi s'agit-il ? Le nom de la chose lui échappe. Peut-être n'en a-t-elle pas. Ce qui compte, c'est qu'elle existe et qu'il en a besoin. Grâce à elle, il le sait, il protégera mieux les pauvres lambeaux de son être. (Passé.) Voilà pourquoi il prend, et cette unique gorgée lui fait l'effet du brusque déferlement suave de l'eau douce après des litres et des litres d'eau salée desséchante. Il meurt d'envie de tout boire, le reste de cette chose lui inspire autant d'avidité que la gourde de Litz, dans la crique, mais il s'oblige à y renoncer pour la même raison.

Il survivra grâce à ce qu'il en a absorbé, et s'il sait se montrer patient, le garçon en aura davantage à lui offrir plus tard.

Oui. Ses pensées ont gagné en clarté. Il lui est plus facile de repousser les murmures. Il a besoin de cet enfant et d'autres comme lui. Il va poursuivre son chemin pour en trouver puis, avec leur aide, il va arriver à…

… à…

… Bon. Tout n'a pas gagné en clarté. Certains souvenirs ne lui reviendront jamais. Il se débrouillera.

Son visiteur le regarde, interrogateur. Pendant que Schaffa cherchait à rassembler les fragments de son identité, lui se débattait avec son avenir. Ils sont faits l'un pour l'autre.

« Je pars avec vous. » Le garçon vient apparemment de passer une minute à croire qu'il avait le choix. « Où que vous alliez. Je ne veux faire de mal à personne. Et je ne veux pas mourir. »

Pour la première fois depuis la scène qui s'est déroulée sur un bateau, deux jours plus tôt, quand il était quelqu'un d'autre, Schaffa sourit. Il caresse à nouveau la tête du gamin.

« Tu es une bonne âme. Je ferai le maximum pour t'aider. » La tension qui habitait le petit villageois se dissipe aussitôt ; les larmes lui montent aux yeux. « Va chercher les affaires dont tu auras besoin en voyage. Je vais voir tes parents. »

Ces mots tombent de la bouche de Schaffa naturellement, facilement. Il les a déjà prononcés, bien qu'il ne se rappelle pas quand. Il se rappelle en revanche que les choses ne se passent pas toujours aussi bien qu'il le dit.

Le garçon le remercie dans un murmure, lui serre le genou pour l'imprégner de ses remerciements puis s'empresse de quitter la pièce. Schaffa se remet lentement sur ses pieds. L'enfant lui a laissé son uniforme déteint, qu'il enfile. Ses doigts ont gardé le souvenir de la position que sont censées occuper les coutures. La cape qui complète en théorie la tenue a disparu, la Terre sait où. Au moment où il va quitter la pièce à son tour, un miroir disposé à l'écart attire son regard. Il s'arrête. Frissonne. Et pas de plaisir, cette fois.

Ça ne va pas. Pas *du tout*. Ses cheveux sont ternes, cassants et rebelles – les ravages de l'eau de mer et du soleil –, alors qu'il s'attendait à les voir noirs et brillants. Ses vêtements flottent sur son corps, parce qu'il s'est servi d'une partie de sa propre substance pour obtenir l'énergie nécessaire à l'effort violent qui lui a permis d'atteindre la terre ferme. Son uniforme n'est pas non plus de la bonne couleur ; il n'y puise aucun réconfort, aucune certitude de ce qu'il était et devrait être. Quant à ses yeux…

Terre cruelle. Ils sont presque aussi blancs que la glace. Il ne savait pas qu'il avait un regard pareil.

Le plancher grince près de la porte. Ses yeux monstrueux se tournent vers le bruit. La mère du garçon se tient sur le seuil. Elle cligne des paupières à la lumière de la lanterne qu'elle tient à la main.

« Il me semblait bien vous avoir entendu remuer, dit-elle. Où est Eitz ? »

Sans doute s'agit-il de son fils.

« Il est venu m'apporter ça. »

Schaffa touche sa veste.

« Ah. » Elle entre dans la chambre. « On dirait bien un uniforme, maintenant qu'il est propre et sec. »

Il acquiesce.

« J'ai appris quelque chose sur moi-même. Je suis un Gardien.

— C'est vrai ? » Les yeux écarquillés de la femme débordent de méfiance. « Eitz vous a cassé les pieds, évidemment.

— Non, non, pas du tout. » Schaffa lui adresse un sourire rassurant, mais elle n'en fronce les sourcils que davantage. Eh bien… il a aussi oublié comment séduire. Il se tourne vers elle, se rapproche puis s'arrête, amusé par la peur qui la pousse à reculer d'un pas. « Et il a également appris quelque chose sur lui-même. Je vais l'emmener. »

Les yeux de la visiteuse s'écarquillent à nouveau. Ses lèvres bougent un moment sans qu'il en sorte un son, puis elle serre les dents.

« Je le savais.

— Vraiment ?

— Je ne voulais pas le savoir. » Elle déglutit. Sa main se crispe. La petite flamme de la lanterne vacille à chaque bouffée d'émotion qui la traverse. « Ne l'emmenez pas. S'il vous plaît.

— Pourquoi ça ? demande-t-il, la tête penchée de côté.

— Son père en mourrait.

— Et son grand-père ? » Un pas. (Plus près.) « Et ses oncles, ses tantes, ses cousins ? Et vous ? »

Elle tressaille.

« Je… je ne sais pas comment je me sens, là, avoue-t-elle en secouant la tête.

— Ah, pauvre malheureuse. » La douceur et la compassion de Schaffa sont automatiques, elles aussi.

Son chagrin profond. « Mais si je ne l'emmène pas, le protégerez-vous des autres ?

— Hein ? » Elle a l'air aussi surprise qu'alarmée. Se peut-il réellement qu'elle n'ait pas pensé à ça ? Apparemment, oui. « Le protéger… *lui* ? »

Cette question prouve qu'elle ne saurait remplir la tâche à venir.

Schaffa soupire en secouant la tête, comme pour lui dire qu'il est désolé, la main tendue, comme pour la lui poser sur l'épaule. Elle se détend, à peine, sans remarquer que ladite main va en fait s'incurver autour de sa nuque, mais les doigts de Schaffa ne sont pas plus tôt en place qu'elle se raidit.

« Qu… »

Elle s'effondre ; morte.

Il cligne des yeux en la regardant tomber à terre. Désorienté. Une chose pareille était-elle censée arriver ? Mais, déjà, il comprend – les pensées encore éclaircies par la goutte de *quelque chose* qu'elle vient de lui donner, une quantité infime par rapport à celle dont dispose Eitz. Il ne peut puiser en toute sécurité que chez les orogènes, qui ont plus qu'assez de cette chose pour partager. La mère était sans doute une fixe. N'empêche qu'il se sent mieux. À vrai dire…

Prends-en davantage, chuchote la rage au fond de son esprit. *Prends-les tous. Ils représentent une menace pour le garçon, donc pour toi.*

Oui. C'est logique.

Aussi Schaffa erre-t-il à travers la maison obscure et silencieuse, où il touche le moindre membre de la famille pour en gober un morceau. La plupart ne se réveillent pas. L'imbécile de fils donne davantage que les autres, car c'est presque un orogène. (Presque un

Gardien.) Litz moins, peut-être parce qu'il est vieux… ou parce qu'il ne dort pas et se débat contre la main que son hôte lui a plaquée sur la bouche et le nez. Il cherche même à poignarder Schaffa avec le couteau à poisson tiré de sous son oreiller. Quel dommage qu'il soit contraint d'endurer une peur pareille ! Le visiteur lui tourne brusquement la tête pour accéder au creux de sa nuque. Clac. Il ne prend conscience du craquement qu'il vient d'entendre que quand le quelque chose qu'il pompait en Litz s'amollit au point de devenir inerte, inutilisable. Ah, oui : il se rappelle à retardement que ça ne marche pas sur les morts. Il fera plus attention, à l'avenir.

Mais il se sent tellement mieux, maintenant que la tension douloureuse qui l'habitait s'est endormie. Il se sent… non pas complet, il ne se sentira plus jamais complet, mais la présence autre logée en lui y occupe tant de place que le maigre terrain regagné apporte un immense soulagement.

« Je suis Schaffa Gardien… Mandat ? » murmure-t-il en clignant des yeux quand le dernier mot lui vient enfin. De quelle comm s'agit-il ? Il ne s'en souvient pas, mais il est content d'en avoir retrouvé le nom. « Je n'ai fait que le nécessaire. Le mieux pour le monde. » Ces mots-là lui parlent. Oui. Il avait besoin d'un but, qui le guidera à présent, du fin fond de son cerveau. Comment se fait-il qu'il ne l'ait pas eu avant ? Tandis que maintenant… « Maintenant, j'ai à faire. »

Eitz le rejoint dans la pièce commune, équipé d'une petite sacoche, haletant, surexcité.

« Je vous ai entendu discuter avec maman. Vous… vous l'avez prévenue ? »

Schaffa s'accroupit pour se mettre à son niveau et le prend par les épaules.

« Oui. Elle m'a dit qu'elle ne savait pas comment elle se sentait. Rien de plus. »

Les traits d'Eitz se chiffonnent. Il jette un coup d'œil dans le corridor qui mène aux chambres des adultes. Tous leurs occupants sont morts, toutes leurs portes closes sur le silence. Schaffa n'étant pas un monstre absolu, il a toutefois épargné les frères et les cousins de son pupille.

« Je peux lui dire au revoir ? demande le garçon dans un murmure.

— Ce serait dangereux, j'en ai peur. » Le meurtrier pense le moindre mot de ce qu'il dit. Il n'a aucune envie d'être obligé de tuer Eitz à l'instant. « Il vaut mieux faire ces choses-là proprement. Viens ; tu es avec moi, maintenant. Je ne te quitterai jamais. »

Eitz cligne des yeux, se raidit légèrement puis hoche la tête, tremblant. Il est un peu grand pour que des mots pareils exercent un tel pouvoir sur lui, mais sans doute la terreur que sa famille lui inspirait depuis des mois a-t-elle décuplé leur efficacité. Rien de plus facile que de jouer de son état d'esprit – solitude et épuisement. Il n'a même pas été nécessaire de lui mentir.

La maison qu'ils quittent abrite autant de morts que de vivants. Schaffa est censé emmener cet enfant… quelque part, il le sait. En un lieu aux murailles d'obsidienne et aux barreaux dorés qu'un cataclysme de feu détruira dans dix ans. Peut-être vaut-il donc mieux que le Gardien soit trop endommagé pour s'en souvenir. Quoi qu'il en soit, les murmures coléreux l'entraînent à présent dans une autre direction. Au sud. Où il a à faire.

Il pose la main sur l'épaule d'Eitz dans l'espoir de le réconforter ou, peut-être, de se réconforter lui-même. Ensemble, ils s'enfoncent dans l'obscurité qui précède l'aube.

*
**

Ne vous laissez pas abuser. Les Gardiens sont d'une antiquité incomparablement supérieure à celle de l'Antique Sanze. Ils ne travaillent pas pour nous.

Dernières paroles consignées
de l'empereur Mutshatee,
avant son exécution

4. On vous lance un défi

Appeler l'obélisque vous a fatiguée. De retour dans votre chambre, vous vous allongez une minute sur votre paillasse nue, et le sommeil vous emporte si vite que vous ne vous en rendez même pas compte. Vos yeux s'ouvrent en pleine nuit – du moins est-ce ce qu'affirme votre horloge interne, car les murs luisent toujours de la même manière. Vous avez l'impression qu'il ne s'est écoulé qu'un instant, mais Hoa est blotti près de vous, bel et bien endormi, semble-t-il, si inhabituel que ce soit, et Tonkee ronfle tout bas dans la pièce voisine. Vous vous sentez nettement mieux qu'en vous couchant, quoique affamée. Reposée, pour la première fois depuis peut-être des semaines.

Aiguillonnée par la faim, vous gagnez la salle commune. Une petite sacoche en chanvre ouverte est posée sur la table. Sans doute une des acquisitions de Tonkee. Elle contient apparemment des champignons, des haricots secs et autres provisions de cache. Normal : en tant que membres adoptés de la comm, vous avez maintenant droit à votre part des réserves de Castrima, vos compagnons et vous. Il n'y a rien là que vous puissiez grignoter tout de suite, sauf peut-être les champignons, mais cette espèce vous est inconnue et certaines ne sont comestibles qu'après cuisson. Si tentée que vous soyez… Vous trouvez-vous dans le genre de ville où on donnerait des provisions dangereuses à des nouveaux venus sans les prévenir ?

Hum. Bon. Vous récupérez votre sac de survie et y farfouillez, à la recherche des derniers aliments que vous avez vous-même introduits à Castrima. Votre repas se compose d'orange confite, de croûtes de pain et d'un morceau de viande séchée acquis grâce au troc dans la dernière comm croisée sur votre route. Il a assez mauvais goût pour que vous le soupçonniez d'être du rat de cuve, mais tout ce qui nourrit est comestible, s'il faut en croire les mnésistes.

La viande avalée – péniblement –, vous restez assise là, à moitié endormie, à vous demander comment lancer un simple appel a bien pu vous épuiser à ce point. Il est vrai que vous l'avez lancé à un obélisque… et peut-on qualifier de simple ce qui concerne les obélisques ? À ce point de vos réflexions, vous prenez conscience du bruit rythmique, aigu quoique râpeux, qui s'élève à l'extérieur, mais vous l'écartez aussitôt de vos pensées. Vous ne comprenez rien à cette comm ; sans doute vous faudra-t-il des semaines, voire des mois, pour vous habituer à son environnement sonore surprenant. (Des mois. Renoncez-vous si facilement à Nassun ?) Vous ne prêtez donc aucune attention au fameux bruit, de plus en plus proche et puissant, vous continuez à bâiller, vous êtes même sur le point de retourner vous coucher quand vous vous apercevez à retardement qu'il s'agit de *hurlements*.

Les sourcils froncés, vous allez ouvrir le fin rideau qui sert de porte à l'appartement. Vous n'êtes pas particulièrement inquiète. Vos valupinae n'ont pas frémi une seconde, et de toute manière, si jamais une secousse atteint la Castrima souterraine, il n'y aura aucun survivant, si vite que ses habitants s'enfuient. Des tas de gens vaquent à leurs occupations dans la géode. Une inconnue passe juste devant vous, chargée d'un grand panier des champignons que vous avez hésité à manger ; elle vous salue distraitement d'un signe de tête à votre sortie puis manque de lâcher son chargement en se tournant vers le bruit et en évitant de justesse un type qui pousse une brouette à couvercle d'une puanteur fantastique. Sans doute arrive-t-il tout droit des latrines. La ville n'étant pas soumise à un cycle jour-nuit fonctionnel, elle ne dort jamais. Le travail s'y effectue par roulement de six équipes et non trois, comme ailleurs, vous le savez parce qu'on vous a donné une affectation. Vous ne la prendrez qu'à la mi-journée – à douze heures, comme on dit ici – en relevant une certaine Artith, près de la forge.

Rien de tout cela n'a d'importance pour l'instant, car les cristaux protubérants dispersés à travers la géode ne vous empêchent pas de voir un petit groupe arriver en courant par la grande ouverture rectangulaire du tunnel d'accès. Quelques personnes en portent une autre, qui hurle.

La tentation vous effleure de ne pas prêter attention à l'incident et de retourner vous coucher. On est en Saison. Les gens meurent. Vous n'y pouvez rien. Il ne s'agit même pas de quelqu'un que vous connaissez. Vous n'avez aucune raison de vous en occuper.

Jusqu'au moment où l'un des porteurs appelle Lerna, d'un ton si paniqué que vous sursautez. De votre balcon, vous avez vue sur le cristal gris massif où se trouve l'appartement du médecin, à trois cristaux de chez vous et un peu en contrebas. Le rideau-porte de Lerna s'ouvre d'une secousse, Lerna en personne se précipite dehors, dévale l'escalier le plus proche en enfilant sa chemise à la va-vite puis fonce vers l'infirmerie, où comptent manifestement se rendre les arrivants.

Pour des raisons qui vous échappent, vous jetez un coup d'œil en arrière dans votre propre appartement. Tonkee dort toujours comme une souche pétrifiée, mais Hoa est là, d'une immobilité de statue, les yeux fixés sur vous. Quelque chose dans son expression vous alerte. Il a l'air incapable de l'impassibilité minérale de son espèce, peut-être parce qu'il n'est pas minéral, justement. Quoi qu'il en soit, son visage vous paraît exprimer avant tout la… compassion.

En un souffle, presque sans y penser, vous vous retrouvez dehors, à vous précipiter vers le niveau du sol. (Vos pensées, pendant cette course : la compassion d'un mangeur de pierre déguisé vous a galvanisée, quand les cris d'un de vos frères humains n'y suffisaient pas. Vous êtes un monstre.) Castrima se révèle aussi déconcertante et frustrante qu'à l'ordinaire, mais cette fois, des tas de gens se ruent sur les ponts et les passerelles dans la même direction que vous. Il vous suffit donc de suivre le courant.

À votre arrivée, il y a foule devant l'infirmerie, une foule agitée par la curiosité, l'inquiétude et l'anxiété. Lerna, le blessé et ses porteurs ont disparu à l'intérieur. La nature du terrible hurlement ne fait plus le moindre doute : quelqu'un se déchire la gorge en rugissant d'une douleur atroce, insupportable, qu'il est pourtant obligé de supporter.

Vous entreprenez de jouer des coudes pour entrer sans réellement y penser. Vous n'y connaissez rien aux soins médicaux, mais à la douleur, si. À votre grande surprise, les gens vous jettent un coup d'œil agacé… puis s'écartent en ouvrant de grands yeux et en tirant de côté ceux qui ne réagissent pas, non sans leur chuchoter à l'oreille quelques phrases précipitées. Oh, non. Les Castrimiens parlent déjà de vous.

Sitôt entrée, vous manquez de vous faire renverser par une Sanzienne qui passe en courant, une grande seringue entre les mains. Pas très prudent, à votre avis. Vous lui emboîtez le pas jusqu'à une table, sur laquelle six personnes maintiennent celle qui hurle. Une des six bouge, vous dévoilant le visage du malheureux : un parfait inconnu, banal Moyen qui revient évidemment de la surface, à en juger par la cendre grise qui lui couvre la peau, les vêtements et les cheveux. La Sanzienne en écarte une autre, avant d'administrer ostensiblement le contenu de sa seringue. Un instant plus tard, un frisson traverse tout le corps du patient, dont la bouche se referme peu à peu. Ses cris s'éteignent lentement, lentement. Très lentement. Un sursaut violent le secoue ; un effort tel qu'il secoue aussi tous ceux qui le maintiennent. Puis, enfin, il sombre dans une bienheureuse inconscience.

Le silence est quasi résonnant. Lerna et la soignante continuent à s'agiter, alors que les gens qui maîtrisaient le blessé reculent en échangeant des coups d'œil, comme s'ils se demandaient que faire, maintenant. Dans l'affolement général, à présent silencieux, vous ne pouvez vous empêcher de scruter le fond de l'infirmerie. Albâtre s'y trouve toujours, mais les nouveaux venus ne lui prêtent aucune attention. Sa mangeuse de pierre a beau se tenir là où vous l'avez vue pour la dernière fois, elle contemple à présent le tableau. Vous voyez au-dessus des lits le visage de votre ancien mentor se tourner vers vous, mais ses yeux ne font que vous effleurer.

Votre regard se repose sur le patient, car certains de ses compagnons reculent encore. Le problème ne vous apparaît pas immédiatement. Certes, son pantalon semble curieusement *humide* par endroits, encroûté de cendre boueuse, mais cette humidité n'est pas rouge ; il ne s'agit pas de sang. Une odeur assez indescriptible s'en élève pourtant. Viande en saumure. Graisse brûlante. On a retiré ses bottes au malheureux. De petits tressaillements spasmodiques agitent ses pieds, et ses orteils écartés ne se détendent qu'à contrecœur, malgré son inconscience. Lerna est en train de couper aux ciseaux une de ses jambes de pantalon. Lorsqu'il décolle le tissu humide de la peau, vous remarquez aussitôt les petits hémisphères bleus luisants incrustés çà et là, étrangers à la chair. Une dizaine ou une quinzaine de bosses de cinq centimètres de diamètre sur peut-être deux à trois de hauteur, entourées d'une zone de muscle brun-rose enflée d'une bonne vingtaine de centimètres de diamètre. Vous prenez d'abord ces incrustations pour des gemmes, car elles y ressemblent un peu par leur bleu métallique et leur beauté.

« Et merde, dit quelqu'un d'une voix adoucie par le saisissement. Rouille de rouille. »

Quelqu'un d'autre entre derrière vous en jouant des coudes, après une brève discussion avec les gens qui ont bloqué le passage. Quand l'arrivante s'arrête à côté de vous, vous vous apercevez qu'il s'agit de Ykka. Ses yeux s'écarquillent un instant – stupeur et dégoût –, avant qu'elle ne se contraigne à l'impassibilité.

« Que s'est-il passé ? » demande-t-elle, d'un ton assez sec pour tirer en sursaut les spectateurs de leur contemplation.

(Vous vous apercevez à retardement, ou juste à temps peut-être, qu'une autre mangeuse de pierre se trouve dans la pièce, non loin du tableau, une de vos connaissances : la créature aux cheveux rubis qui faisait partie du comité d'accueil lors de votre arrivée à Castrima. Elle fixe Ykka avec avidité, mais ses yeux minéraux se tournent parfois vers vous. Vous êtes soudain hyper-consciente de l'absence de Hoa, qui ne vous a pas suivie quand vous avez quitté l'appartement.)

« Patrouille du périmètre extérieur », dit à Ykka un autre Moyen couvert de cendre, trop petit pour un Costaud. Peut-être un des nouveaux Chasseurs. Il contourne le groupe réuni autour du lit, le regard rivé à la chef, comme s'il n'existait rien d'autre qui puisse l'empêcher de contempler le blessé jusqu'à en perdre l'esprit. « On est allés près de la c… carrière de sel, parce qu'on pensait que la chasse serait peut-être bonne dans le coin. Il y avait une sorte de doline près d'un ruisseau. Beled… Je ne sais pas. Il a disparu. Je les ai entendus hurler tous les deux, je me suis demandé pourquoi. J'étais en amont, j'examinais des pistes. Quand je suis arrivé, il ne restait que Terteis… lui, là. On aurait dit qu'il essayait de sortir du trou de cendre. Je l'ai aidé, mais il y en avait déjà sur lui et sur ses bottes. C'est pour ça que je les ai coupées… »

Un sifflement féroce détourne votre attention de l'orateur. Lerna secoue la main, les doigts tendus et écartés comme s'ils lui faisaient mal.

« Va me chercher ces rouilles de forceps ! » lance-t-il à un inconnu, qui sursaute et s'empresse d'obéir.

Vous ne l'aviez encore jamais entendu jurer.

« Une marmite quelconque… » La soignante sanzienne a l'air incrédule. Elle a beau s'adresser au médecin, elle cherche clairement à se convaincre elle-même de ce qu'elle dit. Il continue à palper les bords des brûlures de sa main intacte sans lui prêter aucune attention. « Forcément. Il est tombé dans un évent, un geyser ou une vieille conduite géo rouillée. »

Les gemmes ne seraient donc qu'une coïncidence.

« … sinon, ils m'auraient eu, moi aussi. » Le Chasseur poursuit son récit d'une voix sans timbre. « Je pensais qu'il n'y avait que de la cendre dans la doline, mais en fait… je ne sais pas. C'était une sorte de fourmilière. » Il déglutit puis pince les lèvres. « Je n'ai pas réussi à le débarrasser des autres, alors je l'ai ramené ici. »

Ykka serre les dents, mais relève ses manches et s'approche de la table en bousculant les Castrimiens rassemblés autour, sous le choc.

« Reculez ! Allez, reculez ! s'écrie-t-elle. Si vous n'avez pas l'intention d'aider, faites de la place à ceux qui bossent. »

Certains des curieux en entraînent d'autres dehors. Quelqu'un attrape une des gemmes et essaie de l'extirper de la jambe du blessé, mais retire brusquement la main en poussant un cri de douleur, comme Lerna. La chose change alors ; sa surface bleue brillante se divise en deux moitiés, qui s'écartent l'une de l'autre, se soulèvent puis se remettent en place. Un déclic s'opère dans votre tête : il ne s'agit pas d'une pierre précieuse, mais d'un insecte, une sorte de scarabée à la carapace irisée. Il lui a suffi de soulever les élytres pour dévoiler un corps rond translucide, dans lequel quelque chose dansait, bouillonnait. Sa chaleur se value même de là où vous vous tenez ; une vraie marmite. La chair de sa victime fume tout autour.

Quelqu'un apporte les forceps à Lerna, qui essaie d'arracher une des bestioles. Elle soulève à son tour les élytres, expédiant sur les doigts du médecin un jet ultra-fin d'une substance quelconque. Il pousse un cri, lâche les forceps et se rejette en arrière.

« De l'acide ! » s'exclame un des témoins.

Un autre prend la main de Lerna, décidé à l'essuyer au plus vite, mais vous savez de quoi il s'agit avant même que le praticien ne proteste, haletant :

« Non ! C'est juste de l'eau. De l'eau bouillante.

— Soyez prudents », ajoute à retardement le Chasseur conscient.

Vous remarquez alors la traînée de cloques qui s'étend sur une de ses mains. Vous remarquez aussi qu'il évite de regarder la table de l'infirmerie et les gens qui l'entourent.

Le spectacle est insupportable. Ces bestioles rouillées sont en train de tuer leur victime par cuisson. Vous vous apercevez cependant en détournant les yeux qu'Albâtre vous fixe, une fois de plus. Albâtre, lui-même couvert de plaies, *devrait* être mort. Quand on se tient près de l'épicentre d'une fissure continentale, on ne s'en tire pas avec quelques brûlures au troisième degré. Il devrait être réduit à l'état de cendre, dispersée dans les rues en fusion de Lumen.

Cette certitude s'impose pendant que son attention se concentre sur vous, alors que l'épreuve du feu subie par le blessé le laisse apparemment indifférent. Une indifférence normale au Fulcrum, engendrée par les trahisons, les disparitions inexpliquées d'amis, les atrocités « insupportables » dont on est témoin.

Et pourtant. L'orogénie d'Albâtre suscite une réverbération d'une puissance négligente, d'une précision de diamant, d'une familiarité si douloureuse qu'elle vous oblige à fermer les yeux pour lutter contre les souvenirs. Bateau soulevé par la houle, grand-route déserte, île rocheuse venteuse. Il tisse un tore dévastateur par sa petitesse – à peine deux centimètres de diamètre, et d'une finesse telle que son fulcrum ténu vous échappe. Vous n'avez toujours pas atteint ce niveau.

Une exclamation étouffée. Vous rouvrez les yeux. Un des scarabées frissonne, siffle telle une bouilloire animée… puis se fige, congelé. Ses pattes, plantées dans la chair cuite, s'en décrochent. Il est mort.

Un gémissement étouffé. L'orogénie se dissipe. Vous pivotez. Albâtre s'est tassé en avant, la tête basse. Antimoine s'accroupit à côté de lui avec une lenteur pesante ; quelque chose dans sa posture trahit l'inquiétude, malgré la placidité obstinée de ses traits. L'autre mangeuse de pierre, celle aux cheveux rouges – exaspérée, vous décidez en votre for intérieur de l'appeler Rubis –, se concentre elle aussi sur lui.

C'est donc ça. Vous vous retournez vers le blessé. Votre regard se pose sur Lerna, fasciné par le scarabée congelé. Ses yeux se lèvent, parcourent la pièce, vacillent en vous trouvant, se rivent aux vôtres. Vous lisez sur son visage une question à laquelle vous répondez en ébauchant un geste de dénégation : Non, ce n'est pas vous qui avez tué la bestiole. Toutefois, cette question-là n'a pas grand intérêt, et peut-être en avait-il une autre en tête. Il se fiche de savoir si vous l'avez fait. Il veut savoir si vous *pouvez* le faire.

Lerna, Hoa, Albâtre. On dirait qu'aujourd'hui, vos guides sont des regards éloquents, quoique silencieux.

Vous vous approchez du blessé en vous concentrant sur vos valupinae. À la valuation, les points brûlants des insectes évoquent des évents géothermiques. Leur corps minuscule recèle une forte pression maîtrisée, qui leur permet de porter l'eau à ébullition. Par habitude, vous tendez la main vers le Chasseur inconscient pour montrer aux spectateurs que vous faites quelque chose. Un juron, un sifflement nerveux, des pas mêlés précipités, une bousculade : on s'éloigne de vous et du tore que vous allez susciter. Bande d'imbéciles. Ils ne savent donc pas qu'on n'a besoin d'un tore que pour exploiter son environnement ? Les scarabées contiennent plus d'énergie qu'il ne vous en faut. La difficulté va consister à ne l'extraire que d'eux, sans déborder dans le muscle brûlant en dessous.

La mangeuse de pierre de Ykka – Rubis – fait un pas lent dans votre direction. Vous la valuez plus que vous ne la voyez, montagne en approche qui s'immobilise brusquement, car une autre montagne se trouve maintenant sur son chemin : Hoa, figé, silencieux et froid. D'où sort-il ? Peu importe, vous ne pouvez vous permettre de penser maintenant à ces créatures.

Vous vous mettez au travail prudemment, en vous servant de vos yeux autant que de vos valupinae pour déterminer à quelle zone vous limiter au juste… mais Albâtre vous a montré comment vous y prendre. Vous tissez des tores à partir des petits nodules brûlants, un à un. Il arrive que les insectes cassent, s'ouvrent, laissent échapper un sifflement violent ; il y en a même un qui éclate et que l'explosion projette à travers la pièce. (Les gens s'écartent de son chemin encore plus vite que du vôtre.) Voilà, c'est fait.

Tout le monde vous regarde. Vous vous tournez vers Ykka, le souffle court, parce qu'il est beaucoup, beaucoup plus difficile d'atteindre cette finesse de contrôle que de déplacer une colline.

« Quelque chose à secouer ? »

Elle cligne des yeux, valuant instantanément ce que vous voulez dire, puis vous attrape par le bras. Il s'opère… quoi, au juste ? Une inversion ? Une canalisation vers l'extérieur telle que vous pourriez en pratiquer sur un obélisque, si on oublie qu'il n'y a pas d'obélisque et que ce n'est pas vous qui canalisez, même s'il s'agit de votre orogénie. Des exclamations s'élèvent soudain dehors. Vous vous tournez vers la porte. L'infirmerie occupe un véritable bâtiment, elle n'a pas été creusée dans une des composantes de la géode, ce qui explique son éclairage électrique. Quant aux cristaux de la comm que vous distinguez par l'ouverture, ils brillent nettement plus qu'auparavant.

Vous considérez Ykka, qui hoche la tête, en collègue pragmatique. Peut-être êtes-vous censée savoir ce qu'elle a fait ; peut-être êtes-vous censée admettre sans vous en inquiéter qu'une sauvage réussisse l'impossible – d'après une orogène à anneaux du Fulcrum. Le prodige accompli, elle va chercher une autre paire de forceps pour aider Lerna, qui s'est remis à tirer sur un des scarabées malgré ses doigts brûlés. Cette fois, la bestiole se détache. Une trompe aussi longue que son corps sort de la chair cuite et… vous ne pouvez en regarder davantage.

(Rubis vous apparaît à nouveau, à la limite de votre champ de vision. Elle ne prête aucune attention à Hoa, planté entre elle et vous, aussi immobile qu'une statue. À vrai dire, elle sourit à Ykka, les lèvres à peine entrouvertes – simple aperçu de dents luisantes que vous effacez de votre champ de conscience.)

Vous battez en retraite au fond de l'infirmerie, où vous vous asseyez près des coussins d'Albâtre. Il souffle comme une forge, toujours penché en avant, bien que sa mangeuse de pierre l'ait pris par l'épaule d'une main aussi puissante qu'un étau pour l'aider à se tenir droit. Vous vous apercevez enfin qu'il serre un de ses moignons de bras contre son ventre et que… Oh, Terre cruelle ! La pierre gris-brun qui jusque-là ne couvrait que son poignet droit monte maintenant jusqu'à son coude.

Il lève la tête. Les traits badigeonnés de sueur, l'air aussi épuisé que s'il venait d'éteindre un supervolcan, même si, cette fois, il est conscient. Et souriant.

« Toujours aussi bonne élève, Syène, murmure-t-il. Mais c'est usant de te servir d'enseignant, rouille de terre ! »

Le choc de la compréhension résonne en vous aussi fort que le silence. *Albâtre ne peut plus pratiquer l'orogénie.* Pas sans… conséquences. Vous vous tournez impulsivement vers Antimoine, et votre estomac se révolte à la vue du regard qu'elle pose sur l'avant-bras pétrifié de frais. Elle ne bouge pourtant pas. Au bout d'un moment, Albâtre réussit à se redresser en lui jetant un coup d'œil où se lit la reconnaissance.

« Plus tard », dit-il tout bas.

Ce qui signifie : *Tu mangeras mon bras plus tard*, vous en êtes bien consciente. Elle déplace la main pour le soutenir par-derrière.

Vous avez une envie si irrépressible de la repousser, de remplacer sa main par la vôtre et d'aider Albâtre vous-même que vous êtes contrainte de détourner les yeux, là aussi.

Vous vous relevez, écartez tout le monde pour sortir et allez vous asseoir sur un petit cristal au sommet plat qui commence juste à pousser depuis la paroi de la géode. Personne ne vient vous casser les pieds, malgré le poids des regards et l'écho des murmures qui vous suivent. Vous restez là un bon moment, alors que vous n'en aviez pas l'intention. Quant à savoir pourquoi…

Une ombre finit par tomber sur vos pieds. Vous levez les yeux. Lerna se tient devant vous, pendant que Ykka s'éloigne en compagnie d'un type qui lui parle, mais à qui elle oppose un silence coléreux. La foule s'est enfin dispersée, bien que le rideau ouvert de l'infirmerie dévoile une salle plus encombrée que d'habitude. Peut-être le malheureux Chasseur à moitié cuit a-t-il des visiteurs.

Lerna ne vous regarde pas. Il contemple l'autre côté de la géode, perdu dans l'éclat brumeux des quelques cristaux qui vous en séparent. Il fume, aussi. La puanteur et le papier jaunâtre de sa cigarette vous apprennent qu'il s'agit d'une miellée, pleine de feuilles et de bourgeons de mela derminther. Ils composent une fois séchés une drogue douce dont la production a rendu les Moyessud célèbres, si tant est que les Moyessud puissent devenir célèbres. Vous n'en êtes pas moins surprise de voir fumer Lerna. C'est un médecin. Les miellées sont mauvaises pour la santé.

« Ça va ? » demandez-vous.

Pas de réponse. Longue bouffée de cigarette. Vous en êtes à vous dire qu'il ne vous parlera pas, quand il déclare : « Je le tue dès que j'y retourne. »

Alors vous comprenez. Les scarabées ont brûlé la peau, le muscle, peut-être même l'os. Une équipe de médecins lumeniens, aidée de médicaments biomestriques de pointe, parviendrait peut-être à garder le blessé en vie le temps qu'il guérisse, mais les meilleurs soins ne lui permettraient pas forcément de retrouver un jour l'usage de ses jambes. Compte tenu de l'équipement et des produits dont il dispose à Castrima, Lerna peut au mieux amputer. En admettant que le Chasseur s'en tire, on est en Saison. Chacun doit mériter le gîte et le couvert qui le préservent de la cendre et du froid. Peu de comms ont l'usage d'un amputé, et Castrima abrite déjà un grand brûlé invalide.

(Ykka s'éloignant, sans prêter attention à un interlocuteur qui a l'air de plaider pour une vie.)

Ça ne va donc pas du tout en ce qui concerne Lerna. Mieux vaut changer de sujet, un peu.

« Je n'ai jamais rien vu qui ressemble à ces bestioles.

— Les gens du coin les appellent des bouilleurs, mais personne ne savait pourquoi, avant. Ils se reproduisent près des ruisseaux, parce qu'ils se remplissent d'eau. Les animaux les mangent en cas de sécheresse. En principe, ce sont des charognards. Inoffensifs. » Lerna chasse d'une pichenette la cendre qui s'est déposée sur son avant-bras. Vu la chaleur qui règne à Castrima, il porte une ample chemise sans manches. Ses avant-bras sont tachetés de… vous ne savez quoi. Vous détournez les yeux. « Mais les choses changent, en Saison. » En effet. La charogne cuite se garde sans doute plus longtemps. « Vous auriez pu le débarrasser de ces saletés dès votre arrivée. »

Vous clignez des yeux. Ensuite seulement, votre esprit vous signale que cette constatation était en réalité une attaque. Portée avec une telle équanimité, venue d'une direction si inattendue, que la surprise vous empêche de vous mettre en colère.

« Non, je n'aurais pas pu, répondez-vous. Du moins, je ne savais pas que je pouvais. Albâtre…

— Je n'attends rien de lui. Il est venu mourir ici, pas y vivre. » Quand Lerna pivote pour vous faire face, vous vous apercevez brusquement que sa placidité de façade dissimule une fureur absolue. Malgré son regard froid, elle transparaît partout ailleurs : dans ses lèvres blêmes, dans le muscle palpitant de sa joue, dans ses narines frémissantes. « Mais *vous*, Essun, pourquoi êtes-vous venue ? »

Vous tressaillez.

« Vous le savez très bien. Je suis à la recherche de Nassun.

— Nassun vous a échappé. Vous n'avez donc plus le même but. Vous êtes ici pour survivre, comme tout le monde. Vous *êtes* comme tout le monde. » Les lèvres de Lerna s'incurvent – peut-être sa grimace trahit-elle le mépris. « Je vous le dis, parce que si je ne vous le fais pas comprendre, vous êtes bien capable de piquer une crise rouillée et de nous tuer tous. » Quand vous ouvrez la bouche pour riposter, il se rapproche d'un pas, si agressif que vous vous redressez.

« Dites-moi que vous n'en ferez rien, Essun. Dites-moi que je ne serai pas obligé de quitter cette comm-*ci* en pleine nuit, en priant pour ne pas me faire arrêter par un pauvre type furieux contre vous qui me tranchera la gorge. Dites-moi que je ne serai pas obligé de lutter là-dehors pour survivre en regardant les gens que je veux aider mourir encore et encore et encore jusqu'au jour où je me ferai bouffer par des *insectes* rouillés… »

Il s'interrompt sur un petit bruit étranglé en se détournant brusquement. Vous fixez son dos aux muscles noués sans rien dire, parce qu'il n'y a rien à dire. C'est la deuxième fois qu'il parle des meurtres que vous avez commis à Tirimo, mais est-ce si surprenant ? Il est né là-bas, il y a grandi, sa mère y vivait encore quand vous en êtes partie. Du moins vous le semble-t-il. Peut-être l'avez-vous tuée, elle aussi, le dernier jour.

Il n'y a rien à dire, pas quand le remords vous emplit la bouche d'amertume, mais vous essayez malgré tout : « Je suis désolée. »

Il éclate de rire. Un rire si horrible, si rageur qu'on le dirait poussé par quelqu'un d'autre. Puis il reprend sa position initiale, les yeux fixés sur le côté opposé de la géode. Il se maîtrise à nouveau, en partie ; le muscle de sa joue ne se contracte plus aussi frénétiquement. « Prouvez-le. »

Vous secouez la tête, par perplexité plus qu'en signe de refus. « Comment ?

— La nouvelle se répand. Deux des pires commères de Castrima accompagnaient Ykka quand elle vous a trouvée, en surface. Apparemment, vous avez confirmé ce que les gèneurs se disaient tout bas les uns aux autres. » Vous manquez de tressaillir au mot *gèneurs*. Un garçon autrefois si poli. « Vous avez dit que la Saison durera des milliers d'années. C'était une exagération, ou c'est vrai ? »

Vous vous frottez le crâne en soupirant. Vos cheveux forment à la racine une épaisse broussaille bouclée. Vous devriez recoiffer vos frisures, mais vous n'en avez rien fait, parce que vous n'avez pas le temps et que ça vous semble parfaitement inutile.

« Une Saison finit toujours par s'achever, dites-vous. Le Père Terre garde son équilibre. La question, c'est de savoir combien de temps ça prend.

— Alors ? »

C'est tout juste une question. Le ton est inexpressif, résigné. Lerna se doute de la réponse. Et il mérite votre meilleure, votre plus honnête estimation.

« Dix mille ans, peut-être. »

Pour que le rift lumenien arrête de cracher des gaz et que le ciel s'éclaircisse. Une paille, à l'échelle habituelle de la tectonique. Le danger, le vrai, c'est ce que risque de provoquer la cendre. S'il s'en dépose assez sur la surface océanique chaude, la banquise risque de progresser aux pôles. D'où des mers plus salées. Un climat plus sec. Le permafrost. L'extension, l'avancée des glaciers. Sachant que s'il arrive une chose pareille, la région la plus habitable du monde, l'Équatorial, sera toujours brûlante, toujours toxique.

En Saison, c'est l'hiver qui tue vraiment. La faim. Le froid. Or le rift déclenchera peut-être une ère hivernale qui durera des *millions* d'années, une fois le ciel éclairci. Peu importe, d'ailleurs, puisque l'humanité se sera éteinte bien avant. Il ne restera que les obélisques, dérivant au-dessus des plaines blanches infinies, sans personne pour s'interroger sur leur nature ni les ignorer.

Les paupières de Lerna frémissent. « Hum. »

À votre grande surprise, il se tourne à nouveau vers vous. Et, plus surprenant encore, sa colère semble s'être évanouie, remplacée par une morosité familière. Mais c'est sa question qui vous sidère : « Qu'est-ce que vous allez y faire, alors ? »

Elle vous laisse véritablement bouche bée. Il vous faut un moment pour répondre : « Je ne savais pas que je *pouvais* y faire quelque chose. »

Vous ne saviez pas non plus que vous pouviez faire quelque chose aux bouilleurs. C'est Albâtre le génie ; vous, vous n'êtes que l'apprentie.

« Que faites-vous avec les obélisques, Albâtre et vous ?

— Que fait *Albâtre*, corrigez-vous. Il m'a demandé d'en appeler un. Sans doute parce que… » Vous souffrez de le dire. « Parce qu'il ne peut plus pratiquer lui-même ce genre d'orogénie.

— C'est lui qui a créé le rift, hein ? »

Votre bouche se referme si vite que vos dents claquent. Vous venez de dire qu'Albâtre ne peut plus pratiquer l'orogénie. S'il se trouve assez de Castrimiens pour apprendre qu'ils vivent dans un jardin de rocaille souterrain à cause de lui, ils se débrouilleront pour le tuer, mangeuse de pierre ou pas.

« Simple déduction, reprend Lerna avec un sourire en coin. Ses blessures ont été causées par la vapeur, l'abrasion particulaire et les gaz corrosifs, pas par le feu. Elles sont caractéristiques des gens qui se sont trouvés à proximité d'une éruption. Je ne sais pas comment il y a survécu, mais elle l'a marqué de son empreinte. » Haussement d'épaules. « Ajoutez à ça que je vous ai vue détruire une ville en cinq minutes sans le moindre effort, ce qui donne une petite idée des capacités d'un dix-anneaux. À quoi servent les obélisques ? »

Vous pincez les lèvres. « Vous pouvez me poser la question de dix manières différentes, je vous répondrai *Je ne sais pas* de dix manières différentes, parce que je ne sais pas.

— Vous devez bien en avoir une idée. Mais vous pouvez me mentir si ça vous chante. » Il secoue la tête. « C'est votre comm, maintenant. »

Il n'en dit pas davantage, sans doute pour vous laisser répondre, ce que vous ne risquez pas de faire, très occupée que vous êtes à rejeter avec véhémence l'idée d'appartenir à une comm quelconque. Mais il vous connaît trop bien ; il sait que vous n'aviez aucune envie d'entendre ça. Voilà pourquoi il enfonce le clou : « Vous êtes *Essun Gèneuse Castrima*, maintenant.

— Non.

— Alors allez-vous-en. Tout le monde sait que Ykka n'arrivera pas à vous retenir, si vous vous mettez en tête de partir. Moi, je sais que vous nous tuerez jusqu'au dernier si vous l'estimez nécessaire. Ne vous gênez pas, reprenez la route. »

Vous restez assise, le regard fixé sur vos mains, qui oscillent entre vos genoux. L'esprit vide.

« Vous ne le faites pas, parce que vous n'êtes pas idiote, continue Lerna, la tête penchée de côté. Vous seriez peut-être capable de survivre à l'extérieur, mais Nassun ne voudrait plus jamais poser les yeux sur ce que vous deviendriez. Et vous avez au moins envie de vivre pour la retrouver un jour… si improbable que ce soit. » Vos mains oscillantes n'ont qu'un unique tressaillement.

« La Saison ne s'achèvera pas. » L'horreur de la déclaration est encore accentuée par la lassitude inexpressive qui s'est glissée dans la voix de Lerna depuis qu'il a insisté pour savoir combien de temps durerait cet enfer. Il a l'air d'exprimer la vérité pure et simple, d'en être conscient et de détester ça. « La nourriture s'épuisera. Le cannibalisme aidera, mais ce n'est pas une solution à long terme. À ce moment-là, soit la comm se transformera en armée de pillards, soit elle se dispersera en bandes de hors-comm errantes. Mais ça non plus, ça ne marchera pas, à long terme. Au bout du compte, les derniers Castrimiens mourront de faim, tout simplement. Notre Père Terre remportera enfin la victoire. »

C'est en effet la vérité, que vous soyez ou non disposée à la regarder en face. Et une preuve – une de plus – que ce qui est arrivé à Lerna pendant sa brève carrière de hors-comm l'a transformé. Pas réellement pour le pire. Ça a juste fait de lui un soignant conscient qu'il est parfois nécessaire d'infliger des souffrances terribles – en recassant un os, en amputant, en tuant le faible – pour rendre l'ensemble plus solide.

« Nassun a la même force que vous, continue-t-il, avec douceur et brutalité. Admettons qu'elle survive à Jija. Admettons que vous la retrouviez, que vous l'ameniez ici ou n'importe où ailleurs, du moment que vous vous y sentez en sécurité. Elle mourra de faim, comme tout le monde, une fois les caches vides. L'orogénie lui permettra sans doute d'obliger les autres à lui donner leurs provisions, voire de les tuer et de garder pour elle seule tout ce qui restera de nourriture. Il n'empêche que les caches finiront par se vider. Elle sera forcée de quitter la ville, de récupérer et de manger les moindres plantes qu'elle trouvera sous la cendre. Avec de la chance, elle ne sera confrontée ni aux fauves ni aux divers dangers de la Saison. Ce sera une des dernières à mourir, seule, affamée, frigorifiée, détestable à ses propres yeux. Autant que vous. À moins qu'elle ne renonce avant. Qu'elle ne se transforme en animal, uniquement guidé par l'instinct de survie, mais incapable de survivre. À la fin, peut-être en arrivera-t-elle à s'autodévorer, comme les bêtes…

— Arrêtez. Ça suffit. »

Ce n'est qu'un murmure mais, heureusement, il se tait. Il se détourne, une fois de plus, et tire longuement sur sa miellée quasi oubliée.

« Vous avez parlé à quelqu'un, depuis votre arrivée ? » demande-t-il au bout d'un moment. Ce n'est pas un réel changement de sujet. Vous ne vous détendez pas. Il donne un petit coup de menton en direction de l'infirmerie. « Quelqu'un d'autre qu'Albâtre ou que la ménagerie avec laquelle vous voyagiez, je veux dire. Et je ne pense pas aux réunions des conseillers, mais à une *conversation*. » Non, vous n'avez parlé à personne. Du moins pas assez pour que ça compte. Vous secouez la tête.

« La rumeur est en train de se répandre, Essun. Tout le monde se dit que ses enfants vont mourir, très lentement. » Lerna finit par jeter d'une pichenette sa miellée, à l'extrémité incandescente. « Tout le monde se dit que personne n'y peut rien. »

À part vous. Il n'a pas besoin de l'ajouter.

Y pouvez-vous quelque chose ?

Votre interlocuteur s'éloigne avec une soudaineté qui vous surprend. Vous n'aviez pas compris qu'il en avait terminé. Un malaise bien ancré à l'idée de gaspiller vous pousse à aller récupérer son mégot, mais il vous faut un moment pour apprendre à tirer dessus sans vous étrangler. Vous n'aviez encore jamais essayé. Les orogènes ne sont pas censés se droguer.

Mais les orogènes ne sont pas non plus censés vivre une Saison. Il n'y a pas de caches au Fulcrum. Nul n'en a jamais parlé, mais vous êtes à peu près sûre qu'en cas de Saison assez brutale, les Gardiens auraient envahi les lieux et massacré les vôtres jusqu'au dernier. Les orogènes servent à prévenir les Saisons. Si jamais le Fulcrum avait manqué à ses devoirs, si jamais les grands de l'Étoile noire ou l'empereur en personne avaient perçu l'esquisse d'une évocation de frémissement terrestre, les orogènes impériaux n'en auraient pas été récompensés par la survie.

D'ailleurs, pourquoi l'auraient-ils été ? En quoi un gêneur est-il doué pour la survie ? Vous pouvez empêcher les gens de mourir lors d'une secousse, d'accord. Merveilleux. Et super utile quand il n'y a rien à manger.

« Ça suffit ! » Ykka ne doit pas être très loin, à en juger par sa voix, mais vous ne la voyez pas, à cause des cristaux qui poussent au niveau du sol. « Ma décision est prise ! braille-t-elle à présent. Tu préfères aller le voir ou rester ici, à gaspiller ton souffle avec moi ? »

Vous vous levez, les genoux douloureux, et partez en direction des cris.

Un jeune homme au visage barbouillé de larmes de colère et de chagrin naissant croise votre chemin – il fonce d'un pas rageur vers l'infirmerie. Vous continuez votre route et finissez par découvrir Ykka près d'un grand cristal élancé auquel elle s'appuie d'une main, la tête basse, le visage dissimulé par les cheveux qui lui retombent en buisson autour de la tête. Peut-être tremble-t-elle légèrement.

Peut-être vous l'imaginez-vous. Elle a l'air tellement insensible. Mais, après tout, vous aussi.

« Ykka…

— Ah non, pas vous, en plus, marmonne-t-elle. Je ne veux rien entendre, Tueuse de Vermine. »

Vous comprenez à retardement qu'en détruisant les bouilleurs, vous avez rendu sa décision plus difficile. Avant leur élimination, elle aurait pu ordonner la mort du Chasseur par compassion ; les bestioles en auraient été responsables. Maintenant, il s'agit de pragmatisme, de politique de comm. C'est elle la responsable.

Quand vous vous approchez en secouant la tête, elle se raidit et pivote vers vous. Son orogénie prend une orientation défensive que vous valuez aussitôt, mais elle ne s'en sert pas, elle ne tisse pas de tore ni ne met son environnement à contribution. Évidemment : ce sont des techniques du Fulcrum, et vous ne savez pas vraiment de quoi serait capable pour se protéger cette sauvage bizarrement entraînée.

Une partie de vous est curieuse, quoique détachée. L'autre remarque la tension inscrite sur les traits de Ykka. Voilà pourquoi vous lui tendez la miellée, toujours allumée.

Elle cligne des yeux à la vue de la cigarette. Son orogénie s'apaise, son regard se fixe sur vous, évaluateur, puis elle penche la tête de côté, perplexe, hésitante. Enfin, elle se pose une main sur la hanche, prend la miellée de l'autre et en tire une longue bouffée. L'effet se révèle rapide. Quelques secondes plus tard, Ykka pivote à nouveau, pour s'adosser au cristal, cette fois ; son visage se réorganise, froissé par la fatigue plus que par la tension, tandis qu'elle expulse des panaches de fumée. Quand elle vous tend à son tour la cigarette, vous vous adossez près d'elle et la prenez.

La terminer ensemble vous demande dix minutes, pendant lesquelles vous vous la passez et repassez, mais vous vous attardez ensuite toutes deux d'un commun accord. Lorsque des sanglots bruyants s'élèvent par saccades de l'infirmerie, derrière vous, vous vous saluez mutuellement de la tête et vous séparez.

*
**

Il est inconcevable qu'une civilisation raisonnable ait été gaspilleuse au point de remplir de cadavres des cavernes idéales pour le stockage ! Pas étonnant que ce peuple se soit éteint, quel qu'il ait été. D'après mes estimations, il va falloir un an pour évacuer tous les ossements, urnes funéraires et autres débris, puis six mois de plus peut-être pour tout cartographier et rénover. Moins si vous réussissez à me procurer les bêtes noires que j'ai demandées ! Je me fiche qu'elles coûtent la Terre ; certaines de ces chambres sont instables.

Il y a aussi des tablettes. Rédigées en vers, semble-t-il, bien que cette langue curieuse nous soit impénétrable. On dirait de la lithomnésie. Cinq tablettes, pas trois. Que comptez-vous en faire ? Je vous propose de les donner à la Quatrième, pour qu'ils arrêtent tous de se plaindre et de nous accuser de détruire l'histoire.

Rapport de la Compagne Fogrid Innovatrice
Lumen à la Licenciation de génium,
Équatorial oriental :
« Proposition de remaniement
des catacombes de la cité de Firaway ».
Étude limitée au niveau principal

Interlude

Dilemme : Vous êtes faite de tant de gens que vous n'avez aucune envie d'être. Dont moi.

Mais vous en savez si peu sur moi. Je vais essayer d'expliquer le contexte, sinon les détails, de ce que je suis. Tout commence – je *commence – par une guerre.*

Guerre. *Quel pauvre mot. Parle-t-on de guerre, quand l'homme tente d'éradiquer par le feu ou le poison la vermine grouillante qui s'est installée au mauvais endroit ? Métaphore d'une égale pauvreté, car nul ne hait individuellement les souris ou les punaises de lit ; nul ne choisit d'exercer sa vengeance parmi elles – sur celle-ci,* oui, celle-ci, elle, là, juste là, cette petite saleté à trois pattes au dos orné d'une tache, *et sur toute sa descendance, pendant les centaines de générations de vermine qu'englobe une vie humaine. Les petites saletés à trois pattes et au dos orné d'une tache ont peu de chances de devenir pour l'homme davantage qu'une contrariété, alors que votre espèce a fissuré la surface de la planète et perdu la Lune. Si les souris de votre jardin tirimais avaient aidé Jija à tuer Uche, vous auriez réduit le village à l'état de cailloux et mis le feu aux ruines avant de partir. Vous avez de toute manière détruit Tirimo, mais s'il y avait eu là quelque chose de personnel, vous auriez fait pire.*

Pourtant, si grande qu'eût été votre haine, peut-être n'auriez-vous pas réussi à éliminer toute la vermine. Les survivants auraient été grandement transformés – plus endurants, plus forts, le dos plus taché. Admettons que les épreuves imposées par votre colère divisent ensuite leurs descendants en factions, chacune défendant ses intérêts propres. Certains n'auraient rien à voir avec vous. D'autres vous révéreraient et vous détesteraient tout à la fois, fascinés par votre puissance. D'aucuns se voueraient à votre destruction avec autant d'ardeur que vous à la leur ; vous oublieriez leur existence bien avant qu'ils ne réunissent la force de mettre en œuvre leur inimitié, mais votre inimitié à vous serait en ce qui les concerne légendaire.

Il y en aurait pour espérer vous apaiser ou, du moins, vous convaincre par la discussion d'en arriver à un minimum de tolérance paisible. Je suis de ceux-là.

Je ne l'ai pas toujours été. J'ai longtemps, très longtemps fait partie des vengeurs… mais on en revient toujours au même point : la vie ne saurait exister sans la Terre. Or les chances de voir la vie gagner la guerre et détruire la Terre ne sont pas négligeables. Nous en sommes parfois arrivés très près.

Cela ne se peut. Nous ne pouvons nous permettre de l'emporter.

C'est donc une confession que j'écris, mon Essun. Je t'ai déjà trahie et te trahirai encore. Tu n'as pas choisi ton camp que, déjà, je repousse ceux qui aimeraient te voir embrasser leur cause. Déjà, je complote ta mort. Il le faut. Mais je peux au moins faire de mon mieux pour donner à ta vie un sens qui persistera jusqu'à la fin du monde.

5. Nassun prend les commandes

Maman m'a obligée à te mentir. Voilà ce que pense Nassun en regardant son père qui, à ce moment-là, conduit la charrette depuis des heures. Il ne quitte pas la route des yeux, mais un muscle se contracte spasmodiquement dans sa joue. Une de ses mains – celle qui a frappé Uche la première et a fini par le tuer – tremble sur les rênes. Nassun voit bien qu'il est toujours prisonnier de sa fureur, qu'il continue peut-être à tuer Uche dans sa tête. Elle ne comprend pas pourquoi, mais ça ne lui plaît pas. Elle aime son père, elle le craint, elle l'adore. Quelque chose en elle aspire donc ardemment à l'apaiser. *Qu'est-ce que j'ai fait ? Est-ce que c'est ma faute ?* se demande-t-elle. Une réponse lui vient : *Tu as menti, et ça, c'est mal.*

Ce n'est pourtant pas elle qui a décidé de mentir. Sa mère le lui a ordonné. Sa mère lui a ordonné bien des choses. *Ne te tends pas vers ce qui t'entoure, ne gèle rien, je vais faire bouger la terre, mais tu as intérêt à ne pas réagir, je t'avais pourtant dit de ne pas réagir, écouter, c'est déjà réagir, les gens normaux n'écoutent pas de cette manière, tu m'entends,* arrête, *rouille de rouille, par la Terre, tu ne peux donc pas faire quoi que ce soit correctement, arrête de pleurer, maintenant vas-y, réessaie.* Des ordres sans fin. Un mécontentement sans fin. Parfois ponctués en guise d'avertissement d'une gifle de froid ou de la main, de l'inversion écœurante du tore tissé par Nassun, d'une pression brutale sur son bras. Sa mère lui dit bien de temps en temps qu'elle l'aime, mais elle n'en donne jamais la preuve.

Contrairement à son père. Papa lui a débité un petit kirkhusa en pierre, il lui a offert une trousse de premiers secours à glisser dans son sac de survie, parce qu'elle est Résistante, comme maman, il l'emmène à la pêche au bord de la Tirika quand il n'a pas de commandes à honorer. Jamais maman ne s'allonge sur le toit avec elle pour lui montrer les étoiles, en lui expliquant que certaines civilisations disparues leur donnaient paraît-il des noms, bien que nul n'en ait gardé le souvenir. Jamais papa n'est trop fatigué pour discuter à la fin de sa journée de travail. Jamais il ne l'examine après son bain du matin, contrairement à maman, qui vérifie si elle s'est bien nettoyé les oreilles et a remis ses couvertures en place. D'ailleurs, quand elle fait des bêtises, papa se contente de soupirer en secouant la tête et de dire : « Franchement, ma puce, tu sais que tu n'aurais pas dû. » Et, en effet, elle le sait.

Ce n'est pas la faute de papa si elle avait envie de se sauver pour devenir mnésiste. Ça ne lui plaît donc pas de le voir aussi furieux. On dirait une brimade maternelle supplémentaire.

« Je voulais te le dire », déclare-t-elle.

Aucune réaction. Les chevaux continuent à avancer d'un pas tranquille. La route s'étire devant l'attelage, tandis que bois et collines défilent très lentement de part et d'autre, sous un ciel bleu éclatant. Il n'y a pas grand monde, aujourd'hui – quelques charrettes lourdement chargées, des messagers, des patrouilles du quartant. Les charretiers habitués à passer par Tirimo saluent papa d'un geste de la main ou d'un signe de tête sans qu'il leur rende la politesse. Ça non plus, ça ne plaît pas à Nassun. Jija est quelqu'un de cordial. L'homme qui voyage avec elle lui fait l'effet d'un inconnu.

Toutefois, ce n'est pas parce qu'il ne répond pas qu'il n'écoute pas. Aussi ajoute-t-elle : « J'ai demandé à maman quand on pourrait te le dire. Je le lui ai demandé souvent. Elle a dit jamais. Elle a dit que tu ne comprendrais pas. »

Toujours aucune réaction. Et les mains de papa tremblent toujours – moins, peut-être ? Nassun ne saurait l'affirmer. Elle commence à douter. Est-il en colère ? Ou triste à cause d'Uche ? (Et elle, est-elle triste à cause d'Uche ? Ce qui s'est passé lui semble irréel. Quand elle pense à son frère, elle évoque une petite tornade babillarde et rieuse, à laquelle il arrive de mordre les gens et de faire dans ses couches, dotée d'une présence orogénique de la taille d'un quartant. La chose fripée et figée abandonnée à Tirimo n'a rien à voir avec Uche ; elle est trop fade, trop ratatinée.) Nassun aimerait toucher la main tremblante de Jija, mais s'y découvre curieusement réticente, sans bien savoir pourquoi. Par peur, ou parce que cet homme lui est inconnu et qu'elle a toujours été timide ?

Mais… Non. C'est papa. S'il a un problème à l'heure actuelle, c'est la faute de maman.

Alors Nassun se cramponne à la main de papa. Pour lui montrer qu'elle n'a pas peur et parce qu'elle est en colère, quoique pas contre lui.

« Je voulais te le dire ! »

Les mots se brouillent. Elle ne comprend pas immédiatement ce qui se passe et se raidit. Sa mère lui a rentré de force dans le crâne que lorsqu'elle est prise au dépourvu ou quand quelque chose lui fait mal, elle doit bloquer ses réactions physiques instinctives, bloquer sa plongée valupinaelle instinctive dans la terre. Sa réaction ne doit en aucun cas être orogénique, parce que les gens normaux n'ont pas d'orogénie. *Tu as le droit de faire n'importe quoi d'autre,* dit la voix de maman dans sa tête. *Hurler, pleurer, jeter quelque chose avec les mains, provoquer une bagarre. Mais* pas d'orogénie.

Voilà pourquoi Nassun tombe plus rudement qu'elle ne le devrait : elle ne maîtrise pas encore l'art de la non-réaction orogénique, son corps se raidit chaque fois. Les mots se brouillent parce que non seulement elle est éjectée du banc de la charrette, mais elle roule sur le bas-côté de la route impériale puis dévale le talus couvert de gravier jusqu'à un petit étang, alimenté par un ruisseau.

(Ruisseau où, dans quelques jours, Essun enverra se baigner un étrange petit garçon tout blanc qui se conduit comme s'il avait oublié à quoi sert le savon.)

Nassun s'immobilise sur le dos, le souffle coupé, tout étourdie. Elle n'a pas encore vraiment mal. Lorsque le monde arrête de tourner et qu'elle commence à comprendre ce qui s'est passé – *Papa m'a tapée. Il m'a fait tomber de la charrette !* –, Jija a dévalé le talus, il s'accroupit près d'elle, il l'aide à s'asseoir en pleurant et en criant son nom. Il pleure *vraiment*. Désorientée, elle cligne des yeux pour chasser la poussière et les étoiles qui obscurcissent sa vision. Sa main se lève vers le visage tout proche, qu'elle découvre strié de lignes humides.

« Je suis désolé, dit papa. Je suis vraiment, vraiment désolé, ma puce. Je ne veux pas te faire de mal, surtout pas, tu es tout ce qu'il me reste… » Il la rapproche d'une secousse pour la serrer dans ses bras, ce qu'elle trouve douloureux, car elle est couverte de bleus. « Oui, je suis désolé. Rouille, rouille, rouille, terriblement désolé ! Oh, Terre cruelle, Père maléfique de rouillé ! Pas elle ! Pas celle-là en plus ! »

Le tout entrecoupé de longs sanglots désespérés, hystériques, à écorcher la gorge. Nassun comprendra plus tard (bientôt) : les larmes de son père à ce moment-là concernent autant le fils assassiné de ses mains que la fille victime de sa violence.

Sur l'instant, elle se dit juste : *Il m'aime encore*, et elle se met à pleurer, elle aussi.

Pendant ce temps, pendant que Jija serre dans ses bras Nassun tremblante de soulagement, mais aussi de bouleversement prolongé, l'onde de choc provoquée par la déchirure équatoriale du continent les atteint.

Ils ont passé presque une journée à voyager sur la route impériale. À Tirimo, Essun vient de dévier la vague de manière à la diviser et lui faire contourner la ville… en vertu de quoi elle parvient à Nassun un peu plus puissante. Or Nassun est à moitié assommée et moins entraînée, moins expérimentée que sa mère. Lorsqu'elle value la ruée de la secousse, et sa force, elle réagit de la pire manière possible, en se bloquant à nouveau.

Son père lève la tête, surpris par sa petite exclamation et son soudain raidissement, à l'instant précis où s'abat le marteau. Jija lui-même value le coup imminent, dont la rapidité et la puissance sont telles que son esprit de fixe le traduit juste par un signal d'alarme basique : *sauve-toi sauve-toi SAUVE-TOI SAUVE-TOI*. Se sauver ne servirait évidemment à rien. La secousse correspond plus ou moins à ce qui se passe quand quelqu'un qui étend du linge secoue un drap pour le défroisser, mais le phénomène se produit à l'échelle continentale, à la vitesse et avec la force d'un astéroïde qui s'écrase. À l'échelle des deux fragiles petits êtres humains, immobiles au bord de la route, les strates se soulèvent sous eux, les arbres alentour s'agitent puis se fendent, l'eau de la mare tressaute et reste bel et bien en l'air une seconde, figée. Jija la regarde fixement, fasciné semble-t-il par cet unique point statique au sein d'un monde qui, par ailleurs, se débarrasse de sa peau sans que rien puisse l'empêcher.

Nassun est cependant une orogène habile, quoique à moitié paralysée. Elle ne s'est pas maîtrisée à temps pour briser l'onde avant le choc, comme Essun, mais elle fait ce qu'il y a de mieux à faire à part ça. Enfoncer des pylônes de force invisibles dans les strates, le plus profond possible, en quête de la lithosphère même. Puis, quand l'énergie cinétique de la vague déferle, un instant infinitésimal avant que la croûte de la planète ne se plisse au-dessus en réaction, s'emparer de la chaleur, de la pression, de la friction du flux et s'en servir pour alimenter les pylônes afin de maintenir en place roche et terre aussi solidement que s'ils étaient collés.

Le sol a beau regorger de force où puiser, Nassun s'entoure du tore le plus large possible, parce que *papa* se trouve à l'intérieur et qu'elle ne peut pas peut pas peut pas lui faire de mal, mais elle le tisse le plus solide, le plus cruel possible, bien que ce soit a priori inutile. L'instinct le lui ordonne, et l'instinct a raison. L'invisible paroi glacée du cône désintègre tout ce qui pénètre dans la zone stable qu'elle délimite, y compris quelques dizaines d'objets expédiés en l'air par la secousse et capables d'infliger des blessures mortelles aux deux voyageurs.

Il découle de tout cela que le monde entier vole en éclats, sauf leurs alentours immédiats. Un instant durant, la réalité se réduit à un globule d'étang en lévitation, un ouragan du reste de l'univers pulvérisé et une oasis de calme dans l'œil du cyclone.

Et puis la commotion passe. La mare retombe brutalement en place, éclaboussant père et fille de neige boueuse. Les arbres qui ne se sont pas brisés se redressent en claquant – certains se penchent presque jusqu'à terre dans la direction opposée, emportés par leur élan, et cassent à ce moment-là. Au loin, à l'extérieur du tore de Nassun, les gens, les animaux, les rochers, les arbres projetés en l'air s'écrasent à terre. Hurlements, humains et non humains. Craquements du bois, grondements de la pierre, cri métallique affaibli d'un objet confectionné de main d'homme qui se déchire. Derrière Nassun et Jija, à l'extrémité de la vallée qu'ils viennent de quitter, un à-pic rocheux réduit en miettes s'écroule dans un rugissement d'avalanche. Une grosse géode à la calcédoine fumante en jaillit.

Le silence retombe. Dans ce silence, Nassun finit par lever la tête, nichée jusqu'ici dans l'épaule de papa, et regarde autour d'elle. Elle ne sait que penser. Quand les bras de Jija relâchent leur étreinte – il est sous le choc –, elle se tortille pour se dégager puis se remet sur ses pieds. Il l'imite. Ils restent un long moment immobiles, à contempler les ruines du monde qu'ils ont connu.

Enfin, il pivote, lentement, pour la regarder. Elle lit sur son visage ce qu'Uche y a sans doute lu juste avant de mourir.

« C'est toi qui as fait ça ? » demande-t-il.

L'orogénie a éclairci les idées de Nassun, par nécessité. Simple mécanisme de survie ; une stimulation intense des valupinae s'accompagne en général d'une poussée d'adrénaline et de divers autres changements physiques qui préparent le corps à la fuite – ou, s'il le faut, à l'orogénie prolongée. Elle apporte de ce fait une lucidité qui permet enfin à la fillette de comprendre que si sa chute a rendu son père hystérique, ce n'était pas seulement parce qu'il s'inquiétait pour elle. Et que les yeux maintenant fixés sur elle ne brillent certainement pas d'amour.

À cet instant, son cœur se brise, petite tragédie discrète – une de plus parmi tant d'autres. Elle répond pourtant, car elle est au bout du compte la fille de sa mère. Essun a au moins réussi à faire d'elle une survivante.

« Je n'aurais pas pu, c'est trop pour moi, explique-t-elle d'une voix calme, détachée. Moi, ce que j'ai fait, c'est ça… » Son geste du bras englobe le disque de terrain sûr alentour, parfaitement distinct du chaos au-delà. « Je suis désolée de ne pas avoir tout arrêté, papa. J'ai essayé. »

C'est le *papa* qui la sauve, comme ses larmes un peu plus tôt. L'expression meurtrière de Jija se délite, se brouille, se modifie.

« Je ne peux pas te tuer », murmure-t-il pour lui-même.

Son vacillement intérieur n'échappe pas à Nassun. D'instinct, elle s'approche pour lui prendre la main. Il tressaille, peut-être pense-t-il à la frapper une seconde fois, mais elle tient bon.

« *Papa* », répète-t-elle en introduisant dans sa voix une nuance gémissante, quémandeuse.

C'est ce qui l'a sauvée chaque fois qu'il a failli se retourner contre elle : le forcer à se rappeler qu'elle est sa petite fille chérie ; qu'il a toujours été jusqu'ici un bon père.

Il s'agit de manipulation. Ce qui se passe à cet instant gauchit quelque chose en elle, l'écarte de sa vérité. À partir de là, toutes ses démonstrations d'affection filiale seront calculées, performatives. Son enfance meurt en elle… mais ça vaut mieux que de mourir tout entière, elle le sait.

Et ça marche. Jija cligne des yeux à plusieurs reprises, avant de murmurer quelque chose qui échappe à la fillette. La grande main se resserre sur la sienne.

« Allez, dit-il, on retourne sur la route. »

(Le voilà devenu « Jija » dans la tête de Nassun. Il le restera à jamais, sauf quand elle l'appellera tout haut « papa » pour l'influencer.)

Ils remontent le talus. Nassun boîte légèrement, parce que sa chute brutale sur l'asphalte et les rochers lui a meurtri le dos. La chaussée est fendue sur toute sa longueur, mais les fissures ne sont pas trop méchantes juste autour de la charrette. Les chevaux sont toujours attelés, bien que l'un des deux soit tombé à genoux, à demi entravé par son harnais emmêlé. Heureusement, il ne s'est pas cassé de jambe. L'autre reste figé, en état de choc. Nassun entreprend de les calmer, en cajolant le premier pour qu'il se relève et en parlant au second pour le tirer de sa quasi-catatonie. Son père, lui, va voir les quelques voyageurs gisant à terre aux alentours. Ceux qui se trouvaient dans le vaste cercle tracé par le tore de la fillette sont sains et saufs. Les autres… bon.

Une fois les chevaux capables de repartir, quoique toujours tremblants, elle va chercher Jija. Il s'occupe à ce moment-là d'un homme que la secousse a projeté dans un arbre et qui a visiblement la colonne vertébrale brisée : le malheureux a beau être conscient et jurer comme un charretier, ses jambes pendouillent, inutilisables. Le déplacer risque de lui faire du mal, mais Jija est manifestement persuadé que le laisser là comme ça lui en ferait davantage.

« Dégage le fond de la charrette, Nassun, lance-t-il, haletant, en cherchant une meilleure prise pour soulever le blessé. Il y a un hôpital, un vrai, à Claireaux, à une journée de trajet. On y arrivera, si…

— Claireaux n'est plus là, papa », dit-elle tout bas.

Il se fige. (L'inconnu gémit.) Puis se tourne vers elle, les sourcils froncés.

« Hein ?

— Sume non plus », continue-t-elle.

Mais Tirimo si, parce que maman y était, n'ajoute-t-elle pas. Elle n'a aucune envie de rentrer, pas même pour la fin du monde. Jija jette un coup d'œil dans la direction par laquelle ils sont arrivés, mais ne voit bien sûr que des arbres brisés, quelques plaques d'asphalte retournées… et des corps. Des tas de corps. Jusqu'à Tirimo, du moins le dirait-on.

« Rouille de rouille, souffle-t-il.

— Il y a un grand trou dans la terre, au nord, déclare Nassun. Très, *très* grand. C'est ça qui a provoqué la secousse. Ça va en provoquer d'autres et un tas de choses en plus. Il y a de la cendre et du gaz qui viennent par ici, je les value. Tu sais, papa… je crois que c'est une Saison. »

Le blessé lâche une exclamation étouffée qui n'est pas seulement de douleur. Les yeux de Jija s'écarquillent d'horreur, mais il pose une question, ce qui est important : « Tu es sûre ? »

C'est important, parce que ça signifie qu'il écoute Nassun. Qu'il a un minimum confiance en elle. Elle en éprouve une sensation de triomphe qu'elle ne s'explique pas vraiment.

« Oui. » Elle se mord la lèvre. « Ça va aller très, très mal, papa. »

Jija se tourne une fois de plus vers Tirimo. Réflexe conditionné : en Saison, on n'est sûr d'être bien accueilli nulle part, sauf dans la comm à laquelle on appartient de plein droit. Aller n'importe où ailleurs est risqué.

Mais Nassun n'a aucune envie de rentrer, maintenant qu'elle est partie. Pas alors que Jija l'aime – si bizarrement que ce soit –, qu'il l'a emmenée et qu'il l'*écoute*, qu'il la *comprend*, malgré l'orogénie. Maman avait tort. Elle disait qu'il ne comprendrait pas.

Il n'a pas compris Uche.

Nassun serre les dents pour chasser cette pensée. Uche était trop petit. Elle sera plus maligne. Et maman n'avait raison qu'en partie. Nassun sera plus maligne qu'elle aussi.

« Maman sait, papa », ajoute-t-elle donc tout bas.

Elle n'est pas totalement sûre de ce qu'elle veut dire par là. Maman sait qu'Uche est mort ? Maman sait qui a tué Uche ? Mais maman croirait-elle seulement Jija capable de faire une chose pareille à son propre fils ? Nassun en personne a peine à y croire. Toutefois, Jija tressaille comme si cette petite phrase constituait un acte d'accusation. Il regarde un long moment Nassun. La peur, l'horreur, le désespoir se succèdent sur son visage… enfin suivis par la résignation.

Il baisse alors les yeux vers le blessé, un type que Nassun n'a jamais vu – pas un Tirimais. Sans doute s'agit-il d'un coursier, vu sa tenue pratique et ses chaussures robustes, mais c'en est fini des courses en ce qui le concerne ; y compris celle qui aurait pu le ramener à sa comm, où qu'elle se trouve.

« Je suis désolé », dit Jija.

Sur ces mots, il se penche et brise la nuque du malheureux, qui se préparait à lui demander : *Pourquoi ?*

Jija se redresse. Ses mains se sont remises à trembler, mais il pivote et en tend une. Nassun la prend. Ils regagnent la charrette et repartent vers le sud.

*
**

La Saison revient toujours.

Tablette deuxième,
« La Vérité incomplète », première strophe

6. Vous embrassez la cause

« Une quoi ? » demande Tonkee, les yeux plissés derrière un rideau de cheveux.

Vous venez de regagner l'appartement, après avoir passé une partie de la journée à aider une des équipes de travail à collecter et à réparer des carreaux d'arbalète destinés aux Chasseurs. Comme vous ne faites partie d'aucune caste d'usage, vous les aidez toutes à tour de rôle, jour après jour. C'est ce que vous a conseillé Ykka, malgré le scepticisme que lui inspire votre détermination nouvelle à vous intégrer. Enfin… au moins, elle est contente que vous essayiez.

Elle vous a aussi suggéré d'encourager Tonkee à vous imiter car, jusqu'ici, l'Innovatrice s'est contentée de manger, dormir et se baigner aux frais de la comm. Évidemment, il fallait qu'elle se baigne pour les besoins de la socialisation. En ce moment, d'ailleurs, elle est très occupée à se couper les cheveux au couteau afin d'en éliminer les nœuds, accroupie dans sa chambre devant une bassine d'eau. Vous restez très en retrait, non seulement à cause de l'odeur de fauve et de moisi, mais aussi parce qu'il vous semble voir bouger quelque chose dans la bassine, parmi les mèches éliminées. Tonkee était évidemment obligée d'entretenir sa crasse pour avoir l'air d'une hors-comm crédible ; la crasse en question n'en est pas moins authentique.

« Une lune », répétez-vous. Quel drôle de mot, court et rond… Ne devriez-vous pas étirer le *n* de la dernière syllabe ? Mais qu'a dit Albâtre, à part ça ? « Un… satellite. D'après lui, une géomestre saurait. »

Les sourcils de Tonkee se froncent davantage, pendant qu'elle s'acharne sur un nœud particulièrement obstiné.

« Eh bien non, je ne vois pas de quoi il parle. Je n'ai jamais entendu ce mot-là. Moi, je me suis spécialisée dans les obélisques, tu te rappelles ? » Elle cligne des yeux et s'interrompt. La mèche à moitié coupée pendouille. « Il est vrai que, techniquement, les obélisques sont des satellites.

— Hein ?

— Ah. Un satellite est tout bonnement un objet dont le mouvement et la position dépendent d'un autre objet. Cet autre objet est appelé le corps principal, tandis que celui dont il détermine la course est son satellite. Tu vois ? » Haussement d'épaules. « Les astromestres en parlent quand on arrive à leur arracher quelque chose de sensé. La *mécanique orbitale.* » Elle lève les yeux au ciel.

« La quoi ?

— Des âneries. La tectonique du ciel. » Vous la fixez avec des yeux ronds, incrédule. Elle agite la main. « Peu importe. Je t'ai dit que les obélisques t'avaient suivie à Tirimo. Où tu vas, ils vont. Ce qui en fait des satellites dont tu es le corps principal. »

Vous frissonnez à la pensée qui vous vient – de fines longes invisibles vous attachant à l'améthyste, à la topaze plus proche et, maintenant, à l'onyx lointain dont la présence obscure grandit dans votre esprit. Curieusement, le Fulcrum s'invite aussi dans votre esprit. La longe qui vous y attachait autrefois, y compris quand vous aviez la liberté apparente de le quitter pour voyager. Vous y reveniez toujours, parce que sinon, c'est lui qui serait venu à vous – sous forme de Gardiens.

« Des chaînes, murmurez-vous.

— Mais non », proteste distraitement Tonkee.

Elle s'est attaquée une seconde fois à la mèche récalcitrante, qui lui pose un vrai problème. Son couteau s'est émoussé. Vous allez chercher dans la chambre que vous partagez avec Hoa la pierre à aiguiser rangée dans votre sac. Lorsque vous revenez la présenter à l'Innovatrice, elle bat des paupières avant de vous remercier puis d'affûter sa lame.

« S'il existait une chaîne pour te relier à un obélisque, il te suivrait parce que tu l'y *obligerais*, reprend-elle. Ce serait une question de force, pas de gravité. Je veux dire, si tu pouvais faire faire ce que tu veux à un obélisque. » Cette déclaration vous arrache une petite expiration amusée. « Un satellite réagit à ta présence, que tu cherches ou non à en obtenir quelque chose. C'est le poids que tu représentes dans l'univers qui l'attire vers toi. Il te tourne autour parce qu'il ne peut pas s'en empêcher. » Tonkee agite distraitement une main humide, une fois de plus, pendant que vous ouvrez une fois de plus de grands yeux. « Non que je veuille attribuer des motivations et des intentions aux obélisques, évidemment ; ce serait idiot. »

Vous vous adossez au mur de sa chambre, accroupie, pour réfléchir à ce qu'elle vient de dire pendant qu'elle reprend son labeur. Quand le reste de ses cheveux finit par s'assouplir, vous les reconnaissez enfin, car ils sont aussi sombres et bouclés que les vôtres. Quoique… un peu moins bouclés, peut-être, mais en tout cas, ni gris ni acendres. Ce sont des cheveux de Moyenne – sans doute un défaut supplémentaire aux yeux de sa famille, compte tenu de son allure par ailleurs banalement sanzienne. Même si, à la réflexion, elle est un peu trop petite et fessue : voilà ce qui arrive dans les lignées lumeniennes où on n'utilise pas de Reproducteurs pour améliorer les choses. Quoi qu'il en soit, vous vous seriez rappelé cette chevelure de bâtarde, parce que vous l'aviez remarquée lors de l'intrusion de Binof au Fulcrum.

À votre avis, Albâtre ne pensait pas aux obélisques quand il a parlé de lune. Néanmoins…

« D'après toi, le trou qu'on a découvert au Fulcrum, l'*alvéole*, a servi à fabriquer les obélisques… »

De toute évidence, le sujet intéresse réellement Tonkee. Elle pose le couteau et se penche en avant, le visage illuminé par l'excitation derrière les restes irréguliers de ses cheveux oscillants.

« Hum, hum. Peut-être pas *les* obélisques. Ceux qui nous sont connus ont tous des dimensions légèrement différentes. Il est donc évident qu'ils ne sont pas tous adaptés à cette alvéole-là. Quelques-uns, oui. Un seul, peut-être. À moins qu'elle n'ait changé, qu'elle ne se soit adaptée, elle, chaque fois qu'on en mettait un dedans !

— Comment peux-tu être sûre qu'on les *mettait* dedans ? Peut-être qu'ils… qu'ils poussaient là, puis qu'on les taillait ou qu'on les extrayait plus tard. » La remarque fait manifestement réfléchir Tonkee ; une vague fierté vous envahit, parce que vous avez envisagé quelque chose à quoi elle n'avait pas pensé. « D'ailleurs, qui c'est, ce *on* ? »

Elle cligne des yeux puis se laisse retomber sur ses talons. Son excitation s'évanouit à vue d'œil.

« Les Dirigeants lumeniens sont censés descendre des gens qui ont sauvé le monde après la Saison de l'Éclatement. On a des textes secrets qui datent de cette époque. Chaque famille veille sur les siens et les montre à la nouvelle génération, au moment où elle gagne ses noms d'usage et de comm. » Tonkee se renfrogne. « Mes parents ne me les ont pas montrés, parce qu'ils se demandaient déjà s'ils n'allaient pas me renier, mais moi, je me suis introduite dans la chambre forte par effraction et j'ai *pris* ce qui me revenait de droit. »

Vous acquiescez : ça ressemble bien à la Binof de vos souvenirs, même si les fameux textes secrets vous laissent dubitative. Lumen n'existait pas avant le Sanze, lequel n'est que la dernière des innombrables civilisations à s'être succédé au fil des Saisons. Les légendes des Dirigeants ressemblent fort à un mythe, concocté pour justifier leur position dans la société.

« Il y avait tout et n'importe quoi, là-dedans, poursuit Tonkee. Des cartes, des documents rédigés dans une langue dont l'écriture m'était totalement inconnue, des objets qui n'avaient ni queue ni tête… y compris un minuscule caillou jaune de section parfaitement circulaire et de moins d'un centimètre de diamètre, rangé dans une petite boîte en verre scellée, couverte d'avertissements censés dissuader n'importe qui d'y toucher. Ce truc avait apparemment la réputation de percer des trous dans les gens. » Vous tressaillez. « Donc soit il y avait un fond de vérité dans les histoires familiales, soit, quelle surprise, être riche et puissant permettait de rassembler facilement une collection impressionnante de précieuses antiquités, soit les deux. » Votre expression l'amuse visiblement. « Oui, bon, sans doute pas les deux. Quoi qu'il en soit, ce n'était pas de la lithomnésie, juste… des mots. Des informations molles. Il fallait que je les consolide. »

Ça, ça ressemble bien à Tonkee.

« Alors tu t'es introduite au Fulcrum, à la recherche de l'alvéole, pour obtenir la preuve que je ne sais quelle vieille histoire rouillée transmise dans ta famille avait un fond de vérité ?

— Elle figurait sur une des cartes. » Tonkee hausse les épaules. « S'il y avait du vrai dans une partie de l'histoire, s'il y avait bien une alvéole quelque part à Lumen et que les fondateurs de la cité l'avaient délibérément dissimulée… eh bien, ça permettait de supposer qu'il y avait aussi du vrai dans le reste, oui. » Elle repousse le couteau puis s'assied plus confortablement, en rassemblant d'une main paresseuse les cheveux coupés. Sa tignasse est maintenant douloureusement courte et irrégulière. L'envie vous démange de prendre des ciseaux pour arranger ça, mais vous allez quand même attendre qu'elle se soit d'abord lavé la tête une seconde fois.

« Il y a un fond de vérité dans d'autres rumeurs, continue-t-elle. Je veux dire, la plupart se limitent à de la rouille et de la fumée de miellée, je ne vais pas prétendre le contraire, mais j'ai appris à la Septième que les obélisques étaient déjà là au tout début de l'histoire officielle, et depuis très longtemps. On a la preuve qu'il existait des Saisons il y a dix, quinze, vingt mille ans… et ils sont plus vieux que ça. Peut-être même datent-ils d'avant l'Éclatement. »

La première Saison, celle qui a failli tuer le monde. Seuls les mnésistes en parlent, car la Septième Université a désavoué la plupart de leurs légendes.

« Il n'y a peut-être pas eu d'Éclatement, objectez-vous par pur esprit de contradiction. Il y a peut-être toujours eu Cinq Saisons.

— Peut-être. » Tonkee hausse une fois de plus les épaules, sans s'apercevoir que vous cherchez à la contrarier. À moins qu'elle n'y attache tout simplement aucune importance. Vous parieriez sur le second terme de l'alternative. « Il suffisait de parler de l'Éclatement pour déclencher en colloque des discussions interminables qui duraient des heures et des heures. Quelle bande de vieux crétins prétentieux ! » Elle sourit pour elle-même à ses souvenirs puis reprend soudain son sérieux. Vous comprenez aussitôt. Dibars, la cité de la Septième Université, se trouve dans l'Équatorial, un peu à l'ouest de Lumen.

« Mais moi, je n'y crois pas, ajoute-t-elle au bout de quelques secondes, après s'être ressaisie. Que les Saisons ont toujours existé, je veux dire.

— Pourquoi ?

— Parce qu'on est là. » Grand sourire. « La vie est là. Et elle n'est pas assez diverse.

— Hein ? »

Elle se penche en avant. Pas aussi excitée que lorsqu'il est question d'obélisques, mais visiblement passionnée. A priori, il suffit d'évoquer n'importe quelles connaissances depuis longtemps dissimulées pour l'animer. Binof vous apparaît un instant dans son visage rayonnant, ouvert, effronté, puis elle prend la parole et redevient Tonkee la géomestre.

« *Tout change, en Saison*, d'accord ? Mais pas assez. Réfléchis-y de cette manière : tout ce qui pousse ou se déplace sur la terre ferme est capable de respirer l'air de la planète, de manger ce qui s'y trouve, de survivre à ses changements de température habituels. Aucune espèce n'a à se *transformer* pour ça. On est tous exactement ce qu'on a besoin d'être parce que le monde fonctionne comme il fonctionne. Tu me suis ? L'être humain est peut-être le plus mal loti, vu qu'il est obligé de se confectionner des manteaux de ses mains au lieu de se faire pousser de la fourrure… mais il est capable de confectionner des manteaux. Il est conçu pour. Il a des mains adroites, capables de coudre, et un cerveau apte à concevoir la chasse ou l'élevage des animaux à fourrure. D'un autre côté, il n'est pas conçu pour filtrer la cendre par les poumons avant qu'elle ne s'y transforme en ciment…

— Certains animaux, si. »

Tonkee vous jette un regard mauvais.

« Tu sais que c'est impoli de couper la parole ? » Vous lui faites en soupirant signe de poursuivre. Elle acquiesce, calmée. « Bon. *Il est vrai* que certains animaux développent des filtres pulmonaires en Saison… Il y en a aussi qui acquièrent la capacité de respirer sous l'eau et de se déplacer dans l'océan, plus en sécurité, ou à s'enterrer pour hiberner, ce genre de choses. Nous, on n'a pas seulement appris à fabriquer des manteaux, mais aussi à construire des caches, des murailles, à obéir à la lithomnésie. N'empêche qu'il s'agit de réactions. A posteriori. » Elle gesticule un instant, à la recherche des mots adéquats. « Imagine… imagine une roue de charrette qui perd un rayon sur la route, entre deux villes ; le charretier est obligé d'improviser. C'est ce qui arrive aux kirkhusas quand ils se mettent brusquement à aimer la viande, en Saison. Pourquoi ne sont-ils pas carnivores en permanence ? Pourquoi ne l'ont-ils pas *toujours* été ? Parce que, à l'origine, ils ont été conçus pour manger autre chose, ça leur réussit *mieux* de manger autre chose, mais la nature n'a rien trouvé de plus efficace pour les préserver de l'extinction que de leur faire manger de la viande en Saison. C'est du travail de sagouin, exécuté in extremis.

— Tu… »

Vous êtes impressionnée. Ça a l'air dément, mais aussi cohérent, d'une certaine manière. La théorie vous semble inattaquable, et vous n'êtes d'ailleurs pas sûre d'avoir envie de l'attaquer. Tonkee n'est pas la personne idéale à affronter quand il est question de logique. Elle hoche la tête, avant de poursuivre :

« Voilà pourquoi je pense aux obélisques en permanence. Nous les avons construits, ce qui signifie que notre espèce est au moins aussi vieille qu'eux ! Ça fait un sacré bout de temps pour tout casser, repartir de zéro, tout recasser et ainsi de suite. À moins que les histoires des Dirigeants ne soient vraies. Ça fait peut-être assez longtemps pour que quelqu'un ait posé une rustine, quelque chose qui nous dépanne en attendant qu'on puisse procéder aux véritables réparations. »

Vos sourcils se froncent.

« Attends. Les Dirigeants lumeniens prennent les obélisques pour une rustine ? Des débris de civilisation disparue…

— En gros, oui. À en croire les histoires, les obélisques ont empêché le monde de voler en éclats. Et il y aurait un jour moyen de s'en servir pour mettre un terme aux Saisons. »

Mettre un terme aux Saisons ? Comment imaginer une chose pareille ? Plus de sacs de survie. Plus de caches. Des comms éternelles qui croîtraient indéfiniment – la moindre cité finirait peut-être par ressembler à Lumen…

« Ce serait stupéfiant », murmurez-vous.

Tonkee vous jette un regard acéré.

« Les orogènes sont peut-être aussi une sorte de rustine. Sans les Saisons, on n'aurait plus besoin de vous. »

Vous la considérez, méfiante, partagée après cette remarque entre malaise et apaisement, jusqu'à ce qu'elle se mette à coiffer ses cheveux restants avec les doigts. Il n'y a rien à ajouter.

*
**

Hoa est parti. Vous ignorez où. Quand vous avez quitté l'infirmerie, il y est resté, à fixer Rubis d'un regard noir. Vous avez regagné votre appartement pour dormir quelques heures de plus, mais à votre réveil, il n'était pas là, près de vous. Son petit paquet de cristaux n'a pas bougé de la chambre, posé près du lit. Ce qui signifie que Hoa ne devrait pas tarder à revenir. Ça n'a probablement aucune importance. N'empêche que vous avez passé des semaines avec lui et que vous vous sentez curieusement perdue, sans son étrange et subtile présence. Mais ça vaut peut-être mieux. Vous avez une visite à faire, et il se peut qu'elle se passe mieux sans… hostilité.

Vous retournez à l'infirmerie d'un pas lent, en silence. À votre avis, on est en début de soirée – vous avez toujours autant de mal à déterminer l'heure dans la Castrima souterraine, mais votre corps reste adapté aux rythmes de la surface. Vous lui faites confiance, pour l'instant. Certains des Castrimiens qui vont et viennent sur les plates-formes et les passerelles vous suivent des yeux ; ces gens passent de toute évidence un temps fou à papoter. Peu importe. Ce qui compte, c'est qu'Albâtre ait eu le temps de se remettre. Il faut que vous ayez une petite discussion, tous les deux.

Il ne reste pas trace du corps du Chasseur mort ce matin. Le ménage a été fait. Lerna est là, dans des vêtements propres. Quand il vous jette un coup d'œil, à votre entrée, vous remarquez qu'il ne s'est pas départi d'une certaine réserve, bien que vos yeux ne croisent les siens qu'un instant. Il hoche la tête en retournant à ce qui l'occupait – des instruments chirurgicaux, semble-t-il. Un inconnu se tient près de lui, très affairé à répartir à la pipette un liquide quelconque dans les petits flacons de verre disposés sur la table ; lui ne vous accorde pas même un regard. C'est une infirmerie. Tout le monde a le droit d'y venir.

Vous avez déjà parcouru la moitié de la longue allée centrale, entre les rangées de paillasses, quand vous prenez conscience du bruit qui vous parvient depuis votre arrivée : une sorte de fredonnement, monotone au premier abord, mais où vous détectez en vous concentrant différentes tonalités et harmonies, ainsi qu'un rythme subtil. Peut-être s'agit-il de musique, mais si étrange, si difficile à analyser qu'on hésite à l'affirmer. D'où peut-elle bien venir ? Albâtre se trouve toujours au même endroit que quelques heures plus tôt, par terre, sur un tas de coussins et de couvertures. Quant à savoir pourquoi Lerna ne lui a pas attribué de paillasse… La table de nuit disposée juste à côté de lui disparaît sous des flacons, un rouleau de bandage propre, des ciseaux, un pot de pommade, un bassin hygiénique – vide, heureusement, quoique toujours puant.

C'est sa mangeuse de pierre qui produit la musique, vous le découvrez avec stupeur en vous accroupissant devant lui. Antimoine, assise en tailleur près du « nid » du malade, parfaitement figée, a tout l'air d'une statue – en admettant que quelqu'un se soit donné la peine de sculpter une statue de femme assise en tailleur, la main levée. Albâtre dort dans une position curieuse, quasi verticale, qui vous déconcerte jusqu'à ce que vous vous aperceviez qu'il est adossé à la main d'Antimoine. Peut-être se sent-il trop mal à l'aise dans n'importe quelle autre attitude ? Aujourd'hui, ses bras sont couverts de bandages imbibés de pommade, mais au vu de son torse nu, il n'est pas aussi gravement atteint que vous le pensiez. Les plaques de pierre n'ont encore atteint ni sa poitrine ni son ventre, et ses épaules ne présentent que quelques brûlures bénignes, pour l'essentiel guéries. Le dormeur n'en est pas moins quasi squelettique – il n'a plus de muscles, ses côtes se dessinent nettement sous sa peau, son ventre a presque l'air concave.

Et son bras droit est beaucoup plus court que ce matin même.

Vous considérez Antimoine. La musique émane de son corps, vous ne sauriez dire au juste d'où. Ses yeux noirs, posés sur son compagnon, n'ont pas bougé à votre arrivée. Son curieux fredonnement a quelque chose d'apaisant – Albâtre paraît d'ailleurs détendu.

« Tu ne t'es pas bien occupée de lui », lancez-vous en considérant une fois de plus les côtes du malade. Vous vous rappelez tant de soirées que vous avez passées à manger devant lui puis à couver d'un œil noir sa mastication lasse ; et d'autres où vous avez conspiré avec Innon pour l'obliger à participer aux repas communs. Il se nourrissait toujours mieux quand il se sentait observé. « Toi qui nous l'avais enlevé, tu aurais au moins pu l'alimenter correctement. L'engraisser avant de le dévorer, quelque chose comme ça. »

La musique ne s'interrompt pas. Un léger crissement de pierre accompagne le mouvement des cabochons noirs, qui se tournent enfin vers vous. Ces yeux sont tellement étranges, malgré leur ressemblance superficielle avec vos propres organes. Le matériau sec et mat qui en constitue le blanc est dépourvu des veines, des taches, des nuances qui trahissent la fatigue, l'inquiétude ou autres émotions humaines. On ne saurait dire si des pupilles en percent les iris noirs. Pour ce que vous en savez, Antimoine ne voit même pas par ses yeux. Peut-être détecte-t-elle votre présence et détermine-t-elle votre position grâce à ses coudes.

Quand son regard inhumain croise le vôtre, vous vous apercevez brusquement qu'il ne subsiste presque rien en vous qui soit capable de peur.

« Tu nous l'as pris, et on ne pouvait pas y arriver tout seuls. » Non, il s'agit là d'un mensonge par omission. En tant que sauvage, Innon n'avait aucune chance contre des Gardiens, accompagnés qui plus est d'un orogène du Fulcrum. Alors que vous… C'est vous qui avez tout gâché. « *Je* ne pouvais pas y arriver toute seule. S'il avait été là… Je t'ai détestée. Après, pendant que je me traînais n'importe où, je me suis juré de trouver un moyen de te tuer. T'incruster dans un obélisque, comme l'autre, t'enterrer dans l'océan, si profond que personne ne te déterrerait jamais… »

Elle vous regarde sans mot dire. Vous ne sauriez seulement interpréter les irrégularités de son souffle, puisqu'elle ne respire pas. Toutefois, son fredonnement s'interrompt, se meurt jusqu'à s'évanouir. Vous avez au moins obtenu une réaction.

Ça ne sert à rien, franchement. Mais le silence se fait tonitruant, et votre contrariété persistante vous pousse à ajouter : « Dommage. C'était une jolie musique. »

(Cette nuit, une fois couchée, vous évoquerez les erreurs commises dans la journée. Vous vous direz alors que vous êtes aussi folle maintenant qu'Albâtre autrefois.)

Un instant plus tard, il remue. Lorsqu'il lève la tête en poussant un faible gémissement, vos pensées et votre cœur retournent dix ans en arrière, avant de revenir au présent. Il bat des paupières, les yeux fixés sur vous, désorienté. Vos cheveux longs, votre peau tannée et vos vêtements décolorés par la Saison l'empêchent apparemment de vous reconnaître. Il bat à nouveau des paupières, vous inspirez à fond, et vous vous retrouvez tous deux ici et maintenant.

« L'onyx. » Le sommeil lui a rendu la voix râpeuse. Il sait, bien sûr. « Tu as toujours eu les yeux plus gros que le ventre, Syène.

— Tu avais dit un obélisque, répondez-vous, sans vous donner la peine de le corriger quant à votre nom.

— J'avais dit la topaze rouillée. Mais si tu as réussi à appeler l'onyx, c'est que j'ai sous-estimé ton développement. » Il incline la tête de côté, pensif. « Qu'est-ce que tu as fait ces dernières années, pour affiner ton contrôle à ce point ? »

Vous n'en avez aucune idée, jusqu'à ce qu'il vous en vienne une.

« J'ai eu deux enfants. »

Empêcher un jeune orogène de détruire tout ce qui l'entoure demande beaucoup d'énergie. Vous avez appris à ne dormir que d'un œil, les valupinae prêtes à réagir au moindre frémissement de peur infantile, au plus petit caprice ou, pire, à une secousse locale qui aurait suscité une réponse orogénique de vos rejetons. Vous préveniez une dizaine de désastres par nuit.

Albâtre hoche la tête. Alors seulement vous vous rappelez vous être parfois réveillée à Meov aux petites heures pour le découvrir en pleine possession de ses moyens, les yeux fixés sur Corindon. À vrai dire, à l'époque, vous le taquiniez parce qu'il se rongeait les sangs, alors que Cori ne constituait clairement une menace pour personne.

Le Père Terre vous consume ! Ça ne vous plaît pas du tout de comprendre ce genre de choses *après* coup.

« On ne m'a enlevé à ma mère que quand j'avais déjà quelques années », dit-il, presque pour lui-même. Vous l'aviez deviné parce qu'il parle une langue côtière, mais les raisons pour lesquelles sa mère – pur produit du Fulcrum – la pratiquait resteront à jamais mystérieuses. « Il fallait que je sois sensible à la menace. En attendant, elle m'a apparemment empêché un certain nombre de fois de geler Lumen. À mon avis, on n'est pas censés être élevés par des fixes. » Il s'interrompt, le regard perdu au loin. « Je l'ai rencontrée par hasard des années après. Je ne savais pas qui c'était, mais elle m'a reconnu, je me demande bien comment. Je crois qu'elle fait… qu'elle *faisait* partie du comité consultatif. Elle en était arrivée à neuf anneaux, si mes souvenirs sont bons. »

Il s'interrompt à nouveau. Peut-être médite-t-il sur le fait qu'il a tué sa mère, entre autres. À moins qu'il ne cherche d'autres souvenirs d'elle que la brève rencontre de deux inconnus dans un couloir.

Son attention s'aiguise brusquement. Le voici de retour au présent et à vous.

« Il se peut que tu en sois arrivée à neuf anneaux, toi aussi. »

Surprise et satisfaction vous envahissent malgré vous à ces mots, bien que vous dissimuliez votre réaction sous une nonchalance feinte.

« Je croyais que ce genre de choses n'avait plus d'importance.

— En effet. Quand j'ai réduit Lumen en pièces, j'ai pris bien soin d'éradiquer le Fulcrum. Il reste quelques constructions à l'emplacement de la ville, perchées au bord du gouffre, à moins qu'elles n'y soient tombées depuis, mais les murailles d'obsidienne ne sont plus qu'un tas de ruines, et j'ai veillé à ce que la faille engloutisse le Principal dès le départ. »

L'immense satisfaction mauvaise qui vibre dans la voix d'Albâtre fait écho à celle que vous éprouviez en vous imaginant tuer des mangeurs de pierre, il y a peu.

(Un coup d'œil à Antimoine : ses yeux sont à nouveau fixés sur lui, sa main le soutient dans le dos. Vous en arriveriez presque à croire qu'elle s'occupe de lui par révérence ou compassion, si vous ignoriez qu'il a perdu les mains, les pieds et un avant-bras, lesquels se trouvent dans l'estomac – ou son équivalent – de la créature.)

« Je ne parle d'anneaux que pour te donner un point de référence. » Il se tortille afin de se redresser, prudemment, puis vous tend son moignon de bras droit couronné de pierre, comme si vous aviez exprimé vos pensées à voix haute. « Regarde là-dedans et dis-moi ce que tu vois.

— Tu ne veux pas plutôt me dire ce qui se passe ? »

Pas de réponse, mais son attention vous est acquise. Un soupir vous échappe. Bon.

Vous examinez son bras, qui s'interrompt maintenant au coude, en vous demandant ce qu'il entend par regarder *dedans*. Puis un souvenir vous revient spontanément. La nuit où il a expulsé par la seule force de sa volonté le poison présent dans ses cellules. Toutefois, il avait de l'aide. Vos sourcils se froncent. Vos yeux se posent d'eux-mêmes sur le cristal rose d'une forme bizarre appuyé au mur derrière lui – une sorte de couteau beaucoup trop long, au manche énorme, qui n'est autre en réalité qu'un obélisque. Le spinelle, d'après Albâtre.

Sans doute vous a-t-il vue considérer l'artefact, mais il reste figé quand vous lui rendez votre attention : pas un tressaillement sur son visage brûlé, incrusté de pierre, pas un battement de ses cils inexistants. Bon, d'accord. Tout est permis, du moment que vous faites ce qu'il dit.

Vous regardez son bras. Essayer de vous servir du spinelle ne vous tente pas, car qui sait ce qu'il ferait ? Non. Vous cherchez donc à plonger votre conscience dans le bras d'Albâtre. C'est absurde, quand on pense que vous avez passé votre vie à valuer des couches minérales situées des kilomètres sous terre mais, à votre grande surprise, vous arrivez bel et bien à percevoir ce bras. Tout petit, très bizarre, trop près et presque trop infime. Il n'en est pas moins là, parce qu'il se compose de minéraux, au moins en surface : calcium, carbone, particules de fer oxydé qui ont sans doute été du sang et…

Vous vous interrompez, les sourcils froncés. Vos yeux s'ouvrent. (Vous ne vous rappelez pas les avoir fermés.)

« Qu'est-ce que c'est que ça ?

— Qu'est-ce que ça *peut* bien être ? »

Un sourire sardonique étire le coin des lèvres d'Albâtre épargné par la brûlure qui en ferme l'autre extrémité. Vous vous renfrognez.

« Il y a quelque chose dans ce… cette matière… » Ce que tu deviens. « … Cette pierre. Mais ce n'est pas… Je ne sais pas. C'est de la pierre sans en être.

— Tu peux valuer le muscle, plus haut dans le bras ? »

Vous ne devriez pas en être capable, mais quand vous affinez votre concentration jusqu'à vos plus extrêmes limites, les yeux plissés, la langue pressée contre le palais, le nez froncé, vous trouvez… De gros globules collants qui rebondissent les uns contre les autres… Vous battez aussitôt en retraite, écœurée. Au moins, la pierre est propre.

« Allez, Syénite, regarde mieux. Un peu de courage. »

Ce genre de réflexion vous agacerait peut-être, si vous n'étiez pas trop vieille maintenant pour des âneries pareilles. Vous serrez les dents, prête à repartir en exploration après avoir inspiré un bon coup, décidée à éviter la nausée. Tout est tellement *mouillé* là-dedans... En plus, l'eau n'est même pas emprisonnée entre deux couches d'argile ou...

Stop. Vous affinez encore votre concentration. Parmi les globules gélatineux se trouve également la chose que vous avez déjà valuée dans la pierre du coude, en mouvement, elle aussi, mais plus lente, moins organique. Une chose qui n'est ni pierre ni chair, immatérielle quoique bien présente, perceptible, filaments scintillants insinués entre les composants d'Albâtre et dessinant en lui des filets perpétuellement changeants. Une... tension, peut-être. Une énergie au flux luisant. Un potentiel. Une intention.

Vous secouez la tête en vous retirant de son bras pour vous concentrer sur lui.

« Qu'est-ce que c'est ? »

Cette fois, il vous répond.

« La matière de l'orogénie. » Il s'exprime avec emphase, parce que son visage n'est plus très expressif. « Je t'ai dit autrefois que notre pouvoir n'était pas logique. On fait bouger la terre en introduisant quelque chose de nous dans le système, avant d'en retirer quelque chose d'autre qui n'a *absolument rien à voir.* Il y a toujours eu un troisième élément dans l'équation pour relier les deux. C'est ça. »

Vous froncez les sourcils. Il se penche en avant, animé par l'excitation d'antan... et un craquement retentit sur son corps. La douleur le fait sursauter. Il se radosse prudemment à la main d'Antimoine.

N'empêche que vous comprenez. Il a raison. Le fonctionnement de l'orogénie n'a jamais été vraiment logique. Ça ne devrait pas fonctionner du tout. La volonté, la concentration et la perception, déplacer des montagnes ? Il n'existe rien d'autre au monde qui fonctionne de cette manière. On n'arrête pas une avalanche par une danse admirable, on ne suscite pas des tempêtes en affinant son ouïe. À un certain niveau, vous avez toujours su que ça existait, que c'était là pour matérialiser votre volonté. *Ça*… Quoi que ce puisse être.

Albâtre a l'habitude de lire en vous comme dans un livre.

« La civilisation qui a créé les obélisques avait un nom pour ça, explique-t-il, acquiesçant à la révélation que vous venez d'avoir. Contrairement à nous. Et je ne pense pas que ce soit par hasard. C'est parce que depuis d'innombrables générations, personne ne veut que les orogènes *comprennent* ce qu'ils font. Tout le monde veut juste qu'ils le fassent. »

Vous hochez lentement la tête.

« Après Allia, je vois bien pourquoi personne ne veut qu'on apprenne à se servir des obélisques.

— Les obélisques n'ont qu'à rouiller ! Nos maîtres ne voulaient pas qu'on crée quelque chose de mieux. Ou de pire. » Il inspire longuement, mais prudemment. « Maintenant, Syénite, on va cesser de manipuler la pierre. Ce que tu as vu en moi… *voilà* ce que tu dois apprendre à contrôler. À percevoir, où que ça se trouve. C'est ça qui constitue les obélisques, c'est grâce à ça qu'ils font ce qu'ils font. Il faut que tu arrives à le faire, toi aussi. Il faut qu'on t'amène à dix anneaux, minimum. »

Minimum. Comme ça, boum.

« Mais *pourquoi* ? Tu m'as parlé de… d'une… lune. Tonkee n'a aucune idée de ce que c'est. Et tu m'as raconté des choses… C'est toi qui as provoqué le rift, tu veux que je fasse pire encore… » Un mouvement, à la périphérie de votre champ de vision. Vous levez les yeux. Le type qui assistait Lerna dans son travail s'approche, un bol à la main. Le dîner d'Albâtre. Vous baissez la voix. « Il n'en est pas question. Que je t'aide à faire pire. Tu ne crois pas que tu en as déjà assez fait ? »

Il lève lui aussi les yeux vers l'infirmier et répond dans un chuchotement, sans le quitter du regard : « Notre planète avait une lune autrefois, Essun. Un corps céleste bien plus proche que les étoiles. » Il vous appelle alternativement par vos deux noms, ce qui nuit à votre concentration. « La disparition de la Lune est une des causes des Saisons. »

Notre Père Terre n'a pas toujours détesté la vie, s'il faut en croire les mnésistes. *Il nous hait parce qu'il ne peut nous pardonner la perte de son unique enfant.*

Toutefois, les mnésistes racontent aussi que les obélisques sont inoffensifs.

« Comment sais-tu… »

Vous vous interrompez, parce que le type est arrivé à votre niveau. Pendant qu'il nourrit Albâtre à la cuiller, d'un peu de bouillie quasi liquide, vous en profitez pour intégrer ce que vous venez d'apprendre, adossée à une paillasse. Albâtre, lui, se contente d'ouvrir la bouche à intervalles, comme un bébé, sans toutefois vous quitter des yeux. Vous finissez par détourner le regard, déstabilisée. Certains des changements survenus entre vous sont… insupportables.

Lorsque enfin l'inconnu en a terminé, il vous jette en repartant un coup d'œil inexpressif, qui n'en arrive pas moins à exprimer son opinion : c'est vous qui auriez dû nourrir le malade. Vous vous redressez, une foule de questions au bord des lèvres, mais Albâtre reprend la parole.

« Je ne vais sans doute pas tarder à utiliser le bassin. Je ne contrôle plus très bien mes entrailles, mais au moins, elles sont toujours ponctuelles. » Votre expression lui arrache un sourire à peine teinté d'amertume. « Je n'ai pas plus envie de te montrer ça que tu n'as envie de le voir, alors je te propose de revenir plus tard. Vers midi. A priori, le déjeuner interfère moins avec mes fonctions naturelles les plus répugnantes. »

Ce n'est pas juste. Enfin, si, et vous méritez la critique, mais elle devrait être partagée.

« Pourquoi t'être infligé une chose pareille ? » Vous englobez d'un geste son bras – son corps en ruine tout entier. « Je ne… »

Peut-être le prendriez-vous mieux si vous compreniez.

« C'est la conséquence de ce que j'ai fait à Lumen. » Il secoue la tête. « Penses-y à l'avenir, quand tu prendras tes propres décisions. Certaines se paient un prix terrible, Syénite. Même si, parfois, ce n'est pas trop cher malgré tout. »

Mais votre esprit se refuse à comprendre qu'il puisse considérer son horrible mort lente comme le juste prix. Surtout pour ce qu'il en a obtenu, à savoir la destruction du monde. D'ailleurs, vous ne comprenez pas davantage ce que les mangeurs de pierre, les lunes, les obélisques ou n'importe quoi d'autre viennent faire dans cette histoire.

La question vous échappe presque malgré vous.

« Tu ne crois pas qu'il aurait mieux valu… vivre, tout simplement ? »

Il vous est impossible d'exprimer la suite de vos pensées : *Tu ne crois pas qu'il aurait mieux valu revenir ? Rebâtir avec Syénite le peu de vie que vous auriez réussi à rebâtir, après Meov mais avant Tirimo, avant Jija, avant qu'elle ne crée une version plus modeste de sa famille disparue ? Avant qu'elle ne devienne moi ?*

Albâtre vous répond par la manière dont ses yeux se voilent. Son expression vous rappelle le nœud où vous vous êtes rendus ensemble, autrefois, et où il a contemplé le corps d'un de ses enfants martyrisés. Peut-être faisait-il aussi cette tête-là en apprenant la mort d'Innon. C'est en tout cas celle que vous faisiez, vous, après Uche. Vous n'avez pas besoin d'autre réponse. Il arrive que la vie en prenne trop. Elle vous en a trop pris, à Albâtre et vous – encore et encore et encore, jusqu'à ne vous laisser à tous deux que l'espoir, auquel vous avez *renoncé* parce qu'il fait trop mal. Jusqu'à ce que vous estimiez tous deux moins terrible de mourir, de tuer ou d'éviter le moindre attachement que de perdre ne serait-ce qu'un unique objet d'affection supplémentaire.

Vous évoquez l'émotion qui vous gonflait le cœur, pendant que vous pressiez la main sur le nez et la bouche de Corindon. Pas la pensée – une pensée simple, prévisible : *Mieux vaut mourir que vivre en esclave.* Non, vous songez à ce que vous avez *éprouvé*, à ce moment-là : un amour glacé, monstrueux. Une détermination absolue : la vie de votre fils resterait la merveille de beauté et de complétude qu'elle avait été jusque-là, même si vous deviez pour cela y mettre fin prématurément.

Albâtre ne répond pas à votre question, mais ce n'est plus nécessaire. Vous vous levez, prête à partir pour le laisser conserver sa dignité à votre encontre ; vous n'avez plus rien d'autre à lui donner. Personne n'accorde beaucoup d'importance à votre amour ni votre respect.

Peut-être pensez-vous encore à la dignité quand vous posez une dernière question, pour que la conversation ne s'achève pas sur une note de désespoir. C'est aussi votre manière à vous de tendre un rameau d'olivier à Albâtre et de lui dire que vous avez décidé d'apprendre ce qu'il est disposé à vous enseigner. Vous n'avez aucune intention d'aggraver la Saison ni de rien faire de ce qu'il mijote… mais il est évident qu'il a besoin de ça, à un certain niveau. Malgré la mort du fils qu'il a eu avec vous, malgré l'incomplétude éternelle à laquelle est condamnée la famille que vous aviez construite ensemble, il n'en reste pas moins votre mentor, sinon plus.

(Vous aussi, vous avez besoin de ça, une part cynique de votre être le remarque. C'est un marché de dupes, franchement – Albâtre comme substitut de Nassun, l'affection d'une ex-amante au lieu du sentiment maternel, ces énigmes ridicules en échange du mystère plus noir, tellement plus important, qui a poussé Jija à massacrer son propre fils. Mais, sans la motivation que représentait Nassun, il vous faut quelque chose d'autre, n'importe quoi, pour continuer.)

Alors vous demandez, le dos tourné : « Comment l'appelaient-ils ?

— Hein ?

— Les constructeurs des obélisques. D'après toi, ils avaient donné un nom à cette chose qui s'y trouve. » Les fils d'argent bourdonnants qui passent entre les cellules d'Albâtre, plus concentrés, plus compacts dans sa pierre en formation. « Ce qui compose l'orogénie. C'était quoi, ce nom, puisque nous, on n'en a plus…

— Oh. » Il remue, peut-être pour se préparer à utiliser le bassin. « Peu importe, Essun. Invente un mot, si ça te chante. Il suffit de savoir que la chose existe.

— Je veux savoir comment ils l'appelaient. »

C'est une des énigmes qu'il essaie de vous faire avaler, une petite. Vous aimeriez les tenir dans votre main, en maîtriser l'ingestion ou, au moins, savoir quel goût ont certaines. Et puis les constructeurs des obélisques étaient puissants. Idiots, peut-être, monstrueux, indéniablement, puisqu'ils ont infligé les Saisons à leurs descendants – si tant est que ce soit eux qui l'aient fait –, mais puissants. Il est possible que la connaissance de ce nom vous confère un certain pouvoir, d'une manière ou d'une autre.

Albâtre aimerait secouer la tête, mais l'ébauche du mouvement lui arrache une grimace de douleur. Alors il soupire.

« Ils appelaient ça la *magie*. »

Ça n'a pas de sens. Ce n'est qu'un mot. Mais peut-être arriverez-vous à lui donner un sens.

« La magie », répétez-vous, pour ne pas l'oublier.

Un signe de tête en guise de salutations, et vous repartez, sans un regard en arrière.

*
**

Les mangeurs de pierre savaient que j'étais là, j'en suis sûr. Simplement, peu leur importait.

Je les ai observés des heures durant. Ils restaient immobiles. Leur voix sortie de nulle part parlait une langue… étrange. L'arctique, peut-être, ou un dialecte côtier. Je n'avais jamais rien entendu de tel. Quoi qu'il en soit, je dois bien admettre qu'au bout d'une dizaine d'heures, je me suis endormi. Un craquement crissant m'a tiré du sommeil, si tonitruant que je me suis cru victime de l'Éclatement renouvelé. Lorsque j'ai trouvé le courage de lever les yeux, l'une des créatures n'était plus que blocs de pierre dispersés à terre. L'autre se trouvait toujours où je l'avais vue. Seul changement, dont j'étais le bénéficiaire : elle arborait un grand sourire étincelant.

Mémoires d'Ouse Innovateur
(né Costaud) Ticastries, géomestre amateur.
Désavoué par la Cinquième Université

7. Nassun découvre la Lune

Le voyage se révèle long et épuisant. Nassun et Jija en font l'essentiel en charrette, c'est-à-dire plus vite qu'Essun, qui se déplace à pied et perd chaque jour davantage de terrain. Jija est tout disposé à prendre des passagers, à condition qu'ils paient leur place en provisions ou autres fournitures ; père et fille n'en vont que plus vite, parce qu'ils sont rarement obligés de s'arrêter pour faire du troc. Leur rapidité signifie que le plus gros du changement climatique ne les rattrape pas – la pluie de cendre, les kirkhusas carnivores, les bouilleurs et le pire de ce qui mijote dans les contrées qu'ils dépassent. Ils traversent si vite la Castrima de surface que c'est tout juste si l'appel de Ykka parvient à Nassun, et encore ne le perçoit-elle qu'en rêve – il l'attire profond, toujours plus profond dans la terre chaleureuse, au sein d'une clarté blanche cristalline. Cette nuit-là, Castrima se trouve une quinzaine de kilomètres derrière les voyageurs, Jija ayant estimé qu'ils pouvaient continuer leur route un moment avant de dresser le camp. Voilà pourquoi ils n'ont pas gobé l'hameçon de toutes ces maisons séduisantes, intactes quoique désertes.

Les comms auxquelles ils sont contraints de faire étape n'ont parfois décrété que le confinement, pas la loi Saisonnière. Sans doute espèrent-elles que le pire leur sera épargné, puisqu'elles se trouvent loin au sud du rift. Il est rare que les Saisons affectent simultanément le continent tout entier. Nassun ne parle jamais aux inconnus de ce qu'elle est, mais si elle le pouvait, elle leur dirait qu'ils ne seront nulle part à l'abri de cette Saison-là. Certaines régions la subiront de plein fouet plus tard que d'autres, mais les choses finiront par aller mal partout.

Il arrive qu'une comm leur propose de les adopter. Jija a vieilli, mais sa force et sa robustesse sont évidentes, ses talents de débiteur et sa caste d'Innovateur précieux. Quant à Nassun, si grande et solide qu'elle soit pour son âge, sa jeunesse signifie qu'elle peut encore apprendre à peu près n'importe quoi d'utile. On voit aussi qu'elle aura plus tard une charpente puissante de Moyenne – un héritage de sa mère. Elle aimerait s'installer dans certains de ces endroits, des comms puissantes aux réserves profondes et aux habitants chaleureux, mais Jija refuse toujours. Il s'est fixé une destination.

Il arrive aussi qu'on tente de les tuer. C'est complètement illogique, puisqu'un homme et une enfant ne peuvent transporter à eux deux de quoi rendre un double meurtre intéressant, mais les Saisons ne favorisent pas la logique. Dans ces cas-là, ils s'enfuient. Un jour, Jija poignarde un inconnu en pleine tête pour les tirer d'affaire, dans une ville qui leur a ouvert ses portes avant d'essayer de les refermer derrière eux. Ils y perdent la charrette et les chevaux – sans doute ce que convoitaient leurs adversaires –, mais réussissent à s'échapper. C'est l'essentiel. À partir de là, ils continuent le voyage à pied, plus lentement, quoique sains et saufs.

Un autre jour, les habitants de la comm qu'ils atteignent ne se donnent même pas la peine de les prévenir avant de bander leurs arbalètes. Cette fois, c'est Nassun qui les sauve. Elle prend son père dans ses bras, plante les dents dans la terre et extirpe de la bourgade le moindre iota de vie, de mouvement, de chaleur. Il n'en reste qu'une œuvre d'art brillante de givre, enceinte d'ardoise plaquée de glace et corps rigides figés.

(Elle ne fera jamais plus une chose pareille. Le regard que lui jette Jija, ensuite.)

Ils passent quelques jours dans la comm morte, dont les maisons désertes leur offrent un havre de repos et de quoi se réapprovisionner. Personne ne leur cherche noise pendant leur séjour, car Nassun entretient la glace de l'enceinte de manière à adresser au moindre passant un avertissement fort clair : *Danger*. Il est bien sûr hors de question de s'attarder. Les autres comms de la région finiraient par s'unir pour venir tuer la gèneuse qui, d'après elles, représente une menace universelle. Quelques jours d'eau chaude et de nourriture fraîche – Jija cuisine un des poulets congelés qui leur offre un vrai festin –, puis ils repartent. Avant que les cadavres ne dégèlent et ne commencent à empester, voyez-vous.

Ainsi va la vie. Bandits, escrocs, nuage de gaz quasi meurtrier, arbre qui tire des épines en bois sur les corps chauds passant à proximité – les deux voyageurs survivent à tout. Nassun a une poussée de croissance, bien qu'elle ait faim en permanence et l'estomac rarement plein. Lorsque enfin ils atteignent la zone où se trouve l'endroit dont a entendu parler Jija, elle a grandi de près de huit centimètres et il s'est écoulé un an.

Ils ont quitté les Moyessud pour s'enfoncer dans l'Antarctique. Nassun soupçonne Jija de l'emmener à Nife, une des rares cités de la région, près de laquelle se trouve paraît-il un Fulcrum satellite, jusqu'au moment où ils s'écartent de la route impériale Pellestane-Nife en obliquant vers l'est. À partir de là, Jija décrète des pauses régulières qui lui permettent de consulter des gens du coin, donc de vérifier qu'il emmène Nassun dans la bonne direction. Ces conversations, simples murmures échangés avec des inconnus qu'il estime pondérés, au terme de plusieurs heures de bavardage et d'un repas partagé, ont toujours lieu le soir, quand il croit sa fille endormie. C'est à la fin d'une de ces discussions qu'elle apprend enfin où ils vont. « *Dites-moi*, chuchote Jija à l'éclaireuse qui explorait les alentours pour le compte d'une comm locale et avec laquelle il vient de dîner, car elle a tué un animal près du feu qu'il avait allumé. *Vous avez entendu parler de la Lune ?* »

Nassun ne comprend rien à la question ni à son dernier mot, mais l'inconnue prend une brusque inspiration puis conseille à Jija de suivre la route régionale en direction du sud-est. Il ne tardera pas à atteindre un méandre de rivière à partir duquel il devra obliquer plein sud. Après ces quelques répliques, Nassun fait autant que possible semblant de dormir, parce qu'elle sent le regard aigu de l'Antarctique fixé sur elle. Son père finit par proposer timidement à l'éclaireuse de l'aider à chauffer son couchage, ce qui condamne la fillette à les écouter s'activer, pendant qu'il tire à sa partenaire gémissements et halètements. Il faut bien qu'il la remercie d'avoir partagé sa viande – et lui fasse oublier Nassun. Le matin venu, les voyageurs repartent avant que leur compagne de la nuit ne se réveille, pour éviter qu'elle ne les suive et n'essaie de s'en prendre à Nassun.

Quelques jours plus tard, ils changent de direction en atteignant la rivière. Le sentier ombragé qu'ils empruntent s'enfonce dans la forêt, simple ruban de terre tassée pâlie sur fond de sous-bois broussailleux. Le ciel ne s'est obscurci que récemment dans la contrée, car la plupart des arbres n'ont pas perdu toutes leurs feuilles. Il reste des animaux pour détaler au passage des intrus, des oiseaux pour pépier et chanter sous le couvert. Ils ne croisent personne, bien que le chemin ait encore servi il y a peu, ou la végétation l'aurait totalement envahi. L'Antarctique est une région austère, peu peuplée, Nassun se rappelle l'avoir lu dans ses livres de crèche d'une autre vie. Les comms y sont rares, les routes impériales plus encore, les hivers cruels, même hors Saison. Il faut des semaines pour traverser le moindre quartant, dont la toundra occupe de vastes étendues, et la pointe sud du continent se réduit paraît-il à une masse de glace qui s'étend loin en mer. Toujours d'après les lectures de Nassun, d'étranges lumières colorées dansent parfois dans le ciel nocturne, lorsqu'on le voit malgré les nuages.

Les voyageurs se trouvent pourtant dans une zone où règne une humidité douce, presque tiède malgré un fond de fraîcheur. La fillette value sous ses pieds la lourde agitation refoulée d'un bouclier volcanique actif – en éruption, à vrai dire, mais une éruption très lente, un goutte-à-goutte de lave émergeant plus au sud. Des évents et quelques marmites lui apparaissent çà et là sur la carte de sa conscience, trahis en surface par des sources chaudes ou des geysers. La moiteur ambiante et la chaleur du sol évitent à la forêt de perdre sa verdure.

Quand les arbres finissent par s'écarter, les deux marcheurs découvrent un paysage tel que Nassun n'en a jamais vu. Une formation rocheuse constituée de dizaines de rubans gris-brun plus ou moins cylindriques, dont les plis s'élèvent assez haut pour constituer une petite montagne – à moins qu'il ne s'agisse d'une grosse colline. Le sommet de cette rivière de pierre, coiffée de frondaisons broussailleuses, forme un plateau sur lequel Nassun croit distinguer entre les arbres quelque chose qui ressemble à un toit rond ou à une tour-cache. Des constructions quelconques. Elle ne voit pourtant pas comment monter là-haut, à moins d'escalader les rubans, ce qui a l'air dangereux.

Sauf si… sauf si. Une friction s'immisce dans son esprit, croît jusqu'à devenir pression, démangeaison se muant en certitude. Elle jette un coup d'œil à Jija, qui considère lui aussi la rivière minérale. Au fil des mois qui ont suivi la mort d'Uche, elle en est venue à comprendre son père mieux que jamais, parce que sa vie en dépendait. Le calme et la force qu'il exhibe en surface dissimulent une grande fragilité. Ses fêlures ont beau être récentes, elles sont aussi dangereuses que le bord des plaques tectoniques, dont la sensibilité et l'instabilité ne se laissent jamais oublier. Le moindre frôlement suffit parfois à déchaîner l'énergie refoulée depuis une éternité et à tout détruire aux alentours.

Mais enfin, les séismes sont faciles à gérer quand on sait comment s'y prendre.

Voilà pourquoi Nassun déclare, un regard attentif posé sur Jija : « Ce sont des orogènes qui ont fait ça, papa. »

Elle s'attendait à ce qu'il se raidisse ; il se raidit. Elle s'attendait à ce qu'il inspire profondément pour se calmer ; il inspire. Il réagit à la seule évocation des orogènes comme maman au vin rouge : souffle court, mains tremblantes, voire tétanisation ou vacillement. Papa ne pouvait rien introduire de bordeaux à la maison, et s'il lui arrivait de le faire parce qu'il avait oublié, il n'y avait pas moyen de discuter avec maman. Il fallait attendre qu'elle arrête de frissonner, de haleter, de se tordre les mains.

(En réalité, elle se *frottait une* main. Nassun n'a pas fait la différence, mais Essun se massait la main à cause de la douleur d'antan qui revenait hanter ses os.)

La fillette attend que Jija se calme pour ajouter :

« Et je ne crois pas qu'on puisse monter là-haut sans orogénie. »

À vrai dire, elle en est sûre. Les cylindres de pierre *bougent*, imperceptiblement. La région tout entière, volcan en éruption d'une exquise lenteur, expulse ici un flot de lave à la progression infinitésimale. Il faut des années pour refroidir à la coulée, qui se divise quand sa substance se contracte en longues colonnes inclinées hexagonales. N'importe quel orogène, entraîné ou non, pourrait sans difficulté s'appuyer sur la pression accumulée du jaillissement, en goûter la chaleur au lent apaisement et y provoquer la croissance d'un pilier supplémentaire, lequel le porterait jusqu'au plateau. Certains des rubans sont plus propres, moins usés, d'un gris plus pâle. Ils ne sont pas là depuis longtemps.

Jija surprend alors Nassun en acquiesçant d'un hochement de tête saccadé.

« Il y a… Il devrait y avoir des gens comme toi ici. » Il ne prononce jamais ni le mot en « o » ni celui en « g », mais parle des *gens comme toi*, de *tes frères*, *tes semblables*, *les tiens*… « C'est pour ça que je t'y ai amenée, ma puce.

— C'est le Fulcrum antarctique ? »

Peut-être ce satellite ne se trouve-t-il pas où elle le croyait.

« Non. » Les lèvres de Jija se retroussent. La ligne de faille frémit. « C'est mieux. »

Jamais encore il n'avait consenti à parler de ça. Son souffle ne s'est guère accéléré, et il ne tourne pas vers Nassun le regard qu'il pose si souvent sur elle, quand il s'efforce désespérément de ne pas oublier qu'il a affaire à sa fille. Aussi décide-t-elle de le sonder un peu, de tester ses strates.

« Mieux ?

— Mieux. » Il baisse les yeux vers elle en lui adressant le sourire d'autrefois, ce qu'il n'avait pas fait depuis une éternité, du moins d'après elle. Le sourire qu'un père est censé adresser à sa fille. « Ici, ils vont te guérir. C'est ce que racontent les histoires. »

Me guérir de quoi ? manque de demander Nassun. Mais l'instinct de survie s'impose, et elle se mord la langue avant de poser une question aussi idiote. Aux yeux de Jija, elle ne souffre que d'une unique maladie, il n'existe qu'un unique poison qui puisse le pousser à parcourir la moitié de la planète, dans l'espoir d'en guérir sa petite fille chérie.

Guérir. De l'orogénie ? Elle ne sait que penser. Être… autre que ce qu'elle est ? Normale ? Est-ce seulement possible ?

La stupeur l'engloutit au point qu'elle oublie un moment de regarder son père. Lorsqu'elle s'en rend compte, elle frissonne, parce que *lui* la regardait. Heureusement, il hoche la tête, satisfait de ce qu'il a lu sur son visage : la surprise. C'est ce qu'il voulait – la surprise, l'émerveillement ou la joie. Il aurait très mal pris le déplaisir ou la peur.

« Comment ? » demande-t-elle.

La curiosité est tolérable.

« Je ne sais pas. Mais j'en ai entendu parler par des voyageurs, avant. » Si *les gens comme toi* a toujours dans la bouche de Jija le même sens précis, *avant* n'en a qu'un d'important, pour Nassun et lui. « Il paraît que cet endroit existe depuis cinq ou dix ans.

— Mais… et le Fulcrum ? »

Elle secoue la tête, perplexe. Elle aurait cru que leur destination…

Les traits de Jija se crispent.

« On peut dresser les fauves et les tenir en laisse, ça ne les empêche pas d'être des fauves. » Il se retourne vers le flot de pierre ascendant. « Je veux qu'on me rende ma petite fille. »

Je ne suis jamais partie, répond Nassun en son for intérieur – mais elle n'a pas la bêtise de le dire tout haut.

Il n'existe ni sentier à emprunter ni panneau indicateur. La disposition des lieux constitue peut-être une protection Saisonnière, car ils ont croisé quelques comms qui ne se contentaient pas de murailles, mais s'entouraient d'obstacles apparemment infranchissables et de camouflage. Les habitants du plateau disposent sans aucun doute d'un moyen caché d'y monter et d'en descendre, mais les deux voyageurs ne sont pas dans le secret. Ils ont donc une énigme à résoudre, d'autant plus qu'il ne semble pas évident de contourner la colline : s'ils décident d'aller chercher de l'autre côté un éventuel escalier, ils risquent d'y passer plusieurs jours.

Nassun s'assied sur une bûche, à proximité – après avoir vérifié avec soin qu'il n'y avait pas dans le bois d'insectes ou autres créatures que la Saison aurait pu rendre agressifs. (Elle a appris à considérer la nature avec les précautions et la méfiance que lui inspire aussi son père.) Jija fait les cent pas en marmonnant tout bas et en s'interrompant parfois pour donner un coup de pied dans un ruban ou un autre, à l'endroit où ils sortent abruptement de terre. Il va lui falloir du temps pour admettre qu'il n'y a qu'une solution.

Enfin, il se tourne vers Nassun. « Tu peux ? »

Elle se lève. Il recule, chancelant, comme alarmé par ce brusque mouvement, puis s'arrête, un regard noir fixé sur elle. Elle reste un instant plantée là, pour bien lui montrer qu'elle souffre de lui faire peur.

Un muscle se contracte dans la joue de Jija. Sa colère se mue en partie en chagrin. (En partie seulement.)

« Tu es obligée de tuer la forêt ? »

Ah. Elle comprend ce qui l'inquiète, maintenant. C'est la première verdure qu'ils voient depuis des mois. « Non, papa. Il y a un volcan. »

Elle tend le doigt vers ses pieds. Il tressaille, une fois de plus, puis contemple le sol avec autant de haine flagrante qu'il en éprouve parfois à sa vue à elle. Détester le Père Terre est pourtant aussi inutile que souhaiter la fin des Saisons.

Il inspire à fond, il ouvre la bouche, et elle s'attend tellement à l'entendre dire *Bon* qu'elle commence déjà à former le sourire destiné à le rassurer. Voilà pourquoi ils sont tellement pris au dépourvu quand un claquement sonore retentit dans la forêt alentour, provoquant l'essor d'un vol d'oiseaux dont ils ignoraient la présence. Quelque chose se plante dans la terre, tout près de là ; Nassun cligne des yeux aux faibles échos du coup dans les strates locales. Ce quelque chose a frappé avec force, malgré sa petite taille. Et puis Jija hurle.

Autrefois, Nassun se figeait quand elle était prise au dépourvu. Entraînement maternel. Ce conditionnement s'est cependant affaibli au fil de l'année écoulée. Elle s'immobilise, en plongeant malgré tout sa conscience dans la terre – sur un ou deux mètres de profondeur, pas davantage, mais bon. Elle se fige à retardement, de deux manières différentes, à la vue de l'énorme carreau massif et barbelé qui vient d'être tiré dans le mollet de son père.

« *Papa !* »

Jija est tombé sur un genou, cramponné à sa jambe. Le son qui filtre entre ses dents n'est plus un cri, mais trahit autant de souffrance. Le projectile colossal – plus d'un mètre de long sur deux centimètres de diamètre – a écarté la chair sur son terrible passage. Sa pointe, fichée en terre à la sortie du mollet, cloue de fait sa victime sur place. Il s'agit en réalité moins d'un carreau d'arbalète que d'un harpon, au manche duquel est attachée une fine chaîne.

Une chaîne ? Nassun fait volte-face pour la suivre des yeux. Quelqu'un la tient à l'autre bout. Des pieds martèlent le sol à proximité, écrasant les feuilles mortes. Des ombres rapides vacillent entre les troncs d'arbres puis s'évanouissent. Un appel retentit, dans une langue antarctique qu'elle ne connaît pas, bien qu'elle l'ait déjà entendue. *Des bandits.* Ils arrivent.

Elle se retourne vers son père, qui essaie de respirer à fond. Il est livide. Tout ce sang. Quand il lève vers elle ses yeux écarquillés, blancs de peur, elle se souvient brusquement de la comm où on les a attaqués, de celle qu'elle a gelée et de la manière dont il l'a considérée ensuite.

Des bandits. *Tue-les.* Il faut les tuer, elle le sait. Si elle ne les tue pas, c'est eux qui la tueront.

Mais son père veut voir en elle une petite fille, pas un fauve.

Elle reste là à regarder, regarder, haletante, incapable de détourner les yeux, de penser, d'*agir* – incapable de rien faire à part trembler et hyperventiler, déchirée entre instinct de survie et esprit filial.

Jusqu'au moment où quelqu'un dévale la montagne de lave figée en bondissant d'un ruban minéral à l'autre avec une rapidité et une agilité toutes… Nassun regarde. Personne n'est capable de ça. L'inconnu n'en atterrit pas moins au pied de l'éminence avec un bruit sourd, pesant, menaçant. Il est solidement bâti. Et grand, ça se voit, bien qu'il se tienne quasi accroupi dans les cailloux, penché en avant, les yeux fixés sur la forêt, derrière la fillette. (Pourtant, quand il a atterri, elle n'a perçu aucun écho du choc dans ses valupinae. Qu'est-ce que ça veut dire ? Et puis il y a… Elle secoue la tête. Peut-être s'agit-il d'un insecte. Mais non, cet étrange bourdonnement n'a en réalité rien à voir avec un son, il s'agit d'une sensation.) L'arrivant dégaine un vitropoignard impressionnant.

Déjà, il se précipite dans le sous-bois en prenant si fort appui sur le sol pour se propulser que des mottes de terre volent sur son passage. Nassun pivote afin de le suivre des yeux, bouche bée, le perd de vue dans la verdure, mais des cris s'élèvent à nouveau sous le couvert, toujours en antarctique… puis, dans la direction où est parti l'inconnu, une exclamation gutturale étouffée – peut-être une réaction à un coup. Les gens qui se déplaçaient entre les arbres s'arrêtent, une femme figée dans la trouée ménagée par un enchevêtrement de plantes grimpantes et un très vieux rocher craquelé. Elle pivote, inspire, prête à appeler, mais l'homme se retrouve derrière elle, quasi flouté par la vitesse. Un coup de poing dans le dos… Non, un coup de poignard. Sa victime ne s'est pas encore effondrée qu'il est déjà reparti. La violence et la rapidité de l'attaque sont étourdissantes.

« N… Nassun », dit Jija.

La fillette sursaute, une fois de plus. Elle l'avait purement et simplement oublié. Après l'avoir rejoint, elle s'accroupit, le pied posé sur la chaîne : personne ne pourra s'en servir pour faire encore plus mal à son père. Il l'attrape par le bras, trop fort.

« Tu… Il faut… te sauver.

— Non, papa. »

Elle cherche à voir de quelle manière le premier anneau est fixé au manche. Ce dernier est si poli qu'il suffira de tirer la jambe de Jija tout du long pour la libérer, à condition de commencer par détacher la chaîne ou par couper la pointe barbelée du harpon. Mais que se passera-t-il, après ? Les terribles plaies du blessé risquent de le vider de son sang. Nassun ne sait pas quoi faire.

Lorsqu'elle secoue légèrement la chaîne, pour voir si elle arrive à la décrocher, Jija laisse échapper entre ses dents un long sifflement.

« Je ne peux pas… Je crois que l'os… » Il vacille. Ses lèvres blêmes sont forcément mauvais signe. « *Va-t'en.* »

Elle n'écoute pas. La chaîne part d'un anneau soudé à l'extrémité du manche, anneau qu'elle tripote en réfléchissant de toutes ses forces, maintenant que l'apparition du curieux inconnu l'a libérée de l'impasse où elle était bloquée. (Sa main n'en tremble pas moins. Elle inspire à fond en essayant de maîtriser sa peur. Plus loin, parmi les arbres, s'élève un gargouillis gémissant, suivi d'un cri de rage.) Jija a emporté dans son sac certains de ses outils de débiteur, mais le harpon est en acier. Attends… Le métal devient cassant quand il est assez froid, non ? En admettant qu'elle puisse… Peut-être… Avec un tore assez étroit…

Elle n'a encore jamais rien fait de pareil ; si elle se débrouille mal, elle va geler la jambe de son père… mais elle sent d'instinct que ça *peut* être fait. La manière dont sa mère lui a appris à concevoir l'orogénie – chaleur et mouvement absorbés, chaleur et mouvements évacués – lui a toujours semblé vaguement inadéquate. Il y a un fond de vérité – d'ailleurs, ça marche, elle le sait d'expérience –, mais c'est un peu… à côté de la plaque. Inélégant. Elle s'est souvent dit que si elle ne voyait pas ça comme de la chaleur… mais elle n'a jamais réussi à suivre le fil de cette pensée de manière productive.

Sa mère n'est pas là, la mort si, et son père est la dernière personne au monde à l'aimer, quoique d'un amour blessant.

Elle pose la main sur l'extrémité du manche.

« Attention, papa, ne bouge pas.

— Qu… quoi ? »

Jija tremble, mais il perd aussi rapidement ses forces. Bien. Il ne risque pas de rompre la concentration de Nassun. Elle lui pose l'autre main sur la jambe – son orogénie a toujours évité de la geler, *elle*, même à l'époque où elle se maîtrisait mal – puis ferme les yeux.

La chaleur du volcan recouvre quelque chose d'autre, quelque chose d'inextricablement mêlé aux vaguelettes de mouvement dont la danse anime la terre. Vagues et chaleur sont faciles à manipuler, alors que le « quelque chose » est difficile à seulement *percevoir*. Peut-être est-ce pourquoi sa mère a préféré apprendre à Nassun à chercher les vagues et la chaleur. Toutefois, si la fillette arrive à s'emparer de cette chose plus subtile, plus délicate, plus précise… si elle arrive à la modeler pour lui donner du tranchant, à l'aiguiser jusqu'à obtenir un fil d'une finesse infinie puis à le passer à travers le manche du harpon, comme *ça*…

Sifflement fugace, haut perché – turbulences entre Nassun et Jija. L'extrémité de l'arme à laquelle est accrochée la chaîne tombe par terre ; les sections de métal brillent à la lumière de l'après-midi, aussi lisses que des miroirs.

Nassun rouvre les yeux en poussant un soupir de soulagement. Jija s'est raidi, le regard fixé juste derrière elle, empli d'une horreur belliqueuse. Elle se retourne, saisie. L'inconnu au couteau est là.

Ses cheveux noirs, raides comme ceux des Arctiques, lui descendent jusque sous la taille. Il est si grand que Nassun tombe assise en levant les yeux vers son visage. À moins qu'elle ne soit juste épuisée. Elle n'en sait rien. L'homme a le souffle court, et ses vêtements – en tissu artisanal, pour l'essentiel, quoiqu'il porte un vieux pantalon à pli étonnamment bien conservé – sont couverts de taches de sang, aux éclaboussures centrées sur le vitropoignard qu'il tient à la main droite. Les yeux qu'il pose sur la fillette rivalisent d'éclat avec le métal qu'elle vient de sectionner, son sourire de tranchant avec le couteau.

« Bonjour, mon enfant, lance-t-il sous le regard ébahi de Nassun. Joli tour. »

Jija essaie de bouger en faisant glisser sa jambe le long du manche du harpon. Quelle horreur. Bruit avorté de l'os contre l'acier, toux-gémissement d'un cri déchirant. Sa main cherche spasmodiquement Nassun, qui l'attrape par l'épaule, mais il est lourd, et elle fatiguée. Elle s'aperçoit soudain avec effroi qu'elle n'aura pas la force de se battre avec l'homme au poignard, si jamais ça se révèle nécessaire. L'épaule de Jija tremble sous ses doigts, mais elle tremble presque aussi fort. Peut-être est-ce pourquoi personne n'utilise cette chose, sous la chaleur ? Voilà, elle va payer le prix de sa folie, et son père avec elle.

Mais l'inconnu s'accroupit, dans un mouvement d'une grâce et d'une lenteur remarquables de la part de quelqu'un qui a montré quelques instants auparavant tant de brutalité et de rapidité.

« N'aie pas peur. » Il bat des paupières. Quelque chose passe dans son regard, un vacillement, une hésitation. « Je te connais, non ? »

Nassun n'a encore jamais vu ce géant aux yeux de givre, armé du plus long poignard du monde. Il le tient toujours à la main, quoique maintenant oscillant à son côté, ruisselant. Elle secoue la tête, un peu trop fort, un peu trop vite.

Il bat à nouveau des paupières. Le vacillement disparaît, le sourire reparaît.

« Les fauves sont morts. Je suis venu à ton secours, tu as vu ? » Quelque chose cloche dans la question. On dirait qu'il cherche bel et bien à obtenir confirmation de ce qu'il avance. *Tu as vu ?* Le ton est trop sincère, trop ardent. « Je ne laisserai personne te faire du mal », ajoute-t-il.

Peut-être son regard ne se tourne-t-il alors sur Jija que par hasard. Mais. Une partie de Nassun se détend, à peine.

Et puis son père cherche une fois de plus à bouger, lâche une fois de plus une exclamation de douleur, et l'expression de l'inconnu s'aiguise.

« Quel dommage. Je vais vous aider… »

Il pose le couteau et se penche vers Jija.

« N'approchez pas… » proteste le blessé en cherchant à se rejeter en arrière et en sursautant de tout son corps, secoué par la souffrance. Il halète, sue. « Qui êtes-vous ? Vous venez… » Ses yeux roulent en direction de la colline de pierre mouvante. « De là ? »

Le géant, qui a battu en retraite devant sa réaction, suit son regard.

« Ah. Oui. Les sentinelles de la comm vous ont vus arriver par la route, nous avons tous vu ensuite les bandits se rapprocher, alors je suis venu à votre secours. Nous avons déjà eu des ennuis avec eux. C'était une bonne occasion de se débarrasser du problème. » Les yeux blancs se reposent sur Nassun, après avoir effleuré au passage le harpon coupé en deux. Le sourire de l'inconnu n'a pas vacillé une seule seconde. « Mais ils n'auraient dû te causer aucun problème, à *toi.* »

Il sait ce qu'elle est. Elle se recroqueville contre son père, bien qu'il ne puisse la protéger, elle en est consciente. Simple habitude.

Jija se raidit. Son souffle accélère jusqu'au râle syncopé.

« Vous… vous êtes… » Il déglutit. « Nous cherchons la Lune. »

Le sourire du géant s'élargit. Il a un peu l'accent équatorial. Les Équatoriaux ont toujours de solides dents blanches.

« Ah, je vois. Vous l'avez trouvée. »

Jija s'effondre de soulagement, dans la mesure où sa jambe le lui permet.

« Oh… oh, Terre cruelle, enfin.

— C'est quoi, la *Lune* ? demande Nassun, incapable de supporter plus longtemps le mystère.

— Nouvelle Lune. » Le géant baisse la tête. « C'est le nom de notre communauté. Un endroit très particulier, destiné à des gens très particuliers. » Il rengaine son poignard et tend la main, la paume en l'air – en signe de bonne volonté. « Je m'appelle Schaffa. »

Il ne la tend cependant qu'à Nassun, qui se demande bien pourquoi. Peut-être parce qu'il sait ce qu'elle est. Ou parce qu'elle n'a pas du sang partout, contrairement à Jija. Elle avale sa salive et prend la main offerte, qui se referme aussitôt sur la sienne avec force.

« Je m'appelle Nassun, parvient-elle à dire. Et voici mon père. » Elle relève le menton. « Nassun *Résistante Tirimo.* »

Sa mère, entraînée au Fulcrum, n'a donc jamais eu réellement droit au nom d'usage de *Résistante.* Elle n'a elle-même que neuf ans, ce qui signifie qu'elle est trop jeune pour avoir obtenu un nom de comm. Elle n'en aurait toujours pas, même si elle vivait encore à Tirimo. Le géant n'en hoche pas moins la tête, gravement, comme si elle ne venait pas de mentir.

« Bon, dit-il. Voyons si, à nous deux, il nous est possible de libérer ton père. »

Il se lève, entraînant Nassun dans le mouvement. Elle se tourne vers Jija. Avec l'aide de Schaffa et en procédant assez vite, peut-être arrivera-t-elle à soulever le blessé le long du manche du harpon sans lui faire trop mal. Avant qu'elle puisse ouvrir la bouche pour expliquer ce qu'elle a en tête, cependant, Schaffa lui appuie deux doigts au creux de la nuque. Elle tressaille et se tourne brusquement vers lui, rageuse, sur la défensive. Il lève les mains en agitant les doigts pour montrer qu'il n'est toujours pas armé. Nassun a la nuque humide là où il l'a touchée. Sans doute du sang.

« Le devoir avant tout, dit-il.

— Hein ?

— Je peux le porter tout seul, continue-t-il avec un petit coup de menton en direction de Jija. Toi, tu n'as qu'à déplacer sa jambe. »

Elle cligne des yeux, déconcertée, mais quand il s'approche de Jija, elle cesse de s'interroger sur l'étrange contact. Les cris de douleur que pousse son père pendant sa libération la distraient ensuite de ce genre de pensées.

Plus tard, beaucoup plus tard, elle se rappellera qu'après s'être posés dans son cou, les doigts de Schaffa ont brillé une seconde comme les sections du manche tranché du harpon. Il lui a semblé qu'un fil de lumière-sous-la-chaleur, d'une finesse aérienne, s'étirait en fluctuant d'elle à lui. Elle se rappellera aussi que ce fil de lumière en a brièvement éclairé d'autres, tout un réseau de lignes en dents de scie déployé sur Schaffa telles les fêlures sur une vitre qu'on vient de heurter. Le lieu de l'impact, le centre de la toile, se trouve à l'arrière de son crâne. Nassun se rappellera s'être dit alors : *Il n'est pas seul là-dedans.*

Sur le moment, peu importe à la fillette. Son voyage touche à sa fin. Elle est, semble-t-il, arrivée chez elle.

*
**

Les Gardiens ne parlent pas de Mandat, où ils sont créés. Nul n'en connaît la localisation. Quand on les interroge à ce sujet, ils ne répondent que par un sourire.

Extrait de l'histoire de mnésiste
« Sans titre 759 », consignée dans la comm
d'Eadin, quartant de Charta,
par Mell Mnésiste Lithos, itinérante

8. Vous avez été prévenue

Les premiers murmures vous parviennent pendant que vous faites la queue pour récupérer les provisions de la semaine attribuées à votre maisonnée. Ils ne vous sont pas destinés, ils ne sont pas non plus censés parvenir aux oreilles de n'importe qui, mais le bavard est si nerveux qu'il en oublie de se montrer discret.

« On en a beaucoup trop, feux souterrains ! explique-t-il à un homme nettement plus jeune. Ykka, d'accord, elle a gagné sa place, hein, il y en a sans doute quelques autres de bien, mais le reste… Il ne nous en faut qu'*un*, d'accord ? »

Son interlocuteur le fait taire immédiatement. Vous vous concentrez sur quelques Castrimiens qui s'activent au loin, très occupés à essayer d'expédier d'un bout à l'autre de la géode des paniers de minerai accrochés à une corde par une poulie. Quand le jeune va regarder autour de lui, il ne va pas vous découvrir les yeux fixés sur son copain et lui. N'empêche que vous avez pris note de ce qui s'est dit.

La semaine écoulée depuis l'incident des bouilleurs vous a paru durer un mois, et pas seulement parce que vous commencez à confondre jours et nuits.

La curieuse élasticité du temps est aussi due en partie au fait que vous avez perdu Nassun et, avec elle, la certitude impérieuse d'avoir un but. Privée de ce but, vous vous sentez en quelque sorte affadie, détachée, aussi inutile que les aiguilles des compas pendant la Saison de l'Errance. Vous avez décidé de vous installer si possible, de vous recentrer, d'explorer vos nouvelles limites, mais ça n'aide pas beaucoup. La géode défie votre sens de l'espace autant que du temps. Elle vous semble encombrée quand vous vous tenez près de sa paroi et que son côté opposé vous est dissimulé par des dizaines de hampes de quartz pointues entrecroisées ; déserte quand vous passez devant des cristaux entiers d'appartements inoccupés, signes que la ville souterraine était destinée au départ à une population bien plus nombreuse que celle de Castrima. Bien que le comptoir de commerce établi en surface soit plus petit que Tirimo, vous vous rendez maintenant compte que les efforts de Ykka pour recruter ont rencontré un succès exceptionnel. La moitié – si ce n'est plus – des gens que vous croisez sont des nouveaux, comme vous. (Pas étonnant qu'elle ait voulu en intégrer quelques-uns à son conseil improvisé ; la *nouveauté* est une caractéristique de groupe, ici.) Vous avez fait la connaissance d'un métalliste nerveux, de trois débiteurs qui ne ressemblent en rien à Jija, d'un biomestre qui collabore avec Lerna deux jours par semaine et d'une femme qui gagnait autrefois sa vie en vendant de beaux objets en cuir à offrir et qui passe maintenant son temps à tanner les peaux rapportées par les Chasseurs.

Certains des nouveaux ont l'air amers, car ils n'avaient pas plus que Lerna l'intention de devenir castrimiens. Ykka ou quelqu'un d'autre ayant décidé qu'ils seraient utiles à une communauté autrefois exclusivement composée de marchands et de mineurs, leur voyage a pris fin dans la géode. Il s'en trouve néanmoins pour témoigner d'une ardeur palpable dans leur détermination à faire vivre Castrima et à la défendre : ceux qui n'avaient nulle part où aller, parce que le rift ou les répliques ont détruit leur comm. Ils n'ont pas tous des capacités utiles. La plupart sont jeunes, ce qui est normal : on n'adopte en Saison ni personnes âgées ni infirmes, à moins qu'ils n'aient des talents très demandés. Il existe toutefois une autre raison à cette jeunesse, vous l'apprenez en discutant avec eux : Ykka exige qu'on pose aux arrivants une question très spécifique : *Êtes-vous capables de cohabiter avec des orogènes ?* Ceux qui répondent oui sont invités à s'installer. Ceux qui sont *capables* de répondre oui ont tendance à être jeunes.

(Vous comprenez sans avoir à le demander que ceux qui répondent non ne sont pas autorisés à continuer leur voyage. Ils risqueraient de se joindre à d'autres comms ou à des bandes de hors-comm pour revenir attaquer la ville, car elle abrite sciemment des orogènes. Il semble qu'il y ait non loin de là, sous le vent, une carrière de gypse fort pratique. Elle permet aussi d'éloigner les charognards de la Castrima de surface.)

Restent les natifs – les gens qui vivaient là bien avant le début de la Saison. La plupart n'aiment pas voir arriver autant de monde, mais sont parfaitement conscients que la comm n'aurait pas survécu sans eux. Elle était tout simplement trop petite. Avant de s'adjoindre Lerna, elle n'avait même pas de médecin, juste un maréchal-ferrant qui faisait office de sage-femme, traitait les plaies et bosses et soignait le bétail. Elle ne comptait aussi que deux orogènes, Ykka et Cutter, au sujet de qui personne n'aurait d'ailleurs rien affirmé ; enfin bon, ça, c'est une autre histoire, que vous aurez peut-être envie d'entendre plus tard. Sans orogènes, la Castrima souterraine se transforme en piège mortel ; voilà pourquoi les natifs en général soutiennent à contrecœur les efforts de Ykka pour attirer davantage des siens. Les Castrimiens de souche vous considèrent donc avec méfiance mais, heureusement, ils considèrent de la même manière tous les nouveaux. Ce n'est pas votre qualité d'orogène qui les dérange ; c'est que vous n'ayez pas fait vos preuves.

(Vous trouvez ça étonnamment rafraîchissant : être jugée sur ce que vous faites, pas ce que vous êtes.)

Ces temps-ci, vous passez vos matinées à travailler en équipe dans les jardins hydroponiques : quand les graines semées par vos soins sur des plateaux tapissés de tissu humide ont germé, vous transvasez les jeunes plants obtenus dans de grands récipients, à l'eau additionnée de produits chimiques conçus par les biomestres pour favoriser la croissance végétale. Ces tâches apaisantes vous rappellent la verdure de votre foyer, à Tirimo. (Uche, assis parmi les fougères comestibles, faisant d'horribles grimaces, la bouche pleine de terre, parce que vous n'avez pas été assez rapide pour l'empêcher d'en enfourner. Le sourire vous monte aux lèvres à ce souvenir, avant que la souffrance ne l'efface. Il vous est toujours impossible de sourire au souvenir de Corindon, alors qu'il s'est écoulé dix… non, onze ans.)

Le soir, vous allez chez Ykka discuter avec elle et ses autres conseillers des affaires de la comm. Par exemple, faut-il oui ou non punir Jever Innovatrice Castrima d'avoir vendu des éventails – puisque l'économie de marché est illégale en Saison, d'après la loi impériale ? Ou encore, comment empêcher le vieux Crey (qui n'est pas si vieux que ça) de se plaindre une fois de plus que l'eau des bains n'est pas assez chaude ? Il casse les pieds à tout le monde. Et qui va intervenir si Ontrag, la potière, persiste à briser les ustensiles de mauvaise qualité fabriqués par ses deux apprentis ? Ça se passait comme ça quand on lui a appris son métier, mais ça se passe comme ça quand on l'apprend à des gens qui ont *envie* de l'exercer. Ses apprentis sont là pour l'unique raison que Ykka leur a ordonné de devenir potiers avant la mort de la vieille femme. Au train où vont les choses, ils risquent de la tuer de leurs mains.

Des problèmes ridicules, banals, incroyablement ennuyeux… et vous adorez ça. Pourquoi ? Qui sait ? Peut-être parce que ça ressemble aux discussions que vous aviez aux deux époques où vous faisiez partie d'une famille. Vous vous rappelez vous être disputée avec Innon pour savoir s'il valait mieux apprendre le sanze-mat à Corindon le plus tôt possible, afin de lui éviter un fort accent, ou plus tard – et seulement s'il voulait quitter Meov. Vous vous êtes aussi un jour disputée avec Jija parce que, d'après lui, les fruits rangés dans la cache froide devenaient insipides, mais que vous vous en fichiez, du moment qu'ils se conservaient mieux. Les discussions entre conseillers sont plus importantes, dans la mesure où leurs décisions affectent des centaines de gens, mais elles vous donnent la même impression de futilité tatillonne. La futilité tatillonne est un luxe que vous avez rarement pu vous permettre dans la vie.

Vous voici de retour en surface, sous la véranda d'une maison-accès, dans la pluie de cendre. Le ciel est vaguement différent, aujourd'hui : gris-jaune étiré au lieu de gris-rouge dense, avec des nuages agencés différemment, en longues vagues plutôt qu'en colliers de perles, comme ils l'étaient depuis la création du rift.

« Les choses s'arrangent peut-être », dit un Costaud, le nez en l'air.

En effet, le jaune des nuages évoque presque le soleil, que vous distinguez d'ailleurs par moments, pâle disque anémique encadré de molles courbes dérivantes.

Inutile d'informer le garde de ce que vous valuez : les nuées jaunes contiennent plus de soufre que la normale. Inutile aussi de lui communiquer ce que vous savez : si la pluie arrive maintenant, la forêt qui entoure Castrima et lui fournit à l'heure actuelle une partie non négligeable de sa nourriture mourra. Au nord, la fissure ouverte par Albâtre a tout simplement exhalé une énorme bouffée de gaz, longtemps emprisonnée dans une poche souterraine. Cutter, monté en votre compagnie et celle de Hjarka, vous jette un coup d'œil en veillant à rester impassible ; il sait, lui aussi, mais il ne dit rien non plus. Sans doute à cause du garde, qui espère malgré sa mélancolie voir les choses s'arranger. Détruire cet espoir avant qu'il ne meure de lui-même serait cruel. Cet instant de gentillesse partagée vous rend Cutter un peu plus sympathique.

Il vous suffit de tourner la tête pour que ces émotions s'évanouissent.

Un mangeur de pierre se tient dans l'ombre d'une maison, non loin de là. Marbre jaune pâle veiné de brun, couronné d'un tourbillon de cheveux cuivrés. Il ne bouge pas, il ne vous regarde pas, vous ne l'auriez même pas remarqué sans le métal flamboyant de sa chevelure, si voyante par cette journée floutée. Vous vous demandez pour la troisième ou la quatrième fois ce qui pousse les créatures à se rassembler autour de Castrima. Essaient-elles d'aider comme Hoa vous aide, vous ? S'imaginent-elles que d'autres orogènes vont se transformer en pierre, dont elles pourront se régaler ? S'ennuient-elles, purement et simplement ?

Votre esprit refuse de s'occuper d'elles. Vous écartez donc Marbre Jaune de vos pensées et détournez les yeux. Lorsque vous jetez à nouveau un regard dans sa direction, un peu plus tard, au moment de repartir, il a disparu.

Vous êtes venue en surface avec deux autres conseillers pour aller en forêt, où les Chasseurs veulent vous montrer quelque chose. Ykka n'est pas de la partie, parce qu'elle joue les médiatrices dans la dispute qui oppose Costauds et Résistants au sujet du temps de travail, ou quelque chose de ce genre. Lerna non plus, parce qu'il a commencé à donner des cours à quiconque veut bien en prendre sur l'art et la manière de soigner les blessures. Hoa non plus, parce qu'il n'a pas reparu depuis une semaine. Vous accompagnent sept Costauds, deux Chasseurs et la blonde à la peau claire que vous avez vue à votre arrivée à Castrima et qui s'est présentée depuis sous le nom d'Esni. La comm l'a adoptée en tant que Costaude, bien qu'elle pèse à peine plus de cinquante kilos et soit d'une pâleur de cendre. Il faut dire qu'elle dirigeait avant le rift un clan de conducteurs de bétail, donc qu'elle est capable de maîtriser les animaux et les ego disproportionnés. Le clan s'est joint à Castrima de son plein gré, parce qu'il était nettement plus près du comptoir que de sa comm antarctique. Les restes séchés et salés de ses derniers animaux constituent depuis le début de la Saison les seules réserves de viande de la ville.

Personne ne souffle mot. Seuls le froufroutement des bestioles dans les broussailles et le toc-toc occasionnel des bêtes plus lointaines qui s'attaquent au bois troublent le silence de la forêt, lequel exige celui des hommes. L'environnement est en train de changer, vous le constatez au fil du parcours. Les grands arbres ont perdu leur feuillage depuis des mois, au moment où leur sève s'est retirée pour les protéger du froid qui s'annonce et de la toxicité croissante de la terre superficielle. D'un autre côté, les buissons et les arbres de taille inférieure se sont étoffés de manière à mieux absorber la maigre lumière qui leur parvient et replient parfois leurs feuilles la nuit pour les débarrasser de la cendre. Il s'en est pourtant moins déposé sous le couvert, ce qui permet de distinguer par endroits les débris répandus à terre.

Heureusement, d'ailleurs, car les nouveautés du paysage n'en sont que plus visibles : les monticules. Édifices de cendre, de feuilles mortes et de brindilles cimentées, d'un mètre à un mètre quarante de haut en général, d'autant plus repérables par une journée aussi lumineuse qu'il s'en élève une vapeur diaphane. De petits os dépassent parfois de leur base, restes de pattes ou de queues. Ce sont des nids de bouilleurs. Il n'y en a pas beaucoup… mais vous ne vous souvenez pas en avoir vu un seul en passant dans la même zone, il y a une semaine. (Vous auriez valué leur chaleur.) Ils vous rappellent que si la plupart des plantes et des animaux luttent pour survivre en Saison, quelques-uns font davantage : débarrassés de leurs prédateurs habituels, placés dans les conditions idéales, ils prospèrent et se reproduisent largement partout où ils trouvent à manger, car seul le nombre peut assurer la survie de l'espèce.

Quoi qu'il en soit, ce n'est pas une bonne chose. Vous vous mettez à examiner vos chaussures régulièrement – et vous n'êtes pas la seule.

Enfin, vous atteignez le sommet d'une crête qui domine un vaste bassin forestier. Il ne fait manifestement pas partie de la zone de protection entretenue par les orogènes de Castrima, car les répliques de la création du rift y ont abattu et tué de grandes étendues de forêt. Sans la cendre, on y verrait à des centaines de kilomètres, mais la journée étant lumineuse et la brouillasse noire ténue, on y voit à des dizaines. C'est suffisant.

Parce que vous distinguez quelque chose de flou dans la lumière dorée, au-dessus des arbres couchés : des arbustes ou peut-être de longues branches écorcés, plantés bien droits en terre quoique la plupart s'inclinent plus ou moins. À leur sommet flottent des lambeaux de tissu rouge foncé censés attirer l'œil. Vous ne sauriez dire avec quoi les chiffons ont été teints, car il y a aussi des cadavres sur les pieux. Lesquels leur dépassent de la bouche ou d'ailleurs, car les morts sont empalés dessus.

« Ce ne sont pas des Castrimiens. » Hjarka regarde par une lunette, qu'elle adapte à sa vue pendant qu'un des Chasseurs lui tourne autour, les mains légèrement levées, prêt à rattraper le précieux instrument si jamais elle le lâchait ou, suivant sa bonne habitude, le jetait de côté. « Enfin, c'est difficile à dire d'ici, mais je ne les reconnais pas, et je ne crois pas qu'on ait jamais envoyé quelqu'un aussi loin. Et puis ils ont l'air sales. Peut-être une bande de hors-comm.

— Qui a eu les yeux plus gros que le ventre, marmonne un des Chasseurs.

— Aucune de nos patrouilles n'a disparu, intervient Esni en croisant les bras. Je ne tiens pas le compte de toutes les sorties, mais les Costauds, je veux dire les Chasseurs, s'en occupent… et on note les moindres allées et venues. » Elle a déjà examiné les corps à la lunette. C'est sur sa requête que certains des dirigeants de la comm ont été amenés en surface pour les voir de leurs yeux. « Je suppose que les coupables sont des voyageurs. Des retardataires sur le chemin de leur comm, mieux armés que les bandits qui les ont attaqués. Ils ont eu de la chance.

— Des voyageurs ne feraient pas une chose pareille », déclare Cutter sans élever la voix.

Il ne prend que rarement la parole. Vous êtes toujours prête à ce que Hjarka pose problème, alors qu'elle se montre en réalité prévisible et bien plus accommodante qu'on ne le croirait, vu son allure de barbare. Non, c'est Cutter qui s'élève contre presque tout ce que vous proposez, Ykka, les autres et vous. C'est un petit rouilleux têtu, sous son calme de façade.

« Les empaler, je veux dire, précise-t-il. Ils ne s'arrêteraient pas assez longtemps. Il a fallu couper les pieux, les tailler en pointe, creuser avant de les planter, les disposer de manière à ce qu'ils soient visibles à des kilomètres à la ronde. Les voyageurs… voyagent. »

Vous vous apercevez enfin qu'il est aussi beaucoup plus indéchiffrable que Hjarka. Elle n'a jamais réussi à dissimuler son énergie ni sa vigueur, aussi ne se donne-t-elle pas la peine d'essayer. Il a passé sa vie à cacher la force des montagnes sous un vernis d'humilité. Vous savez maintenant à quoi ça ressemble de l'extérieur. N'empêche qu'il a raison.

« De quoi s'agit-il alors, à ton avis ? D'une autre bande de hors-comm ? »

Simple supposition de votre part.

« Ils ne feraient pas non plus une chose pareille. Au point où on en est, ils ne gaspillent plus les corps. »

Vous tressaillez ; d'autres membres du groupe soupirent ou dansent d'un pied sur l'autre. N'empêche qu'il a raison, là aussi. Il reste des animaux, mais ceux qui n'hibernent pas sont si violents, si cuirassés ou si toxiques qu'ils représentent des proies difficiles, hormis pour des chasseurs chevronnés. La plupart des hors-comm n'ont pas de bonnes arbalètes, et le désespoir nuit à la discrétion. Qui plus est, depuis l'apparition des bouilleurs, la moindre carcasse attise la concurrence.

Il va de soi que si Castrima ne trouve pas bientôt un approvisionnement en viande, ses habitants ne gaspilleront plus les corps, eux non plus. Votre tressaillement avait plusieurs causes.

Hjarka baisse enfin la lunette.

« Eh oui, soupire-t-elle, en réponse à Cutter. Merde.

— Hein, quoi ? »

Vous vous sentez soudain idiote, comme si tout le monde s'était mis à parler une autre langue.

« Les gens qui ont fait ça marquent leur territoire. » Elle hausse les épaules en agitant la main qui tient la longue-vue, que le Chasseur lui prend adroitement. « C'est un avertissement, mais pas destiné aux hors-comm. Eux, ils s'en fichent, ils se contenteront probablement de décrocher les cadavres pour les manger. C'est à *nous* qu'il est destiné. Il est censé nous dire ce qui nous attend si jamais on traverse les frontières établies par les empaleurs.

— La seule comm dans cette direction-là, c'est Tettehee, dit un des Chasseurs. Des gens sympas. Depuis des années. On ne présente aucun danger pour eux. Il n'y a pas beaucoup d'eau de leur côté pour d'autres comms ; la rivière part au nord. »

Au nord. Ça vous préoccupe, allez savoir pourquoi. Vous n'avez aucune raison d'en parler, mais…

« Quand avez-vous eu des nouvelles de Tettehee pour la dernière fois ? » Silence. Vous parcourez le groupe des yeux. Tout le monde vous regarde. Ma foi, voilà qui répond à la question. « Il faut y envoyer quelqu'un, alors.

— Quelqu'un qui risque de terminer sur un pieu ? » Hjarka vous fixe d'un œil noir. « Personne ici n'est superflu, la *nouvelle*. »

C'est la première fois que vous suscitez sa colère, une colère violente. Elle est plus âgée et plus grande que vous, elle a les dents taillées en pointe, et ses yeux noirs étincellent férocement. Mais comme elle vous rappelle plus ou moins Innon, sa réaction ne vous énerve absolument pas.

« Tu sais bien qu'il va falloir envoyer quelqu'un faire du troc », lui rappelez-vous avec toute la gentillesse dont vous êtes capable. Elle cligne des yeux. Les dernières discussions sur le manque criant de viande ont mené à cette conclusion inévitable. « Grâce à cet avertissement, on va veiller à ce que nos émissaires soient à la fois assez nombreux et assez bien armés pour que personne ne puisse en venir à bout sans le payer cher.

— Et si les coupables sont plus nombreux et mieux armés ? »

La force n'est jamais le seul critère, en Saison. Vous le savez ; Hjarka aussi.

« Il faut joindre un orogène au groupe », répondez-vous néanmoins.

Elle cligne à nouveau des yeux, franchement surprise, avant d'arquer le sourcil.

« Pour qu'il tue la moitié des nôtres en essayant de les défendre ? »

Vous pivotez, la main levée. Personne ne s'éloigne de vous, parce que personne ne vient d'une comm assez importante pour avoir vu passer beaucoup d'orogènes impériaux. À vrai dire, vos compagnons ignorent ce que signifie un geste pareil. Ils laissent toutefois échapper des exclamations étouffées, reculent, échangent des murmures quand vous tissez un tore de plus d'un mètre de diamètre dans le sous-bois, à quelque distance. La cendre et les feuilles mortes, badigeonnées de glace étincelante, se mettent à danser dans la lumière sulfureuse de l'après-midi, portées par un tourbillon. Vous n'étiez pas obligée de procéder aussi vite, mais vous teniez à épater la galerie.

Vous vous retournez, la main tendue vers les corps empalés, prête à libérer l'énergie tirée du tore. Les cadavres sont trop loin pour que votre groupe comprenne dès l'abord ce que vous faites, mais les arbres qui les entourent frissonnent, les pieux commencent à se balancer puis, quelques secondes plus tard, la terre s'ouvre à leur pied. La fissure suscitée par vos soins engloutit les piquets et leurs sinistres ornements. Alors vous rapprochez les mains, lentement, pour n'affoler personne. Les arbres s'immobilisent, mais un frisson perceptible secoue la crête sur laquelle vous vous tenez avec vos compagnons, parce que vous avez laissé une petite partie de la réplique arriver jusqu'ici. Vous n'étiez pas obligée, là non plus. Vous vouliez juste faire passer votre message.

Quand vous rouvrez les yeux et vous tournez vers Hjarka, vous lui trouvez l'air impressionnée, mais pas alarmée, ce qui est tout à son honneur.

« Bon, dit-elle. *Toi*, tu peux geler quelqu'un sans tuer personne d'autre aux alentours. Mais si tous les gèneurs étaient capables d'en faire autant, ils ne poseraient aucun problème à personne. »

À votre avis, ce mot rouillé est vraiment détestable, quoi qu'en pense Ykka.

Et vous n'êtes pas totalement d'accord avec Hjarka. Les gèneurs posent problème aux gens pour de multiples raisons, qui n'ont rien à voir avec l'orogénie. Vous ouvrez la bouche sur une réponse… et vous restez muette. Parce que vous venez de vous apercevoir du piège tendu par votre interlocutrice. Cette conversation ne peut mener qu'à une seule conclusion, à laquelle vous n'avez aucune envie d'arriver… bien qu'elle soit inévitable. Saleté de rouille.

Voilà comment vous vous retrouvez directrice d'un Fulcrum tout neuf. Plus ou moins.

*
**

« N'importe quoi, dit Albâtre.

— Je sais », soupirez-vous.

Deux répliques échangées le lendemain, au cours d'une conversation, une de plus, sur les principes régissant l'irréel – le fonctionnement des obélisques, y compris la manière dont leur structure cristalline évoque les curieuses relations de pouvoir tissées entre les cellules d'un organisme, et les théories postulant l'existence de choses plus petites encore que ces cellules, mais que personne n'a jamais vues et dont l'existence, justement, reste à prouver.

Vous avez ce genre de conversations avec Albâtre tous les jours, entre le travail d'équipe du matin et les discussions politiciennes du soir, parce qu'il est en proie à une impression d'urgence que sa mort imminente exacerbe encore. Ses forces sont trop limitées pour que les séances se prolongent et il est trop mauvais instructeur pour qu'elles se révèlent très utiles. Il aboie des ordres, délivre des sermons, ne répond jamais à vos questions au moment où vous les posez, se montre impatient et cassant. Son comportement est en partie imputable à la douleur qui le taraude en permanence, mais quant au reste, c'est juste qu'il est lui-même. Il n'a vraiment pas changé.

Ce vieux crétin irascible vous a manqué à un point qui vous étonne souvent. C'est pourquoi vous maîtrisez votre colère… un moment, en tout cas.

« Il faut bien que quelqu'un s'occupe de l'instruction des jeunes », expliquez-vous.

La plupart des orogènes de la comm sont des enfants ou des adolescents, pour la bonne raison que la plupart des sauvages ne survivent pas à l'enfance. Il paraît que certains orogènes adultes leur servent d'enseignants et leur apprennent à ne pas geler n'importe quoi dès qu'ils se cognent un orteil. De toute manière, Castrima est par chance aussi stable que l'Équatorial d'autrefois. Mais on parle de sauvages s'occupant de sauvages.

« Et si jamais je n'arrive pas à faire ce que tu veux me faire faire…

— Il n'y en a pas un qui vaille la rouille. Tu l'aurais valué toi-même, si tu leur avais prêté un minimum attention. Ce n'est pas seulement une question de compétence, mais de don ; c'est pour ça que le Fulcrum nous a fait coucher ensemble, Essun. La plupart d'entre eux ne maîtriseront jamais la redistribution de l'énergie. »

C'est l'expression que vous avez concoctée ensemble pour décrire l'orogénie pratiquée à base de chaleur et d'énergie cinétique – à la manière du Fulcrum. Ce qu'Albâtre essaie de vous enseigner en ce moment, ce que vous cherchez à apprendre avec mille difficultés, parce que ça dépend de choses qui n'ont aucun sens pour vous, c'est ce que vous en êtes venue à qualifier de *redistribution magique*. Une expression inadaptée, parce qu'il ne s'agit pas de redistribution, mais qui fera l'affaire tant que vous ne comprendrez pas mieux de quoi il retourne.

Albâtre n'en a terminé ni avec le cours d'orogénie que vous avez accepté de donner ni avec les enfants qui vont y assister.

« Tu vas perdre ton temps, voilà tout. »

Ce dédain met inexplicablement votre patience à rude épreuve.

« On ne perd jamais son temps en éduquant autrui.

— On croirait entendre une banale enseignante de crèche. Ah, c'est vrai… »

Ce mépris pour la vocation qui vous a donné des années de camouflage suinte la mesquinerie. Vous ne devriez pas relever, mais il vous semble qu'on vient de vous verser du sel sur une coupure. « Ça suffit », ripostez-vous.

Albâtre cligne des yeux puis fronce les sourcils – autant que possible. « Je manque de temps pour dorloter qui que ce soit, Syène…

— *Essun.* » Ici et maintenant, c'est important. « Et je me fiche que tu sois en train de mourir, espèce de rouilleux. Tu n'as pas à me parler sur ce ton-là. »

Cela dit, vous vous levez parce que, tout d'un coup, vous en avez *assez*.

Il ne vous quitte pas des yeux. Antimoine est là, comme toujours, à le soutenir d'une main en silence. Ses yeux à elle aussi se posent un instant sur vous. Il vous semble y lire de la surprise, mais sans doute s'agit-il juste d'une projection.

« Tu te fiches que je sois en train de mourir.

— Oui. Qu'est-ce que tu veux que ça me fasse ? Toi, tu te fiches qu'on meure tous. *C'est* toi *qui nous as fait ça.* » À l'autre bout de la pièce, Lerna lève la tête, les sourcils froncés. Vous vous rappelez alors qu'il vaut mieux baisser la voix. « Tu vas mourir plus tôt et bien moins péniblement que nous. *Nous*, on va mourir de faim quand *toi*, tu seras retombé en poussière dans la cendre depuis longtemps. Alors si tu ne veux pas te donner la peine de m'apprendre quoi que ce soit, tu n'as qu'à aller te faire foutre. Je trouverai toute seule comment arranger les choses ! »

Vous êtes déjà à mi-chemin de la porte, le pas rapide et les poings serrés, quand il réplique : « Si tu passes cette porte, tu vas effectivement mourir de faim. Si tu restes, tu as une chance.

— Tu as bien trouvé, toi ! criez-vous par-dessus votre épaule, sans vous arrêter.

— Il m'a fallu dix ans ! et… saleté de rouille pelante, espèce de tête de mule au cœur de pierre… »

La géode tressaute. Pas seulement le bâtiment de l'infirmerie, mais la bulle dans son ensemble. Les cris de peur qui s'élèvent à l'extérieur emportent la décision. Vous vous arrêtez, serrez les poings de toutes vos forces et expédiez un tore opposé contre celui qu'Albâtre vient de créer juste sous Castrima. Le vôtre ne déloge pas le sien – vous manquez encore de précision, et vous êtes trop en colère pour vous montrer subtile –, mais le mouvement s'interrompt, soit à cause de votre intervention, soit parce que votre réaction a assez surpris l'adversaire pour l'arrêter ; peu importe.

Vous faites volte-face et repartez en sens inverse, en proie à une fureur telle qu'Antimoine disparaît et reparaît brusquement juste à côté de lui, sentinelle silencieuse, avertissement matériel. Vous n'y prêtez aucune attention, pas plus qu'à la manière dont il s'est à nouveau plié en deux, la respiration réduite à une sorte de sifflement laborieux.

« Écoute-moi bien, espèce de connard nombriliste », crachez-vous, penchée vers lui pour que personne d'autre ne vous entende, sauf la mangeuse de pierre. Il tremble, de douleur visiblement, ce qui aurait suffi à vous arrêter, hier encore. Aujourd'hui, la colère oblitère la compassion. « Moi, je suis obligée de vivre ici, alors que toi, tu attends juste de mourir. Si ces gens en viennent à nous détester sous prétexte que tu n'es pas capable de te maîtriser… »

Une seconde. Vous vous interrompez, fascinée ; parce que, cette fois, vous êtes témoin du changement qui affecte son bras – le gauche, le plus long jusqu'ici. La minéralisation progresse lentement, régulièrement, transmutation de la chair accompagnée d'un sifflement très discret. Vous modifiez presque malgré vous votre vision comme Albâtre vous a appris à le faire, traquant entre les bulles froides de son être les vrilles fuyantes de la connexion. Elles vous apparaissent soudain, plus brillantes que de coutume, filaments d'argent étincelants en pleine réorganisation, occupés à se resserrer, à se constituer en treillis aux motifs totalement neufs.

« Espèce de rouilleuse prétentieuse », crache Albâtre entre ses dents. L'affront pénètre la stupeur que vous cause son bras : *lui*, oser vous traiter, *vous*, de prétentieuse. « *Essun*. À t'entendre, on croirait que tu es le seul être au monde à avoir commis des erreurs, le seul à être mort à l'intérieur et à avoir été obligé de continuer. Tu ne sais rien de rien, tu n'écoutes rien de rien…

— Parce que tu ne me dis rien de rien ! Tu veux que je t'écoute, mais tu ne partages pas, tu te contentes d'exiger, d'affirmer, et… et… je ne suis pas une enfant ! Terre cruelle ! Je ne traiterais même pas des enfants comme ça ! »

(*Mais si,* chuchote une facette traîtresse de votre être. *Bien sûr que si. C'est comme ça que tu as traité Nassun.* Ce qui pousse la partie loyale de votre esprit à riposter : *Parce qu'elle n'aurait pas compris, autrement. Elle n'aurait pas été en sécurité si je lui avais témoigné plus de douceur, de patience. C'était pour son bien et...)*

« C'est pour ton bien », râle Albâtre. La minéralisation de son bras s'est interrompue, alors que la pierre n'a progressé cette fois que de deux à trois centimètres. Quelle chance. « J'essaie de te protéger, Terre en feu ! »

Vous le fixez d'un regard furieux, qu'il vous rend. Le silence s'installe.

Un tintement vous apprend qu'on vient de poser derrière vous quelque chose de métallique et de pesant. Vous jetez un coup d'œil à Lerna. Il vous considère, les bras croisés. La plupart des Castrimiens, y compris les orogènes, n'auront aucune idée de ce qui a déclenché le soubresaut, mais lui le sait, parce qu'il a déchiffré votre langage corporel. Il va falloir lui expliquer les choses – si possible avant qu'il n'assaisonne le prochain brouet d'Albâtre avec quelque chose de toxique.

Cette pensée vous rappelle que le passé n'est plus et que vous ne pouvez vous permettre les mêmes réactions qu'autrefois. Si Albâtre n'a pas changé, c'est à vous de relever le gant. Parce que vous avez changé.

Vous vous redressez et inspirez à fond. « Tu n'as jamais été enseignant, hein ? »

Il cligne des yeux, les sourcils froncés, méfiant parce que vous vous exprimez maintenant avec calme. « J'ai été ton enseignant à toi.

— Non, Albâtre. À l'époque, tu accomplissais des miracles, je te regardais faire, et je cherchais à t'imiter sans y laisser la vie. Mais tu n'as jamais essayé de transmettre de l'information à un autre adulte, hein ? »

Vous connaissez la réponse à la question sans avoir besoin de l'entendre, mais il est important qu'il la donne. Il faut qu'il apprenne certaines choses, lui aussi.

Un muscle se crispe dans sa joue. « Si, j'ai essayé. »

La protestation vous fait rire. Il est sur la défensive, la note significative qui s'est glissée dans sa voix vous le prouve. Après un instant de réflexion supplémentaire – et une longue inspiration, destinée à vous permettre de rassembler votre maîtrise de vous-même –, vous vous rasseyez. Antimoine vous domine maintenant tous les deux, mais vous vous efforcez de ne pas y prêter attention.

« Écoute, Albâtre, il faut me donner une raison de te faire confiance.

— Tu ne me fais pas confiance, depuis le temps ? demande-t-il, les yeux plissés.

— Tu as détruit le monde. Tu m'as dit que tu voulais me voir faire pire. Ça ne me frappe pas comme une évidence aveuglante que je devrais t'obéir sans poser de question. »

Ses narines palpitent. Apparemment, la douleur de la transmutation s'est évanouie, bien qu'il soit en nage et qu'il ait toujours le souffle court. Son expression finit par se modifier. Il se tasse à nouveau, autant que la chose lui reste possible.

« Je l'ai laissé mourir, murmure-t-il en détournant les yeux. Bien sûr que tu ne me fais pas confiance.

— Non, Albâtre. Ce sont les Gardiens qui ont tué Innon.

— Lui aussi », répond-il avec un mince sourire.

Alors vous comprenez. Dix ans. C'était hier.

« Non », répétez-vous plus bas.

Sans force. Il a dit qu'il ne vous pardonnerait jamais, pour Corindon… mais peut-être y a-t-il d'autres coupables impardonnables à ses yeux.

Un long silence suit.

« Bon, reprend-il enfin, d'une voix très douce. Je vais te dire.

— Quoi donc ?

— Où j'ai passé les dix dernières années. » Coup d'œil à Antimoine, dressée de toute sa taille à proximité. « De quoi il s'agit.

— Elle n'est pas prête », dit la mangeuse de pierre.

Vous sursautez au son de sa voix.

Albâtre veut hausser les épaules, grimace quand quelque chose, quelque part, lui fait mal et soupire.

« Je ne l'étais pas non plus. »

Antimoine vous englobe, lui et vous, d'un regard guère différent de celui qu'elle posait sur vous depuis votre retour, mais plus contenu – peut-être s'agit-il là encore d'une simple projection de votre part. Puis elle disparaît brusquement. Cette fois, vous voyez ce qui se passe. Sa forme se brouille, perd de la substance, devient translucide, avant qu'elle ne tombe dans le sol comme si un trou venait de s'ouvrir sous ses pieds. Partie.

Albâtre soupire.

« Viens t'asseoir près de moi.

— Pourquoi ? demandez-vous aussitôt, les sourcils froncés.

— Pour baiser. Pourquoi, à ton avis rouillé ? »

Vous l'aimiez autrefois. Sans doute l'aimez-vous encore. Vous vous levez en soupirant, vous rapprochez du mur et vous rasseyez, adossée, de manière à être à l'aise. Puis vous lui posez la main dans le dos pour le soutenir – comme le fait si souvent Antimoine –, maladroitement, bien qu'il n'ait pas de brûlure à cet endroit-là.

« Merci », dit-il après un petit silence.

Alors… il vous raconte tout.

*
**

Ne respirez pas la fine pluie de cendre. Ne buvez pas l'eau rougie. Ne foulez pas trop longtemps la terre chaude.

Tablette première,
« De la survie », strophe sept

9. Nassun, nécessaire

Vous êtes Essun ; je ne devrais donc pas avoir à vous rappeler que, avant Nouvelle Lune, Nassun n'avait jamais rien vu, hormis Tirimo et le monde de la route, peu à peu assombri par la cendre d'une Cinquième Saison. Vous connaissez votre fille, non ? Il devrait donc aussi être évident à vos yeux que Nouvelle Lune devient aux siens quelque chose dont elle s'est toujours sentie privée auparavant : un foyer, un vrai.

Il ne s'agit pas d'une jeunecomm, mais d'une excroissance de Jekity, un village qui a été une ville il y a quelques centaines d'années, avant l'Étouffement – la Saison pendant laquelle le mont Akok a couvert l'Antarctique de cendre. Les conséquences de l'éruption ont failli tuer Jekity, qui disposait à l'époque d'immenses réserves et de solides murailles de bois et d'ardoise. Jekity, la cité, est morte à la suite d'une succession d'erreurs humaines. Un enfant a renversé du pétrole en allumant une lanterne. L'incendie subséquent a ravagé l'ouest de la comm et brûlé un tiers des bâtiments avant d'être maîtrisé. Le chef y a perdu la vie, trois candidats qualifiés se sont présentés pour lui succéder, et les dissensions ont été telles que la population n'a pas reconstruit à temps la portion détruite de la muraille. Une invasion de mimis – de petites bestioles à fourrure, aussi grouillantes quand la nourriture se fait rare que des fourmis – a déferlé sur la ville et mangé quiconque se révélait trop lent pour prendre de la hauteur… ainsi que le contenu des caches situées au niveau du sol. Les survivants ont tenu un moment avec les réserves restantes, mais ont fini par mourir de faim. Lorsque le ciel s'est éclairci, cinq ans plus tard, il restait moins de cinq mille habitants sur les cent mille du début de Saison.

La Jekity d'aujourd'hui est plus petite encore. Les pitoyables réparations maladroites apportées à la muraille durant l'Étouffement sont toujours là. Les entrepôts ont été surélevés et approvisionnés de manière à correspondre aux normes impériales… sur le papier seulement, car la comm ne s'est pas donné la peine de remplacer les provisions périmées par des produits sains. Elle a si mauvaise réputation, même pour l'Antarctique, que peu d'étrangers ont demandé à s'y faire adopter au fil des années. La plupart des jeunes la quittent pour en intégrer d'autres, par la persuasion ou le mariage ; ils lui préfèrent des comms en pleine croissance, où il y a davantage de travail et où ne plane pas le souvenir de tant de souffrances. Quand Schaffa a découvert ce village endormi aux cultures en terrasses, il y a dix ans, Maite, sa chef, s'est laissé convaincre d'autoriser le nouveau venu à fonder entre ses murs une association de Gardiens. Elle espérait voir Jekity remonter la pente, à partir de là. Après tout, n'importe quelle communauté ne peut que se réjouir d'abriter des Gardiens, pas vrai ? De fait, il y en a maintenant trois sur place, y compris Schaffa, accompagnés de neuf enfants d'âges très divers. À un moment, ils ont même été dix, mais un soir, l'un d'eux a piqué une crise de colère qui a provoqué une secousse puissante, quoique brève. Il a disparu. Maite n'a pas posé de questions. C'est une bonne chose que les Gardiens fassent leur travail.

Nassun et son père sont ignorants de ce genre de choses lors de leur installation, mais on finira par les en informer. Les soignants – un vieux médecin et un herboriste qui connaît bien les plantes de la forêt – consacrent sept jours à Jija, car une fièvre violente s'empare de lui peu après leur intervention chirurgicale sur sa blessure. Nassun passe cette semaine entière à le soigner, mais Schaffa présente le père et la fille à Maite dès que la survie du premier paraît assurée. La chef se révèle d'autant plus ravie de l'arrivée d'un débiteur qu'il n'y en avait plus à Jekity depuis des dizaines d'années, ce qui obligeait la comm à faire appel à ceux de Deveteris, la ville située à une quarantaine de kilomètres. Une des vieilles maisons inoccupées dispose d'un four extérieur. Une forge aurait été plus utile, mais Jija pense pouvoir s'en tirer comme ça. Maite décide de se donner un mois pour vérifier que tout va bien ; elle prête une oreille attentive à ses concitoyens, qui estiment Jija poli, sympathique, raisonnable. Il faut ajouter à cela qu'il est robuste, puisqu'il se remet de sa blessure en véritable Résistant et a survécu sur la route en la seule compagnie d'une enfant. Une fille dévouée et bien élevée, tout le monde peut le constater – on ne s'attendrait pas à ça de la part d'une gèneuse. Au bout d'un mois, Jija devient donc *Jija Innovateur Jekity*, au cours d'une cérémonie totalement inconnue de la plupart des habitants, car la comm n'a adopté personne d'extérieur depuis fort longtemps. Maite elle-même a été obligée de se renseigner sur le déroulement du rituel en consultant un vieux livre d'histoire. Une petite fête suit. Adorable. Jija se déclare très honoré.

Nassun reste tout simplement *Nassun*. Personne ne l'appelle Nassun Résistante Tirimo, bien qu'elle se présente sous ce nom-là aux inconnus. L'intérêt que lui porte Schaffa est tout simplement trop évident. Mais comme elle ne cause aucun problème, les Jekitiens se montrent aussi charmants avec elle qu'avec Jija, quoiqu'il s'ajoute à leur gentillesse vis-à-vis d'elle une touche de prudence supplémentaire.

Les autres petits orogènes, eux, l'adoptent telle qu'elle est sans hésitation ni réserve.

Le plus âgé, un Côtier, s'exprime avec un curieux accent rythmé qu'elle trouve exotique. Il s'appelle Eitz, il est grand, il a dix-huit ans et un visage allongé. L'ombre qui voile en permanence son visage ne nuit en rien à sa beauté. C'est lui qui souhaite la bienvenue à Nassun le lendemain du jour où il apparaît que Jija va survivre.

« Nouvelle Lune est *notre* communauté. » Sa voix profonde fait tambouriner le cœur de son interlocutrice, pendant qu'il l'entraîne jusqu'au petit complexe construit par les compagnons de Schaffa près du point le plus vulnérable de l'enceinte, au sommet d'une colline. Ils arrivent devant une double porte, qui s'ouvre à leur approche. « Lumen avait le Fulcrum, Jekity a Nouvelle Lune : un endroit où tu peux être toi-même en toute sécurité. Schaffa et les autres Gardiens sont là pour nous, ne l'oublie pas. On est ici chez nous. »

Nouvelle Lune dispose de sa propre muraille, formée à partir des colonnes de pierre qui dominent la zone – toutes de la même taille et d'une conformation parfaitement régulière. Nassun n'a pas besoin de les valuer pour savoir qu'elles ont été créées par orogénie. Le complexe comporte quelques petits bâtiments, dont un ou deux neufs, mais la plupart empruntés à la vieille Jekity à l'abandon, pour cause de population réduite. Peu importe à quoi ils servaient auparavant, car ils ont été réaménagés : une demeure destinée aux Gardiens, un réfectoire, une salle de travaux pratiques carrelée, plusieurs réserves en rez-de-chaussée et un dortoir pour les enfants.

Enfants qui fascinent Nassun. Il y a deux Côtières Occidentales, petites, la peau brune, les cheveux noirs et les yeux bridés. Des sœurs, manifestement, Oegin et Ynegen. Nassun, qui n'avait encore jamais vu de Côtiers Occidentaux, les dévisage jusqu'au moment où elle s'aperçoit qu'elles lui rendent la pareille. Quand elles lui demandent si elles peuvent lui toucher les cheveux, elle leur renvoie la question, ce qui leur fait comprendre à toutes que c'est une envie bizarre, complètement idiote. Elles se mettent à rire et les voilà amies, sans que personne tripote personne. Il y a aussi Paido, un Moyessud qui a pourtant l'air d'avoir pas mal de sang antarctique, avec ses cheveux jaune vif et sa peau si blanche qu'elle en luirait presque. Les autres le taquinent à cause de son teint, mais Nassun lui confie qu'elle n'est pas non plus à l'abri des coups de soleil – en se gardant bien cependant de préciser qu'elle n'en prend qu'après s'être exposée des heures durant, pas au bout de quelques minutes. Il s'illumine à ces mots.

Tous les autres viennent des Moyessud inférieures et ont visiblement des ascendances sanziennes. Deshati, en apprentissage de débitrice avant que les Gardiens ne la trouvent, pose à Nassun toutes sortes de questions sur Jija. (Quand Nassun lui déconseille d'aller parler à son père, elle comprend aussitôt et se rembrunit.) Wudeh, que certaines céréales rendent malade, est petit et frêle parce que la nourriture disponible pour lui n'est pas assez roborative, mais son orogénie est plus forte que celle des autres. Lashar considère Nassun d'un œil froid et se moque de son accent, bien que Nassun ne trouve quant à elle aucune différence entre leurs façons de parler. Les autres lui expliquent que le grand-père de Lashar était équatorial et sa mère chef de comm dans la région. Malheureusement, Lashar étant une orogène, ce genre de choses n'a plus d'importance. Il n'empêche que son éducation se fait sentir.

Flemmarde ne s'appelle évidemment pas Flemmarde, mais comme elle ne veut donner son vrai nom à personne, ses condisciples l'ont rebaptisée un après-midi où elle essayait de tirer au flanc. (Elle n'a pas récidivé, mais le surnom lui est resté.) Pareil pour Furtive, d'une timidité monstrueuse, qui passe l'essentiel de son temps à se cacher derrière ses camarades. Elle n'a qu'un œil, et une cicatrice horrible lui déforme un côté du visage – sa grand-mère a cherché à la poignarder, murmurent les autres dès qu'elle a le dos tourné. En réalité, elle s'appelle Xif.

Nassun est la dixième arrivée. Ils veulent tout savoir d'elle : d'où elle vient, quels sont ses plats préférés, à quoi ressemblait la vie à Tirimo, si elle a jamais tenu un bébé kirkhusa dans ses bras, parce qu'ils sont tout doux. Quand il s'avère qu'elle est la préférée de Schaffa, ils lui posent discrètement des questions très différentes. Que faisait-elle, le jour du rift ? Comment a-t-elle appris à se servir aussi bien de l'orogénie ? Ainsi découvre-t-elle qu'il est rare pour les siens de naître de parents orogènes. Wudeh s'en rapproche plus que les autres, parce que quand sa tante a découvert ce qu'il était, elle lui a servi autant que possible d'enseignante en secret, mais ça se limitait à peu près à éviter de geler quelqu'un par accident. Certains ont appris ça à la dure – Oegin reste très silencieuse pendant cette conversation. Deshati n'avait pas conscience de son orogénie avant le rift, chose incompréhensible pour Nassun. C'est Deshati qui lui pose le plus de questions, mais tout bas, en l'absence de témoins, d'une voix où perce la honte.

Nassun découvre aussi qu'elle est très, très, *très* nettement meilleure que les autres, et ce n'est pas une simple question d'entraînement. Eitz a eu des années de plus qu'elle pour s'entraîner, mais son orogénie est aussi frêle et vacillante que le corps de Wudeh. Eitz la maîtrise assez pour ne faire de mal à personne, mais il n'arrive pas non plus à en faire grand-chose de bien – trouver des diamants, créer un endroit frais où se réfugier par grosse chaleur ou couper un harpon en deux. Quand Nassun essaie d'expliquer à ses nouveaux compagnons comment elle s'y est prise, ils la regardent avec de grands yeux, jusqu'au moment où Schaffa, adossé à un bâtiment voisin (un des Gardiens les surveille en permanence quand ils se réunissent pour s'entraîner ou s'amuser), se redresse et l'emmène en promenade.

« Ce que tu ne comprends pas, dit-il en lui posant la main sur l'épaule, c'est que l'habileté d'un orogène ne dépend pas seulement de la pratique, mais aussi de ses capacités innées. On s'est donné tant de mal pour éliminer le don par la reproduction. » Il pousse un petit soupir où elle devine presque de la déception. « Il ne reste que peu d'entre vous à naître avec des capacités élevées.

— Mon père a tué mon frère à cause de ses capacités, répond-elle. Uche était plus doué que moi, mais ça ne lui servait à rien. Il écoutait la terre, il disait par moments des choses bizarres, et voilà. Il me faisait rire avec ça. »

Elle parle tout bas, parce que ces mots lui font mal et qu'elle les a très rarement prononcés. Jija n'a jamais rien voulu entendre de tel, ce qui l'a empêchée d'évoquer son chagrin avec quiconque. Elle se tient en compagnie de Schaffa au-dessus des terrasses sud de Jekity, des plates-formes échelonnées en altitude au flanc de la vallée tapissée de lave. Les champs sont toujours cultivés, céréales, légumes verts et haricots, mais certaines plantes ont maintenant une allure maladive due à l'éclat décroissant du soleil. Sans doute la récolte à venir sera-t-elle la dernière avant que les nuages de cendre ne deviennent trop épais.

« Bien sûr. C'est une tragédie, mon enfant. Je suis désolé. » Schaffa soupire. « Mes frères ont trop bien travaillé, quand ils ont prévenu la populace du danger que représentaient les orogènes non entraînés. Leurs avertissements n'avaient rien de mensonger, évidemment, mais peut-être étaient-ils un peu… exagérés. »

Haussement d'épaules. Une brève flambée de colère échauffe Nassun à l'idée que cette *exagération* a suscité la haine intense qui brûle parfois dans les yeux de son père quand il la regarde, mais c'est une colère nébuleuse, sans objet. Elle en veut au monde entier, pas à quelqu'un de précis. Ça fait beaucoup à détester.

« Il pense que je suis méchante », s'entend-elle dire.

Schaffa la considère un long moment. Son regard trahit brièvement une certaine confusion, sous ses sourcils froncés par la perplexité. Ça arrive. Nassun le value rapidement, sans vraiment le vouloir, et… oui, les curieux filaments argentés flambent en lui, entrelacés à sa chair, tiraillant son esprit à partir de l'arrière de son crâne. Dès que son visage s'éclaircit, elle bat en retraite, parce qu'il est d'une sensibilité diabolique à l'orogénie et qu'il n'aime pas qu'elle fasse quoi que ce soit sans sa permission. Mais il est moins attentif quand les fils brillants tirent en lui.

« Tu n'es pas méchante, Nassun, déclare-t-il d'un ton ferme. Tu es exactement telle que t'a faite la nature, c'est-à-dire *spéciale*. Spéciale et puissante, de manière atypique, y compris pour ceux de ta sorte. Au Fulcrum, tu aurais déjà des anneaux. Quatre, voire cinq. Ce qui est étonnant pour quelqu'un de ton âge. »

Cette déclaration fait plaisir à Nassun, bien qu'elle ne la comprenne pas totalement.

« Wudeh dit qu'au Fulcrum, on peut avoir jusqu'à dix anneaux… »

C'est Nida aux yeux d'agate, la plus bavarde des Gardiens, qui veille sur Wudeh. Il lui arrive de dire des choses qui n'ont aucun sens, mais le reste du temps, elle partage des connaissances utiles. Les enfants ont donc tout simplement appris à couper le son quand elle raconte n'importe quoi.

« Oui, dix. » Pour une raison ou pour une autre, Schaffa en a l'air mécontent. « Mais nous ne sommes pas au Fulcrum, tu sais. À Nouvelle Lune, chacun s'entraîne lui-même, parce qu'il n'y a pas de senior pour l'aider. Heureusement, d'ailleurs, vu les… les choses dont tu es capable. » Ses traits se crispent. Scintillement argent en lui, une fois de plus, puis quiétude. « Des choses qui doivent être faites et que… l'entraînement du Fulcrum ne permet pas de faire. »

Nassun réfléchit à ce qu'il vient de dire, sans s'occuper pour le moment des fils d'argent.

« Comme me débarrasser de mon orogénie ? »

Elle sait que son père a demandé ça à Schaffa.

« Tu en seras capable, une fois atteint un certain niveau de développement. Mais pour atteindre ce niveau-là, il vaudrait mieux que tu apprennes à utiliser tes pouvoirs sans a priori. » Schaffa jette un regard inexpressif à Nassun, qui y gagne cependant une certitude : il n'a aucune envie qu'elle se transforme en fixe – en admettant que ce soit un jour possible. « Tu as de la chance que ta mère ait été une orogène assez douée pour s'occuper de toi pendant ton enfance. Tu devais être très dangereuse, bébé et petite fille. »

C'est au tour de Nassun de hausser les épaules. Elle baisse les yeux et gratte du pied la mauvaise herbe qui a réussi à pousser entre deux colonnes de basalte. « Sans doute. »

Il lui lance un coup d'œil acéré. Ce qui cloche chez lui – comme chez tous les Gardiens de Nouvelle Lune – s'évanouit dès qu'elle essaie de lui cacher quelque chose. On le dirait capable de valuer les faux-fuyants.

« Parle-moi de ta mère. »

La fillette n'a aucune envie d'obtempérer. « Je suppose qu'elle est morte. »

Ça semble en effet probable, bien que Nassun ait eu conscience de l'effort consenti par Essun pour détourner le rift de Tirimo. Les gens ont quand même dû se rendre compte de ce qu'elle avait fait, ce jour-là ? Elle passait son temps à dire à ses enfants de se tenir tranquilles lors des secousses, parce que c'est à ces occasions que se font repérer la plupart des orogènes. Et quand ils se font repérer, il leur arrive Uche.

« Peut-être. » Schaffa penche la tête de côté tel un oiseau. « Ta technique porte la marque du Fulcrum. À cause de sa… précision. Alors que la poussière… » Il s'interrompt. Désorienté, une fois de plus, un court instant. Puis il sourit. « Une enfant de ton âge. Comment t'a-t-elle entraînée ? »

Nassun hausse à nouveau les épaules en plongeant les mains dans ses poches. Si elle lui raconte, il va la détester. Ou, au moins, la considérer d'un œil moins favorable. Peut-être la laisser tomber.

Il s'assied sur le muret d'une terrasse sans la quitter des yeux, un sourire poli aux lèvres. Il attend. Ce qui évoque pour Nassun une troisième possibilité, pire encore : admettons qu'elle ne veuille pas lui raconter, qu'il se mette en colère et qu'il les chasse de Nouvelle Lune, son père et elle. Il ne lui restera plus rien au monde que Jija.

Mais… Elle regarde Schaffa en coin. Il a le front plissé, non de contrariété, mais d'inquiétude. Une inquiétude manifestement sincère. Il s'inquiète *pour elle*. Personne ne s'est inquiété pour elle depuis un an.

Alors elle finit par raconter : « On allait à un endroit assez éloigné de Tirimo, au bout de la vallée. Ma mère disait à mon père qu'elle m'emmenait ramasser des plantes. » Schaffa acquiesce. Tous les enfants apprennent ça, sauf en Équatorial, parce que la région est protégée par son réseau de nœuds. C'est une compétence utile, en Saison. « Elle appelait ça nos balades entre filles. Ça le faisait rire.

— Et tu pratiquais l'orogénie là-bas ? »

C'est au tour de Nassun d'acquiescer, les yeux rivés à ses mains. « Elle m'en parlait aussi, quand mon père n'était pas à la maison. Des *discussions de filles*. » Des maths et de la mécanique ondulatoire. Des questions sans fin. La colère quand Nassun ne répondait pas comme il le fallait ou pas assez vite. « Mais à la Pointe… là où elle m'emmenait… c'était juste la pratique. Elle dessinait des cercles par terre. Il fallait que je déplace un rocher sans que mon tore dépasse du cinquième, au début, puis du quatrième, du troisième… Il lui arrivait de me jeter le rocher dessus. »

Nassun voyait avec terreur trois tonnes de pierre foncer sur elle en grondant et se demandait : *Si je n'y arrive pas, est-ce que maman va l'arrêter ?*

Elle y arrivait toujours ; la question restait donc sans réponse.

« Étonnant », glousse Schaffa. La perplexité de sa pupille le pousse à ajouter : « C'est exactement comme ça que sont… qu'étaient entraînés les enfants au Fulcrum. On dirait juste que ton entraînement à toi a été nettement plus rapide. » Il penche à nouveau la tête de côté, pensif. « Si tes séances de travaux pratiques étaient rares, pour ne pas éveiller les soupçons de ton père… »

Nassun hoche la tête. Sa main gauche se ferme puis se rouvre d'elle-même.

« Elle disait qu'elle n'avait pas le temps d'être gentille et que de toute manière, j'étais trop forte. Il fallait faire ce qui marchait.

— Je vois. » Elle sent qu'il la regarde et qu'il attend. Ce n'est pas tout, il le sait. « Mais ç'a dû être difficile », ajoute-t-il, encourageant.

Nassun acquiesce, une fois de plus. Hausse les épaules. « Je détestais ça. Un jour, je lui ai crié après. Je l'ai traitée de méchante. Je lui ai dit que je la détestais et qu'elle ne pouvait pas m'obliger à lui obéir. »

La respiration de Schaffa est remarquablement régulière, quand la lumière argentée ne crachote ni ne clignote en lui. Il est déjà arrivé à Nassun de se dire qu'il avait l'air de dormir, au son. Elle l'écoute. Il a beau ne pas dormir, son souffle n'en est pas moins apaisant.

« Elle est restée parfaitement figée, et puis elle m'a dit : *Tu es sûre que tu peux te contrôler ?* Elle m'a pris la main… » Nassun se mord la lèvre. « Et elle l'a cassée. »

La respiration de Schaffa s'interrompt, un court instant. « Ta main ? »

Nassun acquiesce. Elle se passe l'index sur la paume, où chacun des os longs qui relient le poignet aux doigts la fait encore souffrir à l'occasion, par temps froid. Il ne dit pas un mot de plus, ce qui lui permet, à elle, de continuer.

« Elle a dit que ça n'avait pas d… d'importance que je la déteste. Que je ne *veuille* pas être bonne en orogénie. Et puis elle m'a pris la main et elle a dit : "Ne gèle rien." Elle avait un gros caillou rond, et elle m'a t… tapé la main avec. » Le bruit de la pierre sur la chair, les petits claquements humides des os que maman remettait en place, les hurlements de Nassun, la voix maternelle transperçant le martèlement du sang dans ses oreilles. *Tu es le feu, ma fille. Tu es la foudre, dangereuse si on ne la capture pas dans des fils de fer, mais si tu peux te contrôler malgré la souffrance, je saurai que tu es en sécurité.* « Je n'ai rien gelé du tout. »

Elles sont rentrées à la maison. Essun a dit à Jija que la petite avait fait une mauvaise chute mais, fidèle à sa parole, ne l'a plus jamais obligée à aller à la Pointe. Par la suite, Jija a fait remarquer à sa femme que leur aînée était devenue très silencieuse, cette année-là. *Ça arrive aux filles, quand elles grandissent,* a répondu maman.

Non. Si papa n'est plus papa, maman ne peut plus être maman.

Schaffa reste silencieux, mais il sait maintenant ce qu'est Nassun : une enfant si têtue que sa propre mère a dû lui casser la main pour l'obliger à obéir. Une enfant que sa propre mère n'a jamais aimée – elle l'a juste *améliorée* – et que son propre père se remettra à aimer si, et seulement si, elle réussit l'impossible en devenant ce qu'elle n'est pas.

« Elle a eu tort », dit Schaffa d'une voix douce, quasi inaudible. Nassun se tourne vers lui, surprise. Les yeux rivés au sol, les traits figés par une expression curieuse, il n'a pas l'air hésitant, désorienté qu'elle lui voit parfois. Ce dont ils parlent a éveillé en lui un souvenir qu'il se rappelle bel et bien, et il se sent… coupable, peut-être. Repentant. Triste. « On a toujours tort de faire du mal à ceux qu'on aime, tu sais. Ce n'est pas bien. »

Nassun le considère, le souffle coupé, ce dont elle ne prend conscience que quand la poitrine commence à lui faire mal, l'obligeant à inspirer brusquement. Ce n'est pas bien de faire du mal à ceux qu'on aime. Ce n'est pas bien. Ça ne l'a jamais été.

Schaffa lui tend la main. Elle la prend. Il tire, elle tombe volontiers et se retrouve dans ses bras, noués très fort autour d'elle, comme ceux de son père ne l'ont pas été une seule fois depuis la mort d'Uche. À ce moment-là, elle se fiche que Schaffa ne l'aime pas, ce n'est pas possible puisqu'il ne la connaît que depuis quelques semaines. Elle, elle l'aime. Elle a besoin de lui. Elle ferait n'importe quoi pour lui.

Le visage pressé contre son épaule, elle value le scintillement argenté qui le traverse une fois de plus. Serrée contre lui, elle sent aussi la contraction fugace de ses muscles. Une fluctuation quasi imperceptible que bien des choses auraient pu causer – une piqûre d'insecte, un frisson dans la brise vespérale fraîchissante –, mais dont la fillette comprend obscurément qu'elle trahit en réalité la douleur. Les sourcils froncés contre l'uniforme, elle se tend prudemment vers le drôle d'endroit d'où viennent les fils d'argent, à l'arrière du crâne de Schaffa. Des fils *affamés*, si l'on peut dire. Quand elle s'en rapproche, ils la frôlent, à la recherche d'elle ne sait quoi. Elle les touche, par curiosité, et value… quelque chose. Une faible traction. La fatigue l'envahit.

Schaffa tressaille et s'écarte d'elle, la tenant à bout de bras. « Qu'est-ce que tu fais ? »

Elle hausse maladroitement les épaules. « Vous en aviez besoin. Vous aviez mal. »

Il tourne la tête d'un côté, puis de d'autre, lentement, non en signe de dénégation, mais comme s'il cherchait quelque chose qui a disparu. « J'ai mal en permanence, mon enfant. Ça fait partie de la nature des Gardiens. Mais… »

Sa surprise émerveillée apprend à Nassun que c'est la douleur qui a disparu, du moins pour l'instant.

« En permanence ? » Elle fronce les sourcils. « À cause de cette chose dans votre tête ? »

Le regard de Schaffa se repose aussitôt sur elle. Jamais elle n'a eu peur de ses yeux de givre, et elle ne s'en effraie toujours pas, malgré leur extrême froideur.

« Comment ça ? »

Elle pose le doigt à l'arrière de son propre crâne, là où se trouvent les valupinae – ses cours de biomestrise de crèche le lui ont appris.

« Il y a un petit truc en vous. Là. Je ne sais pas ce que c'est, mais je l'ai valué quand on s'est rencontrés. Quand vous m'avez touché la nuque. » La compréhension la fait cligner des yeux. « Vous m'avez pris quelque chose à ce moment-là pour qu'il vous gêne moins.

— En effet. »

Il glisse une fois de plus la main dans la nuque de Nassun et lui pose deux doigts juste au sommet de la colonne vertébrale, sous l'arête postérieure du crâne. Un contact moins détendu que d'habitude, car ces doigts raidis évoquent une parodie de couteau.

Sauf que ça n'a rien d'une parodie. Elle n'a pas oublié le jour où elle est arrivée à Nouvelle Lune avec son père et où les bandits les ont attaqués dans la forêt. Schaffa est très, très fort – tout à fait capable de traverser avec deux doigts l'os et le muscle comme du papier. Lui, il n'aurait pas eu besoin de caillou pour casser la main à quelqu'un.

Son regard explore celui de Nassun, où il trouve la compréhension précise de ce qu'il envisage.

« Tu n'as pas peur », constate-t-il. Elle hausse les épaules. « Dis-moi pourquoi. »

La voix de Schaffa avertit Nassun qu'il ne souffrira pas la désobéissance.

« C'est juste que… » Elle ne peut s'empêcher de hausser les épaules, encore une fois. Comment exprimer une chose pareille ? « Je n'ai pas… enfin… si vous avez une bonne raison ?

— Tu n'as aucune idée de mes raisons, mon enfant.

— Je *sais.* » Elle se renfrogne, frustrée par ses propres insuffisances plus que par n'importe quoi d'autre, puis une explication s'impose à elle : « Mon père n'avait pas de raison de tuer mon petit frère. »

Ni de la faire tomber, elle, de la charrette. Ni de la regarder une demi-douzaine de fois en hésitant si manifestement à la tuer que même une gamine de huit ans pouvait s'en rendre compte.

Clignement des yeux de givre. Ce qui se passe alors est fascinant à voir : lentement, l'expression de Schaffa s'attendrit ; il passe de la possibilité du meurtre à l'émerveillement renouvelé et à un chagrin si profond que la gorge de Nassun se noue.

« Et tu as été témoin de tant de souffrance gratuite qu'il te paraît supportable d'être tuée, à condition que ce soit pour une raison précise ? »

Il parle tellement mieux qu'elle. Elle lui répond d'un hochement de tête énergique.

Il soupire. Ses doigts frémissent.

« Personne n'est censé savoir, à l'extérieur de mon ordre. J'ai laissé vivre une enfant, un jour, alors qu'elle avait vu. Je n'aurais pas dû. Ma compassion nous a valu beaucoup de souffrance à tous les deux. Ça, je m'en souviens.

— Je ne veux pas que vous ayez mal. » Nassun pose les mains sur le torse de Schaffa et ordonne aux scintillements argentés en lui de prendre davantage d'elle. Ils se rapprochent lentement. « Si vous avez mal en permanence… Ce n'est pas bien.

— Beaucoup de choses soulagent la douleur. Le sourire, par exemple, libère des endorphines spécifiques qui… » Il sursaute, retire les doigts du crâne de Nassun, lui attrape les mains et les éloigne de lui à l'instant précis où les fils d'argent allaient les trouver. Ses traits reflètent une vive inquiétude. « Non, ça te tuerait !

— Vous allez me tuer, de toute manière. »

Elle trouve ça logique. Il la regarde fixement.

« Terre de nos pères et mères. » Cela dit, la tension meurtrière qui l'imbibait commence à suinter lentement de sa posture. Il finit par soupirer. « Ne parle jamais de… de ce que tu values en moi à tes camarades. Si les autres Gardiens apprennent que tu sais, je ne suis pas sûr d'arriver à te protéger.

— Je ne leur en parlerai pas, acquiesce-t-elle. Vous allez me dire ce que c'est ?

— Un jour, peut-être. »

Schaffa se lève puis cherche à retirer sa main à Nassun, qui s'y cramponne. Il fronce les sourcils, perplexe, mais elle sourit en balançant légèrement leurs deux mains jointes. Il finit par secouer la tête avant de l'entraîner en direction du complexe. C'est la toute première fois qu'elle s'y considère comme *chez elle*.

*
**

Traquez l'orogène au berceau. Cherchez le centre du cercle. Vous y trouverez [obscurci]

Tablette deuxième,
« La Vérité incomplète », strophe cinq

10. Un sacré travail vous attend

Vous l'avez traité de fou si souvent. Vous vous êtes dit si souvent que vous le détestiez, alors même que vous en veniez à l'aimer. Pourquoi ? Peut-être avez-vous compris dès le début qu'il était ce que vous pouviez devenir. Il semble cependant plus probable que vous ayez soupçonné bien avant de le perdre puis de le retrouver qu'il n'était *absolument* pas fou. N'importe comment, tout le monde prend les gèneurs pour des fous – à cause du temps qu'ils passent dans la pierre, de leur alliance ostensible avec la Terre cruelle, de leur inhumanité.

Mais.

Fous. C'est aussi ce dont les gèneurs obéissants aiment à qualifier les gèneurs désobéissants. Vous obéissiez autrefois, parce que vous pensiez y gagner la sécurité. Il vous a montré – encore et encore, inlassablement, il ne vous laissait pas prétendre le contraire – que l'obéissance ne vous mettait pas à l'abri des Gardiens, des nœuds, des foules en colère, de la reproduction indésirée, de l'irrespect. Alors à quoi bon ? Ce jeu truqué n'en valait pas la chandelle.

Vous faisiez mine de le détester parce que vous étiez lâche, mais vous avez fini par l'aimer. Il fait maintenant partie de vous parce que vous avez gagné en courage.

*
**

« J'ai lutté contre Antimoine pendant toute la descente, dit Albâtre. Quel idiot. Si elle m'avait lâché, si sa concentration avait vacillé ne serait-ce qu'un instant, je me serais intégré à la pierre. Je n'aurais même pas été écrasé, juste… absorbé. » Quand il lève un bras tronqué, vous le connaissez assez pour savoir qu'il agiterait les doigts s'il lui en restait, mais il soupire sans même remarquer qu'il n'en a plus. « À la mort d'Innon, on devait être dans le manteau. »

Il parle à voix basse. Le silence règne par ailleurs à l'infirmerie. Vous levez les yeux, regardez autour de vous. Lerna a disparu ; un de ses assistants ronfle discrètement, endormi sur un lit inoccupé. Vous parlez bas, vous aussi. Cette conversation vous est réservée, à Albâtre et vous.

Il faut que vous posiez la question, alors que le seul fait de la penser suffit à vous faire mal.

« Tu sais comment…

— Oui. J'ai valué sa mort. » Il s'interrompt un instant. Son chagrin et le vôtre résonnent en vous. « Je n'ai pas pu m'en empêcher. Ce qu'ils font… ces Gardiens… c'est de la magie aussi. Mais… faussée. Contaminée. Tout en eux est faussé. Quand ils secouent quelqu'un pour le briser, on a l'impression d'un séisme de magnitude neuf, si on est accordé à leur victime. »

Vous étiez tous deux accordés à Innon, évidemment. Il faisait partie de vous. Vous frissonnez, parce que Albâtre essaie en ce moment de vous accorder *davantage* – à la terre, à l'orogénie, aux obélisques, à la théorie unificatrice de la magie –, mais que vous ne voulez jamais rien revivre de tel. C'était déjà assez atroce à voir, sachant que l'horreur résultante avait été un corps étreint et aimé de vous. Un séisme de magnitude neuf est bien moins éprouvant.

« Je n'ai rien pu faire.

— Non, bien sûr. »

Vous êtes assise derrière lui, la main levée pour le maintenir également assis. Depuis qu'il s'est lancé dans son histoire, il regarde ailleurs, à mi-distance, sans jamais se retourner pour vous jeter un coup d'œil par-dessus son épaule. Le mouvement serait trop douloureux. Il vous semble pourtant à sa voix qu'il cherche à vous consoler.

« Je ne sais pas comment elle a manipulé la pression et la chaleur, mais toujours est-il que je ne suis pas mort. Je ne sais pas non plus comment je ne suis pas devenu fou, alors que je savais où j'étais, je voulais revenir sur l'île, je me rendais compte de mon impuissance, j'avais l'impression d'étouffer. Quand j'ai valué ce que tu as fait à Corindon, je me suis fermé. Je ne me rappelle pas le reste du trajet. Peut-être que je ne veux pas. On a sans doute… je ne sais pas. » Il frissonne autant que possible. Les muscles de son dos se contractent. « Quand je suis revenu à moi, j'étais de retour en surface. À un endroit qui… »

Il hésite. Son silence se prolonge assez pour que la peau vous picote.

(J'y suis allé. C'est difficile à décrire. Ce n'est pas la faute d'Albâtre.)

« De l'autre côté du monde, reprend-il enfin. Il y a une cité. »

Cet assemblage de mots n'a aucun sens. L'autre côté du monde constitue dans votre esprit une immensité de néant dépourvue de repère. Une carte où ne figure que l'océan.

« Sur… une île ? Il y a des terres, là-bas ?

— Plus ou moins. » Le sourire transparaît dans sa voix, bien que sourire facilement lui soit désormais impossible. « Il y a un bouclier volcanique énorme, mais sous-marin. Le plus gros que j'aie jamais valué ; on pourrait y loger tout l'Antarctique. La cité se trouve juste au-dessus, sur les flots. Sans rien autour : pas de terres agricoles, pas de collines pour briser les tsunamis, pas de port ou de mouillage où laisser les bateaux. Juste… des bâtiments. Des arbres et quelques autres plantes – des espèces que je n'ai vues nulle part ailleurs –, retournés à l'état sauvage, mais qui ne constituent pas une forêt. Sculptés pour former une cité. Plus ou moins. Je ne sais pas comment appeler ça. Des infrastructures, qui apparemment préservent la stabilité et le fonctionnement de l'ensemble, mais très étranges. Des tuyaux, des cristaux, des choses qui ont l'air vivantes. Je serais bien incapable de dire comment marche le dixième de tout ça. Et, au centre de la cité… un trou.

— Un trou. » Vous essayez de vous représenter la chose. « Pour se baigner ?

— Non, il n'y a pas d'eau dedans. Il plonge dans le volcan… et au-delà. » Albâtre inspire à fond. « La cité est là pour le trou. Tout y a été pensé en fonction de ça. Son nom même en est la preuve. Les mangeurs de pierre me l'ont appris : Aunoyau. C'est une ruine, Essun, une ruine de civilisation disparue comme les autres, mais intacte. Les rues ne se sont pas effondrées. Les constructions ont beau être désertes, on peut encore utiliser certains meubles… des meubles en matériaux non naturels qui ne pourrissent pas. Tu pourrais y vivre, si tu voulais. » Il s'interrompt. « J'y ai vécu, quand Antimoine m'y a amené. Je n'avais nulle part où aller et personne à qui parler… à part des mangeurs de pierre. Des dizaines, voire des centaines. Ils m'ont dit qu'ils n'avaient pas construit la cité, mais que maintenant, elle leur appartenait. Depuis des dizaines de milliers d'années. »

Vous savez qu'il déteste être interrompu, mais il marque une pause de lui-même. Peut-être attend-il un commentaire, à moins qu'il ne veuille vous laisser le temps d'assimiler ce qu'il vient de raconter. Vous vous contentez de fixer l'arrière de son crâne. Ses cheveux restants sont un peu trop longs ; il va falloir demander sous peu à Lerna des ciseaux et un peigne. Aucune pensée adéquate ne vous vient à l'esprit, à part celle-là.

« On ne peut pas s'empêcher d'y réfléchir, quand on y est confronté », reprend-il d'un ton las. Les cours qu'il vous dispense durent rarement plus d'une heure, mais la discussion s'est déjà prolongée davantage. Vous vous sentiriez coupable, si vous n'en étiez pas réduite pour l'instant à la stupeur. « Les obélisques en donnent une petite idée, mais ils sont tellement… » Albâtre essaie de hausser les épaules, vous le sentez. Vous comprenez. « On ne peut ni les toucher ni se déplacer à l'intérieur sur ses deux pieds, alors que cette cité… L'histoire écrite remonte à… quoi ? Dix mille ans ? Vingt-cinq mille, si on compte les Saisons sur lesquelles la Septième n'a toujours pas d'avis tranché. Mais il y a des *gens* sur cette planète depuis bien plus longtemps. Qui sait quand une version quelconque de nos ancêtres est sortie en rampant de la cendre et a commencé à baragouiner ? Il y a trente mille ans ? Quarante mille ? Le temps a passé avant que nous ne devenions les créatures pathétiques d'aujourd'hui, blotties derrière nos murailles, consacrant toute notre intelligence, tout notre savoir à l'unique labeur de la survie. Parce que nous nous limitons à ça, maintenant : améliorer la chirurgie traumatique pratiquée avec un équipement improvisé, trouver de meilleurs produits chimiques pour faire pousser les plantes sous une faible lumière… Nous avons été tellement plus, autrefois. » Il s'interrompt, une fois encore. « J'ai passé trois jours à vous pleurer, Innon, Cori et toi, dans cette cité de ceux que nous avons été. » Vous éprouvez une vive souffrance à l'idée que son chagrin s'est étendu à vous. Vous ne le méritez pas.

« Quand je… ils m'ont apporté à manger. » Il renonce finalement à ce qu'il allait dire sans perdre en fluidité, si bien que la phrase résultante vous déconcerte un instant. « J'ai mangé, oui, et puis j'ai essayé de les tuer. » Une note désabusée se glisse dans sa voix. « Le fait est qu'il m'a fallu un moment pour arrêter d'essayer, mais ça ne les a pas empêchés de me nourrir. Je leur demandais en boucle pourquoi ils m'avaient amené là. Pourquoi ils me gardaient en vie. Au début, Antimoine était la seule à me parler. Je pensais qu'ils s'en remettaient à elle, jusqu'au moment où je me suis rendu compte qu'ils ne connaissaient tout simplement pas ma langue. Certains n'avaient pas l'habitude des humains. Ils passaient leur temps à me regarder ; il fallait même parfois que je les chasse. Il y en avait de fascinés, mais aussi de dégoûtés. Une sensation parfaitement réciproque.

« J'ai fini par apprendre un peu de leur langue à eux. Bien obligé. La ville la *parlait*, par endroits. Quand on connaissait les mots clés, on arrivait à ouvrir les portes, allumer les lumières, chauffer ou rafraîchir les maisons. Certaines. Tout n'était plus en état de fonctionnement. La cité tombait en ruine, oui, mais très lentement.

« Quant au trou… Il était entouré de points de repère qui s'éclairaient dès qu'on s'en approchait. » (Vous vous rappelez soudain la vaste salle, au cœur du Fulcrum, les longs rectangles étroits s'illuminant les uns après les autres pendant que vous vous approchiez de l'alvéole, alors qu'ils ne contenaient apparemment ni flamme ni filament.) « Des barrières aussi hautes que des immeubles qui brillaient parfois la nuit, des avertissements de feu qui apparaissaient en l'air, des sirènes qui se mettaient à hurler. Ça n'a pas empêché Antimoine de m'y amener dès que j'ai été… fonctionnel. Je me suis posté sur une des barrières, et j'ai plongé le regard dans une obscurité si profonde que… » Il s'interrompt, contraint et forcé, déglutit puis reprend :

« Elle m'avait déjà dit qu'elle m'avait enlevé sur Meov pour être sûre de me garder en vie ; qu'il n'était pas question que je me fasse tuer. Là, à Aunoyau, elle m'a dit : "Voilà pourquoi je t'ai sauvé. Voilà l'ennemi que tu affrontes. Nul autre que toi ne peut rien."

— *Hein ?* »

Ce n'est pas que vous soyez perplexe : il vous semble comprendre. Mais, comme vous n'en avez aucune envie, vous préférez vous montrer perplexe.

« C'est ce qu'elle m'a dit. » La colère s'est emparée d'Albâtre, mais ça n'a rien à voir avec vous. « Mot pour mot. Au moment précis où moi, je me disais que c'était à cause de *ça* qu'Innon et Cori étaient morts et que toi, tu avais été livrée à l'ennemi rouillé. Parce que, à un instant T du trou du cul de l'histoire, certains de nos ancêtres avaient cru malin de creuser un trou qui plongeait jusqu'au cœur de la planète, juste pour s'amuser. Mais non ; d'après Antimoine, ils voulaient y puiser davantage de pouvoir. Je ne sais pas comment c'était censé marcher, mais ça a marché. Par la suite, ils ont fabriqué les obélisques, entre autres outils, pour maîtriser ce pouvoir, justement.

« Là, quelque chose a mal tourné. Il m'a semblé qu'Antimoine en personne ne savait pas quoi au juste. Peut-être les mangeurs de pierre en discutent-ils encore et ne sont-ils pas parvenus à un consensus. Quoi qu'il en soit, quelque chose a mal tourné. Les obélisques ont… dysfonctionné. La Lune a été éjectée de son orbite autour de la planète. Ou son départ a suffi, ou une autre catastrophe s'y est ajoutée, mais toujours est-il que ça a causé l'Éclatement. L'Éclatement s'est réellement produit, Essun. C'est ce qui a provoqué les Saisons. » Les muscles du dos d'Albâtre jouent légèrement contre votre main. Il s'est raidi. « Tu comprends ? Parce que *nous* avons utilisé les obélisques. Pour les fixes, il s'agit de gros cailloux bizarres, ni plus ni moins. Cette cité, toutes ces merveilles… cette civilisation disparue était *dirigée par des orogènes*. Nous avons détruit le monde exactement comme ils l'ont toujours dit. Nous, les *gèneurs*. »

Le mot a été prononcé avec une telle brutalité, une telle hargne que le corps d'Albâtre en résonne tout entier. Vous l'avez senti se raidir en expulsant l'insulte. La véhémence le fait souffrir, il savait qu'il allait la payer, mais il n'en a pas moins dit ce qu'il avait à dire.

« Là où ils se trompent, continue-t-il d'un ton las, c'est dans nos allégeances. D'après les histoires, nous serions les agents du Père Terre. Au contraire. Nous sommes ses ennemis. Il nous déteste plus qu'il ne déteste les fixes, à cause de ce que nous avons fait. Voilà pourquoi il a créé les Gardiens, nos maîtres, et… »

Vous secouez la tête. « Arrête, Albâtre. À t'entendre, on dirait que la planète est réelle. Vivante. Consciente. Mais les histoires du Père Terre n'existent que pour expliquer ce qui ne va pas dans le monde. Comme les sectes bizarres dont on entend parler de temps en temps. Il y en a une dont les membres demandent tous les soirs à un vieillard dans le ciel de veiller sur eux, quand ils vont se coucher. Les gens ont besoin de croire que l'univers ne se limite pas à ce qu'il est. »

C'est-à-dire de la merde. Vous le savez maintenant, après la mort de deux de vos enfants et la destruction répétée de votre existence. Pourquoi s'imaginer la planète telle une force mauvaise, en quête de vengeance ? C'est juste un caillou. C'est juste la vie : horrible, brève, menant au néant – avec de la chance.

Il rit. Ça aussi, ça lui fait mal, mais ça vous donne en plus la chair de poule, parce que c'est le rire de la route impériale Lumen-Allia. Du nœud mort. Albâtre n'a jamais été fou ; simplement, il a appris tant de choses qui auraient plongé dans le bafouillage une âme moins bien trempée que ça se voit parfois. Il s'en sort en laissant à l'occasion échapper une partie de l'horreur accumulée d'une manière qui lui donne l'air d'un cinglé écumant. Et, ce faisant – vous le savez maintenant –, il vous prévient qu'il va détruire une portion supplémentaire de votre naïveté. Rien n'est jamais aussi simple que vous l'aimeriez.

« C'était sans doute ce qu'ils pensaient, reprend-il, une fois son hilarité apaisée. Ceux qui ont décidé de creuser un trou jusqu'au cœur du monde. Mais ce n'est pas parce qu'on ne voit ni ne comprend quelque chose que cette chose est inoffensive. »

Il a raison, bien sûr. Plus important, la certitude transparaît dans sa voix. Vous vous raidissez.

« Qu'est-ce que tu as vu ?

— Tout. »

La chair de poule vous reprend.

Il inspire à fond. Lorsqu'il poursuit, c'est d'un ton monotone : « Il y a trois camps, dans cette guerre. Enfin, il y en a davantage, mais tu n'as pas à t'occuper des autres. Ces trois-là veulent tous mettre fin au conflit ; la question, c'est de savoir comment. Car ils ont un problème, vois-tu : nous, les gens. Deux des camps essaient de décider que faire de nous. »

Cette formulation vous en explique beaucoup.

« La Terre et… les mangeurs de pierre ? »

Toujours là, cachés, comploteurs, en quête d'on ne sait quoi.

« Non. Ce sont des gens aussi, Essun. Tu ne l'as donc pas compris ? Ils ont des besoins, des désirs, des émotions, comme nous. Et ils participent à la guerre depuis tellement plus longtemps que toi ou moi. Depuis le début, pour certains.

— Le début ? »

Il ne parle quand même pas de l'Éclatement ?

« Oui, certains sont assez âgés pour ça. Antimoine, par exemple. Le petit qui t'accompagne aussi, à mon avis. Il y en a d'autres. Ils sont immortels, alors… oui. Certains en ont été témoins. »

Vous êtes trop sidérée pour réagir vraiment. Hoa ? Il a l'air d'avoir sept ou huit ans, et il en aurait trente mille ? *Hoa* ?

« Un des camps veut notre mort… à nous, les gens, reprend Albâtre. Je suppose qu'on peut dire que ça mettrait fin à la guerre. Un autre veut nous… neutraliser, nous rendre inoffensifs, sans nous éliminer. C'est ce qui est arrivé aux mangeurs de pierre : la Terre a essayé d'en faire des êtres qui lui ressemblaient, dépendants d'elle, pour qu'ils ne présentent plus aucun danger. » Il soupire. « On peut trouver rassurant que la planète soit capable de cafouillages pareils, elle aussi. »

Vous tressaillez à retardement, parce que vous pensez toujours à Hoa.

« Il était humain », murmurez-vous.

Oui. La chair n'est plus aujourd'hui pour lui qu'un déguisement, une tenue depuis longtemps oubliée qu'on remet en souvenir du bon vieux temps, mais autrefois, il y a de cela très longtemps, Hoa était un petit garçon de chair et d'os qui ressemblait à ça. Il n'a rien de sanzien parce que *le peuple sanzien n'existait pas à son époque.*

« Ils l'étaient tous. C'est ce qui ne va pas chez eux. » Albâtre est épuisé, à présent. Peut-être est-ce pourquoi il parle plus bas. « J'ai peine à me rappeler ce qui m'est arrivé il y a cinquante ans ; imagine-toi essayer de remonter de cinq mille ans. Dix mille. Vingt mille. Imagine-toi oublier ton propre nom. Voilà pourquoi ils ne répondent pas, quand on leur demande qui ils sont. » Vous inspirez brusquement, saisie par la compréhension. « Je ne crois pas que ce soit la matière dont ils sont faits qui les rende si différents. Je crois que personne ne peut vivre aussi longtemps sans devenir totalement autre. »

Il persiste à vous demander d'*imaginer*, mais vous en êtes incapable. Évidemment. Vous êtes toutefois capable de penser à Hoa. Fasciné par le savon. Blotti contre vous dans son sommeil. Malheureux que vous cessiez de le traiter en être humain. Il se donnait tellement de mal. Il faisait de son mieux. Mais il a fini par échouer.

« Tu as parlé de trois camps. »

Mieux vaut vous concentrer sur ce que vous comprenez plutôt que de pleurer sur ce qui vous échappe. Albâtre se voûte peu à peu, le dos pressé plus fort contre votre main. Il a besoin de repos.

Le silence se prolonge au point de vous persuader que votre interlocuteur s'est endormi, mais il finit par reprendre le fil de son récit.

« Une nuit, en l'absence d'Antimoine, je me suis glissé dehors. J'étais là depuis… des années ? On perd la notion du temps, au bout d'un moment. Je n'avais qu'eux à qui parler, et il leur arrive d'oublier qu'on a besoin de parler. Il n'y avait rien à écouter dans la terre que le grondement du volcan. Les étoiles ne correspondent pas, de l'autre côté du monde… » La voix d'Albâtre s'éteint. Sa notion du temps fluctue à nouveau. « Je me consacrais à l'étude des obélisques. J'en scrutais les diagrammes dans l'espoir de comprendre ce que leurs constructeurs en attendaient. J'avais la tête en feu. Tu n'étais pas morte, je le savais, et tu me manquais tellement que j'en étais malade. La pensée m'est venue brusquement, irraisonnée, à moitié rouillée, que j'arriverais peut-être à te rejoindre en passant par le trou. »

Si seulement il lui restait une main que vous puissiez prendre. Vos doigts se contractent contre son dos, mais ce n'est pas la même chose.

« Alors je me suis précipité jusqu'au trou et j'ai sauté dedans. On ne peut pas parler de suicide quand il n'y a pas intention de mourir ; voilà ce que je me disais. » Encore un sourire audible. « Mais ce n'était pas… Les barrières qui entourent le trou, les mécanismes, ne servent pas seulement d'avertissement. J'ai dû déclencher quelque chose, ou peut-être était-ce censé fonctionner comme ça. Toujours est-il que je me suis enfoncé sans réellement tomber. C'était une chute contrôlée, ne me demande pas comment. Rapide, mais régulière. J'aurais dû y passer. La pression de l'air, la chaleur, tout ce que m'avait fait traverser Antimoine, la roche en moins. Et, cette fois, Antimoine n'était pas là. J'aurais dû y passer. Il y a des lumières à intervalles, le long du conduit. Des fenêtres, je crois. Des gens ont vécu là en bas ! Mais, pour l'essentiel, c'est juste le noir.

« Finalement… des heures ou des jours plus tard… j'ai ralenti. J'avais atteint… » Il s'interrompt. La chair de poule vous hérisse la peau, une fois de plus.

« La Terre est bel et bien vivante. » Sa voix durcie est plus rauque, légèrement hystérique. « Certaines des histoires d'autrefois ne sont que de simples histoires, tu as raison, mais pas *celle-là*. Du coup, j'ai enfin compris ce que les mangeurs de pierre essayaient de me dire. Pourquoi il fallait que je crée le rift à l'aide des obélisques. Nous sommes en guerre contre le monde depuis si longtemps que nous l'avons oublié, mais ce n'est pas le cas du *monde*, Essun. Et il faut que cette guerre s'achève au plus vite ou… »

Il s'interrompt brusquement. Le silence se prolonge, tendu. Vous avez envie de demander à Albâtre ce qui arrivera si une guerre aussi longue ne s'achève pas bientôt ; ce qui lui est arrivé, à lui, au cœur de la Terre, ce qu'il y a vu ou vécu qui l'a aussi évidemment secoué. Vous ne le demandez pas. Vous êtes courageuse, mais il y a des choses que vous n'êtes pas capable de supporter, vous en êtes bien consciente.

« Quand je mourrai, je ne veux pas que tu m'enterres, murmure-t-il.

— Que…

— Donne-moi à Antimoine. »

La mangeuse de pierre reparaît soudain, comme si le murmure portant son nom lui était parvenu. Plantée devant Albâtre et vous. Vous la fixez d'un regard noir, consciente de ce que signifie son retour : votre compagnon est à bout de forces, ce qui met un point final à la conversation. La faiblesse d'Albâtre vous exaspère, sa mort prochaine vous enrage, et votre colère réclame un bouc émissaire.

« Non. » C'est elle que vous regardez en répondant. « Elle t'a pris alors que tu étais à moi. Elle ne va pas te garder. »

Il glousse avec une telle lassitude que votre fureur tombe en pièces.

« Si ce n'est pas elle, ce sera la Terre cruelle. S'il te plaît, Essun. »

Il penche maintenant d'un côté. Peut-être n'êtes-vous pas aussi horrible, aussi monstrueuse que vous le croyez, car vous vous avouez vaincue et vous vous levez. Antimoine se brouille à la manière des mangeurs de pierre, lents sauf lorsqu'ils ne le sont pas. Déjà, elle est à genoux près de lui et le soutient cette fois des deux mains tandis qu'il sombre dans le sommeil.

Vous la regardez. Des années durant, vous avez vu en elle une ennemie, mais si ce que dit Albâtre est vrai…

« Non », tranchez-vous. Ce n'est pas vraiment à elle que vous vous adressez, mais ça marche aussi de ce point de vue-là. « Je ne suis pas encore prête à te considérer comme une alliée. »

Peut-être ne le serez-vous jamais.

« Quand bien même tu le serais, répond la voix dans le torse de pierre, je suis son alliée à *lui*. Pas la tienne. »

Ce sont des gens, eux aussi, avec leurs désirs et leurs besoins. Vous aimeriez rejeter cette affirmation mais, curieusement, vous trouvez réconfortant que l'antipathie soit réciproque.

« Albâtre m'a dit qu'il comprenait pourquoi tu as fait ce que tu as fait, mais moi, je ne comprends pas pourquoi il a fait ce qu'il a fait, lui, ni ce qu'il veut maintenant. D'après lui, il y a trois camps en conflit. Quel est le troisième ? De quel côté se range-t-il, lui ? En quoi le rift est-il… utile ? »

Malgré tous vos efforts, vous n'arrivez pas à vous imaginer qu'Antimoine ait pu être humaine un jour. Les obstacles sont trop nombreux : son visage figé, sa voix délocalisée… la haine que vous lui vouez.

« La Porte de cristal amplifie l'énergie, qu'elle soit physique ou occulte. Il n'existe pas en surface d'évent capable d'en produire assez. Le rift représente une source fiable à haut débit. »

Ce qui signifie… Vous vous raidissez.

« Tu veux dire que si je me sers du rift comme source d'énergie, si je canalise son énergie grâce à mon tore…

— Non. Ça te tuerait, tout simplement.

— Ma foi, merci de me prévenir. » N'empêche que la compréhension vous vient peu à peu. Vous avez le même problème avec les cours dispensés par Albâtre ; la chaleur, la pression et le mouvement ne sont pas les seules forces en jeu. « Donc, d'après toi, la terre aussi produit de la magie ? Si j'intègre cette magie à… » Vous clignez des yeux au souvenir des mots qu'elle a employés. « Une porte de cristal ? »

Les yeux noirs inexpressifs d'Antimoine, fixés sur Albâtre, se tournent enfin vers vous.

« Les obélisques. Les deux cent seize cristaux, réunis en réseau grâce au cabochon de contrôle. » Vous êtes toujours plantée là, à vous demander ce que peut bien être un cabochon de contrôle rouillé et à vous émerveiller qu'il existe plus de deux cents de ces satanés machins, quand elle ajoute : « Si on canalise le pouvoir du rift grâce à l'*ensemble*, ça devrait suffire.

— Pour quoi faire ?

— Pour imposer un équilibre au système Terre-Lune. »

C'est la toute première fois que sa voix trahit un soupçon d'émotion : de l'agacement.

« Hein ? D'après Albâtre, la Lune a été expulsée dans l'espace.

— Sur une orbite elliptique longue en dégradation. » Devant votre ébahissement, Antimoine ajoute, en sanze-mat : « Elle revient. »

Terre rouillée ! Non non non.

« *Vous voulez que je capture cette saleté de Lune ?* »

À son regard inexpressif, vous vous rendez compte à retardement que vous venez de hurler ou presque. Un coup d'œil inquiet à Albâtre : il ne s'est pas réveillé. L'infirmier non plus, sur sa paillasse, un peu plus loin. Lorsqu'elle constate que vous avez repris votre calme, la mangeuse de pierre répond :

« C'est une possibilité parmi d'autres. » Avant d'ajouter, comme à la réflexion : « Albâtre a apporté la première des deux corrections de trajectoire nécessaires à la Lune. Il l'a ralentie et a altéré sa course, parce que sinon, son élan l'aurait une fois de plus entraînée au-delà de la planète. Maintenant, il faut se charger de la seconde correction en ramenant le satellite sur une orbite stable dans un alignement magique. Si l'équilibre est rétabli, il est très probable que les Saisons s'achèvent, ou du moins que leur fréquence baisse au point de les rendre inexistantes aux yeux des tiens. »

Vous inspirez brusquement, mais vous avez compris. Rendez au Père Terre son enfant perdue, et peut-être sa colère s'apaisera-t-elle. Le troisième camp rassemble donc ceux qui veulent la paix ; ils espèrent amener les gens et le Père Terre à un accord de tolérance mutuelle, même si cet accommodement a nécessité la création du rift et, de ce fait, la mort de millions d'êtres. La coexistence pacifique, par n'importe quels moyens.

La fin des Saisons. C'est… inimaginable. Les Saisons ont toujours existé. Sauf que ce n'est pas vrai, vous le savez maintenant.

« Alors ce n'est pas une possibilité parmi d'autres, dites-vous enfin. Mettre fin aux Saisons ou regarder mourir ce qui vit pendant que cette Saison-ci se prolonge à jamais ? Je… » *Attraper la Lune*. Dit comme ça, c'est ridicule. « Je ferai ce que vous voudrez, vous, les mangeurs de pierre.

— Il existe toujours diverses possibilités. » Si étranger soit-il, le regard d'Antimoine change soudain de manière subtile, à moins que vous ne lisiez juste mieux en elle. Elle a brusquement l'air humaine et très, très amère. « Et les miens ne veulent pas tous la même chose. »

Vous la considérez, les sourcils froncés, mais elle n'en dit pas davantage.

Bien d'autres questions vous montent aux lèvres, vous aimeriez persister dans vos efforts de compréhension, mais elle avait raison : vous n'êtes pas prête. La tête vous tourne, pendant que les mots dont elle est farcie se brouillent, se mêlent. Il vous est impossible de tout intégrer simultanément.

Des désirs et des besoins. Vous déglutissez. « Je peux rester ? »

Pas de réponse. Sans doute n'était-il pas nécessaire de demander. Vous vous levez et vous approchez de la paillasse la plus proche, poussée la tête contre le mur. Vous auriez donc vue sur le dos d'Albâtre et d'Antimoine, mais vous n'avez aucune envie de contempler l'arrière d'un crâne de pierre. Voilà pourquoi vous prenez l'oreiller et vous allongez les pieds du côté du mur, afin de voir le visage d'Albâtre. À une époque, vous dormiez mieux quand vous le distinguiez, derrière les larges épaules d'Innon. Vous n'y trouvez pas aujourd'hui autant de réconfort… mais c'est déjà quelque chose.

Au bout d'un moment, Antimoine se remet à fredonner, bourdonnement étrangement apaisant. Vous dormez mieux que depuis des mois.

*
**

Cherchez le [obscurci] rétrograde dans le ciel du midi. Lorsqu'il grossit, [obscurci]

Tablette deuxième,
« La Vérité incomplète », strophe six

11. Schaffa, au repos

On en revient à lui. Je regrette qu'il vous ait autant marquée. Vous n'aimez pas être lui, si peu que ce soit. Vous aimerez encore moins découvrir qu'il fait partie de Nassun… mais n'y pensez pas, pas maintenant.

*
**

L'homme qui répond toujours au nom de Schaffa, bien qu'il puisse à peine être considéré comme celui qu'il était autrefois, rêve des fragments de lui-même.

Les Gardiens ne rêvent pas facilement. L'objet enfoui dans le lobe gauche de leurs valupinae interfère avec leur cycle du sommeil. Le besoin de dormir tourmente rarement Schaffa, et quand tel est le cas, son corps sombre encore plus rarement dans le sommeil profond qui permet le rêve. (Les gens normaux deviennent fous, privés de rêves. Les Gardiens sont immunisés contre cette folie-là… à moins qu'ils ne soient fous dès le départ.) Ces jours-ci, cependant, il rêve davantage. Il sait que c'est mauvais signe, mais il n'y peut rien. Il a choisi de payer le prix.

Il repose donc sur un lit, dans une cabane, où il s'agite par moments car son esprit se débat au cœur d'un tourbillon d'images. Il rêve mal, parce qu'il manque d'entraînement et parce qu'il ne lui reste presque rien du matériel qui aurait pu servir à construire ses rêves. Plus tard, il en parlera à voix haute, mais tout seul, en se tenant la tête à deux mains et en essayant de rassembler les morceaux de plus en plus dispersés de son identité. Voilà comment j'apprendrai ce qui le tourmente ; voilà comment je saurai que, quand il se débat, il rêve…

Il rêve de deux personnes aux traits étonnamment nets dans sa mémoire, bien que ce qui les concerne par ailleurs lui ait été retiré : leur nom, ce qui les liait à lui, la raison pour laquelle il se souvient d'elles. À voir les yeux de la femme, de givre et bordés de longs cils noirs épais, il la soupçonne d'être sa mère. L'homme est plus ordinaire. Trop ordinaire – soigneusement, d'une manière qui éveille aussitôt la méfiance de Schaffa Gardien. Les sauvages se donnent beaucoup de mal pour avoir l'air aussi ordinaires. La Terre seule sait comment ces gens en sont arrivés à le produire et comment il en est arrivé à les quitter, mais ils ont du moins un aspect intéressant.

Il rêve de Mandat, aux pièces noires creusées dans des strates de roche volcanique. De mains douces et de voix compatissantes. Il ne se rappelle pas à qui appartenaient ces mains ni ces voix. On l'aide à s'installer dans un fauteuil en fil de fer. (Non, les nœuds n'ont pas été les premiers utilisateurs de ce genre de siège.) Un meuble sophistiqué, automatisé, au fonctionnement parfaitement huilé, mais qui lui semble un peu vieillot. Le fauteuil vrombit, se reconfigure, retourne son occupant afin de le placer la tête en bas sous des lumières artificielles aveuglantes, le visage emprisonné entre des barreaux rigides, le creux de la nuque offert. Il a les cheveux courts. Derrière et au-dessus de lui descendent d'antiques mécanismes bourdonnants, si mystérieux et si étranges que leur nom et leur fonction originelle ont depuis longtemps sombré dans l'oubli (Il se rappelle avoir appris à peu près à la même époque qu'il était facile de pervertir une fonction originelle.) Autour de lui s'élèvent les reniflements et les supplications de ceux qu'on a amenés ici en sa compagnie – des enfants. Il est d'ailleurs enfant dans ce souvenir, il s'en rend enfin compte. Et puis les autres se mettent à hurler, cris suivis et mêlés de vrombissements tranchants. S'y superpose aussi un léger bourdonnement liquide, tel qu'il n'en entendra jamais plus (très familier à n'importe quel orogène qui, comme vous, s'est trouvé un jour à proximité d'un obélisque). Parce que, à partir de là, ses valupinae reconfigurées n'auront plus la même fonction, puisqu'elles auront été rendues sensibles à l'orogénie plutôt qu'aux perturbations de la terre.

Schaffa se débat, il s'en souvient. Tout enfant qu'il soit, sa force extraordinaire lui permet de se libérer la tête et le torse avant que la machinerie ne l'atteigne. Voilà pourquoi la première incision se révèle mal placée, bien plus basse que nécessaire dans la nuque, et manque de le tuer sur le coup. L'équipement s'ajuste, implacable. Il glisse en Schaffa un petit morceau d'acier froid ; une présence autre, glacée, s'éveille aussitôt en lui. On le recoud. La douleur terrible n'a pas vraiment de fin, mais il apprend à l'atténuer assez pour fonctionner – comme tous ceux qui survivent à l'implantation. Le sourire, voyez-vous. Les endorphines ont un effet antalgique.

Il rêve du Fulcrum et d'une salle haute de plafond, dissimulée au cœur du Principal, où un chemin de lumières artificielles mène jusqu'à une fosse béante dont il fait également le tour. Schaffa et ses collègues contemplent la cavité aux parois hérissées d'innombrables aiguilles d'acier, au fond de laquelle est recroquevillé un petit corps en lambeaux. Les enfants la découvrent de temps à autre, les pauvres idiots. Ne comprennent-ils donc pas ? La Terre est bel et bien malfaisante, elle est bel et bien cruelle. Schaffa les protégerait tous, s'il en avait le pouvoir. Cette fois, pourtant, il y a une survivante, une des pupilles de Leshet. La fillette a un mouvement de recul à l'approche de sa Gardienne, mais sa transgression ne lui coûtera pas la vie. Leshet a toujours été trop douce, trop indulgente. Ses enfants le paient de leurs souffrances…

Il rêve de la route, des yeux perpétuellement fuyants des inconnus devant ses iris de givre et son sourire inamovible – ils savent pertinemment que *quelque chose cloche*, même s'ils ne sauraient dire quoi. Un soir, dans une auberge, une inconnue cherche à noyer la peur dans la curiosité. Schaffa a beau la prévenir, elle insiste, et il ne peut s'empêcher de se dire que le plaisir tiendra la douleur en respect des heures durant – toute la nuit, peut-être. Ça fait du bien de se sentir humain un moment. Comme il en a averti sa partenaire, il boucle son circuit quelques mois plus tard. Elle porte un enfant dont elle affirme qu'il a un autre père, mais l'incertitude n'est pas admissible. Schaffa utilise le vitropoignard noir, fabriqué à Mandat, pour s'en prendre au fœtus exclusivement.

La mère lui a témoigné une telle gentillesse qu'il lui souhaite d'avorter d'un petit cadavre et d'y survivre. Malheureusement, la colère et l'horreur la poussent à appeler à l'aide et à tirer elle aussi un couteau pendant la lutte. Plus jamais, décide-t-il en massacrant tout le monde – la famille de son adversaire, une dizaine de témoins, la moitié de la ville qui l'attaque en masse. Plus jamais il ne se permettra d'oublier qu'il n'est pas, qu'il n'a jamais été humain.

Il rêve de Leshet, à nouveau, mais c'est tout juste s'il la reconnaît. Son visage lisse d'antan n'est plus que rides et peau flasque sous ses cheveux blanchis. Elle a *rapetissé*, ratatinée par ses os de moins en moins solides, qui l'obligent à se voûter comme beaucoup d'Arctiques âgés. Mais Leshet a des siècles de plus que Schaffa. *Âgé* n'est pas censé signifier ce genre de choses en ce qui les concerne : la faiblesse, la sénescence, le recroquevillement. (Le bonheur et un sourire dont le seul but n'est pas d'atténuer la douleur ; ils ne sont pas censés connaître ça non plus.) Elle lui adresse un grand sourire *accueillant* quand elle quitte la maisonnette jusqu'à laquelle il a remonté sa piste et s'approche de lui en clopinant. Une horreur diffuse et un dégoût bourgeonnant dont il n'est même pas conscient avant qu'elle ne s'arrête devant lui envahissent Schaffa. C'est par réflexe qu'il tend le bras pour lui briser la nuque.

Il rêve de l'enfant. *L'enfant*. Elle seule parmi des dizaines, des centaines qui se fondent les uns aux autres au fil des années interminables… tous, sauf elle. Il la découvre dans une grange, petite créature terrifiée, et elle lui voue un amour immédiat. Un amour réciproque. Il regrette de ne pas pouvoir être plus indulgent avec elle, il est aussi indulgent que possible en lui enseignant l'obéissance par les os brisés, les menaces tendres, les chances qu'il ne devrait pas lui laisser. Leshet l'a-t-elle infecté de sa douceur ? Peut-être, oui… mais le *visage* de cette enfant. Ses *yeux*. Elle a quelque chose. Par la suite, il n'est pas surpris d'apprendre qu'elle est impliquée dans le réveil d'un obélisque, à Allia. Elle est spéciale. Il ne croit pas à sa mort, après. À vrai dire, c'est le cœur gonflé de fierté qu'il part la reconquérir, en priant la voix dans sa tête de ne pas être obligé de la tuer. L'enfant…

… dont le visage le réveille sur un faible cri. *L'enfant*.

Ses deux collègues le contemplent du regard accusateur de la Terre. Ils sont aussi atteints que lui, sinon plus. En tant que Gardiens, ils incarnent tous trois ce dont leur ordre leur a dit de se méfier. Il sait comment il s'appelle, eux non, mais c'est bien la seule différence… sans doute ? Pourtant, ils semblent être tellement *moins* que lui, d'une certaine manière.

Aucune importance. Il se redresse sur sa paillasse, se frotte le visage puis sort.

Le bâtiment des élèves. Il est temps d'y jeter un coup d'œil, voilà ce qu'il se dit en fonçant cependant droit vers le petit lit de Nassun. Il lève une lanterne pour examiner son visage ; elle dort. Oui. C'est là depuis le début, dans ses yeux, ses pommettes peut-être, à chatouiller l'esprit de Schaffa ; les fragments de ses souvenirs et la matérialité des traits de l'enfant se rassemblent enfin. Sa Damaya. Celle qui n'est pas morte, mais qui est renée.

Quand il se rappelle lui avoir cassé la main, il tressaille. Pourquoi a-t-il fait une chose pareille ? Pourquoi a-t-il fait les choses horribles qu'il a faites, à l'époque ?

La nuque de Leshet. Celle de Timay. La famille d'Eitz. Tant de victimes, des villes entières. Pourquoi ?

Nassun remue sans se réveiller en marmonnant tout bas. Schaffa lui caresse impulsivement le visage, et elle se calme aussitôt. Une douleur sourde palpite dans la poitrine du Gardien ; peut-être l'amour. Il se rappelle avoir aimé Leshet, Damaya et d'autres, ce qui ne l'a pas empêché de leur faire des choses horribles.

Nassun s'agite à nouveau, se réveille à moitié, cligne des yeux dans la lumière de la lanterne.

« Schaffa ?

— Ce n'est rien, mon enfant. Je suis désolé. » Tellement, tellement désolé. Mais la peur est là, en lui, le rêve qui s'attarde. Il ne peut s'empêcher de chercher à les effacer, aussi souffle-t-il enfin : « Dis-moi, Nassun, tu as peur de moi ? »

Elle cligne à nouveau des yeux, tout juste lucide, puis elle sourit. Quelque chose en lui se dénoue.

« Jamais de la vie. »

Jamais de la vie. Il déglutit, la gorge serrée, brusquement. « Bon. Rendors-toi. »

Le sommeil la reprend aussitôt. Peut-être en réalité ne s'est-elle jamais vraiment réveillée. Il ne s'en attarde pas moins près d'elle, attentif, jusqu'à ce que le rêve fasse à nouveau trembloter ses paupières.

Jamais de la vie.

« Jamais plus », murmure-t-il, tressaillant à ce souvenir-là aussi.

Et puis son état d'esprit change, sa volonté reprend les rênes. Le passé n'a pas d'importance. Il s'agissait d'un autre Schaffa. Il a aujourd'hui une deuxième chance. Et si être moins qu'il n'a été signifie être moins monstrueux, il ne peut en concevoir aucun regret.

La douleur lui fouaille la colonne vertébrale, vive comme l'éclair, trop rapide pour qu'il l'écarte d'un sourire. Quelque chose en lui n'est pas d'accord avec sa volonté. Ses mains se lèvent par automatisme vers la nuque de Nassun… mais il s'immobilise. Non. Elle représente davantage pour lui que le simple soulagement de ses souffrances.

Sers-toi d'elle, ordonne la voix. *Brise-la. Elle est si volontaire… Elle ressemble à sa mère. Celle-là, apprends-lui à obéir.*

Non, répond-il en pensée, avant de se raidir pour affronter la torture du châtiment. Il ne s'agit que de douleur.

Schaffa borde Nassun, l'embrasse sur le front puis éteint sa lanterne en repartant. Il gagne la crête qui domine la ville et y reste posté jusqu'au matin, les dents serrées, à essayer d'oublier ce qui subsiste en lui de l'homme qu'il a été et à se promettre un avenir meilleur. Les deux autres Gardiens finissent par apparaître sur le perron de leur maison commune, mais il ne prête aucune attention à la pression étrangère de leur regard contre son dos.

12. Nassun, en chute ascendante

Là encore, il s'agit pour l'essentiel de spéculation. Vous *connaissez* Nassun, elle fait partie de vous, mais vous ne pouvez *être* Nassun… et je pense avoir démontré à présent que vous ne la connaissez même pas aussi bien que vous le pensiez. (Mais il est vrai qu'aucun parent ne connaît ses enfants aussi bien qu'il le pense.) Un autre que vous est chargé d'embrasser son existence tout entière. Vous ne l'en aimez pas moins, ce qui signifie qu'une partie de moi ne peut s'empêcher de l'aimer aussi.

Nous chercherons donc la compréhension dans l'amour.

*
**

Nassun écoute, la conscience profondément ancrée dans la terre.

Elle ne perçoit d'abord que l'empiétement habituel sur sa valuation : contractions et distorsions infimes des strates, bouillonnement placide du volcan sous Jekity, lent écrasement perpétuel des colonnes de basalte qui grandissent et se figent en refroidissant.

Elle s'y est habituée. Elle est contente de pouvoir écouter à son gré de cette manière, chaque fois qu'elle en a envie, au lieu d'être obligée d'attendre la nuit noire, bien réveillée dans son lit, une fois ses parents couchés. À Nouvelle Lune, Schaffa lui a donné la permission de se servir du creuset aussi souvent et aussi longtemps qu'elle le veut. Elle essaie de ne pas le monopoliser, parce que les autres ont besoin d'apprendre, eux aussi… mais ils n'aiment pas l'orogénie autant qu'elle. La plupart ont l'air indifférents au pouvoir qu'ils manient et aux merveilles qu'il leur est possible d'explorer en le maîtrisant. Quelques-uns en ont même peur, ce qui n'a pas de sens pour Nassun – mais ça n'a pas non plus de sens pour elle d'avoir voulu un jour devenir mnésiste. Maintenant que la voilà libre d'être pleinement qui et ce qu'elle est, cette personnalité ne lui fait plus peur. Maintenant qu'elle a quelqu'un qui croit en elle, qui a confiance en elle, qui se bat pour elle telle qu'elle est. Elle sera donc bel et bien ce qu'elle est.

Nassun chevauche à présent un tourbillon au sein du point chaud de Jekity, en équilibre parfait entre les pressions conflictuelles, sans qu'il lui vienne à l'idée de s'en effrayer. Elle n'a pas conscience qu'une quatre-anneaux du Fulcrum aurait du mal à faire une chose pareille, mais il est vrai qu'elle ne le fait pas comme le ferait une quatre-anneaux, en s'emparant de la chaleur et du mouvement et en essayant de les canaliser en elle. Elle les touche, certes, mais avec ses sens uniquement, pas avec son tore d'absorption. Un instructeur du Fulcrum la préviendrait qu'elle n'arrivera pas à affecter quoi que ce soit de cette manière, alors qu'elle obéit à son instinct, qui lui dit qu'elle y arrivera. En s'installant dans le tourbillon, dont elle suit le mouvement, elle se détend assez pour planer à travers sa friction et sa pression jusqu'à ce qui le sous-tend : les fils d'*argent*.

C'est le mot qu'elle a décidé d'y appliquer, après avoir découvert en interrogeant Schaffa et compagnie qu'ils ne savaient pas non plus de quoi il s'agissait. Les autres enfants ne le détectent même pas. Eitz croit bien avoir valué quelque chose, un jour, quand elle lui a timidement demandé de se concentrer sur Schaffa et non sur la terre, parce que l'argent est plus facile à voir – plus concentré, plus puissant, plus *décidé* – dans les gens que dans le sol. Malheureusement, Schaffa s'est aussitôt raidi en jetant un regard noir à l'adolescent, qui a sursauté, l'air plus torturé que jamais. Nassun s'est sentie coupable de lui avoir fait de la peine et ne l'a jamais poussé à réessayer.

Le reste des petits orogènes n'arrive même pas à ça. Les deux autres Gardiens, Nida et Umber, se révèlent en fin de compte plus secourables.

« Au Fulcrum, c'est quelque chose qu'on éliminait quand on le trouvait, quand l'appel leur parvenait, quand ils écoutaient avec trop d'attention », commence la première. Nassun rassemble sa patience en prévision de ce qui va suivre car, une fois Nida lancée, personne ne peut dire quand elle va s'arrêter. Elle ne s'interrompt que pour ses collègues. « Il est dangereux d'utiliser la sublimation au lieu de maîtriser les structures. La détermination requise constitue un avertissement. Il faut cultiver la caractéristique pour faire de la recherche, mais on envoyait la plupart de ces enfants-là dans les nœuds. Quant aux autres, on les rabaissait, rabaissait, *rabaissait*, parce qu'il était interdit de viser le ciel. »

À la grande surprise de Nassun, Nida se tait. La fillette se demande ce que le ciel vient faire dans cette histoire, mais elle n'est pas assez bête pour poser la question, au risque de relancer le monologue. Toutefois, Umber, aussi lent et discret que Nida est vive, acquiesce.

« On autorisait quelques progrès, traduit-il. Pour perpétuer la caractéristique. Par curiosité. Pour faire la fierté du Fulcrum. Pas davantage. »

Ces déclarations apprennent un certain nombre de choses à Nassun, une fois qu'elle a séparé le bon grain de l'ivraie. Nida, Umber et Schaffa ne sont plus de bons Gardiens, bien qu'ils l'aient été autrefois. Ils ont renié le credo de leur ordre en trahissant ses us et coutumes. L'utilisation des filaments d'argent constitue évidemment pour les Gardiens ordinaires un sujet d'extrême inquiétude… mais en quoi ? Seuls quelques rares orogènes du Fulcrum étaient autorisés à développer la capacité à s'en servir, à « progresser », mais en quoi aurait-il été dangereux que d'autres les imitent ? Et pourquoi les trois anciens Gardiens, qui autrefois « éliminaient » ce don-là, laissent-ils maintenant Nassun l'explorer à sa guise ?

Schaffa, présent lui aussi lors de cette conversation, n'y participe pas. Il se contente de regarder sa pupille, souriant, tressaillant à l'occasion quand les étincelles d'argent tiraillent en lui. Elles le font beaucoup, ces derniers temps. Nassun ne sait pas pourquoi.

Le soir, après sa journée à Nouvelle Lune, elle regagne la maison de Jekity où s'est installé Jija. La chaumière se révèle chaque jour plus douillette, car son père l'aménage par petites touches : il peint la vieille porte en bois d'un bleu étonnamment profond ; il plante dans la modeste verdure des boutures, dont certaines dépérissent malheureusement sous le ciel de plus en plus lourd de cendre ; il troque un de ses vitrocouteaux contre un tapis destiné à la chambrette de Nassun – elle avait davantage de place à Tirimo, mais elle dispose ici d'une fenêtre avec vue sur la forêt entourant le plateau de Jekity. Quand l'atmosphère est assez limpide, il lui arrive même de distinguer la côte, ligne blanche lointaine tracée juste derrière le vert des bois. Plus loin encore s'étend une immensité bleue qui la fascine quoique, de Jekity, elle n'en devine qu'une tranche de couleur. Elle n'a jamais vu la mer de près, et Eitz lui en raconte toutes sortes de merveilles : l'océan sent le sel et une vie étrangère ; il déferle sur une sorte de poussière appelée le sable, où il ne pousse presque rien à cause du sel ; certaines des créatures qui vivent dans l'eau viennent à l'occasion se tortiller ou faire des bulles sur le sable – les *crabes*, les *calmars*, les *dents-du-sable*, lesquelles n'apparaissent dit-on qu'en Saison. Un tsunami risque toujours de se produire, ce qui explique que nul ne vive en bord de mer à moins d'y être obligé – d'ailleurs, quelques jours après son arrivée à Jekity, Nassun a valué plus que vu les répliques d'une grosse secousse survenue loin à l'est, en pleine mer. Elle en a ensuite valué les conséquences, parce que quelque chose d'énorme a bougé, avant de heurter le continent le long de la côte. Ce jour-là, elle était bien contente de se trouver aussi loin.

C'est tout de même agréable d'avoir à nouveau un foyer. La vie recommence à lui sembler normale, pour la première fois depuis très longtemps. Un soir, au dîner, elle raconte à son père ce qu'Eitz a dit de la mer. Jija, sceptique, lui demande d'où elle sort ces choses-là. Quand elle lui parle d'Eitz, il se fige.

« C'est un gèneur ? » finit-il par demander.

L'intuition de Nassun vient de sonner l'alarme – elle a perdu l'habitude de guetter la moindre saute d'humeur de Jija –, aussi ne répond-elle pas. Mais, sachant que la colère de son père ne fera que croître si elle reste muette, elle se résigne à acquiescer.

« Lequel ? »

Elle se mord la lèvre. Toutefois, Eitz appartient à Schaffa, qui ne laissera rien arriver de mal à aucun de ses orogènes. Voilà pourquoi elle répond, cette fois : « Le plus âgé. Il est grand, très noir, avec un long visage. »

Jija continue à manger, mais des muscles qui n'ont rien à voir avec la mastication se contractent dans ses joues.

« Un Côtier. Je vois lequel. Je ne veux plus que tu lui adresses la parole. »

Elle déglutit, avant de risquer : « Je suis obligée de parler aux autres, papa. C'est comme ça qu'on apprend.

— Apprendre ? » Jija lève les yeux. Bien que sa colère soit contenue, canalisée, il n'en est pas moins furieux. « Il a quel âge, ce garçon ? Vingt ans ? Vingt-cinq ? Et c'est toujours un gèneur. *Toujours*. Il aurait dû réussir à guérir, depuis le temps. »

Nassun reste un instant désorientée, parce que s'il y a bien une chose à laquelle elle ne pense pas, sa journée de cours terminée, c'est à guérir de l'orogénie. Schaffa a certes dit que c'était possible… Ah. Eitz n'a que dix-huit ans, mais il est manifestement plus vieux dans la tête de Jija, trop pour ne pas avoir déjà utilisé le remède miracle si telle était bien son intention. La fillette comprend en frissonnant que son père doute à présent des affirmations de Schaffa et de la possibilité d'éliminer l'orogénie. Que va-t-il faire, s'il se rend compte que Nassun n'a plus aucune *envie* d'en guérir ?

Rien de bon.

« Oui, papa. »

La réponse le calme, comme d'habitude.

« Si tu es obligée de lui parler en cours, d'accord. Je ne veux pas que tu contraries les Gardiens. Mais ne lui adresse pas la parole en dehors. » Jija soupire. « Ça ne me plaît pas que tu sois tout le temps fourrée là-haut. »

Il passe le reste du dîner à grommeler à ce sujet, sans cependant rien dire de pire, si bien que Nassun finit par se détendre.

« Il faut que j'apprenne à mieux cacher ce que je suis », dit-elle à Schaffa le lendemain matin, de retour à Nouvelle Lune.

Il monte la colline en direction du complexe, chargé de deux lourdes sacoches, haletant malgré sa force extraordinaire. Elle n'insiste donc pas pour obtenir une réponse avant qu'il ne s'arrête. En arrivant à une des cabanes qui servent d'entrepôt, il pose sa charge le temps de reprendre son souffle. Les provisions nécessaires aux repas des enfants sont stockées là, pour éviter des allées et venues continuelles entre Nouvelle Lune et les caches ou la maison commune de Jekity.

« Tu es en sécurité ? » demande enfin Schaffa, très bas.

Voilà pourquoi elle l'aime.

Elle acquiesce en se mordant la lèvre, parce qu'elle ne devrait pas avoir à se poser la question au sujet de son propre père. Schaffa la fixe longtemps d'un regard dur, froidement évaluateur, qui la prévient qu'il commence à envisager au problème une solution fort simple.

« Non », lâche-t-elle.

Il arque le sourcil. « Non… ? » répète-t-il, provocateur.

Nassun vient de vivre un an de hideur. Schaffa a au moins le mérite d'être simple et franc dans sa brutalité.

« Non, je ne veux pas qu'on tue mon père. »

Il sourit, mais son regard reste froid. « Une peur telle que la sienne a une cause, Nassun. Elle n'a rien à voir avec toi, ton frère ou les mensonges de ta mère. Sa cause, quelle qu'elle soit, a blessé ton père, et la blessure s'est manifestement envenimée. Il s'attaquera sans réfléchir à tout ce qui entrera en contact avec ce vieil abcès puant ou ne fera même que le frôler. Tu le sais, tu en as été témoin. » Elle acquiesce, car elle pense à Uche. « On ne peut pas raisonner dans un cas pareil.

— Moi, je peux. Je l'ai déjà fait. Je sais le… » Le *manipuler*, tel est le mot juste, mais elle n'a que neuf ans – ce n'est donc pas celui qu'elle emploie. « Je sais l'empêcher de mal se conduire. J'y suis toujours arrivée. »

Presque toujours.

« Jusqu'au jour où tu n'y arriveras pas. Il suffit d'une fois. » Schaffa examine toujours Nassun d'un air évaluateur. « Si jamais il te fait du mal, je le tuerai. Souviens-t'en, si tu tiens à sa vie plus qu'à la tienne. Tel n'est pas mon cas. »

Sur ce, il se détourne pour ranger les sacoches dans l'appentis. Ainsi s'achève la discussion.

Plus tard, quand elle en parle aux autres, le petit Paido lui suggère d'emménager à Nouvelle Lune, avec le reste des orogènes.

Ynegen, Flemmarde et Lashar se sont installées à proximité pour se reposer, après avoir consacré l'après-midi à trouver et à propulser aux alentours les rochers marqués, enterrés sous le creuset. Elles acquiescent en marmonnant.

« Ce n'est que juste, déclare Lashar, toujours aussi hautaine. Tu ne seras jamais vraiment des nôtres, si tu persistes à vivre là en bas avec *eux*. »

Nassun se l'est dit elle-même, mais…

« C'est mon père », résume-t-elle en écartant les mains.

La déclaration ne suscite pas la moindre compréhension, mais lui vaut quelques regards compatissants. Nombre de ses condisciples portent toujours les marques des violences infligées par les adultes à qui ils avaient fait confiance toute leur vie.

« C'est un fixe », riposte Flemmarde, clôturant le sujet en ce qui concerne la plupart d'entre eux.

Nassun finit par renoncer à essayer de les convaincre.

Ce genre de pensées affecte son orogénie. Comment pourrait-il en être autrement, alors qu'une part silencieuse de son être aimerait tant faire plaisir à son père ? Or il lui faut toute son énergie, et l'assurance que confère le plaisir, pour se lier totalement à la terre. Cet après-midi-là, quand elle cherche à entrer en contact avec les fils d'argent du point chaud, les choses se passent très, très mal. Elle doit se battre pour reprendre conscience d'elle-même, haletante, et découvre alors qu'elle a gelé les dix cercles du creuset. Schaffa se montre inflexible.

« Tu couches ici cette nuit », annonce-t-il après avoir traversé l'étendue encroûtée de givre pour prendre Nassun dans ses bras puis la porter jusqu'à un banc. L'épuisement l'empêche de marcher, car elle n'a échappé à la mort qu'en mobilisant toutes ses forces. « Demain, à ton réveil, je t'accompagne chez ton père récupérer tes affaires.

— J… je ne veux pas », halète-t-elle.

Schaffa n'aime pas que les orogènes lui disent non, elle le sait pourtant bien.

« Peu importe ce que tu veux, mon enfant. Le problème interfère avec ton entraînement. C'est pour ça que le Fulcrum retirait les enfants à leur famille. Ce que vous faites est trop dangereux ; il faut éviter la moindre distraction, fût-elle aimée.

— Mais… »

Nassun n'a pas la force de protester davantage. Schaffa la garde dans ses bras pour la réchauffer, car le tore de la fillette s'était tissé à moins de deux centimètres de sa propre peau.

Le Gardien soupire, puis le silence s'installe, seulement rompu quand il réclame à grands cris une couverture ; Eitz étant parti en chercher une dès qu'il a vu ce qui se passait, c'est lui qui l'apporte. (Tout le monde a vu ce qui se passait. C'est extrêmement embarrassant. Comme vous l'avez constaté pendant la petite enfance de votre fille, sa fierté est très, très chatouilleuse.) Les frissons de Nassun finissent par s'apaiser et l'impression qu'on a martelé ses valupinae avec méthode par s'évanouir.

« Tu sers un but élevé, mon enfant, reprend alors Schaffa. Tu n'as à satisfaire les caprices de personne, pas même les miens. Tu n'es pas faite pour des choses aussi mesquines.

— Alors... pour quoi est-ce que je suis faite ? » demande-t-elle, les sourcils froncés.

Il secoue la tête. L'argent étincelle en lui, réseau vivant, mouvant, car l'objet logé dans ses valupinae tisse une fois de plus dans son corps une volonté étrangère – ou du moins essaie-t-il.

« Pour réparer une erreur énorme, à laquelle j'ai autrefois contribué. »

Voilà qui est si intéressant que Nassun décide de résister au sommeil, dont son organisme a terriblement envie.

« Quelle erreur ?

— Réduire les tiens en esclavage. » Quand elle se redresse pour le regarder, perplexe, Schaffa sourit à nouveau, tristement, cette fois. « Mais peut-être serait-il plus exact de dire que nous avons perpétué l'esclavage qu'ils s'étaient eux-mêmes imposé sous l'Antique Sanze. Le Fulcrum était théoriquement dirigé par les orogènes, tu comprends... des orogènes matés, élevés, formés et soigneusement sélectionnés par nos soins pour obéir, rester à leur place. Ils avaient le choix entre la mort et la possibilité la plus infime d'acceptation, ils étaient réduits au désespoir, et nous nous servions d'eux. C'étaient *nous* qui les réduisions au désespoir. »

Pour une raison ou pour une autre, il s'interrompt en soupirant. Inspire à fond. Expire. Sourit. Nassun n'a nul besoin de valuer pour savoir que la douleur qui ne le quitte jamais a recommencé à flamber dans sa tête.

« Les miens – les Gardiens tels que je l'ai été autrefois – étaient complices de cette atrocité. Tu as déjà vu ton père débiter un caillou ? À coups de marteau, pour en détacher les parties les plus fragiles. En le cassant, s'il ne supporte pas les chocs, puis en recommençant avec un autre. C'est ce que je faisais à l'époque, avec des enfants. »

Nassun a peine à y croire. Schaffa est violent et impitoyable, certes, mais avec ses ennemis. Et une année hors comm a appris à la fillette la nécessité de la cruauté. Avec les enfants de Nouvelle Lune, il est très doux, très gentil.

« Même moi ? » lâche-t-elle.

La question a beau manquer de clarté, il comprend ce qu'elle veut dire : *Si tu m'avais trouvée, à l'époque ?*

Il lui touche la tête, passe la main dessus, lui pose le bout des doigts au creux de la nuque. Sans rien prendre cette fois, peut-être parce qu'il puise dans ce seul geste un certain réconfort. Il a l'air si triste.

« Même toi, Nassun. J'ai fait du mal à beaucoup d'enfants, autrefois. »

Si triste. Elle décide qu'il n'aurait pas *voulu* lui faire du mal, à l'époque, en admettant qu'il lui en ait fait.

« C'était mal de traiter les tiens ainsi. Tes frères et sœurs. Ce que nous avons fait était mal. Vous transformer en outils. Nous avons besoin d'*alliés*… plus que jamais, à présent, en ces temps d'obscurité croissante. »

Nassun est prête à tout pour Schaffa, mais quand on a besoin d'alliés, c'est qu'on a en tête des objectifs précis, et les alliés ne sont pas forcément des amis. La route lui a aussi enseigné cette distinction.

« Pourquoi avez-vous besoin de nous comme alliés ? »

Le regard de Schaffa se perd au loin, inquiet.

« Pour réparer quelque chose qui a été brisé il y a bien longtemps, mon enfant, et pour régler un différend aux origines si anciennes que la plupart d'entre nous les ont oubliées. Ils ont même oublié qu'il *persiste* de nos jours. » Il touche l'arrière de son propre crâne. « Quand j'ai renoncé à ma vie d'autrefois, je me suis voué à la cause de ceux qui cherchent à y mettre un terme. »

Ah, d'accord. « Je n'aime pas que ça te fasse mal. »

Nassun examine la tache qui macule la carte argentée de Schaffa. Une tache minuscule, plus petite que les aiguilles dont son père se sert parfois pour perforer le cuir, mais qui n'en constitue pas moins un trou noir sur fond de scintillement, perceptible par ses contours ou ses effets davantage qu'en lui-même. On dirait l'araignée immobile au centre de sa toile frémissante, emperlée de rosée. Toutefois, les araignées hibernent en Saison, alors que la chose en Schaffa le tourmente en permanence.

« Pourquoi elle te fait mal, si tu lui donnes ce qu'elle veut ? »

Il cligne des yeux, serre Nassun contre lui avec douceur et sourit.

« Parce que je refuse de t'*obliger* à faire ce qu'elle veut. Je te présente ses exigences, mais je te laisse le choix. Si tu refuses de les satisfaire, je l'accepterai. Elle a… moins confiance en les tiens. Non sans raison, il faut le reconnaître. » Il secoue la tête. « Nous en reparlerons plus tard. Pour l'instant, tes valupinae ont besoin de repos. » Elle arrête aussitôt, bien qu'elle n'ait vraiment eu ni l'intention de le valuer ni la conscience de le faire. Valuer en permanence est en train de devenir chez elle une seconde nature. « Je crois qu'une sieste te fera du bien. »

Il la porte donc jusqu'au dortoir, où il la couche sur une paillasse libre. Elle se blottit sous la couverture réconfortante et part à la dérive au son de sa voix, qui ordonne aux autres enfants de ne pas la déranger.

Elle se réveille le lendemain matin à celui de ses propres hurlements et halètements, en luttant contre la couverture qui l'entrave. Quelqu'un l'attrape par le bras, concentré de ce qu'il ne faudrait pas faire. Ce n'est ni le bon moment ni la bonne personne : le contact est insupportable. Nassun se débat en se jetant vers la terre ; la chaleur et la pression ne répondent pas à son appel, contrairement à la dentelle d'argent lumineuse, qui fait écho à ses hurlements et résonne de son besoin de force informulé. Ces cris se réverbèrent à travers le continent non seulement en filaments, mais aussi en vagues, non seulement dans la terre, mais aussi dans l'eau et l'air. Alors

alors

alors

quelque chose d'autre encore répond à Nassun. Dans le ciel.

Sa volonté est étrangère à ce qu'elle fait. Celle d'Eitz l'est évidemment à ce qui lui arrive quand il cherche à la tirer de son cauchemar. Eitz aime bien Nassun. C'est une gamine adorable. Il n'a plus la naïveté de l'enfance, il s'est fait la réflexion depuis qu'il a quitté sa demeure de la côte – il y a de cela des années – que, ce jour-là, son nouveau mentor souriait trop et sentait vaguement le sang. Son intuition lui donne toutefois une vague conscience de ce que signifie l'immense affection de Schaffa pour Nassun. Le Gardien cherche quelque chose depuis si longtemps. Eitz l'aime assez malgré tout pour lui souhaiter de l'avoir trouvé.

Peut-être y puiserez-vous un certain réconfort, contrairement à Nassun qui, dans sa lutte aveugle, terrifiée, transforme l'adolescent en pierre.

Ce n'est pas ce qui arrive à Albâtre, sous terre, très loin de l'Antarctique. C'est plus rapide, plus cruel, mais aussi beaucoup plus raffiné. Artistique. Eitz est frappé par une catastrophe : un coup de marteau détruit l'ordre régnant parmi ses atomes avant d'en instaurer un autre, pas tout à fait au hasard. Le réseau qui devrait se former naturellement se dissout dans le chaos. Ça commence sur son torse, quand Nassun le frappe en essayant de l'écarter, puis ça se répand en moins de temps qu'il n'en faut aux autres enfants pour inspirer par petites exclamations étouffées. Ça se développe sur sa peau brune, gagnée à la fois par le durcissement et le chatoiement de l'œil-de-tigre, puis dans sa chair, même si personne n'en verra le rubis à moins de briser sa statue. Sa mort est quasi instantanée, car son cœur se solidifie dès l'abord – joyau aux stries de quartz jaune, de grenat sombre et d'agate blanche, délicatement veiné de saphir. Le superbe fiasco se révèle si rapide qu'Eitz n'a pas le temps d'avoir peur. Peut-être Nassun en tirera-t-elle un certain réconfort, plus tard.

Sur le moment, pendant les secondes de tension qui suivent l'événement, pendant qu'elle se tortille en cherchant à empêcher son esprit de tomber, tomber,

tomber vers le haut dans la lumière bleue aqueuse, pendant que les halètements de Deshati se transforment en hurlement (lequel en déclenche d'autres), pendant que Furtive s'approche pour contempler, bouche bée, le fac-similé de lui-même luisant et coloré qu'est devenu Eitz, il se passe aussi des choses ailleurs.

Certaines ne vont peut-être pas vous surprendre. À plus de cent cinquante kilomètres de là, un obélisque saphir scintille, vire une seconde à une parfaite matérialité, retourne à la translucidité… puis se met pesamment en branle pour gagner Jekity. Beaucoup plus loin, dans une autre direction, au cœur d'une veine de porphyre magmatique, un corps étranger évoquant une silhouette humaine pivote, aux aguets, plein d'un intérêt tout neuf.

Il se produit aussi quelque chose qui va peut-être vous surprendre – ou pas, puisque vous connaissez Jija mieux que moi. Toujours est-il qu'à l'instant précis où sa fille libère les protons d'un adolescent, il termine l'ascension laborieuse qui l'a mené sur le plateau de Nouvelle Lune. Sa nuit de colère rentrée l'a mis dans une fureur telle que la politesse n'est plus de mise ; il appelle sa fille à grands cris.

Nassun ne l'entend pas, dans le dortoir où elle se convulse. Les hurlements de ses condisciples attirent l'attention de Jija, qui se tourne vers le bâtiment, mais il n'a pas le temps de s'y rendre car, déjà, deux Gardiens sortent de leur maison et s'avancent sur l'esplanade. Umber se précipite vers le dortoir, pendant que Schaffa dévie de sa trajectoire pour intercepter l'intrus. Nassun apprendra ce qui se passe alors de la bouche des enfants qui en auront été témoins.

« Ma fille n'est pas rentrée à la maison, hier soir », dit Jija à Schaffa, qui l'arrête sur sa lancée.

Les hurlements inquiètent le visiteur, mais pas trop. Si un vent de folie souffle sur les petits orogènes, ce n'est pas étonnant en pareil lieu de perdition – Nouvelle Lune est sans doute d'après lui un lieu de perdition. Il fait face à Schaffa, les dents serrées d'une manière que vous reconnaîtriez pour l'avoir vue quelquefois, quand il se sentait dans son bon droit. Il ne reviendra sur sa position que contraint et forcé.

« Elle va rester ici, répond Schaffa, un sourire poli aux lèvres. Nous nous sommes aperçus que rentrer chez vous le soir nuisait à son entraînement. Compte tenu du fait que votre jambe est manifestement guérie, puisque l'ascension ne vous pose pas de problème, auriez-vous la gentillesse d'apporter ses affaires dans la journée ?

— Elle… » Les hurlements gagnent en volume quand Umber ouvre la porte du dortoir, mais s'interrompent dès qu'il la referme derrière lui. Jija fronce les sourcils puis s'ébroue, décidé à se concentrer sur l'essentiel. « Il n'est pas *question* qu'elle s'installe ici ! Je ne veux pas qu'elle passe plus de temps que nécessaire avec ces… » Il s'arrête juste avant de devenir vulgaire. « Elle n'est pas des leurs. »

Schaffa penche brièvement la tête de côté, comme s'il tendait l'oreille à quelque chose d'inaudible pour autrui.

« Vraiment ? » demande-t-il, méditatif.

Jija le regarde avec des yeux ronds, momentanément réduit au silence par la perplexité, puis jure et essaie de le contourner. Sa jambe est en effet quasi guérie, mais il boite toujours bas, car le harpon a déchiré des nerfs et des tendons qui mettront du temps à se régénérer, en admettant qu'ils le fassent jamais totalement. Toutefois, quand bien même il se déplacerait sans difficulté, il n'échapperait pas à la main sortie de nulle part qui se pose sur son visage.

La grande main de Schaffa, si rapide qu'elle se brouille avant de prendre position. Jija ne la voit pas, car elle lui couvre les yeux, le nez, la bouche, le soulève tout entier et le renverse à terre sur le dos. Il reste couché dans les cailloux, les paupières frémissantes, trop désorienté pour se demander ce qui vient de se passer, trop étourdi pour avoir mal. Enfin, la main se retire. Du point de vue de Jija, le visage du Gardien est là, juste *là*, quasi nez à nez avec le sien.

« Nassun n'a pas de père », dit tout bas Schaffa. (Jija se souviendra plus tard que son interlocuteur ne perd pas le sourire de toute la scène ; pas une seconde.) « Elle n'a pas besoin de parents. Elle ne le sait pas encore, mais un jour, elle l'apprendra. Vais-je devoir lui apprendre aussi tôt à se passer de vous ? »

Il pose deux doigts juste sous la mâchoire inférieure de Jija, pressés contre la peau douce avec assez de force pour faire instantanément comprendre au visiteur que sa vie dépend de sa réponse.

Jija reste figé une longue respiration contenue. Aucune pensée ne lui vient qui vaille d'être signalée, y compris en tant que spéculation. Il ne dit mot, bien qu'un son informe lui échappe. Quand les enfants parleront de la scène, plus tard, ils omettront ce détail : le petit gémissement étranglé poussé par un homme qui s'efforce de garder le contrôle de sa vessie et de ses entrailles, incapable d'évoquer autre chose que la mort imminente. Un bruit pour l'essentiel nasal, qu'il produit avec l'arrière-gorge et qui lui donne envie de tousser.

Schaffa considère sans doute ce couinement comme une réponse en soi. Son sourire s'élargit brièvement, un vrai sourire réconfortant, du genre à lui plisser le coin des yeux et à dévoiler ses gencives. Il est *ravi* de ne pas avoir à tuer le père de Nassun. Très posément, il lève la main qui attendait sous le menton de Jija et lui agite les doigts devant le nez jusqu'à ce qu'il cligne des yeux.

« Bien. Nous pouvons donc à nouveau nous conduire en personnes civilisées. » Schaffa se redresse, la tête tournée vers le bâtiment où se trouvent toujours les enfants ; Jija lui est déjà sorti de l'esprit, semble-t-il, mais il ajoute, comme à la réflexion : « N'oubliez pas d'apporter ses affaires, s'il vous plaît. »

Après quoi il se lève, enjambe le visiteur et gagne le dortoir.

À partir de là, personne ne fait plus attention à Jija. Un adolescent a été transformé en pierre et une fillette a exercé un pouvoir aussi étrange que terrifiant, même pour une gèneuse. Tels sont les souvenirs que tout le monde gardera de ce jour-là.

Tout le monde sauf Jija, je suppose. Il rentre chez lui en boitant, sans mot dire.

De son côté, Nassun a enfin réussi à retirer sa conscience de la colonne de lumière bleue aqueuse qui a failli l'engloutir. Une prouesse étonnante, bien qu'elle n'en sache rien. Elle sait en revanche – lorsque enfin la crise s'apaise et qu'elle découvre Schaffa, penché sur elle – qu'il s'est produit quelque chose de terrifiant et que son Gardien est là ensuite pour prendre soin d'elle.

(Au fond, tout au fond, c'est votre fille. Je n'ai pas à la juger, mais… Ah, elle vous ressemble tellement.)

« Dis-moi », demande Schaffa.

Il s'est assis au bord du lit de Nassun, tout près d'elle, pour lui dissimuler Eitz. Umber fait sortir le reste des enfants. Furtive pleure, en pleine crise d'hystérie ; les autres gardent le silence, en état de choc. Nassun ne s'en rend pas compte, trop occupée pour l'instant à affronter son propre traumatisme.

« Il y avait… » commence-t-elle. Elle fait de l'hyperventilation, ce qui pousse Schaffa à placer sa grande main devant son nez et sa bouche en attendant qu'elle se calme. Quand la respiration de la fillette se rapproche de la normale, il la libère et lui fait signe de poursuivre. « Il y avait… quelque chose de bleu. Une lumière et… Je suis tombée vers le haut. Vers le *haut*, Schaffa. » Nassun fronce les sourcils, déconcertée par sa propre panique. « Il fallait que j'en sorte. Ça faisait mal. C'était trop rapide. Ça *brûlait*. J'avais horriblement peur. »

Il hoche la tête, comme si ce qu'elle raconte avait un sens.

« Tu y as survécu. Bravo. » Ces félicitations enchantent Nassun, qui n'y comprend pourtant rien. Schaffa réfléchit un instant. « Tu as valué autre chose, pendant la connexion ? »

(Elle ne s'interrogera que beaucoup plus tard sur le mot *connexion*.)

« Il y avait un endroit, au nord. Des lignes dans la terre, partout. » Elle veut dire, dans tout le Fixe. Il penche la tête de côté, intéressé, ce qui encourage Nassun à libérer un flot de paroles : « Les gens discutaient, je les entendais. Là où ils touchaient les lignes.

Les *gens* dans les nœuds. Aux endroits où les lignes se croisaient. Mais je ne comprenais pas ce qu'ils racontaient. »

Schaffa s'est figé.

« Des gens dans les nœuds. Des orogènes ?

— Oui… ? »

Il est difficile de répondre à la question. L'orogénie de ces lointains inconnus exerçait une prise étonnamment forte – Nassun en personne n'en aurait pas égalé certains –, mais celle des plus puissants présentait un lustre étrange, quasi uniforme. Il lui semblait caresser des pierres polies, dépourvues de la moindre aspérité sous ses doigts. Du moins pour les plus éloignés, davantage parfois que Tirimo – ceux se trouvant très, très loin au nord, près de l'endroit où le monde est à présent rouge et brûlant.

« Le réseau des nœuds, marmonne Schaffa, pensif. Hum. Quelqu'un veille sur les orogènes des nœuds équatoriaux ? Intéressant. »

Ce n'est pas tout, aussi Nassun continue-t-elle à babiller. « Il y en avait plein, plus près. Des nôtres. »

Ceux-là lui ont rappelé ses compagnons de Nouvelle Lune, dont l'orogénie éclatante et vive évoque des poissons, déversement de recommandations se propageant le long des fils d'argent qui les reliaient. Conversations, murmures, rires. Une comm, souffle l'esprit de Nassun. Une communauté, oui. D'orogènes.

(Elle n'a pas valué Castrima. Je sais que vous vous posez la question.)

« Combien ? » demande tout bas Schaffa.

Elle est bien incapable d'en juger. « J'ai juste entendu plein de gens discuter. Je ne sais pas, plusieurs maisons. »

Il se détourne, lui présentant son profil. Ses lèvres retroussées dévoilent ses dents mais, pour une fois, il ne s'agit pas d'un sourire.

« Le Fulcrum antarctique.

— Il n'a pas été éliminé ? demande Nida, postée près de la porte depuis son arrivée quasi silencieuse.

— Il semblerait que non, répond-il d'une voix sans timbre. Ils vont découvrir notre existence, ce n'est qu'une question de temps.

— En effet. »

Elle se met à rire tout bas. Nassun value la contraction des fils d'argent en Schaffa. Sourire apaise la douleur, a-t-il dit. Plus un Gardien sourit – plus il rit –, plus il souffre.

« À moins que… »

Nida se remet à rire. Cette fois, il sourit.

Puis il se retourne vers Nassun et lui chasse d'une caresse les cheveux du visage.

« Il faut que tu gardes ton calme », prévient-il, avant de se lever et de s'écarter pour lui dévoiler le corps d'Eitz.

Lorsqu'elle arrête de hurler, de pleurer, de trembler dans les bras de Schaffa, Nida et Umber emportent la statue. L'effigie est manifestement bien plus lourde qu'Eitz ne l'a jamais été, mais les Gardiens sont très, très forts. Nassun ignore où ils installent le bel adolescent du bord de mer au sourire mélancolique et au regard doux. Elle ignore à jamais ce qu'il advient finalement de lui, sinon qu'elle l'a tué, ce qui fait d'elle un monstre.

« C'est possible », admet Schaffa quand elle lâche ces mots entre deux sanglots. Il l'a reprise dans ses bras et caresse ses boucles épaisses. « Mais tu es mon monstre à moi. »

La fillette est si malheureuse, si horrifiée que cette déclaration la réconforte bel et bien.

*
**

La pierre perdure, immuable. Ne modifiez jamais ce qui y est gravé.

Tablette troisième,
« Structure », strophe première

13. Vous, entourée de reliques

Vous avez un peu l'impression de vivre à Castrima depuis toujours. Vous ne devriez pas. C'est juste une comm parmi d'autres, un nom parmi d'autres, un nouveau départ parmi d'autres, du moins une ébauche de nouveau départ. Ça se terminera sans doute comme les autres fois, mais… tout le monde ici sait ce que vous êtes, alors les choses sont réellement différentes. C'est le seul avantage du Fulcrum, de Meov, de l'identité de Syénite : la possibilité d'être vous-même. Un luxe que vous apprenez à apprécier, une fois de plus.

Vous êtes de retour à l'extérieur – la Castrima de surface, suivant l'expression consacrée –, dans la verdure symbolique de la ville d'antan. Le terrain est sableux et alcalin ; à vrai dire, Ykka a exprimé l'espoir d'une petite pluie acide qui le fertiliserait. À votre avis, il faudrait y ajouter de la matière organique pour que ça marche… mais il ne risque pas d'y en avoir beaucoup de disponible, vu les trois nids de bouilleurs que vous avez repérés en chemin.

La bonne nouvelle, c'est qu'ils sont faciles à repérer, même quand ils dépassent à peine de la cendre répandue à terre. Les insectes qui s'y trouvent chatouillent votre conscience, source disponible de chaleur et de pression utilisable pour pratiquer l'orogénie. En gagnant la verdure, vous avez montré aux enfants comment valuer la différence contenue qu'ils présentent avec leur environnement plus frais, plus détendu. Les petits en ont fait un jeu, ils ont poussé de grandes exclamations et montré du doigt tous les monticules qu'ils sentaient, en essayant de se surpasser les uns les autres dans le décompte.

La mauvaise nouvelle, c'est qu'il y a davantage de nids que la semaine dernière. Ce n'est sans doute pas bon signe, mais vous dissimulez votre inquiétude à vos élèves.

Ils sont dix-sept, l'essentiel du contingent d'orogènes castrimien, dont deux adolescents, bien que la majorité soit plus jeune – l'un d'eux n'a que cinq ans. La plupart sont orphelins ou pourraient aussi bien l'être, ce qui ne vous surprend pas. Ce qui vous surprend, c'est que, a priori, ils se maîtrisent tous plutôt bien et ont l'esprit vif, sans quoi ils n'auraient pas survécu à la création du rift. Ils ont forcément valué la secousse qu'il a déclenchée à temps pour se réfugier dans un endroit isolé, laissé leur instinct les sauver, repris leurs esprits puis décampé avant que quiconque n'entreprenne de déterminer où se trouvait le centre du disque de non-destruction. La plupart sont aussi des bâtards des Moyennes, comme vous : beaucoup de peaux brunes, pas tout à fait sanziennes, de cheveux pas tout à fait acendres, d'yeux et de corps composant un continuum de l'Arctique au Côtier. Ils vous rappellent les enfants de la crèche tirimaise à qui vous serviez d'instructrice. Si on oublie que la matière étudiée et, forcément, les méthodes d'enseignement sont différentes.

« Valuez ce que je fais… contentez-vous de valuer, ne m'imitez surtout pas », ordonnez-vous, avant de tisser un tore autour de vous.

Vous en tissez plusieurs de suite, tous différents, certains hauts et étroits, d'autres très stables, mais assez larges pour que leur bord frôle vos élèves. (La moitié d'entre eux s'empresse de reculer en poussant des exclamations étouffées. Excellente réaction ; très bien. L'autre moitié se contente de rester bêtement plantée là ; ça ne va pas du tout. Il va falloir travailler là-dessus.)

« Maintenant, dispersez-vous. Toi, tu te mets là. Toi, là. Je ne veux pas en voir deux plus rapprochés. Une fois en place, tissez le *même* tore, exactement le même, que le mien. Attention, je le construis… »

Le Fulcrum ne leur aurait pas appris ça de cette manière. Là-bas, ils auraient eu plusieurs années, une enceinte protectrice, un ciel bleu rassurant au-dessus de la tête ; l'enseignement aurait été doux, progressif ; les enfants auraient eu tout loisir de surmonter leurs peurs et d'évoluer au-delà de leur immaturité. En Saison, hélas, le temps manque pour la douceur, et il n'y a pas de place pour l'échec entre les murs bosselés de Castrima. Les marmonnements et les coups d'œil rancuniers qui vous ont accueillie quand vous vous êtes jointe aux équipes des castes d'usage ou rendue aux bains ne vous ont pas échappé. Ykka pense diriger une comm spéciale, où gêneurs et fixes vivent en harmonie et œuvrent ensemble à leur survie. À votre avis, c'est de la naïveté. Vos élèves doivent se préparer au jour inévitable où Castrima s'en prendra à eux.

Vous fournissez donc un exemple, vous en corrigez les imitations, avec des mots si possible ; mais, à un moment, vous assenez une « gifle » à un enfant en inversant son tore, si large qu'il a failli geler un de ses camarades.

« Tu ne peux pas te *permettre* d'être inattentif ! » Assis sur le sol gelé, le gamin vous fixe avec des yeux ronds. Vous avez aussi fait tanguer la terre sous ses pieds pour qu'il tombe, et vous vous tenez juste devant lui, hurlante, volontairement intimidante. Il a failli tuer un autre gosse ; il *faut* qu'il ait peur. « Si tu commets une erreur, il y a des gens qui meurent. C'est ce que tu veux ? » Il secoue frénétiquement la tête. « Alors lève-toi et recommence. »

Vous les faites travailler à la baguette jusqu'à ce qu'ils aient tous acquis au moins une capacité de base à maîtriser la taille de leur tore. Ça vous ennuie de leur apprendre ça sans y joindre la théorie qui les aiderait à comprendre comment et pourquoi fonctionne leur pouvoir, sans le moindre exercice de stabilisation qui leur permette de séparer l'instinct dudit pouvoir, mais vous devez leur enseigner en quelques jours ce que vous avez mis des années à maîtriser. Vous êtes une artiste ; ils ne seront jamais au mieux que de piètres imitateurs. Vous ramenez à la Castrima souterraine une petite troupe morose, dont certains membres vous détestent sans doute, mais à partir de maintenant, ils seront plus utiles à la comm – et prêts le jour où cette dernière se retournera contre eux.

(Pensées familières. Autrefois, quand vous entraîniez Nassun, vous vous disiez que peu importait si elle vous détestait, au bout du compte ; elle mesurerait votre amour à l'aune de sa propre survie. Cette argumentation ne vous a pourtant jamais entièrement convaincue. Voilà pourquoi vous vous êtes montrée plus douce avec Uche. Et vous avez toujours eu l'intention de présenter vos excuses à Nassun, un jour, lorsqu'elle aurait l'âge de comprendre… Tant de regrets tournoient au cœur de votre être, aussi lourds que l'acier compressé.)

« Tu as raison, vous dit Albâtre peu après, quand vous lui parlez de la leçon, assise sur un des petits lits de l'infirmerie. Et tu as tort. »

Vous lui rendez visite plus tard que d'habitude, ce qui signifie qu'il s'agite dans son nid, en proie à des souffrances évidentes. L'effet des médicaments que lui donne Lerna est en train de s'estomper. Diverses envies s'affrontent en vous chaque fois que vous le voyez : d'un côté, il ne lui reste que peu de temps pour vous dispenser son enseignement ; d'un autre, vous aimeriez prolonger sa vie, et les fatigues que vous lui infligez vous pèsent autant que des glaciers. Urgence et désespoir ne font pas bon ménage. Aujourd'hui, vous êtes fermement décidée à ne pas rester longtemps, mais il a l'air disposé à beaucoup parler, adossé à la main d'Antimoine, les yeux clos. Vous ne pouvez vous empêcher d'y voir une manière d'épargner ses forces, comme si votre seule vue l'épuisait.

« Tort ? » répétez-vous.

Peut-être une note d'avertissement s'est-elle glissée dans votre voix. Vous avez toujours été très protectrice envers vos élèves, quels qu'ils soient.

« De perdre ton temps, pour commencer. Ce ne seront jamais que des pousseurs de rochers. Ils n'ont pas la précision nécessaire pour aller plus loin. »

La voix d'Albâtre suinte le mépris.

« Innon n'était qu'un pousseur de rochers », ripostez-vous.

Un muscle se contracte dans sa joue. Il reste un instant silencieux, avant de reprendre : « Alors peut-être est-ce une bonne chose que tu leur apprennes à pousser des rochers en toute sécurité, même si tu manques de douceur. » Le mépris a disparu. Vous n'obtiendrez sans doute rien qui se rapproche davantage des excuses. « Mais je maintiens ce que j'ai dit par ailleurs : tu as tort de leur servir d'enseignante, parce que leur apprentissage se met en travers du tien.

— Hein ? »

Il vous fait valuer une fois de plus un de ses moignons. Oh… oooh. Vous avez plus de mal à trouver ce qui flotte entre ses cellules. Votre perception met plus longtemps à s'ajuster et, quand elle y parvient, vous n'en êtes pas moins obligée de vous secouer régulièrement pour éviter de remarquer avant tout la chaleur et le mouvement erratique des infimes particules. Un après-midi de professorat vous a fait perdre une semaine d'entraînement, sinon plus.

« Le Fulcrum avait ses raisons de te dispenser un enseignement bien précis », finit par expliquer Albâtre, quand vous vous rejetez en arrière en vous frottant les yeux et en luttant contre la frustration. Il a ouvert les yeux, lui aussi ; ils sont voilés. « Ses méthodes induisent une sorte de conditionnement censé pousser les élèves vers la redistribution de l'énergie et les éloigner de la magie. Le tore n'est même pas nécessaire… on peut rassembler l'énergie environnante par d'autres moyens. C'est juste une manière de t'apprendre à diriger ta conscience vers le *bas*, quand tu veux pratiquer l'orogénie, et surtout pas vers le haut. Ce qui se trouve au-dessus de toi n'a aucune importance, jamais. Il ne faut t'occuper que de ton environnement immédiat. » Il secoue la tête, autant qu'il lui est possible. « C'est étonnant, quand on y pense. Tout le monde est comme ça, dans le Fixe. On ne s'occupe pas de ce que contient l'océan, on ne s'occupe pas de ce que contient le ciel, on ne regarde pas l'horizon, on ne se demande pas ce qu'il y a au-delà. On a passé des siècles à se moquer des astromestres et de leurs théories farfelues, mais en fait, ce qu'on trouvait incroyable, c'était qu'ils prennent la peine de *lever les yeux* pour les formuler. »

Vous aviez presque oublié cette facette-là de sa personnalité : le rêveur, le rebelle, toujours porté à reconsidérer l'ordre immuable des choses parce qu'elles n'auraient peut-être jamais dû s'y trouver soumises. Il n'en a pas moins raison. La vie dans le Fixe tend à décourager la remise en question, la réorientation. Après tout, la sagesse est gravée dans la pierre. Voilà pourquoi nul ne se fie à la mutabilité du métal. Si Albâtre a été autrefois le pôle magnétique de votre petite famille, ce n'est pas par hasard.

Nom d'un rouilleux, vous voilà bien nostalgique ! Ce qui vous pousse à dire : « Tu passes ton temps à *réfléchir*. Et tu es un génie… mais ton génie s'exerce dans un domaine que personne ne respecte. »

Il vous fixe un moment en silence, les yeux plissés. « Tu as bu ?

— Pas du tout. » Au temps pour vous et vos souvenirs émouvants. « Vas-y, continue ton cours rouillé. »

Changer de sujet est apparemment un soulagement pour lui plus que pour vous.

« Voilà ce que fait l'entraînement du Fulcrum. On apprend à considérer l'orogénie en termes d'efforts, alors qu'il s'agit de... d'une perspective. Et de perception. »

Le traumatisme d'Allia justifie assez que le Fulcrum n'ait eu aucune envie de voir n'importe quel sauvage à deux cailloux se servir d'un quelconque obélisque, mais il vous faut quelques secondes pour saisir la distinction explicitée par votre interlocuteur. Se servir de l'énergie n'est effectivement pas la même chose que se servir de la magie. Avec la méthode du Fulcrum, on expérimente l'orogénie telle qu'elle est : il faut fournir un effort pour déplacer quelque chose de lourd par la volonté, sans s'aider ni de ses mains ni d'un levier. La magie en revanche ne demande aucun effort – du moins pendant qu'on l'utilise. L'épuisement s'impose ensuite. Sur le moment, il suffit de *savoir qu'elle est là*. De s'entraîner à la distinguer.

« Je ne comprends pas pourquoi ils faisaient ça. »

Vous tambourinez des doigts sur le matelas, plongée dans vos pensées. Le Fulcrum a été construit par des orogènes. Certains d'entre eux ont forcément valué la magie, autrefois, mais... La compréhension vous arrache un frisson. Oui. Les plus puissants, ceux qui détectaient la magie le plus facilement et qui, de ce fait peut-être, avaient du mal à maîtriser la redistribution de l'énergie, étaient également ceux qui finissaient dans les nœuds.

Albâtre s'intéresse à un tableau dont le Fulcrum n'est qu'un élément.

« À mon avis, ils avaient conscience du danger. Ils n'avaient pas seulement peur que des gèneurs incapables de la maîtrise exigée se connectent aux obélisques et en meurent, mais aussi que certains arrivent à en faire quelque chose… pour de mauvaises raisons. »

Vous en cherchez une bonne d'activer un réseau d'antiques machines de mort. Votre expression ne lui échappe nullement.

« Ça m'étonnerait qu'il n'y ait jamais eu de gèneur avant moi pour avoir envie de précipiter le Fulcrum dans un torrent de lave.

— Bonne remarque.

— Et la guerre. N'oublie pas la guerre. Les Gardiens qui collaborent avec le Fulcrum constituent une des factions dont je t'ai parlé. Ce sont eux qui veulent préserver le statu quo : des gèneurs inoffensifs, utiles, qui font tout le travail en se croyant les maîtres chez eux, alors qu'en *réalité*, ils sont soumis auxdits Gardiens. Lesquels maîtrisent donc les gens capables de maîtriser les catastrophes naturelles. »

Voilà qui vous surprend. Non, ce qui vous surprend, c'est de ne pas y avoir pensé vous-même. Mais il est vrai que vous n'avez guère pensé aux Gardiens quand vous ne vous trouviez pas à proximité immédiate de l'un d'eux. Peut-être s'agit-il là aussi d'une aversion conditionnée : on ne lève pas les yeux et on ne pense pas à ces sourires rouillés.

Vous décidez de vous obliger à y penser, maintenant. « Mais les Gardiens meurent, en Saison… » Et merde. « Ils *disent* qu'ils meurent… » Et merde. « Ce n'est pas vrai, évidemment. »

Albâtre laisse échapper un son grinçant, peut-être un bref éclat de rire. « J'ai une mauvaise influence. »

Il l'a toujours eue. Vous ne pouvez retenir un sourire, mais votre amusement ne dure pas, détruit par la conversation.

« Ils ne se font pourtant adopter dans aucune comm. Ils doivent bien avoir un endroit où aller, le temps que ça se tasse.

— Peut-être. Peut-être s'agit-il du fameux *Mandat*. En principe, personne ne sait où ça se trouve. » Il s'interrompt, pensif. « J'aurais sans doute dû poser la question à ma Gardienne, avant de la quitter. »

On ne quitte pas son Gardien comme ça. « Tu disais que tu ne l'avais pas tuée. »

Il cligne des yeux. Vous l'avez tiré de son souvenir.

« Non. Je l'ai *guérie*. Plus ou moins. Tu sais qu'ils ont quelque chose dans la tête. » Oui. Le sang, la piqûre dans votre paume, Schaffa tendant précautionneusement à un de ses collègues un minuscule objet sanglant. Vous acquiescez. « C'est ce qui leur donne leurs pouvoirs, mais ça les pollue aussi, ça les distord. Les seniors du Fulcrum en parlaient à mots couverts. Il y a des degrés dans la contamination… » Albâtre serre les dents en se contraignant visiblement à s'éloigner du sujet. Vous devinez pourquoi. À un moment, on en arriverait aux Gardiens torse nu qui tuent par simple contact. « Quoi qu'il en soit, j'ai retiré cette chose à ma Gardienne. »

Vous déglutissez. « Un jour, j'en ai vu un tuer une de ses collègues en la lui retirant.

— Oui. Quand la contamination prend trop d'importance, ils deviennent dangereux, y compris pour les leurs. Il faut les en purger. J'ai entendu dire qu'ils ne s'y prenaient pas par la douceur. Ce sont des brutes, même entre eux. »

Il est en colère, a dit Timay, juste avant que Schaffa ne la tue. *Il se prépare au retour.* Vous inspirez brusquement. Le souvenir est resté très clair dans votre esprit, parce que c'est ce jour-là que Tonkee – Binof – et vous avez découvert l'alvéole. Le jour où vous avez passé l'examen de votre premier anneau, plus tôt que prévu, car votre vie était en jeu. Vous n'oublierez jamais rien de ce jour-là. Et voilà que…

« C'est le Père Terre.

— Quoi donc ?

— La chose qui… Le… contaminant. » *Il les a exploités avant qu'ils ne puissent l'exploiter. Il les a enchaînés, destin à destin.* « La Gardienne s'était mise à parler au nom du Père Terre ! »

Vous venez visiblement de surprendre Albâtre. Pour une fois.

« Alors… » Il réfléchit un moment. « Je vois. À ce moment-là, ils changent de camp. Au lieu d'œuvrer pour le statu quo et leurs intérêts de caste, ils se mettent au service de la Terre. Pas étonnant que leurs collègues les tuent.

— Mais que veut la Terre ? »

Voilà ce que vous avez besoin de comprendre.

Le regard d'Albâtre est tellement, tellement lourd.

« Que veut n'importe quel être vivant, confronté à un ennemi si cruel qu'il lui a enlevé un de ses enfants ? »

Vos dents se serrent. *Se venger.*

Vous vous laissez glisser sur le sol, adossée au cadre du lit.

« Parle-moi de la Porte de cristal.

— Oui, je me doutais que ça t'intéresserait. » Sa voix s'est radoucie, mais son expression reste révélatrice. *Il devait ressembler à ça, le jour où il a ouvert le rift* – telle est la pensée qui vous vient. « Tu te rappelles le principe de base ? L'échelonnage parallèle. Mettre deux bœufs sous le joug au lieu d'un. Deux gèneurs qui travaillent de conserve peuvent en faire davantage que s'ils opèrent chacun de leur côté. Ça marche aussi pour les obélisques, mais… de manière exponentielle. On a affaire à une matrice, pas à un joug. Une dynamique. »

Bon, jusque-là, vous suivez. « Alors il faut que je trouve comment les relier tous. »

Albâtre acquiesce d'un signe de tête minimaliste. « Et tu as besoin d'un bouclier, du moins au début. Quand j'ai ouvert la Porte, à Lumen… opéré la conjonction, je me suis servi des opérateurs des nœuds ; plusieurs dizaines. »

Plusieurs dizaines de gèneurs rabougris, tors, transformés en armes sans âme… retournées d'une manière ou d'une autre contre leurs propriétaires. Ça ressemble tellement à Albâtre, et c'est d'une telle perfection.

« Un bouclier ?

— Pour amortir le choc. Pour… lisser le flux de la connexion. » Il hésite, soupire. « Je ne sais pas comment expliquer ça. Tu comprendras quand tu essaieras. »

Quand. Il tient tant de choses pour acquises.

« L'aide qu'ils t'ont apportée les a tués ?

— Pas précisément. Je me suis servi d'eux pour ouvrir la Porte et créer le rift. Là, ils ont cherché à faire ce qu'ils étaient censés faire : arrêter la secousse, stabiliser la terre… » Une grimace vous plisse le nez quand les implications de ce qu'il dit vous apparaissent. Même vous, dans l'état où vous étiez à ce moment-là, vous avez eu le bon sens de ne pas essayer d'*arrêter* la secousse quand elle a atteint Tirimo. La seule solution qui ne présentait aucun danger pour vous, c'était d'en dévier la force. Mais les orogènes des nœuds n'ont ni l'intelligence ni la maîtrise nécessaires pour éviter de prendre de risques.

« Je ne les ai pas tous utilisés, continue Albâtre, pensif. Ceux qui se trouvaient le plus à l'ouest, en Arctique et en Antarctique, étaient hors de portée. La plupart sont morts, depuis. Il ne restait personne pour les garder en vie. Mais je value toujours quelques nœuds en activité, par endroits. Des restes du réseau. Au sud, près du Fulcrum antarctique, et au nord, près de Rennanis. »

Il lui est évidemment possible de percevoir les nœuds en activité jusqu'en Antarctique, alors que vous êtes tout juste capable de valuer à cent cinquante kilomètres à la ronde – et encore, ça vous demande un effort. Peut-être les gèneurs du Fulcrum antarctique ont-ils survécu, d'une manière ou d'une autre, et décidé de s'occuper de leurs malheureux frères des nœuds, mais…

« Rennanis ? »

Impossible. Il s'agit d'une cité équatoriale. Plus au sud-ouest que beaucoup d'autres, à peine un échelon au-dessus des trous perdus des Moyessud, aux yeux des Lumeniens, mais assez équatoriale en bonne logique pour avoir été rayée de la carte.

« Le rift s'est étendu vers le nord-ouest, le long de la ligne de faille plurimillénaire que j'avais repérée. Il est passé à des centaines de kilomètres de Rennanis… Je suppose que c'est ce qui a permis aux opérateurs des nœuds d'y faire réellement quelque chose. Ça aurait dû en tuer la plupart, et les autres devraient être morts depuis, abandonnés par le personnel chargé de s'occuper d'eux, mais je n'en sais rien. »

Il s'interrompt, peut-être à cause de la fatigue. Sa voix est rauque, aujourd'hui, ses yeux injectés de sang. Encore une infection. Il en attrape sans arrêt, parce que certaines de ses brûlures ne guérissent pas, à en croire Lerna. Le manque d'analgésiques n'arrange pas les choses.

Vous essayez de digérer ce qu'il vous a dit, ce que vous a dit Antimoine, ce que vous avez appris par vos tâtonnements et vos souffrances. Peut-être le nombre a-t-il son importance. Deux cent seize obélisques, la Terre sait combien d'orogènes en bouclier et vous. La magie pour lier les trois… allez savoir comment. Le tout forgeant un filet destiné à attraper la Lune des feux souterrains.

Albâtre reste silencieux pendant vos réflexions. Quand vous finissez par lui jeter un coup d'œil pour vérifier qu'il ne s'est pas endormi, vous le découvrez bien réveillé, les yeux plissés, fixés sur vous.

« Quoi ? »

Vous froncez les sourcils, sur la défensive, comme toujours. Une fraction de sourire joue sur la moitié de sa bouche épargnée par les brûlures.

« Tu n'as pas changé. Quand je te demande de l'aide, tu m'envoies m'écailler et m'écrouler, mais si je ne dis pas un mot rouillé, tu accomplis des miracles pour moi. » Il soupire. « Terre cruelle ! Tu m'as tellement manqué. »

Contre toute attente, la remarque vous fait mal. Vous comprenez aussitôt pourquoi : il y a si longtemps que personne ne vous a rien dit de pareil. Jija était capable de tendresse, mais pas franchement sentimental. Innon exprimait son affection par la plaisanterie et le sexe. Albâtre… lui s'y est toujours pris de cette manière. Le geste inattendu, le compliment ambigu que vous pouviez voir si vous en aviez envie comme une taquinerie ou une insulte. Vous vous êtes terriblement endurcie, sans ça. Sans lui. Vous avez l'air saine et robuste, mais vous vous sentez à l'intérieur tel qu'il est à l'extérieur : composée tout entière de pierre cassante et de cicatrices, sujette aux fissures dès que vous bougez trop.

Vous essayez de sourire, en vain. Lui n'essaie même pas. Vous restez là, les yeux dans les yeux. C'est à la fois tout et rien.

Ça ne dure évidemment pas. Quelqu'un arrive à l'infirmerie, s'approche et se révèle à votre grande surprise être Ykka. Hjarka la suit de près avec indolence, très sanzienne dans son ennui apparent : elle cure ses dents taillées en pointe à l'aide d'un fragment de bois poli, une main sur une hanche à la courbe généreuse, ses cheveux acendres encore plus mal coiffés que d'habitude, nettement aplatis d'un côté – elle vient juste de se réveiller.

« Je suis désolée de vous interrompre, lance Ykka, qui n'a pas l'air particulièrement désolée, mais il y a un problème. »

Si détestable que vous trouviez à présent ce genre de déclaration, il est temps de mettre un terme à votre visite. Vous vous levez en saluant Albâtre d'un signe de tête.

« Qu'est-ce qui se passe ?

— Ta copine. La parasite. »

Tonkee ne s'est pas jointe aux équipes d'Innovateurs, ne se donne pas la peine d'aller chercher à son tour les provisions de votre maisonnée et disparaît toujours à point nommé au moment des réunions de caste. Une conduite pareille lui aurait déjà valu l'expulsion de n'importe quelle autre comm, mais faire partie des compagnons de l'orogène la plus puissante de Castrima après Ykka lui donne une certaine marge de manœuvre. Ça ne lui donne cependant pas tous les droits, et Ykka a l'air réellement contrariée.

« Elle a trouvé le centre de contrôle, explique-t-elle. Et elle s'y est enfermée.

— Le… » Hein ? « Le centre de contrôle de quoi ?

— De *Castrima.* » Avoir à s'expliquer agace manifestement la chef. « Je t'en ai parlé à ton arrivée : la géode fonctionne grâce aux mécanismes qui gèrent la lumière, l'air et tout ce qui s'ensuit. La population ne sait pas où se trouvent les commandes, parce que si jamais quelqu'un perdait la tête et décidait de tout casser, il pourrait faire une hécatombe à partir de là. Mais ta mestre y est, à trafiquer la Terre sait quoi, alors en résumé, je te demande si ça ne te dérange pas trop qu'on la tue, vu que j'en suis là, maintenant.

— Elle n'arrivera à rien d'important. » L'intervention d'Albâtre vous fait sursauter toutes les deux, vous parce que vous n'avez pas l'habitude de le voir communiquer avec quelqu'un d'autre, Ykka parce qu'elle pense probablement à lui comme à un destructeur de médicaments plus qu'à une personne. Il faut dire qu'il n'a pas bonne opinion d'elle non plus. Ses yeux se sont refermés. « C'est encore à elle-même qu'elle risque le plus de nuire.

— Je suis ravie de l'apprendre. » La chef a pourtant l'air sceptique. « Mais je me sentirais plus tranquille si vous aviez la moindre idée de ce dont vous parlez, vu que vous n'avez aucun moyen de savoir ce qui se passe ailleurs qu'à l'infirmerie. Enfin… ce n'en est pas moins réconfortant. »

Il laisse échapper un petit grognement amusé. « J'ai su tout ce que j'avais besoin de savoir de cette relique à l'instant où j'y suis arrivé. Et si n'importe qui d'autre qu'Essun avait la moindre chance de lui faire faire ce qu'elle est capable de faire, je n'y resterais pas une seconde de plus. »

Vous le regardez avec des yeux ronds, Ykka et vous. Il pousse un grand soupir, où résonne un léger grelottement qui éveille votre inquiétude. Il va falloir interroger Lerna à ce sujet. Albâtre n'ajoutant pas un traître mot, Ykka finit par vous jeter un coup d'œil significatif – *J'en ai franchement marre de tes copains* –, avant de vous inviter d'un geste à la suivre.

Gagner le fameux centre de contrôle implique une longue ascension. Hjarka s'essouffle après la première échelle, mais trouve ensuite le rythme et les mouvements qui lui conviennent. Ykka se débrouille mieux, ce qui ne l'empêche pas de se mettre à suer au bout de dix minutes. Quant à vous, le conditionnement persistant du voyage vous permet de gérer correctement la montée. Toutefois, passé les trois premières volées de marches, une échelle et un balcon enroulé en spirale autour d'un des plus gros cristaux, vous vous sentez disposée à parler de n'importe quoi pour oublier que vous vous éloignez de plus en plus du sol.

« C'est quoi, en principe, la procédure disciplinaire quand quelqu'un ne remplit pas les devoirs de sa caste ?

— On le vire, qu'est-ce que tu veux qu'on fasse d'autre ? » Ykka hausse les épaules. « Mais on ne peut pas se contenter de le jeter sous la cendre ; on est obligés de le tuer pour garder le secret de la comm. Il y a des règles, quand même : premièrement, un avertissement ; deuxièmement, une audition. Mais Morat… la porte-parole des Innovateurs… n'a pas déposé de plainte officielle. Quand je lui ai demandé de le faire, elle m'a raconté que ta copine lui avait donné un dispositif portable d'analyse de l'eau qui va peut-être sauver la vie à certains de nos Chasseurs en extérieur. »

Hjarka lâche un rire rouillé. Vous secouez la tête, amusée.

« Pas mal, comme pot-de-vin. C'est une survivante, au moins. »

Ykka lève les yeux au ciel.

« Peut-être, mais ça montre le mauvais exemple. Quelqu'un qui n'intègre aucune équipe de travail devrait en supporter les conséquences, qu'il invente ou pas des choses utiles pendant ses loisirs. S'il y en a d'autres qui se défilent, qu'est-ce que je fais, hein ?

— Jette sous la cendre ceux qui n'ont rien inventé d'utile. »

Vous vous interrompez, parce que Ykka vient de s'arrêter. Peut-être votre réponse l'a-t-elle agacée… Mais non, elle regarde juste autour d'elle pour englober toute l'étendue de la comm. Vous vous arrêtez aussi. Le principal niveau d'habitation se trouve à présent loin en contrebas. La géode résonne d'appels et de cris, de coups de marteau, du chant rythmé d'une des équipes de travail. Vous vous aventurez à jeter un coup d'œil par-dessus la balustrade la plus proche. Quelqu'un a confectionné avec des cordes et une palette un ascenseur tout simple grâce auquel hisser des chargements jusqu'à une hauteur intermédiaire, mais sans contrepoids, il n'y a qu'une manière de le faire fonctionner : jouer au tir à la corde. Une vingtaine de personnes sont d'ailleurs en train de s'y essayer. Ça a l'air étonnamment ludique.

« Tu avais raison au sujet des assimilations, dit Hjarka d'une voix douce en contemplant elle aussi l'animation de Castrima. Ça n'aurait pas marché si on n'avait pas admis d'autres gens. Je croyais que tu racontais des conneries, mais non.

— Ça marche *pour l'instant* », soupire Ykka. Elle examine Hjarka. « Tu n'avais pas dit que ça ne te plaisait pas. »

Hjarka hausse les épaules. « J'ai quitté ma comm d'origine parce que je ne voulais pas porter le fardeau des Dirigeants. Je n'en veux pas ici non plus.

— Rouille de terre ! Tu as le droit de donner ton *opinion*, ça ne t'oblige pas à me provoquer en duel pour prendre la direction de Castrima !

— En Saison, si je suis la seule Dirigeante de la comm, j'ai intérêt à me méfier, même quand j'exprime une opinion. » Hjarka hausse les épaules, une fois de plus, puis adresse à Ykka un sourire où se devine quelque chose comme de l'affection. « Je persiste à avoir l'impression que tu vas me faire tuer n'importe quand, maintenant. »

Ykka lâche un rire bref. « C'est ce que tu ferais, à ma place ? »

Le tranchant de la question ne vous échappe pas.

« C'est la stratégie qu'on m'a appris à appliquer, oui… Mais ici, ce serait idiot. Il n'y a jamais rien eu qui ressemble à cette Saison… ni à cette comm. » Hjarka vous considère de manière significative – après tout, vous êtes le dernier exemple en date de l'unicité castrimienne. « Dans une situation pareille, la tradition ne ferait que rouiller les choses. Il vaut mieux avoir une chef ignorante de ce qu'on est *censé* faire, mais qui sait ce qu'elle *veut* faire. Une chef capable de botter les fesses nécessaires pour mettre sa vision en œuvre. »

Ykka reste un moment silencieuse à digérer cette réponse. De toute évidence, le problème que pose Tonkee n'est ni très urgent ni vraiment terrible. Lorsque enfin la jeune femme reprend l'ascension – la pause est manifestement terminée –, vous soupirez puis lui emboîtez le pas, Hjarka et vous.

« À mon avis, les bâtisseurs de la ville n'avaient pas bien réfléchi, déclare Ykka. Elle n'est pas assez efficace. Elle dépend trop de la machinerie, qui risque toujours de tomber en panne ou de rouiller. Quant à l'*orogénie* comme source d'énergie… C'est en résumé ce qu'on peut rêver de moins fiable. Mais, par moments, je me dis qu'ils ne l'ont peut-être pas fait exprès. Que quelque chose les a peut-être obligés à s'installer sous terre au débotté. Ils ont découvert une géode géante, et ils se sont débrouillés avec ce qu'ils avaient. » Elle passe sans ralentir la main sur un garde-corps – une des structures métalliques originelles, car il n'y a que ça, au-dessus des niveaux habités. « Après, je me dis toujours que ce sont sans doute bel et bien les ancêtres des Castrimiens. Ils avaient le respect du travail difficile et de l'adaptation sous la contrainte, comme nous.

— Comme tout le monde, non ? »

À part Tonkee.

« Comme certains. » Ykka n'a pas mordu à l'hameçon. « J'ai dévoilé ma nature à quinze ans. Il y a eu un incendie de forêt, au sud. La fumée tuait les vieillards et les bébés ici, en surface. On se demandait si on n'allait pas être obligés de quitter la région. En fin de compte, je suis allée tout près de la zone qui brûlait, à l'endroit où les Castrimiens essayaient de ménager un coupe-feu. Il y a eu six morts dans la tentative. » Elle secoue la tête. « Ça ne pouvait pas marcher. Le brasier était gigantesque. Seulement voilà, les gens d'ici sont comme ça. »

Vous acquiescez. Ça ressemble bien aux Castrimiens que vous en êtes venue à connaître. Ça ressemble aussi aux Tirimais que vous avez connus, aux Meovites, aux Alliens, aux Lumeniens. Personne n'aurait survécu dans le Fixe sans une ténacité redoutable, mais Ykka a besoin de croire sa ville spéciale – ce qu'elle *est*, à sa manière étrange. Vous vous abstenez donc sagement de tout commentaire.

« J'ai éteint l'incendie, continue-t-elle. J'ai gelé la partie de la forêt qui brûlait, et je me suis servie de ça pour créer un talus, plus au sud, au cas où quelque chose provoquerait un autre départ de feu. Tout le monde m'a vue faire. Tout le monde a compris ce que j'étais. » Vous vous arrêtez, les yeux fixés sur elle. Elle se retourne, un demi-sourire aux lèvres.

« Je leur ai dit que s'ils voulaient appeler les Gardiens et m'envoyer au Fulcrum, je m'en irais. Je leur ai promis que s'ils décidaient de me pendre, purement et simplement, je ne gèlerais personne. Mais ils ont passé trois jours à discuter du problème. Moi, je croyais qu'ils se demandaient de quelle manière me tuer. » Haussement d'épaules. « Je suis rentrée à la maison, j'ai mangé avec mes parents… Ils savaient, tous les deux, ils mouraient de peur pour moi, mais je les ai convaincus de ne pas me faire quitter la ville cachée dans une carriole. Le lendemain, je suis allée à la crèche, comme d'habitude. Et finalement, j'ai découvert que les Castrimiens se demandaient en fait de quelle manière m'*entraîner*. Sans que le Fulcrum s'en mêle, tu comprends. »

Vous restez bouche bée. Vous avez déjà vu ses parents, des gens sains et robustes, avec un petit quelque chose de l'obstination sanzienne. Vous êtes disposée à les croire capables d'une chose pareille. Mais les autres ? Tous les autres ? Bon, d'accord. Castrima est peut-être *réellement* spéciale.

« Heu… et de quelle manière on t'a entraînée, alors ? demande Hjarka.

— Ah, tu connais les petites comms des Moyennes. La discussion était encore ouverte au moment du rift. Je me suis entraînée toute seule. » Ykka se met à rire. Hjarka soupire. « Les gens d'ici sont comme ça aussi. De vraies têtes rouillées, mais un grand cœur. »

Si seulement j'avais amené Uche et Nassun ici dès leur naissance, vous dites-vous malgré vous.

« Tous les gens d'ici ne sont pas enchantés de notre présence, lâchez-vous, presque en riposte à votre propre pensée.

— Non, c'est vrai, je sais ce qui se raconte. Heureusement que tu entraînes les enfants et que tout le monde t'a vue retirer les bouilleurs de Terteis. » Ykka se rembrunit. « Pauvre Terteis. Mais tu as prouvé une fois de plus qu'il vaut mieux avoir des gens comme nous dans le coin que de nous tuer ou nous chasser. Les Castrimiens ont l'esprit pratique, Essie. » Ce surnom vous inspire une détestation immédiate. « Ils n'iraient pas faire quelque chose juste parce que le monde entier dit que c'est la chose à faire. »

Sur ce, elle reprend l'ascension. Hjarka et vous aussi.

Vous vous êtes habituée à la blancheur impitoyable de Castrima ; seuls quelques rares cristaux-bâtiments comportent des touches d'améthyste ou de quartz fumé. Ici, pourtant, le plafond de la géode a été imperméabilisé avec une substance lisse et vitreuse, d'un vert sombre saisissant par sa profondeur. Le dernier escalier, qui mène jusqu'à l'étendue émeraude, est assez spacieux pour être emprunté par cinq personnes de front. Vous n'êtes donc pas surprise de voir à son sommet deux Costauds, plantés de part et d'autre de ce qui ressemble à une porte de grenier coulissante, également émeraude et vitreuse. La femme tient à la main un banal petit vitrocouteau en verre broché ; l'homme se contente de ses gros bras croisés.

« Toujours rien, lance-t-il en vous voyant approcher, les deux autres et vous. Il y a du bruit à l'intérieur, par moments. Des cliquetis, des bourdonnements… On a aussi entendu un ou deux hurlements, à l'occasion. Mais on n'arrive pas à ouvrir.

— Des hurlements ? » répète Ykka.

Il hausse les épaules.

« Oui, des choses du genre : *Je le savais*, ou : *Ah, d'accord, je comprends*. »

Ça ressemble bien à Tonkee.

« Comment a-t-elle fait pour s'enfermer ? » demandez-vous.

La Costaude hausse les épaules, elle aussi. Le stéréotype d'après lequel les membres de sa caste sont tout en muscles et complètement dépourvus de cervelle est parfois un peu trop fondé.

Ykka vous jette une fois de plus un coup d'œil significatif – *C'est ta faute*. Vous secouez la tête puis montez jusqu'à la dernière marche frapper à la porte.

« Tonkee ? Allez, quoi, ouvre-nous. »

Un silence, puis un léger tintement.

« Ah, merde, c'est toi, marmonne la contrevenante – en retrait derrière le panneau coulissant, à en juger par le son. Attends. Ne gèle rien. »

Quelques secondes plus tard, un cliquetis s'élève de l'autre côté de la porte, qui coulisse enfin. Les Costauds, vos compagnes et vous finissez de monter l'escalier, mais tout ce beau monde s'arrête sur le palier, les yeux ronds, à part Ykka. C'est donc elle qui croise les bras en jetant à Tonkee le regard exaspéré qu'elle mérite.

Derrière le panneau coulissant s'étend une salle, au-dessus de laquelle s'incurve le plafond naturel gris-vert de la géode et au sol constitué par la substance émeraude. Au plafond – à cinq mètres environ de votre tête –, poussent les cristaux blancs habituels. Si vous restez paralysée, bouche bée, l'esprit réduit au silence après l'agacement, c'est que, de ce côté-ci de la barrière verte, ces cristaux scintillent, clignotent, passent au petit bonheur de l'état d'images chatoyantes à la fixité et vice versa. Ceux qui traversent la couche émeraude et dont on voit la pointe en dessous ne fluctuent pas à ce niveau-là ; à vrai dire, aucun autre cristal de la géode ne fluctue. Ils brillent tous – ce ne sont pas de banales formations minérales –, mais il s'agit par ailleurs d'aiguilles de quartz normales. Tandis qu'ici… vous comprenez soudain pourquoi Albâtre a évoqué ce dont est capable Castrima. La vérité vous apparaît, terrifiante : la ville est pleine non de simples cristaux, mais d'*obélisques potentiels*.

« Rouille pelante », souffle le Costaud.

Vous êtes entièrement d'accord.

Tonkee a dispersé son bordel à travers toute la pièce : outils bizarres, ardoises et morceaux de cuir couverts de diagrammes, paillasse dans un coin – ça explique qu'elle passe rarement la nuit à l'appartement, ces temps-ci. (Vous vous sentez très seule, sans elle et Hoa, mais vous répugnez à l'admettre, y compris en votre for intérieur.) Déjà, elle s'éloigne de vous en vous jetant par-dessus son épaule un regard noir. Votre arrivée l'a manifestement irritée.

« Ne touche à rien. On ne peut pas savoir quel effet une orogène de ton calibre aurait sur tout ça, prévient-elle.

— C'est toi qui ne devrais toucher à rien, intervient Ykka en levant les yeux au ciel. Tu n'as aucun droit d'être ici, tu le sais très bien. Allez, viens.

— Non. »

Tonkee s'accroupit près du curieux petit socle qui occupe le centre de la pièce. Sans doute s'agit-il d'une section de stalactite, car il se trouve dans l'alignement exact d'un cristal tronqué (fluctuant, irréel) qui sort du plafond, mais dont le séparent près de deux mètres. Le socle (qui fluctue simultanément) présente une surface aussi lisse et brillante qu'un miroir – parfaitement solide, malgré les fluctuations de son support.

Il vous semble d'abord qu'il n'y a rien dessus, mais Tonkee le contemple avec une telle attention que vous la rejoignez. Quand vous vous accroupissez près d'elle pour mieux voir, vous aussi, elle vous jette un coup d'œil ; la jubilation à peine dissimulée qu'exprime son regard vous secoue. Pas en elle-même – vous commencez à connaître Tonkee –, mais parce que cette joie extrême, ajoutée à sa nouvelle coiffure, courte, propre et révélatrice, et à ses vêtements également propres, la transforme si évidemment en une version vieillie de Binof que vous vous étonnez une fois de plus de ne pas l'avoir reconnue dès votre rencontre.

Peu importe. Vous vous concentrez sur le socle, malgré les autres merveilles qui sollicitent votre attention : au fond de la pièce se trouve un piédestal plus impressionnant, au-dessus duquel lévite un obélisque miniature de trente centimètres de haut, du même vert émeraude que le sol ; un troisième cristal tronqué sert de support à un fragment de pierre oblong, également en lévitation ; un des murs est incrusté de carrés blancs sur lesquels sont dessinés de curieux schémas d'appareils ; ils dominent des panneaux gradués dans une unité de mesure indéchiffrable, qui s'applique à quelque chose de mystérieux.

Le socle central est occupé par ce qu'il y a de moins voyant autour de vous : six minuscules échardes de métal, aussi fines que des aiguilles, pas plus longues que l'ongle de votre pouce. Rien à voir avec le matériau argenté qui a servi à construire les antiques structures castrimiennes ; ces épingles foncées, comme poudrées de rouge, sont en fer. À votre grande surprise, l'oxydation ne les a pas réduites en poussière au fil des longues années d'existence de Castrima. À moins que…

« C'est toi qui les as posées là ? » demandez-vous à Tonkee.

Sa fureur s'abat aussitôt sur vous. « Mais oui, bien sûr, je me suis introduite dans le centre de contrôle d'un artefact d'une civilisation disparue, j'ai repéré le truc le plus dangereux à s'y trouver et je me suis empressée de jeter de vieux machins rouillés dessus ! Ne sois pas idiote, s'il te plaît. »

Vous méritiez plus ou moins cette réponse, et vous êtes trop intriguée pour vous énerver. « Qu'est-ce qui te fait penser que c'est le truc le plus dangereux de la salle ? »

Tonkee vous montre le bord biseauté du socle. Vous y regardez de plus près et clignez des yeux. Le matériau n'est pas aussi lisse à cet endroit-là que sur le reste du piédestal, car des symboles et des lettres y sont gravés profond. Il s'agit de la même écriture que celle qui court le long des panneaux muraux – ah. Les mots d'un rouge luisant ont l'air de léviter, vacillants, juste au-dessus de la surface minérale.

« Il y a ça aussi. »

Tonkee lève la main pour l'approcher du sommet du socle et des petites aiguilles. Les lettres rouges bondissent aussitôt en l'air – vous ne sauriez mieux décrire ce qui arrive. Une seconde plus tard, elles ont grandi et se sont tournées vers vous, flamboyantes, à hauteur d'yeux. Il s'agit indéniablement d'un avertissement. Les coulées de lave sont rouges ; les lacs morts, où ne subsistent que des algues toxiques – signe qu'un choc va frapper. Certaines choses sont de toutes les époques et de toutes les cultures, c'est pour vous une évidence.

(Vous vous trompez d'une manière générale, mais pas dans le cas d'espèce.)

Tout le monde regarde aussi. Hjarka s'approche et cherche à toucher le texte en lévitation, mais ses doigts passent au travers. Ykka tourne autour du socle, fascinée malgré elle.

« J'avais bien remarqué ce truc avant, mais je n'y avais pas fait plus attention que ça. Les lettres tournent pour m'accompagner. »

Elles n'ont pas bougé à vos yeux, mais quand vous vous penchez de côté… elles pivotent en effet légèrement de manière à rester en face de vous.

Tonkee retire la main et écarte avec impatience celle de Hjarka. Les lettres rapetissent et retournent se coller discrètement sur le bord du piédestal.

« N'empêche qu'il n'y a pas de barrière. D'habitude, dans un artefact de civilisation disparue – dans un artefact de cette civilisation-là –, tout ce qui présente un réel danger est inaccessible. Il y a soit un obstacle physique, soit la preuve qu'il en a existé un, mais qu'il a disparu au fil du temps. Si ces gens ne voulaient vraiment pas qu'on touche à quelque chose, on n'y touchait pas, du moins pas sans se donner beaucoup de mal. Alors que là… Un simple avertissement. Je ne sais pas ce que ça veut dire.

— On peut réellement y toucher ? »

Vous tendez à nouveau la main vers une des aiguilles, sans prêter attention cette fois au texte qui bondit devant vous. Tonkee vous adresse un sifflement si âpre que vous vous rejetez en arrière, telle une enfant prise en faute.

« Je t'ai *dit* de ne toucher à rien ! Qu'est-ce que tu n'as pas compris, bordel de rouille ? »

Vous serrez les dents, mais vous n'avez pas volé ces reproches-là non plus, vous êtes trop maternelle pour le nier.

« Ça fait longtemps que tu viens ici ? » intervient Ykka, accroupie près de la paillasse de Tonkee, qui considère toujours les petites épingles d'acier.

Son silence prolongé vous laisse d'abord penser qu'elle n'a pas entendu la question, mais vous commencez à trouver son expression alarmante. Sans aller jusqu'à affirmer la connaître mieux qu'à votre époque de poussière, vous la côtoyez depuis assez longtemps pour savoir qu'elle n'est pas du genre lugubre. Or elle affiche à présent une mine lugubre – le muscle crispé le long de sa mâchoire inférieure en accentue d'ailleurs le contour d'une manière qui lui déplairait. C'est très mauvais signe : elle mijote quelque chose.

« Une semaine, dit-elle enfin à Ykka, mais je ne me suis vraiment installée que depuis trois jours. Je crois. J'ai perdu la notion du temps. » Elle se frotte les yeux. « Je ne dors pas beaucoup. »

Ykka secoue la tête en se levant.

« Bon. Au moins, tu n'as pas détruit toute la comm rouillée. Dis-moi ce que tu as découvert. »

Tonkee pivote pour la suivre d'un œil las.

« Les panneaux, là, le long du mur, permettent d'activer et de réguler les pompes à eau, le système d'aération et le processus de refroidissement. Mais ça, tu le savais déjà.

— Oui. Ou on serait morts. »

Ykka s'époussette les mains, qu'elle avait posées sur le sol, en se rapprochant de Tonkee d'une manière à la fois pensive et subtilement menaçante. Elle n'est pas aussi grande que la plupart des Sanziennes – Hjarka fait trente à quarante centimètres de plus –, sa dangerosité n'est pas aussi évidente, mais vous sentez qu'elle échauffe lentement son orogénie. Elle était d'ailleurs prête à geler ou à casser ce qu'il fallait pour pénétrer dans la pièce. Les Costauds changent de posture et se rapprochent un peu, eux aussi, accentuant la menace informulée qu'elle représente.

« Ce que je veux savoir, c'est comment tu le sais, *toi.* » Elle s'arrête devant Tonkee. « Nous, on l'a découvert au tout début par tâtonnements. On touche quelque chose, il fait plus frais ; on touche autre chose, l'eau des bains se réchauffe. Mais il n'y a pas eu de changement cette dernière semaine. »

L'intruse pousse un petit soupir. « J'ai appris à reconnaître certains symboles au fil des années. Quand on passe assez de temps dans ce genre de ruines, on voit toujours les mêmes. »

Ykka réfléchit puis désigne d'un coup de menton le socle aux lettres rouges.

« Qu'est-ce que ça veut dire ?

— Aucune idée. J'ai parlé de *reconnaître*, pas de lire. Et les symboles, pas les mots. » Tonkee s'approche d'un des panneaux muraux puis en montre du doigt le coin supérieur droit, occupé par un signe proéminent. Une sorte de flèche verte, mais ondulée, pointée vers le bas. Impossible de deviner à quoi elle correspond. « Celui-là, je l'ai vu partout où il y avait des jardins hydroponiques. Je pense qu'il concerne la qualité et l'intensité de la lumière dont ils bénéficient. » Coup d'œil à Ykka. « En fait, je sais qu'il concerne ces choses-là. »

Ykka relève légèrement le menton, juste assez pour vous permettre de comprendre que Tonkee a vu juste.

« Alors d'après toi, la géode n'est pas si différente que ça des autres ruines que tu as visitées ? Il y avait des cristaux, comme ici ?

— Non, je n'avais encore jamais rien vu qui ressemble à Castrima, à part… » Tonkee vous jette un coup d'œil puis détourne les yeux. « Bref. Rien qui ressemble *vraiment* à Castrima.

— Cette chose au Fulcrum n'y ressemblait pas », protestez-vous.

Il s'est écoulé une trentaine d'années, mais vous vous rappelez l'endroit dans le moindre détail. Il s'agissait d'une fosse, alors que Castrima est une poche d'air dans la roche. En admettant que les deux artefacts aient été conçus par les mêmes personnes pour servir des buts similaires, vous n'en voyez nulle part aucun signe.

« Mais si. » Tonkee revient se poster près du socle, dont elle active l'avertissement. Cette fois, elle vous montre un symbole inclus au texte rouge : un cercle noir épais, entouré d'un octogone blanc. Comment avez-vous bien pu le manquer ? Il se repère facilement parmi les lettres écarlates.

« Ce signe-là figurait aussi sur certains des panneaux lumineux du Fulcrum. Toi, tu étais trop occupée à regarder dans la fosse ; je ne crois pas que tu l'aies vu. Mais moi, je suis allée sur peut-être une demi-douzaine de sites de construction d'obélisques. Ce symbole-là revient toujours quand on se trouve près de quelque chose de dangereux. » Elle vous regarde avec une attention aiguë. « Il m'arrive de découvrir des cadavres à côté. »

Vous repensez soudain à la Gardienne – Timay. Personne n'a *découvert* son cadavre, mais elle n'en est pas moins devenue cadavre, et vous avez failli connaître un sort identique, ce jour-là. Et puis le souvenir d'un instant précis dans la vaste salle sans porte vous revient. Vous vous teniez près du trou béant. Vous contempliez les minuscules épingles qui dépassaient de ses parois… des épingles qui ressemblaient fort aux petits fragments d'acier ici présents.

« L'alvéole », murmurez-vous. Le terme employé par la Gardienne. « Le contaminant. »

Un chatouillis vous danse au creux de la nuque. Tonkee vous jette un coup d'œil attentif.

« *Quelque chose de dangereux*… Ça peut recouvrir à peu près n'importe quoi, fait remarquer Hjarka, agacée, pendant que vous considérez toujours les aiguilles.

— Non. Dans le cas qui nous occupe, ça ne peut signifier qu'une rouille bien précise. » Tonkee toise la Sanzienne, ce qui est en soi impressionnant. « C'était le signe de leur ennemi. »

Et merde. Merde, merde, merde.

« Hein ? Mais de quoi tu parles, rouille de terre ? demande Ykka.

— De leur *ennemi*. » Tonkee s'appuie au bord du socle, avec une ostentation qui n'exclut pas la prudence, vous en prenez bonne note. « Ils étaient en guerre, vous comprenez ? À la fin, juste avant que leur civilisation ne tombe en poussière. Toutes leurs ruines… tout ce qui reste de cette époque-là se limite à des structures défensives, axées sur la survie. Leurs villes n'étaient pas si différentes des comms d'aujourd'hui, sauf qu'ils ne se contentaient pas de murailles de pierre pour se protéger. Ils avaient des *géodes souterraines géantes rouillées*, par exemple.

Ils s'y *cachaient*, ils y étudiaient leur ennemi, ils y fabriquaient peut-être des armes pour se battre. »

Elle pivote et montre du doigt la partie supérieure de la stalactite tranchée, dont la partie inférieure constitue le socle. Flouté à cet instant précis par un scintillement– on dirait un obélisque.

« Non. » Ça vous a échappé. Tout le monde se tourne vers vous, qui sursautez. « Ce n'est pas… » Ah, zut. Trop tard, vous l'avez dit. « Les obélisques ne sont pas… » Comment formuler une chose pareille sans raconter toute l'histoire – ce que vous n'avez aucune envie de faire ? Vous ne savez trop pourquoi, d'ailleurs. Peut-être au motif invoqué par Antimoine quand Albâtre a entrepris de vous la raconter : vos compagnes ne sont pas prêtes. Vous voilà obligée de terminer d'une manière qui n'invitera pas à davantage de suppositions. « Je ne crois pas que ce soit des dispositifs défensifs ni des… armes d'aucune sorte. »

Tonkee garde longtemps le silence avant de demander enfin : « Qu'est-ce que c'est, alors ?

— Je ne sais pas. » On ne peut vous accuser de mentir. Vous n'avez pas de *certitude*. « Peut-être un outil. Dangereux si on ne sait pas s'en servir, mais pas *censé* tuer. »

Il vous semble que Tonkee prend son courage à deux mains. « Essun… Je sais ce qui est arrivé à Allia. »

Le coup est si inattendu qu'il vous terrasse émotionnellement. Par chance, vous avez passé toute votre vie à vous entraîner afin de rediriger de manière inoffensive vos réactions aux coups inattendus.

« Les obélisques n'ont pas été *conçus* pour ça, insistez-vous. C'était un accident.

— Comment…

— Parce que j'étais *connectée* à ce truc rouillé quand il est entré en combustion ! »

Votre riposte est si sèche que votre voix résonne dans la pièce. Vous prenez brusquement conscience de la colère qui vous a envahie. La Costaude inspire et son regard change soudain, vous rappelant ses collègues tirimais : ils vous fixaient avec cet air-là quand Rask leur a ordonné de vous ouvrir les portes. Ykka en personne vous considère d'une manière particulière : *Tu fais peur aux fixes. Calme-toi, rouilleuse*. Vous inspirez donc longuement et vous taisez.

(Plus tard seulement, vous vous rappellerez le mot employé pendant la conversation. *Combustion*. Vous vous demanderez pourquoi vous l'avez utilisé, ce qu'il signifie en l'occurrence, et vous n'aurez pas de réponse.)

Tonkee expire longuement, avec soin. « Certaines de mes suppositions étaient peut-être erronées. »

Elle parle pour tout le monde, semble-t-il.

Ykka se frotte les cheveux. Ils s'aplatissent une seconde, ce qui rend soudain sa tête d'une petitesse incongrue, puis ils reprennent leur gonflant.

« Bon. On savait déjà que Castrima avait abrité une comm, avant. Plusieurs, sans doute. Si tu m'avais *posé la question*, au lieu de venir ici comme une gamine rouillée, je te l'aurais dit. Je t'aurais dit tout ce que je savais, parce que j'ai autant envie de comprendre cet endroit que toi… »

Tonkee pousse un bref rire hennissant. « Personne ici n'est assez intelligent pour ça.

— … mais tu as foutu le *bordel*, et je ne te fais plus confiance. Il n'est pas question que je laisse quelqu'un à qui je ne fais pas confiance nuire à ceux que j'aime. Il n'est donc pas question que tu restes dans la géode.

— Tu ne crois pas que tu es un peu dure, Ykka ? » demande Hjarka, les sourcils froncés.

Tonkee se raidit instantanément, les yeux écarquillés par l'horreur et la souffrance.

« Tu ne peux pas m'empêcher de revenir ici. Tu ne trouveras personne d'autre dans toute cette comm rouillée pour…

— Je ne trouverai personne d'autre dans toute cette comm rouillée pour nous tuer jusqu'au dernier dans le seul but d'étudier des gens qui sont morts quand le monde était encore jeune ! » Cette fois, c'est Ykka que les Costauds regardent avec inquiétude, parce qu'elle crie presque. « Tandis que toi, j'ai l'impression que tu es prête à le faire.

— Des visites sous surveillance ! » propose Tonkee à brûle-pourpoint.

Elle a l'air désespérée, à présent.

Ykka vient se planter juste devant son nez, ce qui la réduit instantanément au silence.

« Je préfère ne rien comprendre à cet endroit que risquer de le détruire, déclare la chef, avec un calme aussi brutal que glacé. Est-ce que tu peux en dire autant ? »

Tonkee la regarde, tremblante, sans souffler mot, mais la réponse est évidente. Elle ressemble à Hjarka. Ce sont deux Dirigeantes de naissance, éduquées pour faire passer avant tout les besoins des autres, mais qui ont préféré suivre un chemin plus égoïste. La question ne se pose même pas.

Voilà pourquoi plus tard, rétrospectivement, vous ne vous étonnerez pas de ce qui se passe alors.

Tonkee pivote, se jette en avant, l'avertissement rouge étincelle, mais déjà, elle serre dans son poing une des épingles en acier. Déjà, quand vous comprenez ce qu'elle vient de faire, elle pivote à nouveau et fonce vers la porte. Hjarka lâche une exclamation ; Ykka reste juste plantée là, un peu décontenancée, résignée pour l'essentiel ; les deux gardes aux yeux ronds se lancent trop tard à la poursuite de la fugitive. Qui pousse soudain un petit cri et s'arrête, chancelante. La Costaude l'attrape par le bras, mais la lâche aussitôt quand elle *hurle*.

Vous bougez avant de penser. D'une certaine manière, Tonkee vous appartient, de même que Hoa, Lerna, Albâtre – comme si, privée de vos enfants, vous cherchiez à adopter quiconque vous touche émotionnellement ne serait-ce qu'un instant. Vous n'éprouvez pas de réelle sympathie pour Tonkee, mais vos entrailles se nouent à l'instant où vous la prenez par le poignet : elle a la main en sang.

« Qu'est-ce que… »

Elle vous considère d'un regard empli d'une brusque panique animale puis sursaute tout entière en poussant un autre hurlement. Vous manquez de la lâcher, parce que *quelque chose bouge sous votre pouce*.

« Bordel de rouille », siffle Ykka.

La main de Hjarka se referme sur le bras de Tonkee, heureusement, parce que la panique lui donne des forces. Vous maîtrisez la répugnance qui vous a envahie, aussi violente qu'inexplicable, et déplacez le pouce sans libérer votre prisonnière, de manière à pouvoir lui examiner le poignet avec attention. Oui. Quelque chose bouge juste sous la peau, vibre, tressaute, se déplace inexorablement vers le haut en suivant le tracé d'une veine importante. Quelque chose de la taille exacte du fragment d'acier.

« Terre cruelle ! » s'exclame Hjarka en jetant un coup d'œil inquiet au visage de Tonkee.

Vous refoulez un fou rire hystérique devant l'ironie involontaire du juron.

« Un couteau, vite », lancez-vous sans même pouffer, d'une voix remarquablement calme à vos propres oreilles.

Ykka se penche, voit ce que vous avez vu et marmonne elle aussi un juron.

« Oh, bordel de rouille de merde, gémit Tonkee. Débarrassez-moi de ça ! Débarrassez-moi de ça, et je ne remettrai plus jamais les pieds ici. »

Elle ment, mais peut-être est-elle sincère, sur l'instant.

« Je peux le lui retirer en la mordant », propose Hjarka, les yeux fixés sur vous.

Ses dents sont aussi aiguisées que de petits rasoirs.

« Non. »

La chose se contenterait de s'introduire en elle pour y procéder de même, vous n'en doutez pas. Or il est plus facile de charcuter un bras qu'une langue.

« Couteau ! » aboie Ykka en direction des Costauds – la femme a un vitrocouteau.

Il se révèle petit, quoique aiguisé, plus fait pour couper de la corde que pour servir d'arme : à moins de toucher immédiatement un organe vital, il faudrait poignarder quelqu'un un certain nombre de fois avant de le tuer. Malheureusement, vous n'avez rien d'autre. Tonkee se débat en grognant, comme un animal, ce qui vous oblige à vous cramponner à son poignet pendant qu'on vous pose le couteau dans la main, maladroitement, la lame en avant. Il vous semble mettre un an à le placer dans la bonne position, sans quitter des yeux la bosse tremblotante qui se déplace sous la peau brune. Où peut bien aller cette chose rouillée ? Une horreur discrète vous empêche d'émettre la moindre hypothèse.

Vous n'avez pas le temps d'appliquer la lame à l'endroit adéquat pour débarrasser Tonkee de l'aiguille, car elle disparaît brusquement. Nouveau hurlement, terrible, sur lequel la voix de l'Innovatrice se brise. Le corps étranger s'est enfoncé dans le muscle.

Vous pratiquez une entaille impressionnante juste au-dessus du coude, c'est-à-dire plus haut que l'épingle n'est censée se trouver.

« Tu n'as pas coupé assez profond ! gémit Tonkee. Je la sens ! »

Si vous tailladez plus profond, vous allez toucher l'os, mais vous le faites malgré tout en serrant les dents. Il y a du sang partout. Indifférente aux halètements et aux sifflements de votre patiente, vous cherchez la chose à tâtons – même si, en votre for intérieur, l'idée de la trouver vous terrifie, parce que vous avez peur qu'elle ne s'enfonce ensuite dans votre propre chair.

« L'artère, souffle Tonkee, tremblante, poussant entre ses dents de curieux gémissements aigus qui ponctuent ses commentaires. C'est l'autoroute qui mène aux val… *Ah !* Merde ! »

Elle se frappe le bas du biceps : l'aiguille se trouve plus haut dans son bras que vous ne le pensiez. Elle se déplace plus vite, maintenant qu'elle a atteint des artères assez larges.

Val... Vous fixez une seconde votre compagne, glacée par la compréhension de ce qu'elle essayait de dire : *valupinae*. Ykka lui attrape le bras par-dessus le vôtre et serre fort, juste en dessous du deltoïde. Quand elle lève les yeux vers vous, vous avez déjà compris qu'il ne restait qu'une chose à faire. Ce n'est tout simplement pas possible avec ce couteau minuscule... mais il existe d'autres armes.

« Écartez-lui le bras. »

Vous prenez Tonkee par l'épaule sans attendre de voir si Hjarka et Ykka obtempèrent. Le petit tour que vous a enseigné Albâtre est bien présent à votre esprit : un tore minuscule, tissé avec soin, aussi localisé que ceux grâce auxquels vous avez tué les bouilleurs, va vous permettre cette fois de fouir le bras de Tonkee et d'y geler la minuscule écharde de métal. Avec de la chance. Toutefois, lorsque vous étendez votre conscience, les yeux clos pour mieux vous concentrer, quelque chose change.

Vous plongez profond dans la chaleur de Tonkee, à la recherche du maillage d'acier de l'aiguille, en essayant de faire la différence entre la structure du métal et celle du fer sanguin, quand... oui. Le scintillement argenté de la magie est là, bien présent.

Vous ne vous y attendiez pas, parmi les cellules élastiques dispersées qui rebondissent au hasard. Tonkee n'est pas en train de se transformer en pierre, contrairement à Albâtre, et vous n'avez jamais valué la magie dans aucun autre être vivant. Il y a pourtant *là*, en elle, une luisance argentée obstinée, ténue, qui monte dans son corps en passant par ses pieds – d'où vient-elle ? Peu importe – et qui aboutit à l'épingle d'acier. Pas étonnant que la chose se déplace aussi vite, mue par une force jusqu'ici mystérieuse. Elle se sert de cette énergie pour étendre des vrilles dans la chair de Tonkee puis s'y traîner grâce à elles. Voilà pourquoi elle fait aussi mal – parce que la moindre cellule qu'elle touche frissonne avant de mourir, comme brûlée. Qui plus est, les vrilles s'allongent à chaque contact : cette saleté se fraie un passage en *grandissant*, en se nourrissant de sa victime, quoique de manière imperceptible. La vrille principale suit son chemin à tâtons, toujours dirigée vers les valupinae. Votre instinct vous hurle que laisser la chose y arriver est une Très Mauvaise Idée.

Vous essayez d'attraper le fil de la racine – pour le paralyser, peut-être, ou le priver de force, mais

Oh

non

il y a de la haine

chacun fait ce qu'il a à faire

il y a de la colère et

ah, tiens ; bonjour, petite ennemie

« Hé ! hurle la voix de Hjarka à votre oreille. Réveille-toi, bordel de merde ! »

Vous sortez en sursaut du brouillard où vous sombriez sans en avoir conscience. Bon. Vous allez rester à l'écart de la vrille-racine, de crainte d'avoir un nouvel aperçu de ce qui pousse la chose. Ce bref contact en valait cependant la peine, puisque vous savez maintenant que faire.

Vous vous représentez des ciseaux aux lames d'argent étincelantes, d'une précision infinie. Et vous coupez la racine. Vous coupez les vrilles pour éviter qu'elles ne repoussent. Vous coupez la contamination avant qu'elle ne s'implante plus profond en Tonkee.

C'est à elle que vous pensez en procédant. Vous voulez lui sauver la vie. Même si, pour l'instant, elle n'est pas à vos yeux Tonkee, mais un ensemble de particules et de substances. Vous coupez.

(Ce n'est pas votre faute. Je sais que vous ne le croirez pas, mais… ce n'est pas votre faute.)

Lorsque enfin vous réussissez à détendre vos valupinae et à rajuster vos perceptions pour revenir à l'échelle macroscopique, vous êtes surprise de vous retrouver couverte, *absolument* couverte de sang. Vous ne comprenez pas trop pourquoi Tonkee gît à terre, haletante, dans une flaque de sang également, de plus en plus vaste, ni pourquoi Hjarka hurle à la Costaude de lui passer sa ceinture maintenant, oui, maintenant. L'épingle d'acier s'agite à proximité. Vous sursautez, alarmée, parce que vous savez désormais ce que ces choses cherchent à faire, vous savez qu'elles sont malignes, mais quand vous vous tournez vers celle-là, la perplexité vous envahit : vos yeux se sont posés sur une peau bronzée, rayée de coulées de sang, enveloppée d'une loque familière. Une sorte de tortillement, un poids dans votre main. Ah. Ah. Bon. Vous tenez le bras coupé de Tonkee.

Vous le lâchez. Ou, plutôt, vous le jetez violemment, horrifiée. Il rebondit par terre juste derrière Ykka et les deux Costauds, rassemblés autour de Tonkee, très occupés à faire vous ne savez quoi, peut-être essayer de lui sauver la vie, vous n'arrivez même pas à concevoir ça, parce que vous voyez maintenant que le bras coupé présente une section parfaite, légèrement inclinée, et qu'il saigne et tressaille toujours, du fait que *vous venez de le couper*, mais attendez, non, ce n'est pas la seule raison.

Quelque chose sort en se tortillant d'un petit trou ouvert près de l'os – il s'agit en fait d'une artère. Ce quelque chose n'est autre que l'épingle, qui tombe sur le sol vert, dans les éclaboussures de sang, comme n'importe quel fragment de métal inoffensif.

Bonjour, petite ennemie.

Interlude

Il va se produire un événement dont tu ne seras pas informée, mais qui influencera le reste de ta vie. Imagine-le. Imagine-moi. Tu sais ce que je suis – tu en es persuadée –, à la fois dans ton esprit raisonnant et la partie instinctive, animale de ton être. Tes yeux voient un corps de pierre revêtu de chair. Tu ne m'as jamais cru réellement humain, mais tu as pensé à moi comme à un enfant. Tu penses toujours à moi de cette manière, alors qu'Albâtre t'a dit la vérité – ta langue n'existait pas encore que je n'étais déjà plus enfant. Peut-être ne l'ai-je jamais été. Mais l'entendre dire et s'en persuader sont deux choses bien différentes.

Tu devrais m'imaginer tel que je suis en réalité parmi les miens : vieux, puissant, redouté. Une légende. Un monstre.

Tu devrais imaginer…

Castrima tel un œuf. Entouré de larves tapies dans la pierre. Les charognards convoitent les œufs, qu'il leur est facile de manger si personne ne veille. Ils sont en train de manger celui-là, bien que les Castrimiens en soient tout juste conscients. (Seule l'est Ykka, me semble-t-il, et encore, elle ne fait que le soupçonner.)

Un repas aussi lent passe forcément inaperçu de la plupart des tiens. Nous sommes une espèce très lente. Il n'en finira pas moins par être meurtrier, la consommation terminée.

Les charognards ont pourtant été interrompus, la bouche ouverte sur les crocs, mais ne mordant plus. Quelqu'un d'aussi vieux et d'aussi puissant que moi se trouve sur les lieux : celle que tu appelles Antimoine. Veiller sur l'œuf ne l'intéresse pas, bien qu'elle en soit parfaitement capable. Elle le fera, si on essaie de lui voler son Albâtre. Les autres en sont conscients et se méfient d'elle. Ils ne devraient pas.

C'est de moi qu'ils devraient avoir peur.

Le premier jour, après t'avoir quittée, je détruis trois d'entre eux. Pendant que tu partages une miellée avec Ykka, je réduis en pièces sa mangeuse de pierre, celle aux cheveux rouges qu'elle appelle Lustrée et toi Rubis. Un parasite répugnant, qui ne rôde ici que pour prendre, sans rien donner en échange ! Méprisable créature. Nous sommes censés valoir mieux que cela. Ensuite, les deux pisteurs d'Albâtre, prêts à se jeter sur lui si jamais Antimoine avait un instant de distraction – non qu'elle ait besoin de mon aide, c'est juste que les miens ne supportent pas une stupidité aussi vertigineuse. Je les abats pour notre bien à tous.

(Ils ne sont pas réellement morts, au cas où leur disparition te dérangerait. Il nous est impossible de mourir. Dans dix mille ans ou, peut-être, dix millions d'années, ils se reconstitueront à partir des atomes qui les composaient et que j'ai dispersés. Ce qui leur laisse tout le temps de réfléchir à leur bêtise et d'envisager de faire mieux, la prochaine fois.)

Le massacre initial en éloigne beaucoup d'autres ; les charognards sont lâches par nature. Leur fuite ne les emporte cependant pas bien loin, et certains des plus proches essaient d'entamer des pourparlers. Il y en a plus qu'assez pour tout le monde, disent-ils. Il suffit que l'un d'eux ait le potentiel… mais j'en surprends certains à te regarder, toi, pas Albâtre.

Pendant que je leur tourne autour, comme si j'envisageais de me montrer miséricordieux, ils me font leur confession. Un des nôtres, très âgé – il m'est connu, à cause d'antiques conflits –, a lui aussi une vision d'avenir pour ton espèce, mais opposée à la mienne. Il est conscient de ton existence, Essun ; il te tuerait s'il le pouvait, parce que tu comptes terminer ce qu'a commencé Albâtre. Il ne peut t'atteindre car je suis là… mais il peut te pousser à te détruire. Il a même trouvé au nord des alliés humains assez avides pour l'aider.

Ah, quelle guerre ridicule. Il nous est si facile de se servir des tiens. Y compris de toi, mon Essun, mon aimée, mon pantin. Un jour, je l'espère, tu me pardonneras.

14. Vous êtes invitée !

Six mois s'écoulent dans la lumière blanche indifférenciée d'un antique abri de survie fonctionnant à la magie. Au bout de quelques jours, vous décidez de vous entourer la tête de chiffons au niveau des yeux quand vous êtes fatiguée, pour créer votre propre alternance jour-nuit. Ça marche à peu près.

Le bras de Tonkee a beau survivre au rattachement, elle est victime d'une infection pernicieuse dont les antibiotiques basiques de Lerna semblent incapables de venir à bout. Elle s'en sort pourtant, mais une fois la fièvre tombée et les marques livides disséminées sur sa peau évanouies, ses doigts ont perdu une partie de leur précision. Qui plus est, son bras tout entier est parfois en proie à des chatouillis fantômes ou à une certaine insensibilité. De l'avis de Lerna, ces problèmes seront permanents. Ils inspirent parfois à Tonkee des marmonnements rageurs, quand vous lui tombez dessus et que vous l'obligez à aller trouver la porte-parole des Innovateurs alors qu'elle s'absorbe dans un carottage, par exemple. Si elle se montre un peu trop portée sur les insultes genre « coupeuse de bras », vous lui rappelez, premièrement, qu'elle a elle-même libéré un fragment rampant de la Terre cruelle dans sa propre chair ; deuxièmement, que, sans vous, Ykka l'aurait déjà tuée ; en vertu de quoi elle ferait mieux de la fermer. Elle obtempère, certes, mais elle persiste dans son idiotie dès qu'il est question de son bras. Rien ne change jamais vraiment dans le Fixe.

Quoique… les choses changent parfois.

Lerna vous pardonne d'être un monstre. Enfin, pas exactement. Lui et vous n'arrivez toujours pas à parler tranquillement de Tirimo ensemble, mais il a été témoin de la dispute violente qui vous a opposée à Ykka pendant qu'il opérait Tonkee, et il attache de l'importance à ce genre de choses. Ykka voulait la laisser mourir sur la table d'opération. Vous avez plaidé pour sa vie, et vous l'avez emporté. Lerna sait à présent que vous n'êtes pas uniquement un vecteur de mort. Vous vous demandez un peu si cette manière de voir emporte votre adhésion, mais c'est avec soulagement que vous retrouvez quelque chose de l'amitié qui vous liait autrefois à lui.

Hjarka commence à faire la cour à Tonkee. Laquelle ne le prend pas franchement bien, au début. Des cadeaux, bestioles mortes ou livres, apparaissent à l'appartement, accompagnés de commentaires trop nonchalants – « Au cas où la grosse tête aurait besoin de carburant », par exemple –, agrémentés de clins d'œil. La perplexité profonde de leur destinataire vous pousse à lui expliquer que Hjarka a décidé, par la grâce des valeurs alambiquées chères à sa grande carcasse, qu'il n'existait pas au monde créature plus désirable qu'une géomestre autrefois hors-comm, dotée des compétences sociales d'un rocher.

Vos éclaircissements suscitent l'agacement profond de ladite géomestre. À partir de là, elle se plaint des « perturbations » subies, des « caprices de l'éphémère » et de la nécessité d'« éviter le monopole de la chair ». Grommellements qui vous laissent profondément indifférente.

Les livres constituent le facteur déterminant. Hjarka les choisit apparemment en fonction du nombre de mots à syllabes multiples imprimés sur leur tranche, mais il vous arrive plusieurs fois en rentrant à l'appartement de trouver Tonkee absorbée par ses lectures. Enfin, vous trouvez un jour en rentrant à l'appartement la chambre de Tonkee fermée par son rideau et Tonkee absorbée par Hjarka, du moins les bruits qui vous parviennent le suggèrent-ils. Vous n'auriez pas cru qu'elles arriveraient à faire autant de choses, vu le bras abîmé de l'Innovatrice. Incroyable.

Peut-être ce lien tout neuf avec Castrima lui donne-t-il envie de prouver ce qu'elle vaut. (À moins que ce ne soit juste une question de fierté ; elle se hérisse tout entière le jour où Ykka déclare que le moindre Costaud dur à la peine vaut mieux qu'elle.) Quoi qu'il en soit, elle apporte à une réunion du conseil de la ville le nouveau modèle prédictif élaboré par ses soins : si la comm ne trouve pas une source fiable de protéines animales, certains de ses membres souffriront dans moins d'un an des premiers symptômes de carence alimentaire.

« Ça commence par l'idiotie, explique-t-elle à son auditoire. Pertes de mémoire, fatigue, ce genre de petites choses. En réalité, c'est une sorte d'anémie. Si ça persiste, on en arrive à la démence et aux dommages nerveux. Je vous laisse imaginer le reste. »

Les mnésistes racontent des tas d'histoires sur les risques que court une comm privée de viande. Ses habitants s'affaiblissent tout en devenant paranoïaques, ce qui la rend plus vulnérable à n'importe quelle attaque. Il n'y a qu'un seul moyen d'éviter ça, ajoute Tonkee : adopter le cannibalisme. Planter davantage de haricots ne suffira pas.

Si utiles que soient ces informations, personne n'avait vraiment envie d'entendre des choses pareilles. Tonkee ne remonte donc pas dans l'estime de Ykka, mais vous la remerciez après la réunion, parce que les autres conseillers s'en abstiennent. C'est le menton pointé en avant qu'elle vous répond : « Ma foi, je ne pourrai pas continuer mes études si on commence tous à s'entre-tuer pour se manger les uns les autres, alors bon. »

Vous chargez Temell, un orogène adulte, des cours destinés aux orogènes enfants... qui trouvent son enseignement médiocre – il n'a rien de votre finesse, et ils n'en apprennent pas autant qu'avec vous, bien qu'il soit plus indulgent. (Ça fait plaisir d'être appréciée, ne serait-ce qu'après coup.) Vous entreprenez en revanche d'entraîner Cutter, parce qu'il vous a demandé de lui montrer comment vous avez coupé le bras de Tonkee. À votre avis, il ne percevra jamais la magie ni ne déplacera les obélisques, mais il a au moins le niveau d'un premier-anneau, et vous voulez voir si vous arrivez à le mener jusqu'au deuxième ou au troisième. Par pure curiosité. Apparemment, l'encadrement des orogènes plus chevronnés n'interfère pas avec les cours que vous dispense Albâtre – en tout cas, il ne s'en plaint pas. Tant mieux. L'enseignement vous a manqué.

(Vous proposez à Ykka d'échanger quelques techniques avec elle : les leçons ne l'intéressent pas, mais vous aimeriez savoir comment elle fait certaines choses. « Non, répond-elle en vous adressant un clin d'œil pas franchement malicieux. Il faut que je garde un ou deux atouts, je ne veux pas que tu me gèles un de ces jours. »)

Un groupe exclusivement composé de volontaires part au nord dans le but de rallier Tettehee. Personne n'en entend plus jamais parler. Vous n'élevez aucune protestation quand Ykka met son veto à une seconde tentative éventuelle, car un de vos anciens élèves orogènes fait partie des disparus.

Si on oublie les problèmes d'approvisionnement, Castrima prospère malgré tout pendant ces six mois. Une femme tombe enceinte sans en avoir obtenu la permission, ce qui pose un gros problème. Un enfant ne présente aucune utilité pendant des années, et une comm ne peut tolérer beaucoup d'inutiles en Saison. Ykka décide que la maisonnée de la contrevenante – deux couples mariés – ne verra augmenter sa part de provisions que quand la mort d'un vieux ou d'un malade ouvrira la voie au bébé non autorisé. Cette décision vous pousse à lui chercher une fois de plus querelle, parce que vous savez très bien qu'elle pense à Albâtre quand elle ajoute négligemment : « Ça ne devrait pas tarder. »

Elle le reconnaît d'ailleurs sans complexe, ajoutant même qu'elle espère le voir mourir sous peu. Un nouveau-né aura au moins de la valeur plus tard, lui.

La dispute a deux conséquences positives : tout le monde vous fait davantage confiance après vous avoir entendue hurler à pleins poumons sur le

Plateau sans provoquer ne serait-ce qu'un frémissement, et les Reproducteurs décident de se prononcer en faveur du futur Castrimien pour régler le différend. Sa généalogie récente lui étant favorable, ils allouent à sa famille une de leurs parts réservées aux enfants, non sans préciser cependant qu'il appartiendra plus tard à leur caste d'usage s'il naît parfait. Ce n'est pas cher payer, arguent-ils : consacrer ses années de fertilité à faire des bébés pour la comm et la caste, en échange du droit de naître. La mère acquiesce.

Ykka n'a pas informé la population du problème que posent les protéines, ou les Reproducteurs ne se prononceraient en faveur de personne. (Tonkee l'a deviné toute seule, évidemment.) Ykka se refuse à répandre la nouvelle tant que l'espoir subsiste de trouver une autre solution. Tous les conseillers se sont rangés à son avis, quoique de mauvaise grâce : Castrima dispose encore d'un an. Le silence de la chef pousse cependant un Reproducteur à vous rendre visite quelques jours après le retour de Tonkee à l'appartement, où elle achève sa convalescence. Il s'agit d'un homme aux cheveux acendres, aux larges épaules et aux yeux de biche, qui témoigne un vif intérêt quand vous lui racontez que vous avez donné naissance à trois enfants en parfaite santé, dotés d'une orogénie puissante. Après vous avoir caressée dans le sens du poil en s'extasiant sur votre taille, votre robustesse et la manière dont vous avez supporté les mois de voyage, sans rien à manger que des rations, il laisse entendre que vous avez « à peine » quarante-trois ans. Son discours vous semble franchement comique. Vous vous sentez vieille comme le monde, et ce charmant idiot s'imagine que vous allez pondre un autre bébé.

Vous refusez sa proposition tacite avec le sourire, mais la conversation vous fait un effet… bizarre. Désagréablement familier. Le visiteur parti, vos pensées se tournent vers Corindon ; vous jetez une tasse contre le mur en hurlant à pleins poumons – ce qui réveille Tonkee. Quand vous allez voir Albâtre, le cours se révèle totalement inutile, car vous le passez plantée devant votre professeur, muette, tremblante de rage.

« Je ne sais pas ce qui ne va pas, dit-il d'un ton las, au bout de cinq minutes de ce petit jeu, mais il va falloir gérer la rouille toi-même, parce que je ne suis plus capable de t'arrêter. »

Vous le détestez de ne plus être invincible. Et de ne pas vous détester.

Il est victime pendant ces six mois d'une grave infection – une de plus –, à laquelle il ne survit qu'en transformant volontairement en pierre ce qui reste de ses jambes. Cette chirurgie auto-infligée fait subir à son corps un tel traumatisme que ses périodes de lucidité se réduisent à une demi-heure de-ci, de-là, entre de longues plages de stupeur ou de sommeil agité. Il se trouve d'ailleurs dans un tel état de faiblesse que, même conscient, il est à peine audible. Heureusement, les choses s'améliorent en quelques semaines. Vos progrès sont réels : vous vous connectez à présent facilement à la topaze, qui vient d'arriver, et vous commencez à comprendre ce qu'il a fait au spinelle pour le transformer en l'arme approximative posée près de lui. (Les obélisques sont des canaux. On se laisse porter en eux, avec eux, par le flot de la magie. On résiste et on meurt ; on entre en résonance assez fine et bien des choses deviennent possibles.)

Ça ne signifie pas que vous êtes capable d'associer les artefacts en réseau, loin de là. Vous n'apprenez pas assez vite, vous en êtes consciente. Albâtre n'a pas la force de vous reprocher votre lenteur pataude, mais il n'en a pas non plus besoin. Il s'affaiblit jour après jour, ce qui vous conduit à vous attaquer sans répit à l'obélisque, à vous immerger dans sa lumière aqueuse malgré vos maux de tête et vos nausées, alors que vous n'avez qu'une envie : vous rouler en boule dans un coin en sanglotant. Vous souffrez tellement rien qu'à regarder votre ex-amant que vous vous ressaisissez et redoublez d'efforts pour devenir lui.

Le bon côté de la chose, c'est que vous avez maintenant un but. Félicitations.

Le jour où vous fondez en larmes sur l'épaule de Lerna, il vous suggère avec délicatesse en vous massant le dos que vous n'avez pas à affronter seule votre chagrin. C'est une proposition, mais faite par gentillesse plus que par passion, ce qui vous évite de vous sentir coupable de ne pas en tenir compte. Pour l'instant.

Les choses atteignent ainsi une sorte d'équilibre. L'heure n'est vraiment ni au repos ni à la lutte. Vous survivez. En Saison, *cette* Saison, c'est en soi une victoire.

Jusqu'au retour de Hoa.

*
**

Il revient un jour de chagrin et de disputes. De chagrin, parce que plusieurs Chasseurs sont morts. Ils rapportaient une proie rare – un ours visiblement trop maigre pour hiberner en sécurité, facile à tuer dans son agressivité désespérée –, quand ils ont à leur tour été attaqués. Trois d'entre eux ont perdu la vie sous une pluie de flèches et de carreaux d'arbalète. Les deux survivants n'ont pas vu leurs assaillants, mais les projectiles semblaient arriver de partout à la fois. Les Castrimiens se sont sagement enfuis, avant de décrire un grand arc de cercle pour regagner une heure plus tard le théâtre de l'incident, dans l'espoir de récupérer le corps de leurs camarades et la précieuse carcasse. À leur grande surprise, ni leurs adversaires ni les charognards n'avaient touché aux cadavres – près desquels avait cependant été planté un bâton, entouré d'un lambeau de tissu sale. Quelque chose était coincé dans le gros nœud effiloché qui le maintenait en place.

Vous arrivez à la salle de réunion au moment précis où Ykka commence à défaire le nœud pendant que Cutter, posté près d'elle, proteste d'une voix blanche :

« C'est carrément imprudent, tu n'as pas la moindre idée de…

— Je m'en fiche », répond-elle tout bas, concentrée sur ce qu'elle fait.

Elle procède avec une extrême prudence, en évitant de toucher l'endroit le plus renflé, où a visiblement été glissé un objet non identifiable mais qu'on devine léger et vaguement sphérique. La pièce est plus encombrée que d'habitude, parce qu'une Chasseuse est là aussi, barbouillée de cendre et de sang, bien décidée à savoir pourquoi sont morts ses compagnons. Ykka vous jette un coup d'œil à votre arrivée puis reprend le combat contre le nœud.

« Si jamais quelque chose me pète à la figure, Cutter, c'est toi qui me succèdes en tant que chef. »

Cette déclaration trouble assez l'intéressé pour le réduire au silence et permettre à la jeune femme d'en terminer sans être dérangée davantage. Les boucles et les fils autrefois blancs du tissu constituent en fait de la dentelle – d'une qualité qui aurait poussé votre vénérable grand-mère à déplorer sa propre pauvreté, si vous ne vous trompez pas. Quand ils cèdent brusquement, vous découvrez qu'ils dissimulaient un petit morceau de cuir roulé en boule. Un message.

BIENVENUE À RENNANIS, écrit au charbon de bois.

Hjarka pousse un juron. Vous vous asseyez sur un canapé, parce que c'est plus confortable que par terre et que vous avez besoin de vous asseoir.

« Rennanis est en Équatorial », fait remarquer Cutter, incrédule.

Rennanis devrait donc avoir disparu ; vous avez eu la même réaction quand Albâtre vous en a parlé.

« Il ne s'agit peut-être pas du vrai Rennanis. » Ykka examine toujours le lambeau de cuir, qu'elle tourne et retourne entre ses mains. Elle gratte aussi le charbon avec le tranchant de son couteau, comme pour en vérifier l'authenticité. « C'est peut-être une bande de survivants, réduits à l'état de hors-comm, quasiment de bandits, qui ont pris le nom de leur ville d'origine. Ou d'aspirants Équatoriaux qui profitent de l'occasion pour afficher leurs prétentions, maintenant que la cité a brûlé.

— Peu importe, tranche Hjarka. Il s'agit d'une menace, d'où qu'elle vienne. Qu'est-ce qu'on *fait* ? »

Pendant que vos compagnons se replongent dans les suppositions et les désaccords, le tout assaisonné d'une touche de panique croissante, vous vous adossez au mur sans vraiment y penser. C'est-à-dire au cristal où se trouve l'appartement de Ykka. Ou encore à la croûte de la géode dans laquelle s'enracine le cristal. Il n'est pas question d'obélisque. Même les segments de cristaux fluctuants qui se trouvent dans le centre de contrôle n'exsudent pas le pouvoir qu'ils devraient ; s'il est vrai que leur irréalité rappelle les obélisques, c'est bien le seul point commun des deux sortes d'artefacts.

Vous vous souvenez toutefois aussi de ce qu'Albâtre vous a dit il y a fort longtemps, par un après-midi teinté de grenat, dans une comm littorale qui n'est plus à présent que ruines fumantes. Ses murmures évoquaient des complots, des oreilles indiscrètes, le fait qu'on n'était nulle part à l'abri. *Tu veux dire que quelqu'un aurait pu nous espionner à travers les murs ? À travers la pierre ?* Voilà ce que vous lui avez demandé. Il y a eu une époque où, pour vous, ce qu'il faisait était tout simplement miraculeux.

Maintenant, vous êtes à l'en croire une neuf-anneaux. Maintenant, vous savez que les miracles ne sont qu'une question d'efforts, de perception, de magie peut-être. Castrima est entourée de vieille roche sédimentaire, entrelacée de veines où des forêts mortes ont eu le loisir de se transformer en charbon friable, le tout posé en équilibre précaire sur une dentelle de lignes de faille très loin d'être cicatrisées, malgré leur âge. La géode a beau occuper dans les strates une position précaire, elle est là depuis si longtemps que ses couches extérieures ont totalement fusionné avec les minéraux alentour. Il vous est donc possible d'y faire progresser votre conscience en une extrusion subtile, qui s'estompe peu à peu. Il ne s'agit pas d'étendre votre tore ; votre tore, c'est votre pouvoir ; cette extension, c'est vous. La méthode que vous avez choisie aujourd'hui demande davantage d'efforts, mais vous percevez des choses que votre pouvoir ne perçoit pas. Des…

« Hé ! » Hjarka vous donne une bourrade dans l'épaule. « Tu te réveilles, oui ? »

Vous revenez aussitôt à vous et lui jetez un regard noir.

« Hjarka… soupire Ykka. Rappelle-moi de te décrire un jour ce qui arrive quand on interrompt une orogénie de haut niveau. Enfin, tu t'en doutes certainement, mais rappelle-moi de te le décrire en détails assez répugnants pour que ça puisse peut-être avoir, sait-on jamais, avec de la chance, un effet dissuasif.

— Ben quoi, elle restait juste assise là. » Hjarka se radosse, mécontente. « Et vous, vous restiez juste là à la regarder.

— J'essayais d'écouter le nord », ripostez-vous.

Tout le monde vous regarde en effet, comme si vous étiez cinglée. Terre cruelle ! Si seulement il y avait ici un autre orogène entraîné au Fulcrum ! Même si, bien sûr, il faudrait un senior pour comprendre de quoi vous parlez.

« Heu… la terre ? propose Lerna. Tu *valuais* ? »

C'est tellement difficile à expliquer avec des mots. Vous vous frottez les yeux.

« Non, j'*écoutais*. Les vibrations. Le son est vibrations, bien sûr, mais… » Ils ont l'air de plus en plus perplexes. Il va falloir contextualiser. « Le réseau des nœuds existe toujours. Albâtre avait raison. J'arrive à valuer une zone de néant, là où le reste de l'Équatorial n'est qu'une catastrophe bouillonnante, mais quelqu'un les maintient en vie autour de Rennanis, je veux dire, les opérateurs des nœuds. Donc…

— Donc il s'agit réellement d'eux. » Cutter a l'air troublé. « Une cité équatoriale a bel et bien décidé de nous annexer.

— Les Équatoriaux n'annexent pas, répond Ykka, les muscles des joues contractés, le regard fixé sur le lambeau de cuir qu'elle n'a pas reposé. Ils incarnent l'Antique Sanze ou ce qu'il en reste. À l'époque, quand le Sanze voulait quelque chose, il le prenait. »

Un silence tendu s'installe, après quoi vos compagnons recommencent à paniquer sans élever la voix. Que de bavardage. Vous soupirez, vous vous massez les tempes, vous regrettez de ne pas être seule, pour réessayer. Ou alors…

Vous clignez des yeux. Ou alors. Vous valuez la potentialité de la topaze, qui plane au-dessus de Castrima dans le petit coin de ciel qu'elle n'a pas quitté depuis six mois, à demi dissimulée par les nuages de cendre. Terre cruelle. Albâtre ne se contente pas de valuer la moitié du continent, il se sert aussi ce faisant du spinelle. Vous, l'idée de vous servir d'un obélisque pour étendre votre portée ne vous est même pas venue, alors que lui le fait comme il respire.

« Ne me touchez pas, dites-vous tout bas. Et ne m'adressez pas la parole. »

Sans attendre de voir si les autres comprennent, vous plongez dans l'obélisque.

(Parce que, ma foi, une partie de vous en a *envie*. Une partie de vous rêve depuis des mois d'une cascade tombant vers le haut et d'un pouvoir torrentiel. Quoi qu'on dise de vous et des vôtres, les orogènes sont de banals êtres humains. Ça vous fait du bien de vous sentir puissante.)

Vous vous retrouvez dans la topaze, vous l'englobez, vous vous étirez en un souffle tout autour du monde. Pourquoi vous enfoncer dans la terre quand la topaze est dans le ciel, *est* le ciel ? Ses états d'existence transcendent la matérialité, ce qui vous permet de la transcender, vous aussi. Vous devenez l'air. Vous dérivez parmi les nuages de cendre et contemplez en contrebas l'étendue du Fixe, bosses de la topographie, surfaces de forêt mourante, lignes des routes, le tout grisé par les longs mois de la Saison. Le continent vous paraît minuscule. *Je peux aller à l'équateur en un clin d'œil*, songez-vous – pensée qui vous effraie un peu, vous ignorez pourquoi. Vous essayez de ne pas réfléchir : y a-t-il loin de la jouissance apportée par un pouvoir pareil à son emploi pour la destruction du monde ? (Albâtre a-t-il éprouvé ça quand il… ?) Mais vous êtes engagée ; la connexion est établie ; la résonance atteinte. Vous partez au nord.

Et vous vous arrêtez maladroitement. Parce que quelque chose de bien plus proche que l'équateur a attiré votre attention. C'est si saisissant que vous en perdez aussitôt l'alignement avec la topaze, et là, vous avez beaucoup de chance. En cet instant foudroyant où l'immensité frissonnante de l'obélisque vous est sensible, vous comprenez que vous ne devez votre survie qu'à d'heureuses résonances et à des concepteurs soigneux, depuis longtemps disparus, qui ont manifestement prévu les erreurs telles que la vôtre. Déjà, vous êtes de retour en vous-même, haletante, balbutiante, alors que vous, le sens des mots vous échappe toujours.

« Campement, feu », débitez-vous, le souffle court. Lerna s'approche, s'accroupit devant vous, prend vos mains et votre pouls ; vous ne lui prêtez aucune attention. Ce que vous avez à dire est important. « *Bassin.* »

Ykka comprend instantanément et se raidit, les dents serrées. Hjarka aussi ; elle n'est pas idiote, ou Tonkee ne la supporterait pas. Elle jure. Lerna fronce les sourcils, pendant que Cutter parcourt l'assemblée des yeux, en proie à une perplexité croissante.

« Euh… ça voulait vraiment dire quelque chose ? »

Crétin.

« Une armée, lancez-vous, car vous récupérez, bien que les mots vous viennent difficilement. Il… il y a une… une *armée* rouillée. Dans le bassin forestier. J'ai… valué les… feux de camp.

— Combien ? »

Déjà, Ykka se lève, prend une dague sur une étagère, en attache l'étui à sa cuisse. Hjarka se lève aussi, gagne la porte de l'appartement, ouvre le rideau, appelle à grands cris Esni, la porte-parole des Costauds : les siens ont beau servir à l'occasion d'éclaireurs ou de Chasseurs supplémentaires, ils sont avant tout chargés de la défense de la comm, dans une situation pareille.

Il vous a été impossible de compter les petites taches de chaleur qui se sont signalées à votre conscience lors de l'immersion dans l'obélisque, mais vous essayez d'en estimer le nombre.

« Une centaine, peut-être ? »

Il s'agissait toutefois des feux de camp. Combien de personnes y avait-il autour ? Six ou sept, diriez-vous. Ça ne fait pas une force importante, dans des circonstances ordinaires. N'importe quel gouverneur d'un quartant digne de ce nom pouvait réunir dix fois plus de piétaille en relativement peu de temps, mais on est en Saison, à Castrima – dont la population totale n'est guère plus nombreuse. Une armée de cinq à six cents personnes représente bel et bien une menace terrible.

« Tettehee », souffle Cutter en s'adossant, plus pâle encore que de coutume.

Son raisonnement est facile à suivre. L'exposition des corps empalés dans le bassin forestier, il y a de cela six mois, constituait un avertissement. La comm de Tettehee se trouve au-delà du bassin, près de l'embouchure de la rivière qui serpente à travers le territoire de Castrima puis finit par se jeter dans un grand lac des Moyessud. Personne n'en a reçu de nouvelles depuis des mois, et le groupe de négociants que les Castrimiens y ont envoyé n'est jamais revenu. L'armée étrangère a dû fondre sur Tettehee à peu près à ce moment-là, avant de s'y installer en position de force, non sans envoyer des éclaireurs marquer son territoire. Elle a reconstitué ses réserves, réparé ses armes, pansé ses plaies, peut-être aussi envoyé une partie de son butin au nord, à Rennanis. Tettehee digérée, elle se remet en marche.

Et, d'une manière ou d'une autre, elle connaît l'existence de Castrima. Elle en salue les habitants.

Ykka sortie, ses cris se joignent à ceux de Hjarka. Il suffit de quelques minutes pour que l'alarme secousse retentisse, appelant à une réunion des chefs de famille sur le Plateau. Vous qui n'aviez encore jamais entendu l'alarme secousse de Castrima – qui regorge de gèneurs –, vous la trouvez plus pénible que vous ne l'auriez cru : lente, rythmique, bourdonnante. Évidemment : sonner les cloches parmi toutes ces structures cristallines ne serait pas la meilleure idée du monde. N'empêche. Les conseillers, vous comprise, emboîtent le pas à Ykka, qui emprunte maintenant un pont de corde puis contourne deux gros cristaux, les lèvres pincées, l'air sinistre. En arrivant sur le Plateau, déjà occupé par un certain nombre de gens, elle ordonne en braillant d'arrêter l'alarme rouillée, laquelle s'interrompt en effet. La grosse stalagmite étêtée a l'air dangereusement encombrée, couverte de cette foule anxieuse et murmurante. Il y a certes un garde-fou, mais quand même. Hjarka crie quelque chose à Esni, qui crie à son tour quelque chose aux Costauds de l'assistance, lesquels entreprennent maladroitement de refuser du monde pour éviter qu'une horrible tragédie immédiate ne détourne l'attention de l'horrible tragédie à venir.

Quand Ykka lève les mains afin de demander l'attention, le silence s'installe aussitôt.

« Voici la situation », annonce-t-elle, avant de résumer ce qui se passe en quelques phrases brèves.

Sa franchise éveille votre respect. La réaction des Castrimiens aussi, car si l'inquiétude provoque des exclamations étouffées et des murmures, les gens ne s'affolent pas pour autant. Il est vrai que ce sont de bons communs raisonnables et que la panique a toujours été mal vue dans le Fixe. Les mnésistes ne sont pas avares de récits terribles sur le sort des lâches incapables de maîtriser leur peur, et la plupart des comms refusent leur nom aux pusillanimes, à moins que leur fortune ou leur influence ne leur permettent d'insister. Ces choses-là ont tendance à se régler en cas de Saison.

« Rennanis était une grande cité, lance une inconnue quand Ykka en a terminé. Deux fois plus petite que Lumen, d'accord, mais habitée par des millions de gens. On peut vraiment lutter contre ça ?

— C'est une Saison », répond Hjarka sans laisser à Ykka le temps d'ouvrir la bouche. La chef lui jette un regard noir, qu'elle balaie d'un haussement d'épaules. « On n'a pas le choix.

— On peut s'appuyer sur la structure même de Castrima, ajoute Ykka, avec un dernier coup d'œil censé réduire Hjarka au silence. Personne ne risque de nous prendre à revers parce que, au pire, il nous suffit de bloquer les tunnels pour empêcher l'adversaire de descendre jusqu'ici. Après, on n'a plus qu'à attendre qu'il en ait assez. »

Mais la comm ne pourra pas attendre éternellement. Pas alors qu'elle a besoin à la fois de la chasse et du troc pour compléter ce qu'elle tire de ses entrepôts et de ses jardins hydroponiques. Ykka n'en parle *pas*, ce qui accroît votre respect. Un remous de soulagement relatif agite la foule.

« Est-ce qu'on a le temps d'envoyer un messager au sud prévenir les comms alliées ? » demande Lerna. Vous le sentez contourner de son mieux la question de la nourriture. « Certaines accepteraient-elles de nous aider ? »

La question arrache pour toute réponse à Ykka un grognement qui trouve de nombreux échos, pendant que des coups d'œil compatissants convergent vers le médecin. On est en Saison, mais…

« Il y aurait peut-être moyen de faire du troc. Ça nous permettrait de constituer des réserves de quelques fournitures essentielles – les médicaments, par exemple – et d'être plus avantagés en cas de siège. Il faut quelques jours à un petit groupe pour traverser le bassin forestier ; une troupe de cette importance devrait mettre dans les deux semaines. Moins si elle avance à marche forcée, mais en terrain inconnu, ce serait dangereux, donc idiot. Même si leurs éclaireurs se trouvent sur notre territoire… » Un regard dans votre direction. « Où sont les autres, au juste ? »

Ykka a beau vous prendre par surprise, vous savez ce qu'elle veut dire. « Le gros de l'armée campait près de la zone des empalés. »

C'est-à-dire à mi-chemin du bassin.

« Ils peuvent être ici dans quelques jours », lance une voix que l'inquiétude fait grimper dans les aigus.

Réflexion reprise par des murmures qui gagnent rapidement en volume. Ykka lève à nouveau les mains, mais cette fois, tout le monde ne se tait pas, loin de là. Beaucoup de gens continuent à échanger suppositions et calculs ; quelques-uns se dirigent même vers les ponts, manifestement décidés à faire leurs propres préparatifs, et au diable la chef. Ce n'est pas le chaos, pas tout à fait la panique, mais la peur qui plane alentour donne à l'air que vous respirez une vague odeur amère. Vous vous levez, prête à gagner le centre du Plateau, où vous comptez ajouter votre voix à celle de Ykka pour appeler au calme.

Mais vous vous arrêtez, parce que quelqu'un se tient à l'endroit où vous comptiez vous rendre.

Antimoine, Rubis ou les autres mangeurs de pierre que vous distinguez de temps à autre dans les environs de la comm ne s'y prennent pas de cette manière. Pour une raison ou pour une autre, ils n'aiment pas qu'on les voie bouger ; vous devinez juste parfois un mouvement flou, et une statue est là, qui vous regarde, à croire qu'elle s'est toujours trouvée à cet endroit précis, dans cette position précise, œuvre d'art centenaire.

Cette créature-là tourne sur elle-même. Longuement. Pour que tout le monde la voie et l'entende. En regardant la foule prendre enfin conscience de sa présence, granite gris de la chair, pierre lisse indifférenciée de la chevelure, poli un peu plus fin des yeux, menton à la longueur et au poids soigneusement pensés, torse gravé d'une musculature masculine parfaite, et non de la piètre imitation de vêtements à laquelle recourent souvent ses frères. Ce mangeur de pierre tient manifestement à être perçu comme mâle, alors d'accord, c'est un mâle. Gris, de la tête aux pieds. Le premier que vous voyez à réellement évoquer une statue… si on oublie qu'il bouge, car il bouge toujours, devant la foule réduite au silence par la surprise. L'attention générale s'est concentrée sur lui, qui a un léger sourire aux lèvres. Il tient quelque chose à la main.

Pendant que vous regardez avec de grands yeux la statue grise tourner sur elle-même, votre esprit assimile la chose sanglante, d'une forme bizarre, qu'elle tient à la main. C'est l'expérience récemment acquise qui vous fait soudain comprendre qu'il s'agit d'un bras. Un petit bras. Un petit bras toujours couvert en partie d'un tissu familier, celui de la veste que vous avez achetée sur la route il y a de cela une vie. La peau inhumainement blanche de la main barbouillée de rouge vous est familière, la taille du membre vous est familière, quoique le tronçon d'os cassé à son extrémité sanglante soit transparent, vitreux, doté de facettes élégantes – rien à voir avec de l'os.

Hoa c'est Hoa c'est le bras de Hoa.

« J'apporte un message », dit le mangeur de pierre d'une voix de ténor mélodieuse.

Ses lèvres ne remuent pas ; les mots résonnants s'élèvent de sa poitrine. Voilà au moins quelque chose de normal, dans la mesure où vous êtes pour l'instant capable de trouver quelque chose normal, les yeux fixés sur le désastre dégoulinant d'un bras.

Au bout d'un moment, Ykka s'anime. Peut-être sort-elle de l'état de choc, elle aussi. « De qui ? »

Le visiteur se tourne vers elle. « De Rennanis. »

Il continue à pivoter, pendant que ses yeux passent de visage en visage dans la foule, comme ceux d'un humain qui cherche à créer un lien, à faire entendre un argument. Vous, ils vous effleurent à peine, à croire que vous n'êtes pas là.

« Nous ne voulons aucun mal aux Castrimiens. »

Vous regardez le bras qu'il tient à la main.

« Donc, l'armée qui campe à nos portes… ? » demande Ykka, sceptique.

Il tourne. Sans prêter non plus aucune attention à Cutter. « Nous avons d'énormes réserves de nourriture.

Des murailles puissantes. Tout cela est à vous, si vous vous joignez à notre comm.

— Peut-être que nous aimons être notre propre comm », répond Ykka.

Il tourne. Son regard se pose sur Hjarka, qui bat des paupières.

« Vous n'avez pas de viande, et votre territoire est épuisé. Vous vous mangerez les uns les autres d'ici un an. »

Voilà qui déclenche les murmures. Ykka ferme une seconde les yeux par pure frustration. Hjarka passe les alentours en revue d'un air furieux – peut-être se demande-t-elle qui a trahi le conseil.

« Votre comm adopterait-elle tous les Castrimiens ? demande Cutter. Avec notre système de castes d'usage ? »

Lerna produit un petit son crispé. « Je ne crois pas que ce soit la question…

— On ne peut pas se battre contre une cité équatoriale, riposte Cutter en lui jetant un coup d'œil mauvais.

— Ce n'en est pas moins une question idiote. »

La voix de Ykka est trompeusement douce, mais la partie de votre esprit que la stupeur à la vue de *ce bras* n'a pas réduite au silence relève que la jeune femme n'avait encore jamais soutenu Lerna. Il vous a toujours semblé qu'elle ne l'aimait pas et que l'antipathie était mutuelle – il la trouve trop froide, elle le trouve trop mou. La réaction actuelle de Ykka est significative.

« À la place de ces gens, je mentirais, je nous emmènerais tous au nord, et je nous fourrerais dans un bidonville hors-comm quelconque, entre un geyser d'acide et un lac de lave. Les comms équatoriales ont déjà fait ce genre de choses, surtout quand elles avaient besoin de bras. Pourquoi devrions-nous croire celle-là différente ? »

Le mangeur de pierre gris penche la tête de côté. Un geste remarquablement humain, surtout accompagné du petit sourire qui joue sur ses lèvres – *Qu'elle est donc mignonne*, dit son expression.

« Nous n'avons aucun besoin de mentir. »

Il laisse cette phrase musicale planer sur le Plateau exactement le temps qu'il faut. Oh, il est doué, c'est sûr. Les gens échangent des coups d'œil en dansant d'un pied sur l'autre, mal à l'aise ; le silence s'étire, car Ykka n'a rien à répondre à ça, puisque c'est vrai.

Le visiteur lâche alors sa deuxième bombe. « Nous n'avons pas non plus besoin d'orogènes. »

Le choc pétrifie tout le monde. Ykka rompt la paralysie en murmurant un « Feux souterrains » rapide. Cutter détourne les yeux. Ceux de Lerna s'écarquillent quand il prend conscience des implications de ce que vient de faire la créature.

« Où est Hoa ? » demandez-vous dans le silence, incapable de penser à rien d'autre.

Les yeux gris se tournent vers vous sans que le reste du visage bouge – langage corporel normal pour un mangeur de pierre, mais ostentatoire chez celui-là.

« Mort. Après nous avoir menés ici.

— Menteur. »

Vous ne vous rendez même pas compte de votre colère. Vous ne pensez même pas avant d'agir. C'est une simple réaction, comme celles de Damaya dans les creusets ou de Syénite sur la plage. Tout en vous cristallise, s'aiguise ; votre conscience se facette jusqu'à devenir pointe aiguisée, vous tissez les fils dont vous aviez à peine remarqué la présence, et il se passe exactement ce qui s'est passé avec Tonkee : *chiiiing*. Une main coupée.

Elle tombe à terre, accompagnée du bras de Hoa. Des exclamations étouffées s'élèvent autour de vous. Le bras produit en atterrissant sur le cristal un bruit sourd, évocateur de viande, mais sonore : il est plus lourd qu'il n'en a l'air ; la main – qui le lâche – un claquement distinct, encore plus puissant. La coupe transversale du poignet est d'un gris indifférencié.

Le mangeur de pierre n'a pas l'air de réagir, mais vous valuez la coalescence de quelque chose qui rappelle les fils argentés de la magie, en *incroyablement* plus nombreux. La main tressaille puis saute en l'air pour se recoller au poignet de la créature – à croire que quelqu'un la manipule avec des ficelles. Le bras de Hoa reste où il est tombé. Le visiteur se tourne enfin réellement vers vous.

« Va-t'en avant que je ne te découpe en davantage de morceaux que tu ne pourras en réunir », lancez-vous d'une voix qui tremble comme la terre.

Il sourit. Un grand sourire, des pattes-d'oie au coin des yeux, les lèvres écartées sur des dents de diamant. Et, merveille des merveilles, ça ressemble bel et bien à un sourire, pas à une tentative d'intimidation. Après quoi il s'évanouit en tombant dans le cristal à travers le Plateau. Une ombre grise évolue brièvement au sein du pilier translucide, forme brouillée que vous ne qualifieriez plus d'humanoïde – sans doute ne la voyez-vous plus sous le bon angle. Elle s'enfonce et s'éloigne dans la roche plus vite que vos yeux et vos valupinae ne peuvent vous en rendre compte.

Son départ provoque un réveil résonnant, où Ykka inspire puis expire longuement.

« Bon. » Elle parcourt son peuple du regard. Les gens qu'elle considère comme son peuple. « Il me semble qu'une discussion s'impose. »

Son auditoire s'agite un peu, mal à l'aise.

Vous n'avez aucune envie d'entendre ça. Alors vous vous empressez d'aller ramasser le bras de Hoa. Lourd comme la pierre. Ou vous vous aidez d'une poussée des jambes, ou vous mettez vos reins en danger. Quand vous pivotez, la foule s'ouvre devant vous.

« Essun ? » appelle Lerna.

Vous n'avez aucune envie de l'entendre, lui non plus.

À cause des fils, vous comprenez. Les lignes d'argent que personne d'autre ne distingue s'agitent, se tordent à la sortie du bras coupé, mais changent de position pour continuer à pointer dans la même direction quand vous faites volte-face. Vous les suivez. Personne ne vous suit, vous, mais ça vous est égal. Pour l'instant.

Les vrilles vous ramènent chez vous.

Sitôt le rideau franchi, vous vous arrêtez. Tonkee n'est pas là. Sans doute se trouve-t-elle soit chez Hjarka, soit dans la serre. Deux jambes sont posées par terre, moignons sanglants dont dépassent des os de diamant. Non, elles ne sont pas posées par terre, mais en partie *incluses* dans le sol, l'une jusqu'à la cuisse, l'autre seulement jusqu'au mollet. On dirait qu'elles remontent progressivement de terre. Deux pistes de sang, assez larges pour vous inquiéter, traversent le tapis accueillant contre lequel vous avez troqué l'un des vieux couteaux en silex de Jija. Elles mènent à votre chambre, où vous les suivez. Là, vous lâchez le bras. Heureusement, il ne vous tombe pas sur le pied.

Ce qui reste de Hoa est en train de ramper vers le matelas posé par terre qui vous sert de lit. À part son autre bras, qui se trouve vous ne savez où. Il manque des touffes de cheveux au petit mangeur de pierre qui s'immobilise à votre entrée – qu'il vous entende ou vous value – puis reste figé pendant que vous lui tournez autour. On lui a arraché la mâchoire inférieure ; il n'a plus d'yeux ; une... une morsure creuse un trou juste au-dessus de sa tempe. Voilà pourquoi il lui manque des cheveux. Quelque chose a mordu dans son crâne comme dans une pomme, creusant la chair et l'os en diamant qu'elle recouvrait. Le sang vous empêche de voir ce qu'il a dans la tête. Tant mieux.

Ce serait terrifiant, si vous ne compreniez instantanément ce qui se passe. Près de votre lit se trouve le petit baluchon enveloppé de chiffons qui n'avait pas quitté Hoa depuis Tirimo. Vous vous précipitez pour l'ouvrir, l'apportez à la créature en ruine et vous penchez vers elle.

« Tu peux te retourner ? »

Elle vous répond en obtempérant. La disparition de sa mâchoire inférieure vous déconcerte un instant, puis vous vous dites que ça n'a aucune importance et enfoncez une des pierres droit dans le trou déchiqueté de sa gorge. Sa chair, chaude au toucher, a l'air humaine quand vous y appuyez les doigts, le temps de faire réagir les muscles responsables de la déglutition réflexe. (Votre cœur se soulève ; vous lui ordonnez de redescendre.) Un deuxième caillou suit le même chemin grâce à vos bons soins mais, quelques inspirations plus tard, Hoa se met à trembler violemment de tout son corps. Vous prenez conscience de continuer à valuer la magie au moment où ce corps s'emplit soudain de vrilles d'argent scintillantes, lanières onduleuses qui cinglent les alentours tels les tentacules urticants des créatures marines dont parlent les histoires des mnésistes. Il y en a des *centaines*. L'inquiétude vous pousse à reculer, mais Hoa lâche un son râpeux, haletant, qui veut peut-être dire *encore*. Vous lui poussez donc une troisième pierre dans la gorge, puis une quatrième. Il n'en restait déjà plus beaucoup… En arrivant aux trois dernières, vous hésitez.

« Tu les veux toutes ? »

Il hésite, lui aussi. Ça se voit à son langage corporel. Vous ne comprenez pas pourquoi il a besoin de ces cristaux ; si on oublie le déchaînement de magie – il en est littéralement *fait*, le moindre centimètre cube de son corps en déborde, vous n'avez jamais rien vu de pareil –, son état ne s'améliore en rien. Est-il seulement possible de survivre, voire de se remettre de dommages pareils ? Il n'est pas assez humain pour que vous en ayez la moindre idée. Mais, en fin de compte, il croasse à nouveau. Un son plus profond que la fois précédente. Résigné, peut-être, à moins que votre imagination ne plaque un schéma d'humanité sur les bruits animaux produits par une chair animale. Vous lui poussez les trois dernières pierres dans la gorge.

Rien ne se passe. Au début.

Et puis les vrilles argent se déploient en nuage autour de lui, si vite, avec une telle frénésie que vous reculez à quatre pattes. Vous avez une idée de ce que peut la magie, et il se passe là quelque chose qui vous semble à la fois violent et incontrôlé. Toutefois, la magie emplit la chambre et… et vous clignez des yeux. Non contente de la valuer, vous la *voyez*. Hoa tout entier brille maintenant d'une lumière argentée qui devient rapidement insupportable ; un fixe lui-même la verrait. Vous battez en retraite dans le séjour, décidée à suivre les événements d'un endroit a priori un peu plus sûr. À l'instant précis où vous changez de pièce, la substance même de l'appartement – murs, sol, tout ce qui est cristal – frissonne et prend l'*irréalité translucide des obélisques*. Les meubles et les affaires qui se trouvent dans votre chambre lévitent au sein d'une blancheur scintillante. Un bruit sourd s'élève dans votre dos. Vous sursautez, faites volte-face, mais ce sont juste les jambes de Hoa qui viennent de sortir du sol et glissent maintenant sur les pistes de sang en direction du brasier de magie. Le bras que vous avez lâché bouge aussi ; déjà, il progresse contre la masse éclatante du corps, se met à briller, bondit pour retrouver sa place comme la main du mangeur de pierre gris pour retrouver la sienne.

Quelque chose monte du sol… Non, *le sol* monte – on dirait du mastic plus que du cristal – envelopper le corps de Hoa. La lumière blanche s'éteint ; le matériau commence aussitôt à changer en s'assombrissant. Lorsque vos battements de paupières vous permettent d'éliminer les images rémanentes, lorsque vous y voyez à nouveau, une masse énorme, étrange, inouïe occupe l'endroit où se trouvait Hoa.

Vous regagnez la chambre – prudemment, parce que si le cristal a repris sa solidité, ce n'est peut-être que temporaire. Sa surface autrefois lisse est devenue rugueuse sous vos pieds. La masse occupe l'essentiel de la pièce, posée près de votre lit défait, à demi immergé dans le sol rematérialisé. Elle est brûlante. Vous vous prenez brièvement les jambes dans les sangles de votre sac à moitié vide, toujours intact, heureusement – la substance amollie ne l'a pas englouti. Vous vous empressez de le ramasser, par habitude de survivante. Feux souterrains ! Il est brûlant lui aussi. Si la paillasse ne prend pas feu, c'est uniquement parce qu'elle n'est pas en contact direct avec la chose. En tout cas, ça se value, quoi que ce soit. Non, vous savez ce que c'est : de la calcédoine. Un énorme morceau oblong de calcédoine gris-vert qui évoque la coquille extérieure d'une géode.

Vous savez déjà ce qui se passe, hein ? Je vous ai parlé de Tirimo, après la création du rift. L'autre bout de la vallée, où la secousse a libéré par son onde de choc une géode qui s'est ensuite ouverte comme un œuf. Elle n'était pas là depuis toujours, vous savez ; il s'agit de magie, pas de phénomènes naturels. Enfin, peut-être un peu des deux. Les mangeurs de pierre n'y voient guère de différence.

Le matin venu, après une nuit que vous avez passée assise à la table du séjour, d'où vous comptiez veiller le gros rocher fumant, les événements se répètent. La géode s'ouvre bruyamment, avec une violence explosive. La boucle de plasma sous pression qui en jaillit fait fondre ou griller tout ce que vous avez laissé dans la pièce, mais pas votre sac de survie, que vous aviez emporté. Bon réflexe.

Vous tremblez de tout votre corps à cause de ce réveil en sursaut. Lentement, vous vous levez et vous glissez dans la chambre, où la chaleur étouffante vous empêche presque de respirer. Un vrai four – alors que le courant d'air suscité par la hausse de température soulève complètement le rideau qui sert de porte à l'appartement. Toutefois, l'atmosphère se rafraîchit vite ; la température reste trop haute, certes, mais elle ne présente bientôt plus aucun danger.

C'est tout juste si vous en êtes consciente. Parce que quelque chose sort de la géode ouverte avec des gestes d'une fluidité trop humaine, avant de revenir rapidement à une sorte d'immobilité ponctuée familière… Le mangeur de pierre que vous avez vu dans l'obélisque grenat.

Rebonjour.

*
**

Notre position est totalement identifiée à l'intégrité physique du Fixe – dans l'intérêt évident de la survie à long terme. Le bon état du continent dépend tout particulièrement de l'équilibre sismique, que seuls peuvent établir les orogènes, car une loi impérieuse de la nature le veut ainsi. Porter un coup à leur esclavage, c'est porter un coup à la planète même. Voilà pourquoi nous décrétons que, malgré leur ressemblance avec les nôtres, de bon et sain lignage, malgré la douceur dont il faut faire preuve à leur égard en les employant au bénéfice des esclaves et des hommes libres tout à la fois, la capacité à l'orogénie doit être considérée quel que soit son degré comme annulant l'identité individuelle. Les orogènes sont tenus à juste titre pour une espèce inférieure et dépendante.

Déclaration sur les droits des malades de l'orogénie, par le Second Conseil de la mémoire lumenien

15. Nassun, dans le rejet

De ma jeunesse, je me rappelle la couleur. Le vert omniprésent. L'iridescence blanche. Les rouges profonds, tout de vitalité. Ces couleurs-là s'attardent dans mes souvenirs, alors que le reste n'est souvent que pâleur diaphane, quasi disparue. Il y a une raison à cela.

*
**

Nassun comprend soudain sa mère mieux que jamais.

Elle est assise entre Schaffa et Umber dans un bureau du Fulcrum antarctique, où on leur a offert à tous une tasse de sain. Comme il n'est pas possible de laisser les enfants de Lune Nouvelle sans surveillance et que Nida éprouve les plus grandes difficultés à imiter un comportement humain normal, elle est restée à Nouvelle Lune. Quant à Umber, il se montre d'une telle discrétion que personne ne sait jamais ce qu'il pense. C'est Schaffa qui se charge de la conversation. Les visiteurs ont été introduits dans le complexe pour discuter avec trois personnes qualifiées de « seniors », quoi que ça puisse signifier. Les seniors en question portent un uniforme noir, à la veste boutonnée avec soin et au pantalon à pli – ah, voilà pourquoi tout le monde appelle les orogènes impériaux les bêtes noires. Ils dégagent une impression de pouvoir et de peur.

Une des femmes, manifestement d'ascendance antarctique, a des cheveux roux grisonnants et une peau si blanche qu'elle offre un contraste saisissant avec les veines vertes juste en dessous. De belles lèvres dissimulent en principe ses dents de cheval ; Nassun n'arrive pas à quitter sa bouche des yeux quand elle parle. Son nom de Serpentine ne lui va pas du tout.

« Nous ne recevons évidemment plus de poussière », dit-elle en ouvrant les mains, les yeux fixés sur la fillette, pour une raison ou pour une autre. Ses doigts tremblent légèrement. Il en va ainsi depuis le début de la réunion. « C'est une difficulté que nous n'avions pas anticipée. Et ça signifie, entre autres, que nous disposons de dortoirs inutilisés, à une époque où un toit sûr se révèle précieux. Voilà pourquoi nous avons offert aux comms voisines d'héberger les orphelins trop jeunes pour avoir été acceptés par la communauté. Simple bon sens, n'est-ce pas ? Nous avons aussi admis quelques réfugiés, ce qui explique que nous n'ayons eu d'autre choix que d'entamer les négociations avec les indigènes afin d'acheter à manger et tout ce qui s'ensuit. Lumen ne nous fournissant plus rien… » Son expression vacille. « Enfin bref. C'est compréhensible, je pense ? »

Elle quémande. Avec un sourire gracieux et des manières impeccables, pendant que ses deux collègues hochent sagement la tête pour ponctuer ses propos, mais elle quémande. Nassun ne sait trop pourquoi ces gens l'agacent autant, bien que ce soit dû en partie à la manière dont ils s'humilient et à leur fausseté : malgré le malaise, la peur et la colère évidents que leur inspire l'arrivée des Gardiens, ils feignent la courtoisie. Elle pense à sa mère, qui feignait la gentillesse et la tendresse en présence de son père ou de n'importe qui d'autre, mais se montrait froide et violente en privé. Considérer le Fulcrum antarctique comme un endroit peuplé de variantes sans fin de sa mère lui donne des démangeaisons dans les dents, la paume des mains et les valupinae.

D'ailleurs, la placidité glacée d'Umber et l'amabilité grinçante du sourire de Schaffa lui prouvent que la situation ne leur plaît pas non plus.

« C'est en effet compréhensible », acquiesce Schaffa, qui fait tourner sa tasse entre ses mains. Bien que la solution de sain conserve la blancheur laiteuse requise, il n'en a pas bu une gorgée. « Je suppose que les comms locales vous sont reconnaissantes d'héberger et de nourrir leur population surnuméraire. Le simple bon sens exige également de la mettre au travail. De lui faire protéger les murailles. Cultiver les champs… » Il s'interrompt ; son sourire s'élargit. « Je veux dire, les jardins. »

Serpentine lui rend son sourire, pendant que les autres seniors s'agitent, mal à l'aise. Nassun ne comprend pas ce qui se passe. La Saison ne bat pas encore son plein ici, en Antarctique ; la sagesse consiste donc pour les comms à choyer leur verdure, garnir leurs murailles de Costauds et se préparer au pire, mais on dirait que le Fulcrum antarctique n'aurait pas dû faire ce genre de choses. Qu'il n'aurait tout simplement pas dû rester fonctionnel. La fillette ne touche plus au sain que lui ont donné ses hôtes, bien qu'elle n'en ait goûté que deux fois jusqu'ici et qu'elle aime être traitée en adulte. Schaffa n'a pas bu une goutte du sien, ce qui signifie que la situation est en réalité malsaine.

La seconde senior, a priori originaire des Moyessud, pourrait être de la famille de Nassun : grande, plutôt brune, elle possède d'épais cheveux bouclés, une taille ample, de larges hanches et des cuisses lourdes. Les présentations ont été faites, mais la visiteuse a oublié son nom, alors que son orogénie est plus affûtée que celle de ses aînés. Six anneaux ornent ses longs doigts. C'est son sourire à elle qui finit par s'effacer ; c'est elle qui croise les mains et lève le menton, un peu. Ça aussi, ça rappelle sa mère à Nassun : cette attitude précise, image de dignité douce plaquée sur un noyau d'obstination aussi dur que le diamant. Obstination qui s'impose quand l'inconnue intervient :

« Je crois comprendre que vous êtes mécontents, Gardiens. »

Serpentine tressaille. Le collègue des deux femmes, un certain Lamprophyre, soupire. Schaffa et Umber penchent la tête de côté presque à l'unisson, tandis que le sourire de Schaffa s'élargit, plein d'intérêt.

« Nous ne sommes pas mécontents, dit-il, clairement satisfait d'en terminer avec les civilités. Juste surpris. Après tout, le protocole standard veut que les installations des Fulcrum ferment jusqu'à la dernière en cas de Saison déclarée.

— Déclarée par qui ? demande la six-anneaux. Avant votre arrivée, aujourd'hui, aucun Gardien n'est venu nous faire part de quoi que ce soit. Les Dirigeants des comms locales ne sont pas tous d'accord : certains appliquent la loi Saisonnière, d'autres se contentent du confinement… Il s'en trouve même qui n'ont rien changé à leurs habitudes.

— Et s'ils avaient tous déclaré la loi Saisonnière, dit Schaffa de la voix très calme qu'il emploie quand il connaît déjà la réponse à une question, mais qu'il veut l'entendre de la bouche de son interlocuteur, vous seriez-vous tués, vos collègues et vous ? Puisque, vous l'avez fort bien dit, il n'y a pas ici de Gardiens pour se charger de vous éliminer. »

Nassun maîtrise un sursaut de surprise. Se tuer ? Toutefois, elle ne contrôle pas assez son orogénie pour l'empêcher de tressaillir aussi bien que son corps. Les trois membres du Fulcrum la regardent ; un mince sourire monte aux lèvres de Serpentine.

« Attention, Gardien, lance-t-elle à Schaffa, sans cependant quitter Nassun des yeux. Il semblerait que l'idée d'une extermination de masse injustifiée mette votre favorite mal à l'aise.

— Je ne lui cache jamais rien », répond-il. L'amour et la fierté engloutissent la surprise de Nassun. Il lui jette un coup d'œil. « Historiquement, le Fulcrum doit sa survie à la tolérance de ses voisins, car il dépend de leurs murailles et de leurs ressources. En Saison, on attend évidemment des orogènes impériaux, comme de tous les inutiles avérés, qu'ils se retirent eux-mêmes de la compétition pour lesdites ressources… afin que les gens normaux et sains aient de meilleures chances de survie. » Il s'interrompt. « Par ailleurs, les orogènes n'ont pas le droit d'exister hors la supervision d'un Gardien ou du Fulcrum… »

Il écarte les mains.

« Nous *sommes* le Fulcrum, Gardien », intervient Lamprophyre – un Côtier Occidental, semble-t-il. Grand et élancé, il a un visage quasi concave encadré de cheveux raides, des pommettes hautes et la peau blanche, mais les yeux sombres et froids. Son orogénie paraît à Nassun aussi légère et feuilletée que le mica. « Et nous sommes autosuffisants. Outre que nous ne ponctionnons pas les ressources des comms voisines, nous leur rendons des services dont elles ont grand besoin. Nous avons même, sans qu'on nous le demande ni qu'on nous offre compensation, œuvré à affaiblir les répliques du rift quand elles arrivaient aussi loin au sud. C'est grâce à nous que peu de comms antarctiques ont réellement souffert depuis le début de la Saison.

— Admirable, dit Umber. Et malin, de vous rendre aussi précieux. Vos Gardiens ne l'auraient pas permis, je suppose. »

Les seniors se figent un instant.

« Nous sommes en Antarctique, Gardien. » Serpentine sourit, mais son sourire ne monte pas jusqu'à ses yeux. « Notre Fulcrum est minuscule, comparé à celui de Lumen. Vingt-cinq orogènes à anneaux et quelques grains de poussière, la plupart déjà grands. Il n'y a jamais eu beaucoup de Gardiens stationnés ici en permanence. Nous ne voyions en général que ceux qui nous rendaient visite en décrivant leur circuit ou pour nous amener de la poussière. Il n'en est passé aucun depuis la création du rift.

— Il n'y a jamais eu beaucoup de Gardiens stationnés ici, acquiesce Schaffa, mais il y en avait trois, autant que je m'en souvienne. Dont un que je connaissais. » Il s'interrompt. Une seconde fugace, son regard se fait lointain, perdu, un peu égaré. « Je me rappelle en avoir connu un. » Il bat des paupières. Son sourire lui revient. « Mais il n'y en a plus. »

Son interlocutrice est nerveuse. Les trois seniors sont nerveux, ce qui rend plus gênante encore la démangeaison qu'éprouve Nassun au fin fond de son esprit.

« Nous avons subi plusieurs attaques de hors-comm avant de nous décider à construire une enceinte, déclare Serpentine. Ils sont morts avec courage pour nous protéger. »

Le mensonge est si flagrant que la fillette la contemple, bouche bée.

« Ma foi… » Schaffa pose sa tasse en poussant un petit soupir. « Je suppose que ça s'est passé aussi bien qu'on pouvait s'y attendre. »

Nassun a beau avoir deviné ce qui allait suivre, elle a beau avoir déjà vu Schaffa se déplacer à une vitesse impossible à un être humain, l'argent en Umber et lui a beau s'enflammer comme une allumette et flamber une seconde avant, elle n'en est pas moins surprise quand il se jette en avant et traverse d'un coup de poing le visage de Serpentine.

L'orogénie de la senior meurt en même temps qu'elle mais, déjà, ses deux collègues se sont levés et mis en mouvement. Lamprophyre se laisse tomber en arrière par-dessus sa chaise pour échapper à la main floue qu'Umber tend vers lui, tandis que la six-anneaux tire de sa manche une sarbacane. Les yeux de Schaffa s'écarquillent, mais il a toujours le poing coincé dans le crâne de Serpentine ; le poids mort du cadavre lui leste le bras quand il essaie de se jeter sur la Moyenne. Elle porte la sarbacane à ses lèvres.

Avant qu'elle ne puisse y souffler, Nassun s'est levée et s'est enfouie dans la terre, où elle tisse un tore qui gèlera l'ennemie en une seconde. La six-anneaux sursaute, surprise, et courbe *quelque chose* qui fait voler le tore en éclats sans lui laisser le temps de prendre complètement forme. La mère de Nassun faisait ça pendant leurs exercices d'orogénie, quand la fillette ne suivait pas ses instructions à la lettre. Cette compréhension la secoue au point qu'elle recule, vacillante.

Sa mère a appris ce truc ici même, au Fulcrum, c'est comme ça que les gens du Fulcrum entraînent les jeunes orogènes, tout ce que Nassun tient de sa mère est infecté par cet endroit et l'a toujours été...

Cette brève distraction a cependant suffi. Schaffa se dégage enfin – la tête de Serpentine explose au passage –, traverse la pièce en un souffle, attrape la sarbacane, l'arrache à la senior et la lui plante dans la gorge avant qu'elle ne puisse réagir. Elle tombe à genoux en s'étranglant et se tend d'instinct vers la terre, mais une vague immatérielle balaie la pièce. Une exclamation étouffée échappe à Nassun, parce qu'elle ne value plus rien, absolument rien. La blessée pousse un petit cri, elle aussi, puis se met à râler en se griffant la gorge. Schaffa l'attrape par le crâne et lui brise aussitôt la nuque d'une secousse.

Lamprophyre recule sur les fesses devant Umber, qui le suit pas à pas pendant qu'il farfouille dans ses vêtements, où quelque chose de petit mais de manifestement lourd s'est empêtré dans le tissu.

« Terre cruelle ! s'exclame-t-il en tiraillant les boutons de sa veste. Vous êtes contaminés. Tous les deux ! »

Il n'en dit pas davantage, car Umber devient flou. Quant à Nassun, elle sursaute lorsqu'une éclaboussure lui mouille la joue, du fait qu'Umber vient de passer le pied à travers la tête du senior.

« Nassun... » Schaffa lâche le corps de la six-anneaux, qu'il contemple de tout son haut. « Va nous attendre dehors, sur la terrasse.

— Ou... oui, Schaffa. »

La fillette déglutit, tremblante, mais se contraint à faire demi-tour et à quitter la pièce. Après tout, il y a dans le coin vingt-deux autres orogènes à anneaux, s'il faut en croire les assertions de Serpentine.

Le Fulcrum antarctique n'est pas beaucoup plus grand que Jekity. À la maison imposante d'un étage qui abrite les locaux administratifs s'ajoutent un groupe de maisonnettes minuscules, où vivent apparemment les orogènes adultes, et de longs baraquements jouxtant une vaste serre vitrée. Il y a pas mal d'allées et venues autour des baraquements et des maisonnettes. Peu de gens portent du noir, mais certains des « civils » font à Nassun l'effet d'orogènes. Derrière la serre s'étend une pente découpée en terrasses couvertes de petits lopins cultivés, trop nombreux pour être qualifiés de jardins. Il s'agit d'une exploitation agricole. La plupart des parcelles sont occupées par des céréales ou des légumes en rangs serrés ; il y règne une activité intense, car le temps est au beau et nul ne sait que les Gardiens en visite sont très occupés à tuer les occupants du bâtiment administratif.

Nassun suit d'un pas vif le chemin pavé qui longe le sommet de la terrasse supérieure, la tête basse pour se concentrer sur ses pieds et ne pas trébucher, puisqu'il lui est impossible de valuer après ce qu'a fait Schaffa à la six-anneaux. La fillette a toujours su les Gardiens capables de bloquer l'orogénie, mais elle ignorait quel effet ça faisait. Marcher lui paraît difficile, maintenant qu'elle ne perçoit plus le sol qu'avec ses sens de fixe – d'autant plus qu'elle tremble comme une feuille. Elle pose avec soin un pied devant l'autre, jusqu'au moment où d'autres pieds se retrouvent soudain là, juste *là*, sous son nez. Elle s'arrête net, le corps tout entier rigidifié par le saisissement.

« Hé, dis donc, regarde où tu vas », lui lance par réflexe la fille devant laquelle elle vient de se figer. Si pâle et mince que soit l'inconnue, une tignasse touffue de cheveux acendres gris ardoise lui hérisse le crâne. Sans doute a-t-elle à peu près le même âge que la visiteuse, près de qui elle s'arrête, elle aussi, quand elle la voit mieux. « Mais tu as quelque chose dans la figure. On dirait un insecte écrasé. Beurk. »

Elle chasse le « quelque chose » d'une pichenette. Nassun sursaute, surprise, avant de se rappeler sa bonne éducation.

« Merci. Heu… désolée de m'être mise sur ton chemin.

— C'est pas grave. » La fille cligne des yeux. « J'ai entendu dire que des Gardiens étaient venus et qu'ils amenaient un grain. C'est toi ?

— Un… un grain ? » répète Nassun, déconcertée.

Son interlocutrice plisse le front.

« Ben ouais. Une apprentie ? Une future orogène impériale ? » Elle porte un panier d'outils de jardinage très mal assorti à la conversation. « Les Gardiens amenaient des enfants ici, avant la Saison. C'est comme ça que je suis arrivée, moi. »

Techniquement, c'est aussi comme ça que Nassun est arrivée.

« Les Gardiens m'ont amenée », acquiesce-t-elle en écho. Elle se sent creuse.

« Moi aussi. » La fille se rembrunit et détourne les yeux. « Ils t'ont déjà cassé la main ? »

Le souffle de Nassun se bloque dans sa gorge.

Son silence éveille manifestement l'amertume de l'apprentie. « Ouais. Ils le font à tout le monde, à un moment ou à un autre. La main ou juste les doigts. » Elle secoue la tête avant d'inspirer vivement – c'est presque un halètement. « On n'est pas censés en parler. Mais ce n'est pas toi, quoi qu'ils disent. Ce n'est pas ta faute. » Nouvelle inspiration rapide. « On se reverra. Moi, je m'appelle Ajae. Je n'ai pas encore de nom d'orogène. Et toi, comment tu t'appelles ? »

Nassun est incapable de penser. Le bruit du poing de Schaffa écrasant l'os lui résonne aux oreilles. « Nassun.

— Ravie d'avoir fait ta connaissance, Nassun. »

Un signe de tête poli, puis Ajae continue son chemin dans l'escalier qui descend vers les cultures en terrasses. Elle fredonne en balançant son panier. La visiteuse la suit des yeux ; elle aimerait comprendre.

Un nom d'orogène ?

Ne pas comprendre.

Ils t'ont déjà cassé la main ?

Cet endroit. Ce… Fulcrum. C'est la raison pour laquelle sa mère lui a cassé la main.

Une main qui tressaille sous l'effet d'une douleur fantôme. Nassun voit la pierre dans la main de sa mère. La pierre se lève. Reste une seconde immobile. Retombe.

Tu es sûre d'être capable de te contrôler ?

Le Fulcrum est la raison pour laquelle sa mère ne l'a jamais aimée.

La raison pour laquelle son père ne l'aime plus.

La raison pour laquelle son frère est mort.

Elle regarde Ajae saluer d'un signe un adolescent, très occupé à biner une parcelle. Cet endroit. Ces gens, qui n'ont pas le droit d'exister.

Le saphir n'est pas loin. Il lévite au-dessus de Jekity depuis deux semaines – depuis que Schaffa, Umber et Nassun sont partis pour le Fulcrum antarctique. Elle le value à distance, bien qu'il soit tout de même trop loin pour être visible. Quand elle se tend vers lui, elle en retire l'impression qu'il fluctue et s'émerveille une seconde de *savoir* une chose pareille, d'une manière ou d'une autre. D'instinct, elle s'est tournée dans sa direction. La ligne de mire. Elle n'a besoin ni de ses yeux ni de son orogénie pour se servir de l'artefact.

(Telle est la nature de l'orogène, aurait pu lui dire le Schaffa d'autrefois, s'il existait toujours. Nassun et les siens réagissent de la même manière, d'instinct, à n'importe quel danger : en y appliquant la force opposée la plus dévastatrice possible. Voilà ce qu'il lui aurait dit, avant de lui casser la main pour qu'elle n'oublie jamais la leçon du contrôle.)

Les fils d'argent sont si nombreux, ici. Les orogènes sont tous liés par l'entraînement commun, l'expérience partagée.

ILS T'ONT DÉJÀ CASSÉ LA MAIN.

En trois souffles, tout est terminé. Nassun se laisse retomber hors du bleu aqueux, dont le sillage la laisse tremblante. Lorsqu'elle se retourne, plus tard, Schaffa est arrivé, avec Umber.

« Ils n'étaient pas censés être là ! s'exclame-t-elle. Tu l'as *dit.* »

Schaffa ne sourit pas. Il reste d'une immobilité parfaite, qu'elle connaît bien. « C'est pour nous aider que tu as fait ça ? »

Elle n'est pas assez capable de penser pour mentir, aussi secoue-t-elle la tête. « Cet endroit n'allait pas. Le Fulcrum ne va pas.

— Ah bon ? » Il lui impose une épreuve, mais elle ignore de quoi il s'agit. « Pourquoi dis-tu une chose pareille ?

— Maman n'allait pas. Le Fulcrum a fait d'elle ce qu'elle est. Elle aurait d… dû être dans t… dans ton camp. » *Comme moi*, se dit, se rappelle Nassun. « Cet endroit a fait d'elle autre chose. » Elle n'arrive pas à formuler correctement la chose. « Il l'a faite *mal.* »

Schaffa regarde Umber, qui penche la tête de côté. L'argent scintille une seconde entre eux, tandis que les choses logées dans leurs valupinae entrent curieusement en résonance. Toutefois, Schaffa repousse l'argent, les sourcils froncés. La lutte le fait souffrir, mais il n'en lutte pas moins, les yeux fixés sur Nassun, étincelants, les dents serrées, le front emperlé d'une sueur renouvelée.

« Tu as peut-être raison, mon enfant, dit-il enfin. C'est logique. Quand on met les gens en cage, ils essaient de toutes leurs forces de s'échapper ; ils ne pensent pas à coopérer avec ceux qui les ont faits prisonniers. Sans doute ce qui s'est passé ici était-il inévitable. » Un coup d'œil à Umber. « Il n'empêche. Leurs Gardiens devaient être extrêmement laxistes pour laisser des orogènes prendre l'avantage de cette manière. La senior à la sarbacane… une sauvage d'origine, très probablement, qui avait appris des choses qu'elle n'aurait pas dû savoir avant d'arriver ici. C'était elle le moteur.

— Des Gardiens laxistes, répète Umber, le regard fixé sur lui. Oui. »

Schaffa sourit à son collègue. Nassun fronce les sourcils, déconcertée.

« Nous avons détruit la menace, reprend Schaffa.

— L'essentiel », acquiesce Umber.

Son interlocuteur lui donne raison d'un signe de tête et d'une expression vaguement ironique, avant de dire, pour Nassun :

« Tu as bien fait, mon enfant. Merci de ton aide. »

Umber ne le quitte pas des yeux. Plus précisément, il ne quitte pas sa nuque des yeux. Schaffa fait brusquement volte-face pour lui jeter un coup d'œil menaçant, le sourire soudain figé, le corps d'une immobilité de mort. Umber finit par détourner les yeux. Nassun comprend alors. L'argent s'est apaisé en Umber, autant du moins qu'il s'apaise jamais chez les Gardiens, mais les filaments scintillants sont toujours aussi animés en Schaffa, actifs, occupés à le déchiqueter. Il les combat cependant, de même qu'il est prêt à combattre Umber s'il le faut.

Pour elle ? La fillette s'interroge, exultante. Pour elle.

Il s'accroupit afin de lui prendre le visage entre ses mains.

« Tu te sens bien ? » s'inquiète-t-il.

Ses yeux se lèvent brièvement vers le ciel, à l'est. Vers le saphir.

« Oui », répond Nassun.

Elle se sent bien, en effet. La connexion à l'obélisque a été beaucoup plus facile à établir, cette fois, en partie parce qu'elle n'a pas été surprise, en partie parce qu'elle s'habitue au brusque avènement de l'étrange dans sa vie. Le truc, c'est de se laisser tomber dans l'artefact – de tomber à la même vitesse et de penser de la même manière qu'une gigantesque colonne de lumière.

« Fascinant. » Schaffa se relève. « Allons-nous-en. »

Les trois visiteurs quittent le Fulcrum antarctique, où des récoltes nouvelles verdissent les champs, des corps refroidissent dans le bâtiment administratif, des statues multicolores brillantes d'êtres humains ornent les jardins, les baraquements, les murailles.

*
**

Au fil des jours suivants, pendant leur voyage par les routes et les chemins forestiers qui séparent le Fulcrum de Jekity, pendant leurs nuits dans des granges inconnues ou près de petits feux de camp, Nassun pense.

Après tout, elle n'a rien d'autre à faire. Umber et Schaffa ne se parlent guère, car une tension toute neuve s'est installée entre eux. Elle comprend assez ce qui se passe pour éviter de rester seule avec Umber, ce qui lui pose d'autant moins de problème que Schaffa évite de la laisser avec son collègue. Cette prudence n'est pas absolument nécessaire, puisque Nassun s'estime capable de faire à Umber ce qu'elle a fait à Eitz et aux occupants du Fulcrum antarctique. L'utilisation des obélisques n'a rien à voir avec la valuation ni les fils d'argent avec l'orogénie ; les Gardiens en personne ne sont donc pas à l'abri des transformations qu'elle peut déclencher. N'empêche. Elle est contente que Schaffa l'accompagne aux bains et qu'il renonce à dormir – un des pouvoirs des Gardiens, semble-t-il – pour veiller sur elle la nuit. Elle est contente que quelqu'un, n'importe qui, se montre à nouveau protecteur avec elle.

Mais. Elle pense.

Ça l'ennuie que Schaffa se soit dévalué aux yeux de ses collègues en décidant de ne pas la tuer. Ça l'ennuie plus encore qu'il souffre, qu'il serre les dents et fasse mine de sourire, alors que l'argent se tord et brûle en lui. Il ne connaît plus une seconde de répit mais refuse de laisser Nassun calmer la douleur, sous prétexte que quand elle l'aide, elle est lente et fatiguée le lendemain. Alors elle le regarde souffrir, et elle déteste la petite chose logée dans sa tête qui lui fait aussi mal. Ce truc lui donne du pouvoir, mais à quoi sert le pouvoir, s'il s'exerce sur des charbons ardents ?

« Pourquoi ? » lui demande-t-elle un soir où ils campent sur une dalle blanche surélevée, ni métal ni pierre, seul vestige intact d'une ruine de civilisation disparue.

Il y a des bandits ou des hors-comm aux alentours, les signes de leur présence ne manquent pas. D'ailleurs, la comm minuscule où les voyageurs se sont arrêtés la veille leur a conseillé la prudence. Mais vu la hauteur à laquelle se trouve la dalle, ils seront avertis bien avant que d'éventuels assaillants ne les rejoignent. Umber est parti poser des pièges en prévision du petit déjeuner. Schaffa en a profité pour s'allonger sur son couchage, pendant que Nassun monte la garde. Elle ne veut pas l'empêcher de dormir, mais elle a besoin de savoir.

« Pourquoi y a-t-il cette chose dans ta tête ?

— Elle y a été mise quand j'étais très jeune. » Il a l'air fatigué. Ce n'est pas facile de combattre l'argent plusieurs jours d'affilée sans jamais se reposer. « Moi, je n'ai pas eu l'occasion de demander pourquoi ; il fallait qu'il en soit ainsi, tout simplement.

— Mais… » Elle ne veut pas non plus lui casser les pieds en s'obstinant à demander pourquoi. « Il fallait *vraiment* qu'il en soit ainsi ? À quoi ça sert ? »

Il sourit, les yeux clos. « Nous sommes faits pour tenir le monde à l'abri du danger des tiens.

— Je sais, mais… » Elle secoue la tête. « *Qui* est-ce qui t'a mis ça dans la tête ?

— À moi, spécifiquement ? » Il rouvre un œil puis fronce légèrement les sourcils. « Je… je ne m'en souviens pas. Mais en principe, les Gardiens sont créés par d'autres Gardiens. On nous trouve, ou on nous obtient par reproduction choisie, puis on nous donne à Mandat, où on nous entraîne et on nous… altère.

— Mais qui a fait le Gardien qui t'a fait ? et celui d'avant, qui l'a fait, lui ? Qui a *commencé* ? »

Schaffa reste un moment silencieux. Sans doute cherche-t-il à se rappeler, s'il faut en juger par son expression. Il y a chez lui quelque chose qui ne va pas du tout, qui cisèle des trous dans sa mémoire et impose à ses pensées une pression digne d'une ligne de faille ; Nassun accepte cette bizarrerie en toute simplicité. Il est ce qu'il est. Mais elle a besoin de savoir pourquoi… et, plus important, comment faire pour qu'il aille mieux.

« Je ne sais pas », répond-il enfin. À la manière dont il exhale et referme les yeux, elle comprend que la conversation est terminée, en ce qui le concerne. « Au bout du compte, mon enfant, les *pourquoi* n'ont pas d'importance. Pourquoi es-tu une orogène ? Nous sommes parfois obligés d'embrasser ce que nous apporte la vie, tout simplement. »

Elle décide d'en rester là. Un instant plus tard, le corps de Schaffa se détend dans le sommeil pour la première fois depuis plusieurs jours. Elle monte la garde avec application, son sens retrouvé de la terre déployé afin de capter les réverbérations des petits animaux en déplacement et de tout ce qui bouge par ailleurs à proximité. Elle value aussi Umber, qui pose méthodiquement des pièges à la limite de son champ de conscience. C'est à cause de lui qu'elle introduit un fil d'argent dans le réseau de son attention. Il a le pouvoir d'échapper à la valuation, mais pas à ça. Les hors-comm y seront pris aussi, en admettant qu'ils arrivent discrètement à portée de flèche ou de harpon. Pas question que Schaffa se fasse blesser de la même manière que Jija.

À part quelque chose de chaud et de lourd qui se déplace à quatre pattes non loin d'Umber, sans doute en quête de nourriture, il n'y a aux environs rien de préoccupant. Rien…

… sauf. Quelque chose de très bizarre. De… d'immense ? Non, la chose est physiquement limitée, pas plus grosse qu'un rocher de taille moyenne ou un être humain. Elle se trouve juste sous la dalle de non-pierre blanche, autant dire sous les pieds de Nassun, à trois mètres de profondeur environ.

Et elle bouge soudain, comme si elle avait conscience de l'attention de la fillette. On dirait que le monde bouge. Nassun se penche en arrière en poussant une exclamation étouffée, bien que rien n'ait changé autour d'elle si ce n'est la gravité, et encore, pas beaucoup. L'immensité s'éloigne brusquement, à croire qu'elle a senti l'examen dont elle était l'objet, mais elle ne va pas loin. Un instant plus tard, elle se met à nouveau en mouvement, vers le haut, cette fois. Nassun bat des paupières puis ouvre les yeux. Une statue est à présent posée à côté de la dalle.

Rien de déconcertant à cela. Après tout, Nassun voulait autrefois devenir mnésiste ; elle a passé des heures à écouter les histoires consacrées aux mangeurs de pierre et au mystère qui entoure leur existence, même si elle ne les imaginait pas comme ça. Dans les contes, les créatures ont une peau de marbre et des cheveux de gemme, alors que celle qui se tient devant elle est entièrement grise, jusqu'au « blanc » des yeux. C'est un « homme », torse nu et musclé. Il sourit, dévoilant des dents transparentes aux facettes aiguisées.

« C'est toi qui as transformé le Fulcrum en pierre, il y a quelques jours », dit-il dans sa poitrine.

Nassun déglutit en jetant un coup d'œil à Schaffa. Il a le sommeil lourd, et le visiteur ne parle pas fort. Si elle se met à hurler, il y a gros à parier que Schaffa se réveillera – mais que peut un Gardien, face à un mangeur de pierre ? Elle n'est même pas sûre que les filaments d'argent se révèlent très utiles, car la créature n'est qu'une masse de nœuds argentés aveuglante, tourbillons et tortillons entremêlés.

La mnésie est toutefois catégorique sur un point : les mangeurs de pierre n'attaquent pas sans provocation. Donc : « Ou… oui, répond-elle à voix basse. C'est embêtant ?

— Pas du tout. Je voulais juste t'exprimer mon admiration pour ton travail. » Les lèvres de la créature ne bougent pas. Pourquoi sourit-elle autant ? La certitude de Nassun ne fait que croître à chaque souffle : il ne s'agit pas d'un simple sourire. « Comment t'appelles-tu, mon enfant ? »

Le *mon enfant* la hérisse. « Pourquoi ? »

L'être s'approche d'un pas, lentement. Le bruit évoque le crissement de la meule d'un moulin ; l'allure une statue en mouvement, révoltante. Nassun tressaille, dégoûtée. Il se fige.

« Pourquoi les as-tu changés en pierre ?

— Ils n'allaient pas. »

Il se rapproche encore, s'engageant sur la dalle. La fillette s'attend presque à ce que la plaque se fissure ou s'incline sous ce poids terrible, dont elle connaît l'immensité : la créature est une montagne, compactée sous forme et à taille humaines. Mais le produit de la civilisation disparue tient bon. La chevelure du visiteur se révèle à présent dans ses plus infimes détails, mèche par mèche.

« C'est *toi* qui n'allais pas, dit-il de son étrange voix résonnante. Les gens du Fulcrum et les Gardiens ne sont pas coupables de ce qu'ils font. Tu voulais savoir pourquoi ton Gardien est condamné à souffrir autant. La réponse, la voici : il n'y est pas obligé. »

Nassun se raidit. Avant qu'elle ne puisse demander à en savoir davantage, la tête de la créature se tourne vers Schaffa. Il y a un… vacillement, un ajustement trop infiniment subtil pour qu'elle le voie ou le value, et… et soudain, la palpitation vivante, pernicieuse de l'argent est réduite au silence en Schaffa. Seule subsiste l'activité de la tache sombre, d'une finesse d'aiguille, logée dans ses valupinae et qui essaie aussitôt de reprendre le contrôle – ses efforts se valuent facilement. Pour l'instant, cependant, Schaffa exhale tout bas et se détend davantage. La douleur qui le rongeait depuis plusieurs jours a disparu.

Nassun étouffe de son mieux une exclamation. S'il a enfin l'occasion de se reposer réellement, elle ne va pas la lui gâcher.

« Comment vous avez fait ? demande-t-elle au mangeur de pierre.

— Je peux t'apprendre. Et je peux aussi t'apprendre à lutter contre son bourreau, son *maître*. Si tu veux. »

Elle avale sa salive à grand-peine. « Ou… oui, je veux. » Mais elle n'est pas idiote. « Et vous, qu'est-ce que vous voulez, en échange ?

— Rien. Si tu luttes contre son maître, c'est mon ennemi que tu combats. Ce qui fait de nous… des alliés. »

Elle sait maintenant que l'être se cachait non loin de là pour l'espionner, mais peu lui importe. S'il s'agit de sauver Schaffa… Elle s'humecte les lèvres – léger goût de soufre. La brume de cendre s'épaissit depuis quelques semaines.

« D'accord.

— Comment t'appelles-tu ? »

En admettant qu'il l'ait espionnée, il sait qui elle est. Lui demander son nom constitue un geste qui les rapproche d'une alliance. « Nassun. Et vous ?

— Je n'ai pas de nom, ou j'en ai trop. Appelle-moi comme tu veux. »

Il faut un nom à la créature. Une alliance ne peut pas marcher sans ça, hein ?

« A… Acier. » C'est le premier mot à être venu à l'esprit de Nassun, parce que le visiteur est tout gris. « Acier ? »

L'impression persiste qu'il s'en fiche.

« Je reviendrai te voir plus tard, dit-il seulement. Quand on pourra discuter tranquilles. »

Une seconde après, il a disparu dans la terre. Il ne faut qu'un instant à la montagne pour quitter le champ de conscience de Nassun. Umber émerge presque aussitôt de la forêt qui entoure la dalle et entreprend de remonter la colline. À vrai dire, la fillette est ravie de son retour, bien que son regard s'aiguise quand il découvre en s'approchant Schaffa endormi. Il s'arrête à trois pas de Nassun, bien assez près vu la rapidité d'un Gardien.

« Si vous tentez quoi que ce soit, je vous tue, prévient-elle en hochant solennellement la tête. Vous le savez, hein ? Si vous le réveillez aussi. »

Umber sourit. « Je sais que tu essaieras.

— J'essaierai, et j'y arriverai. »

Il soupire. Sa voix s'emplit de compassion. « Tu ne sais pas combien tu es dangereuse. Beaucoup, beaucoup plus que moi. »

Elle ne le sait pas, en effet, et elle en est très préoccupée. Ce n'est pas la cruauté qui motive Umber. S'il la voit comme une menace, il doit y avoir une raison. Mais elle s'en fiche.

« Schaffa veut que je reste en vie, alors je reste en vie. Même si je dois vous tuer », prévient-elle.

Umber a l'air de réfléchir à la question. Elle entrevoit en lui le vacillement rapide de l'argent et comprend soudain, d'instinct, que ce n'est plus avec Umber qu'elle discute – plus vraiment.

« Et si Schaffa décide que tu dois mourir ? demande-t-il.

— Alors je meurs. »

C'est ce qui n'allait pas au Fulcrum, elle en est sûre. Ses occupants traitaient les Gardiens en ennemis ; peut-être d'ailleurs l'étaient-ils autrefois, comme l'a dit Schaffa, mais une confiance mutuelle est nécessaire entre alliés ; et une vulnérabilité mutuelle. Schaffa est la seule personne au monde à aimer Nassun, et Nassun est prête pour lui à mourir, tuer ou refaire le monde.

Lentement, Umber incline la tête. « Alors je vais me fier à l'amour qu'il t'inspire. » Sa voix, son corps ont un écho qui se perd dans la terre et s'y réverbère profond, très profond. « Pour l'instant. »

Sur ce, il la dépasse et va s'asseoir à côté du dormeur, prêt à monter la garde.

Le mode de raisonnement des Gardiens a beau échapper à Nassun, elle a appris quelque chose sur eux au fil des mois : ils ne se donnent pas la peine de mentir. Si Umber dit qu'il va se fier à Schaffa… Non. Il va se fier à *l'amour que Schaffa inspire à Nassun*, c'est différent. Quoi qu'il en soit, s'il dit que ça a un sens pour lui, elle n'a pas à en douter.

Aussi s'allonge-t-elle sur son propre couchage et se détend-elle, malgré tout. Ce qui ne l'empêche pas de mettre longtemps à s'endormir. Les nerfs, peut-être.

La nuit tombe. Le ciel est dégagé, si on oublie la légère brume de cendre venue du nord et les quelques nuages divisés en petites boules poussés vers le sud par la brise. Les étoiles apparaissent, scintillantes à travers le brouillard. Nassun les contemple. La somnolence l'envahit enfin – son esprit apaisé dérive peu à peu vers le sommeil –, quand elle s'aperçoit à retardement qu'une des minuscules lumières blanches qui brillent là-haut ne se déplace pas dans la même direction que les autres. On dirait presque qu'elle descend, alors que ses sœurs traversent le ciel d'ouest en est. Son mouvement très lent n'en est pas moins difficile à oublier, une fois qu'on l'a remarqué. Le point concerné semble aussi un peu plus gros et plus brillant que ceux qui l'entourent. Bizarre.

Nassun roule sur son couchage pour tourner le dos à Umber. Elle dort.

*
**

Ces choses sont là depuis une autre époque. C'est idiot de parler d'os. Elles tombent en poussière au moindre contact.

Il y a plus étrange que les os : les fresques. Des plantes telles que je n'en ai jamais vu, des signes qui constituent peut-être des lettres, mais qui ont juste l'air de formes et de tortillons. Par exemple : un gros rond blanc parmi les étoiles, au-dessus d'un paysage. Très curieux. Ça ne m'a pas plu. J'ai demandé à la bête noire de provoquer la chute de la fresque.

Journal de la Compagne Fogrid Innovatrice Lumen. Archives de la Licenciation de Génium, Équatorial oriental

16. Vos retrouvailles avec un vieil ami

Je veux continuer mon récit comme je l'ai commencé : en racontant dans votre tête, avec votre voix, en vous disant que penser et que savoir. Vous trouvez ça impoli ? Je suis bien d'accord. C'est égoïste aussi. Quand je parle en mon seul nom, j'ai du mal à me sentir partie de vous. La solitude me pèse davantage. Laissez-moi encore un peu de temps, s'il vous plaît.

*
**

Vous fixez avec de grands yeux le mangeur de pierre sorti de la chrysalide en calcédoine. Voûté, parfaitement figé, il vous regarde en coin à travers le léger tremblotement de chaleur qui entoure la géode ouverte. Sa chevelure est telle que vous vous en souvenez depuis le moment mi-réel, mi-rêvé passé au sein de l'obélisque grenat : l'éclaboussure figée que forment des cheveux acendres, soulevés et rejetés en arrière par une violente bourrasque. Ils ne sont pas purement et simplement blancs, mais évoquent à présent des opales laiteuses translucides. La « peau » de la créature est aussi noire que le ciel nocturne d'autrefois – avant la Saison –, contrairement à celle de la forme de chair que vous en étiez venue à connaître. À l'époque d'Allia, vous l'imaginiez ravagée par des fêlures, alors qu'il s'agit en réalité de marbrures blanches et argent. L'élégant drapé de pseudo-tissu enroulé autour du corps, banal chiton accroché à une épaule, est également de marbre noir. Les yeux seuls ne sont pas veinés, avec leur « blanc » maintenant sombre, lisse et mat, percé d'iris qui ont conservé leur pâleur de givre. Ils tranchent sur fond de visage noir, si frappants, si dérangeants – pur atavisme – qu'il vous faut un moment pour vous apercevoir que, justement, le visage qui les entoure est toujours celui de Hoa.

Hoa. Vieilli, ça se voit aussitôt. Jeune homme et non plus enfant. Toujours trop trapu, la bouche trop étroite, absurdité raciale. Vous lisez l'anxiété sur ses traits figés, parce que vous avez appris à la lire sur des traits autrefois plus doux, censés susciter votre compassion.

« Où est le mensonge ? demandez-vous, car c'est la seule question à vous venir à l'esprit.

— Le mensonge ? » Il a maintenant une voix d'homme, la même qu'avant, version ténor. Elle émane de son torse.

Vous le rejoignez dans la chambre, où persiste une chaleur inconfortable, mais qui baisse rapidement. Quoi qu'il en soit, vous êtes en nage.

« Dans ta forme humaine, ou dans cet aspect-là ?

— J'ai connu les deux états, à des époques différentes.

— Ah oui, c'est vrai. D'après Albâtre, vous avez tous été humains. Il y a très longtemps. »

Silence, puis : « Vous êtes humaine ? »

Vous ne pouvez vous retenir de rire, très brièvement.

« Officiellement ? Non.

— Peu importe ce qu'en pensent les autres. Quelle est votre impression à vous ?

— Je suis humaine.

— Je suis humain aussi. »

Il se tient, fumant, entre les deux moitiés d'un énorme rocher dont il vient de sortir.

« Euh, plus maintenant.

— Dois-je en croire ce que vous dites ou me fier à mes impressions ? »

Vous secouez la tête en contournant la géode du plus loin possible. Elle est parfaitement vide, fine coquille de pierre dépourvue des cristaux de précipités qui tapissent en principe l'intérieur de ce genre de formation. Sans doute ne peut-on même pas parler de géode.

« Comment se fait-il que tu te sois retrouvé dans un obélisque ?

— J'ai contrarié le mauvais gèneur. »

Le rire vous prend par surprise. Vous vous arrêtez, les yeux fixés sur lui, en proie à une hilarité inconfortable. Il vous contemple à sa manière habituelle, tout en regard plein d'espoir. Devriez-vous réellement attacher de l'importance à l'extrême étrangeté de ce regard ?

« Je ne savais pas qu'on pouvait faire une chose pareille. Je veux dire, emprisonner un mangeur de pierre.

— Vous pourriez. C'est une des seules manières d'arrêter les nôtres.

— On ne peut manifestement pas vous tuer.

— Non. Ça, il n'y a qu'une seule manière d'y parvenir.

— Laquelle ? »

Il fluctue pour vous faire face. Ça a l'air instantané, puisque la statue a soudain une position différente : elle se tient bien droite, sereine, une main levée. Serait-ce une invitation ? Un appel ? « Vous voulez me tuer, Essun ? »

Vous soupirez, secouez la tête et vous préparez à toucher une des moitiés de la géode, par curiosité. « Non. C'est encore trop chaud pour votre chair. » Il s'interrompt. « Voilà comment je me nettoie. Sans savon. »

Un jour, au bord de la route, au sud de Tirimo. Un garçonnet regardant un pain de savon avec perplexité, puis ravissement. C'est toujours lui, vous ne pouvez le nier. Alors vous soupirez, une fois de plus, et renoncez à la part de vous qui aimerait le traiter comme quelque chose d'autre, quelque chose d'effrayant, d'étranger. C'est Hoa. Il a envie de vous manger, et il a essayé de vous aider à retrouver votre fille, mais il n'y est pas arrivé. Ces faits, si bizarres soient-ils, créent une certaine intimité qui ne vous est pas indifférente.

Les bras croisés, vous vous mettez à faire les cent pas, lentement, autour de lui et de son cocon. Ses yeux vous suivent.

« Bon, dis-moi qui t'a collé une fessée. »

Il a régénéré ses yeux et sa mâchoire inférieure. Les membres qu'on lui avait arrachés font à nouveau partie de lui. Il y a toujours du sang dans le séjour, mais tout ce qui se trouvait dans votre chambre a disparu, en même temps qu'une couche de sol et de murs. On dit que les mangeurs de pierre maîtrisent les plus infimes particules de la matière. Se réapproprier sa propre substance perdue et reconfigurer pour d'autres fonctions le surplus de matériau inutilisé ne doit pas être très compliqué. Simple supposition.

« Unè douzaine des miens. Puis l'un d'eux en particulier.

— Il en a fallu tant que ça ?

— C'étaient des enfants comparés à moi. Combien d'enfants faudrait-il pour venir à bout de vous ?

— Tu étais toi-même un enfant.

— J'en avais l'air. » Sa voix s'adoucit. « Je ne l'ai fait que pour vous. »

Il y a d'autres différences entre ce Hoa-ci et ce Hoa-là que l'état de leur être. Quand le Hoa adulte prononce des mots pareils, leur texture ne ressemble en rien à celle qu'ils avaient dans la bouche du Hoa enfant. Vous n'êtes pas sûre de la préférer maintenant.

« Tu as donc passé tout ce temps je ne sais où à te battre. » Autant revenir à un sujet qui ne vous met pas mal à l'aise. « Il y avait un mangeur de pierre sur le Plateau. Un gris…

— Oui. » Vous n'auriez pas cru une créature pareille capable d'avoir l'air mécontent, mais Hoa y parvient. « Celui-là n'a rien d'un enfant. C'est lui qui a fini par me vaincre, bien que j'aie réussi à m'échapper sans trop de dommages. »

Il estime n'avoir pas subi trop de dommages, alors qu'on lui a arraché les membres et la mâchoire inférieure. Le bref émerveillement que vous en éprouvez s'accompagne d'une certaine satisfaction. Le mangeur de pierre gris a fait du mal à Hoa, vous avez fait du mal au mangeur de pierre gris. Vengeance sans suite, certes, mais qui vous donne l'impression de veiller sur vos proches.

« Ce n'était pas… prudent de ma part de l'affronter revêtu de chair humaine », ajoute Hoa, toujours sur la défensive.

Quelle chaleur, dans cette chambre ! Vous vous essuyez le visage en gagnant le séjour, écartez et attachez le rideau de l'entrée pour laisser l'air frais circuler plus facilement puis retournez vous asseoir à table. Quand vous relevez les yeux, Hoa se tient dans la baie entre les deux pièces, joliment encadré par l'arche : étude d'un jeune homme plongé dans une contemplation prudente.

« C'est pour ça que tu t'es retransformé ? Pour pouvoir l'affronter ? »

Vous n'avez pas non plus revu dans la chambre les lambeaux de tissu où il avait enfermé ses cailloux. Peut-être ont-ils pris feu après avoir rempli leur office et n'en reste-t-il que des bribes de charbon parmi d'autres.

« Je me suis retransformé parce qu'il était temps. » La résignation transparaît à nouveau dans sa voix. Comme le jour où vous avez pris conscience de ce qu'il était. Comme s'il savait que vous ne le voyez plus de la même manière, que vous ne le verrez plus jamais de la même manière et qu'il n'a d'autre choix que de s'y résigner… Ce qui ne l'oblige pas à s'en réjouir. « Je n'aurais pas pu rester indéfiniment tel quel. J'ai décidé de garder moins longtemps cet aspect-là et de vous donner plus de chances de survie.

— Ah ? »

Vous vous apercevez soudain que derrière lui, dans votre chambre, la coquille de son… son œuf est en train de fondre. Plus ou moins. Elle se dissout, pâlit, s'intègre progressivement au cristal clair en se divisant autour des restes de vos affaires. Puis, une fois retournée à sa substance d'antan, elle se resolidifie. Le spectacle vous fascine un instant.

Jusqu'à ce que Hoa reprenne : « Ils veulent votre mort, Essun.

— Ils… » Vous battez des paupières. « Qui ça ?

— Certains des miens. D'autres veulent juste se servir de vous. Je ne les laisserai pas faire. »

Vous froncez les sourcils. « Quoi donc ? Me tuer ou se servir de moi ?

— *Les deux.* »

La voix résonnante de Hoa s'est brusquement aiguisée. Ça vous rappelle la manière dont il s'est accroupi à un moment, en montrant les dents comme une bête sauvage. La pensée vous vient, soudaine révélation, que vous n'avez pas vu autant de mangeurs de pierre que d'habitude aux environs, ces derniers temps. Rubis, Marbre Jaune, Mal Sapée, Grand Sourire – les habitués – ne se manifestent plus depuis des mois. Ykka a même parlé de la brusque disparition de « la sienne ».

« Tu l'as mangée », laissez-vous échapper.

Un silence, puis : « J'en ai mangé beaucoup. »

La voix de Hoa est à présent dépourvue d'inflexions.

Un jour, il vous a dit en riant que vous étiez bizarre. Il s'est souvent blotti contre vous la nuit. Feux souterrains ! Vous ne pouvez pas gérer ça.

« Pourquoi moi, Hoa ? »

Vous écartez les mains – les mains un peu abîmées d'une femme d'âge mûr très ordinaire. Vous avez participé il y a quelques jours au tannage du cuir, lors duquel on utilise une solution qui provoque gerçures et desquamation. Aussi avez-vous frotté les fruits secs de votre dernière ration hebdomadaire sur votre peau desséchée, alors que la graisse est précieuse : vous ne devriez pas la gaspiller par vanité, mais la manger. Votre paume droite porte une petite marque blanche en croissant, laissée par un ongle. Elle vous fait mal par temps froid jusque dans les os. Les mains d'une femme très ordinaire.

« Je n'ai rien d'exceptionnel, continuez-vous. Il y a forcément d'autres orogènes capables d'accéder aux obélisques. Feux souterrains ! Nassun… » Non. « Que fais-tu *ici* ? »

Ce que vous lui demandez, en fait, c'est pourquoi il a lié son sort au vôtre.

Là encore, il met un moment à répondre : « Vous m'avez demandé si ça allait. »

Vous ne voyez pas de quoi il parle, et puis ça vous revient. Allia. Une belle journée ensoleillée, la menace d'un désastre. Vous lévitiez, en proie à d'atroces souffrances, au cœur dissonant fissuré de l'obélisque grenat, quand vous avez vu Hoa pour la première fois. Combien de temps avait-il passé dans l'artefact ? Assez pour se trouver enterré sous les sédiments et le corail accumulés au fil de plusieurs Saisons. Assez pour qu'on l'oublie, comme toutes les civilisations disparues du monde. Jusqu'à votre arrivée et au moment où vous lui avez demandé si ça allait. Terre cruelle ! Vous aviez cru à une hallucination.

Vous inspirez à fond, vous levez et gagnez l'entrée de l'appartement. Le calme règne, autant que vous puissiez en juger. Certains vaquent à leurs occupations habituelles, mais ils sont moins nombreux que d'habitude. Qu'il s'en trouve pour continuer à suivre la routine ne prouve pas que tout va bien ; à Tirimo aussi, il y avait des gens pour vaquer à leurs occupations juste avant d'essayer de vous tuer.

Tonkee n'est pas rentrée de la nuit, mais cette fois, vous n'êtes pas persuadée qu'elle se trouve chez Hjarka ou dans la serre. Il y a maintenant à Castrima un catalyseur vivant, un composé qui accélère les réactions chimiques invisibles et favorise les résultats inattendus. *Joignez-vous à nous et vous vivrez*, a dit le gris, *mais pas avec vos gêneurs.*

Les Castrimiens prendront-ils le temps de réfléchir au fait qu'aucune comm équatoriale ne veut vraiment d'un soudain afflux de bâtards des Moyennes et qu'ils deviendront, au mieux, esclaves ou réserve de viande ? Votre instinct maternel est en alerte. *Veille sur les tiens*, souffle-t-il au fond de votre esprit. *Rassemble-les, ne les quitte pas, protège-les. Tu sais ce qui se passe quand tu tournes le dos, ne serait-ce qu'une minute.*

Vous hissez sur vos épaules le sac de survie que vous tenez toujours à la main. Au point où on en est, il est hors de question de ne pas l'emporter partout. Enfin, vous vous retournez vers Hoa.

« On y va. »

Le sourire lui revient soudain. « Je ne me déplace plus comme ça, Essun. »

Ah, d'accord. « Je vais chez Ykka. Tu me retrouves là-bas. »

Il n'acquiesce pas, mais disparaît. Pas un mouvement inutile. Ma foi, vous vous y ferez.

Personne ne vous regarde en face parcourir les ponts et passerelles de la comm, mais le dos vous démange quand vous dépassez les gens. Vous ne pouvez vous empêcher de repenser à Tirimo.

L'appartement de Ykka est désert. Après avoir parcouru les alentours des yeux et examiné les schémas de déplacement des Castrimiens, vous repartez en fin de compte pour le Plateau. Elle ne peut plus y être, ce n'est pas possible. Vous êtes rentrée chez vous, vous avez dormi des heures et regardé un enfant se transformer en mangeur de pierre… Ce n'est pas possible.

Si. Il ne reste là que quelques personnes, une vingtaine peut-être, assises ou tournant en rond, l'air à la fois ulcérées, exaspérées, bouleversées. Pour ces vingt obstinés, il doit bien y avoir une centaine de Castrimiens supplémentaires réunis chez les uns ou les autres, aux bains, dans les entrepôts, tenant tout bas la même conversation par petits groupes. Ykka n'en est pas moins là, installée sur un des canapés dont quelqu'un a meublé le Plateau. Elle parle toujours. La voix cassée, visiblement épuisée – vous le découvrez en vous approchant –, mais elle parle toujours… des lignes de ravitaillement établies avec une comm alliée du Sud. Ses explications s'adressent à un type qui fait les cent pas, les bras croisés, ironique quoi qu'elle dise. Parce qu'il a peur. Il ne l'écoute pas. Elle n'en essaie pas moins de le raisonner. C'est ridicule.

Veille sur les tiens.

Vous contournez les gens pour la rejoindre – certains s'écartent en sursaut sur votre passage.

« J'ai quelque chose à te dire en privé. »

Elle s'interrompt en pleine réplique et vous regarde, les paupières battantes. Les yeux secs et rouges. Ça fait un moment qu'elle n'a pas bu.

« C'est à quel sujet ?

— Important. » Concession à la courtoisie, vous adressez un signe de tête aux Castrimiens assis autour d'elle. « Désolée. »

Elle soupire en se frottant les yeux, ce qui les rougit plus encore.

« Bon, murmure-t-elle, avant de se lever et de se tourner vers ses derniers auditeurs. Le vote a lieu demain matin. Si je ne vous ai pas convaincus... ma foi, vous savez quoi faire. »

Ils vous regardent sans mot dire l'entraîner sur une passerelle.

De retour chez elle, vous fermez le rideau de l'entrée puis ouvrez celui qui donne sur son espace privé. Il ne s'y trouve guère de signes de son statut. Elle dispose de deux paillasses et d'un tas d'oreillers, mais ses vêtements sont tout simplement rangés dans un panier, ses livres et ses parchemins empilés par terre, d'un côté de la chambre. Pas de bibliothèque, pas de commode. Sa ration hebdomadaire est entassée n'importe comment contre un des murs, près de la gourde banale que les Castrimiens remplissent en général d'eau potable. Vous vous la logez au creux du coude puis prenez dans le tas une orange séchée et un plat, où la maîtresse des lieux faisait tremper un bâtonnet de pâte de haricot déshydratée avec des champignons et une lamelle de poisson salé. On ne peut pas vraiment parler de repas, mais ça nourrit.

« Sur le lit », lancez-vous avec un coup de menton en direction dudit lit.

Quand vous apportez les provisions à votre hôtesse, vous commencez par lui tendre la gourde.

« Tu n'es pas mon genre, grince-t-elle, après vous avoir regardée faire avec un agacement croissant. C'est pour ça que tu m'as traînée ici ?

— Pas exactement. Mais tant que tu y es, il faut te reposer, tu en as besoin. » Son air rebelle vous pousse à ajouter : « Tu ne convaincras personne… » et surtout pas des gens pleins d'une haine impossible à raisonner « … si tu es trop épuisée pour penser correctement. »

Malgré ses marmonnements mécontents, elle va bel et bien s'asseoir au bord du lit, ce qui donne la mesure de sa fatigue. Vous lui montrez la gourde d'un petit signe de tête. Elle boit docilement – trois gorgées rapides, pas davantage, comme le conseillent les mnésistes en cas de déshydratation.

« Je pue. J'ai besoin d'un bon bain.

— Tu aurais dû y penser avant d'essayer de calmer une foule prête à nous lapider. »

Vous lui reprenez la gourde et lui fourrez le petit plat dans la main. Elle soupire avant de se mettre à mastiquer d'un air sinistre.

« Ils n'allaient pas… » Elle ne va pas plus loin dans le mensonge car elle s'interrompt en sursaut, soudain attentive à ce qui se passe derrière vous. Inutile de vous retourner : vous savez que Hoa est là. « Ah non, pas question. Pas dans ma chambre rouillée.

— Je lui ai dit de nous retrouver ici, intervenez-vous. C'est Hoa.

— Tu lui as dit… C'est… » Elle déglutit péniblement, les yeux fixes, puis se remet à manger son orange en mâchant bien, sans quitter l'arrivant du regard. « Alors comme ça, tu en as eu assez de jouer les êtres humains ? Je ne sais pas pourquoi tu te donnais tout ce mal, tu étais trop bizarre pour que ça marche. »

Vous allez vous asseoir par terre près de la porte de la chambre, adossée au mur. Ça vous oblige à poser votre sac de survie, que vous gardez cependant à portée de main.

« Tu as parlé aux conseillers, à la moitié de la comm, fixes et gèneurs réunis, indigènes et nouveaux venus, mais il te manque leur perspective à eux », dites-vous à Ykka, avec un petit signe de tête en direction de Hoa.

Elle cligne des yeux puis le considère avec un intérêt nouveau. « Je t'avais *demandé* de faire partie du conseil.

— Je ne peux pas davantage parler pour les miens que toi pour les tiens, répond-il. Et j'avais des choses plus importantes à faire. »

Elle cligne à nouveau des yeux au son de sa voix, avant de l'examiner sans chercher à le cacher. Vous agitez une main lasse en direction de Hoa. Vous avez dormi, contrairement à Ykka, mais pas d'un sommeil très réparateur, assise dans un appartement surchauffé, en attendant l'éclosion d'une géode.

« Si tu disais ce que tu sais, ça aiderait. S'il te plaît », ajoutez-vous, mue par un instinct quelconque.

Parce que votre intuition vous souffle qu'il est réticent. Son expression n'a pas changé. Sa posture est celle dans laquelle vous l'avez vu au moment où il vous a quittée – jeune homme au repos, la main levée. Il a changé de localisation, pas de position. Pas encore.

« Très bien. » Sa voix vous confirme sa réticence. Mais ce n'est pas grave, vous savez y faire avec les réticents.

« Que veut le mangeur de pierre gris ? »

Vous êtes à peu près sûre que le visiteur de la veille ne tient pas particulièrement à ce que les Castrimiens se joignent à une comm équatoriale. La politique des nations humaines ne signifie pas grand-chose pour les créatures telles que lui, sauf quand elle sert d'autres buts. Il utilise les Rennains, ce ne sont pas les Rennains qui l'utilisent.

« Nous sommes nombreux, à présent, répond Hoa. Assez pour être qualifiés de peuple et non de simple erreur. »

A priori, ça n'a rien à voir, mais quand vous jetez un coup d'œil à Ykka, son regard vous en avertit : *C'est ton problème, pas le mien.* Peu importe. Il est possible que la déclaration de Hoa ait en réalité de l'importance à l'heure actuelle.

« Oui ? lancez-vous, encourageante.

— Certains des miens pensent que ce monde ne peut porter en toute sécurité qu'un seul peuple. »

Oh, Terre cruelle. Albâtre en a parlé. De quelle manière a-t-il évoqué la chose ? Différentes factions dans une très longue guerre. Certaines décidées à… neutraliser les humains.

Comme l'ont été les mangeurs de pierre, d'après lui.

« Vous voulez nous rayer de la carte », dites-vous. Chuchotez-vous. « Ou… nous changer en pierre ? Comme Albâtre ?

— Nous ne le voulons pas tous, répond Hoa d'une voix douce. Et pas vous tous non plus. »

Un monde exclusivement peuplé de créatures minérales. Cette seule pensée vous donne la chair de poule. Vous voyez la pluie de cendre, les arbres squelettiques, les statues effrayantes omniprésentes, certaines en mouvement. Que faire ? Rien ne peut arrêter les mangeurs de pierre, mais jusqu'ici, ils ne se battaient jamais qu'entre eux. (À votre connaissance.) Sont-ils capables de pétrifier toute l'humanité, comme Albâtre se pétrifie ? D'un autre côté, s'ils voulaient l'éradiquer, n'y seraient-ils pas arrivés avant ?

Vous secouez la tête.

« Ce monde porte bel et bien deux peuples depuis je ne sais combien de Saisons. Trois, si on compte les orogènes, comme le font les fixes.

— Les nôtres n'en sont pas tous satisfaits, explique Hoa avec la plus grande douceur. Il est si rare que nous naisse un nouveau. Nous nous usons indéfiniment, pendant que vous croissez, multipliez et vous flétrissez tels des champignons. Il est difficile de résister à l'envie. Ou à la convoitise. »

Ykka secoue la tête, déconcertée. Si imperturbable que reste sa voix, un petit pli de stupeur émerveillée s'est creusé entre ses sourcils. Sa bouche s'étire toutefois d'un côté, comme si elle ne pouvait s'empêcher de témoigner un certain dégoût.

« Bon. Donc, les mangeurs de pierre ont été humains, mais veulent maintenant éliminer les humains. Pourquoi devrait-on te faire confiance ?

— Pas *les* mangeurs de pierre. Nous ne sommes pas tous d'accord. Certains sont satisfaits de la situation actuelle. D'autres aimeraient rendre le monde meilleur… bien que les avis diffèrent sur le sens du mot *meilleur.* » Changement de posture instantané. Les mains tendues, la paume en l'air, les épaules haussées, l'air de dire : *Qu'y puis-je ?* « Nous sommes des gens.

— Et *toi*, qu'est-ce que tu veux ? »

Vous posez la question parce qu'il n'a pas répondu à celle de Ykka, vous l'avez bien remarqué.

Les iris argentés pivotent vers vous. S'immobilisent. Il vous semble discerner de la mélancolie sur le visage figé.

« Ce que j'ai toujours voulu, Essun. Vous aider. Rien d'autre. »

Les avis diffèrent sur le sens du mot aider, pensez-vous.

« Comme c'est touchant. » Ykka frotte ses yeux las. « N'empêche que tu tournes autour du pot. Que vient faire la destruction de Castrima dans… dans le fait de donner le monde à un seul peuple ? Que mijote M. Gris ?

— Je ne sais pas. » Le regard de Hoa ne vous a pas quittée. C'est aussi dérangeant que c'est censé l'être. « J'ai essayé de le lui demander. Les choses ne se sont pas bien passées.

— Dis-nous ce que tu en penses », demandez-vous, parce que vous savez très bien qu'il n'est pas allé parler à M. Gris sans raison.

Ses yeux se baissent. Votre méfiance le chagrine. « Il veut s'assurer que la Porte de cristal ne s'ouvrira plus.

— Que quoi ? »

Ykka est perplexe, mais vous appuyez la tête au mur, sidérée, horrifiée, perplexe. Bien sûr. *Albâtre*. Quoi de plus simple, pour éliminer un peuple dont la survie dépend de la nourriture et du soleil, que de provoquer son extinction en laissant purement et simplement la Saison suivre son cours ? Les mangeurs de pierre seront alors les seuls héritiers d'une Terre de plus en plus sombre. Il suffit pour en arriver là de tuer l'unique personne qui a le pouvoir de mettre fin à la Saison.

L'unique personne à part vous, comprenez-vous brusquement. Un frisson vous traverse. Mais non. Vous avez beau savoir manipuler un obélisque, vous n'avez aucune idée de ce qu'il faut faire pour activer deux cents de ces engins rouillés à la fois. Albâtre en est-il encore capable ? Chaque usage de l'orogénie le tue lentement. Rouille pelante ! Il ne reste personne d'autre que *vous* qui ait le pouvoir potentiel d'ouvrir la Porte. Mais si l'armée de marionnettes manipulée par M. Gris vous tue tous les deux, il aura atteint son but.

« Ça signifie que M. Gris tient beaucoup à éliminer les orogènes », expliquez-vous à votre hôtesse.

Il s'agit d'un résumé grossier, pas d'un mensonge, voilà ce que vous vous dites. Un résumé auquel vous devez vous en tenir avec Ykka pour lui cacher que les orogènes pourraient sauver le monde et l'empêcher de chercher à accéder elle-même à un obélisque. Albâtre était sans doute obligé de vous traiter de cette manière en permanence – vous dévoiler une partie de la vérité, parce que vous la méritiez, mais vous en dissimuler assez pour éviter que vous ne vous embrochiez toute seule dessus. À ce moment-là, vous vous rappelez que vous avez un petit quelque chose d'autre à offrir.

« Hoa a été emprisonné longtemps dans un obélisque. D'après lui, c'est la seule chose qui puisse arrêter les siens. »

Ce n'est pas exactement ce qu'il a dit, mais peut-être ne vous confie-t-il lui aussi que les vérités les moins dangereuses.

« Super, grince Ykka, agacée. Toi qui sais te servir des obélisques, tu n'as qu'à en balancer un sur Machin.

— Ça ne marcherait pas, grommelez-vous.

— Qu'est-ce qu'il faut faire, alors ?

— Je n'en sais rien ! C'est ce que j'essaie d'apprendre avec Albâtre depuis le début. »

Sans arriver à rien, mais vous n'avez aucune envie de le préciser. N'importe comment, c'est facile à deviner.

« Génial. » Elle semble se flétrir brusquement. « Tu as raison, il faut que je dorme. J'ai demandé à Esni de mobiliser les Costauds pour qu'ils trient et rangent toutes les armes de la comm. En théorie, je veux qu'elles soient prêtes au cas où on devrait se battre avec les Équatoriaux. En pratique… »

Elle hausse les épaules en soupirant. Vous comprenez. Les gens ont peur. Mieux vaut ne pas tenter le diable.

« Les Costauds ne sont pas fiables », prévenez-vous tout bas.

Elle relève les yeux vers vous. « Tu n'es pas de Castrima. »

Le sourire vous monte aux lèvres, mais vous le contenez, car il serait hideux. Vous êtes de tellement de comms. Elles vous ont toutes appris que gêneurs et fixes sont incapables de cohabiter. Quoi qu'il en soit, Ykka se tortille sur le lit en vous regardant.

« Écoute, reprend-elle, décidée à réessayer, tu connais beaucoup de comms qui m'auraient laissée vivre après avoir découvert ce que je suis ? »

Vous secouez la tête. « Tu étais utile. Ça marchait pareil pour les orogènes impériaux. »

Mais être utile à quelqu'un ne signifie pas qu'on est son égal.

« D'accord, disons que je suis utile. On est tous utiles. Il nous suffit de tuer ou d'exiler les gêneurs pour perdre la Castrima souterraine. Et nous retrouver à la merci de gens prêts à traiter tout le monde en gêneurs, sous prétexte que nos ancêtres n'ont pas été fichus de sélectionner une race et de s'y tenir...

— Tu persistes à dire *nous* », constatez-vous.

Gentiment. Ça ne vous plaît pas de détruire ses illusions.

Elle s'interrompt. Un muscle se contracte dans sa joue à une ou deux reprises.

« Les fixes ont *appris* à nous détester. Il suffit de leur apprendre autre chose.

— Maintenant ? Alors qu'un ennemi est à leurs portes, littéralement ? » Vous êtes fatiguée. Fatiguée de toute cette merde. « Maintenant, ils vont nous montrer ce qu'il y a de pire en eux. »

Ykka vous regarde un long moment, puis elle s'effondre complètement, le dos rond, la tête basse, ses cheveux acendres retombant des deux côtés de son visage de manière parfaitement ridicule, crinière en ailes de papillon. Ils vous dissimulent ses traits, mais sa longue inspiration lasse ressemble à un sanglot. Ou à un rire.

« Non, Essun. » Elle se frotte le visage. « Je… Non, voilà. Je suis ici chez moi autant qu'eux. J'ai travaillé pour ma comm. Je me suis battue pour ma comm. Elle ne serait pas là sans moi… et sans certains des autres gèneurs qui ont pris le risque de la faire fonctionner au fil du temps. Pas question que je renonce.

— Je ne te parle pas de renoncer, mais de penser à ta sécurité…

— *Si*. Ce serait *renoncer*. » Elle relève la tête. Il ne s'agissait ni d'un sanglot ni d'un rire. En réalité, elle est furieuse, mais pas seulement contre vous. « Tu es en train de dire que ces gens… mes parents, mes instructeurs de crèche, mes amis, mes amants… Tu es en train de me dire de les abandonner à leur destin. Tu les traites de riens du tout, tu dis qu'en réalité, ce ne sont pas des gens, mais des bêtes, et des bêtes meurtrières par nature. Que les gèneurs ne sont que… que des *proies* et qu'ils ne seront… que nous ne serons jamais rien d'autre ! Non ! Il n'est pas question que j'accepte une chose pareille. »

Sa détermination vous brise le cœur, parce que vous éprouviez la même autrefois. Vous aimeriez l'éprouver encore. Vous aimeriez conserver l'espoir d'un avenir réel, d'une communauté réelle, d'une vie réelle. Mais vous avez perdu trois enfants en vous fiant à la générosité des fixes.

Vous ramassez votre sac, vous levez, prête à partir, et passez la main sur vos boucles serrées. Hoa disparaît, conscient à votre attitude que la conversation est terminée. Plus tard, alors. Vous avez presque atteint le rideau quand Ykka vous arrête d'une réplique.

« Préviens les autres. » Sa voix ne trahit plus aucune émotion. « Quoi qu'il arrive, il est hors de question que ce soit *nous* qui commencions. » Cette délicate accentuation charrie l'admission que son *nous* correspond cette fois aux orogènes. « On ne devrait même pas terminer. Si on résiste, on risque de provoquer un mouvement de foule. Ne leur parle qu'en petits comités. Il vaudrait mieux les voir un à un pour que personne n'en vienne à nous *soupçonner* de mijoter quelque chose. Veille à ce que les enfants soient conscients de ce qui se passe. Et à ce qu'aucun d'eux ne se retrouve jamais seul. »

La plupart des petits orogènes sont capables de se défendre. Les techniques que vous leur avez enseignées leur permettront aussi bien de dissuader ou d'arrêter des agresseurs que de geler des nids de bouilleurs. Toutefois, Ykka a raison : les vôtres ne sont pas assez nombreux pour résister – pas sans détruire Castrima, ce qui serait une victoire déplorable. Ça signifie que certains orogènes vont mourir. Que vous allez les *laisser* mourir, alors que vous auriez pu les sauver. Vous n'auriez pas cru Ykka assez froide pour penser de cette manière.

Votre surprise doit se lire sur votre visage, car elle sourit.

« J'espère, mais je ne suis pas idiote. Si tu as raison, si les choses tournent mal, il n'est pas question de partir sans se battre. Ils regretteront de s'être retournés contre nous. Mais tant qu'on n'a pas atteint le point de non-retour… j'espère que tu as tort. »

Vous avez raison, vous le savez. La certitude que les orogènes ne seront jamais considérés que comme des bêtes danse parmi vos cellules au même titre que la magie. Ce n'est pas juste. Tout ce que vous voulez, c'est que votre vie ne soit pas tenue pour quantité négligeable.

« Moi aussi, j'espère que j'ai tort », répondez-vous néanmoins.

*
**

Les morts n'aspirent à rien.

Tablette troisième,
« Structures », strophe six

17. Nassun en opposition

Nassun ne s'est pas sentie contente d'elle-même depuis si longtemps que lorsqu'elle s'estime enfin capable de soigner Schaffa, elle traverse Jekity tout entière puis monte à Nouvelle Lune en courant pour le lui raconter.

« Soigner ». C'est le mot qu'elle emploie en son for intérieur. Elle vient de passer quelques jours en forêt, à exercer ses nouvelles capacités. Il n'est pas si facile de repérer ce qui ne va pas dans un corps ; il lui arrive d'être obligée de suivre avec soin les fils d'argent pour en trouver les boucles et les nœuds. Les averses de cendre gagnant depuis peu en durée et en fréquence, des zones grises trouent par endroits l'étendue boisée, car certaines plantes se flétrissent ou entrent en dormance. Réaction normale de leur part, les fils d'argent le prouvent par leur flux ininterrompu. Mais quand Nassun marche lentement, attentive, elle découvre souvent des vies pour lesquelles le changement est malsain, anormal. Une larve sous un rocher, déformée par une étrange grosseur. Un serpent souffrant d'une vertèbre cassée – venimeux et dangereux, maintenant qu'on est en Saison, ce qui persuade la fillette de l'observer de loin. Une vrille de melon dont les feuilles convexes récoltent trop de cendre, alors qu'elles s'en débarrasseraient si elles étaient concaves. Les fourmis dont un fongus parasite le nid.

Ces créatures et bien d'autres permettent à Nassun de s'exercer à extraire ce qui pose problème. Le tour de main se révèle difficile à maîtriser – disons qu'elle pratique la chirurgie avec pour seul outil du fil, sans jamais toucher le patient. Elle apprend à rendre le fil extrêmement tranchant, à l'utiliser comme lasso après y avoir fait un nœud coulant et à le couper afin d'employer son extrémité ardente comme cautère. Ainsi parvient-elle à débarrasser la larve de la grosseur (mais pas à sauver la bestiole) et à recoudre l'os brisé du serpent (simple accélération du processus de guérison naturel, déjà entamé). Quant au melon, elle découvre la chose en lui qui ordonne aux feuilles de s'*incurver* et la persuade de leur dire de se *bomber*. Les fourmis la font progresser davantage. Elle n'arrive pas à éliminer tout le fongus, elle n'en ôte même pas l'essentiel, mais elle cautérise dans le cerveau des insectes les connexions qui les poussent à se conduire bizarrement et à répandre le fongus. Elle est très, très contente d'avoir des cerveaux sur lesquels travailler.

Les exercices de Nassun trouvent leur aboutissement un matin. La rosée humidifie toujours la cendre et la végétation, quand une bande de hors-comm passe à l'attaque, une fois de plus. Le groupe décimé par Schaffa a disparu ; il s'agit d'autres bandits, ignorants du danger que représente Nouvelle Lune. Nassun n'étant plus concentrée sur son père ni impuissante, elle en gèle un, la plupart des autres prennent la fuite, mais elle remarque au tout dernier instant chez une des fugitives un enchevêtrement d'argent qui la pousse à recourir à l'orogénie traditionnelle (ainsi qu'elle en est venue à y penser). La terre s'ouvre sous les pas de l'inconnue ; la voici prise au piège dans un grand trou.

Quand la fillette y jette d'en haut un coup d'œil prudent, la brigande lui lance un couteau qui la manque d'un cheveu. Nassun reste donc hors de vue pour suivre délicatement les fils d'argent emmêlés de sa prisonnière. Ils mènent à une écharde de bois de sept à huit centimètres de long, logée assez profond dans une main pour en racler l'os. L'esquille empoisonne le sang de sa victime et finira par la tuer ; l'infection est déjà si avancée que la main atteinte a doublé de volume. Un simple médecin, voire un maréchal-ferrant digne de ce nom, serait capable de l'extraire, mais les hors-comm ne peuvent s'offrir le luxe de se faire soigner par des gens compétents. Ils s'en tirent quand ils ont de la chance, laquelle est plutôt rare en Saison.

Nassun décide d'être la chance de la malade. Elle s'assied près du trou, adossée à un arbre, pour pouvoir se concentrer puis retire prudemment l'écharde – pendant que son sujet d'expérience jure, s'exclame, s'écrie : *Mais qu'est-ce qui se passe ?* Un second coup d'œil dans la fosse lui montre l'inconnue gémissante, à genoux, cramponnée à sa main en sang. Cette vision prouve à la fillette qu'elle doit apprendre à anesthésier. S'adossant à nouveau à son arbre, elle expédie son fil à la recherche d'un nerf. Il lui faut un moment pour trouver comment insensibiliser au lieu de démultiplier la douleur.

Quand elle y parvient enfin, elle en éprouve de la reconnaissance envers sa patiente geignante, allongée au fond du trou, quasi stupéfiée. Nassun n'est pas assez idiote pour la libérer ; si la hors-comm s'en sort, soit elle mourra d'une mort lente et cruelle, soit elle reviendra. Et peut-être sa prochaine intrusion mettra-t-elle en danger quelqu'un de cher à la fillette. Laquelle envoie donc une dernière fois son fil en exploration pour trancher net la colonne vertébrale de son sujet. La brigande ne souffre pas ; son sort est plus enviable que celui qu'elle réservait à Nassun.

Elle remonte la colline de Nouvelle Lune en courant, transportée de joie pour la première fois depuis qu'elle a tué Eitz. Elle est si pressée de voir Schaffa qu'elle remarque à peine les autres enfants, qui interrompent leurs activités, quelles qu'elles soient, le temps de lui jeter des regards froids. Schaffa leur a expliqué qu'Eitz a juste été victime d'un accident et lui a assuré, à elle, qu'ils finiraient par s'en remettre. Elle espère sincèrement qu'il a raison, parce que leur amitié lui manque. Mais ce genre de choses n'a aucune importance pour l'instant.

« Schaffa ! »

Elle passe d'abord la tête dans la maisonnette des Gardiens. Seule s'y trouve Nida, plantée dans un coin, le regard perdu au loin, toute à ses pensées, semble-t-il – rien que de très banal. Ses yeux reprennent cependant vie à l'arrivée de Nassun, à qui elle adresse son sourire inexpressif.

« Bonjour, enfant de Schaffa. Tu m'as l'air bien contente, aujourd'hui.

— Bonjour, Gardienne. » Nassun se montre toujours très polie avec Nida et Umber. Ce n'est pas parce qu'ils ont envie de la tuer qu'elle doit oublier les bonnes manières. « Vous savez où est Schaffa ?

— Dans le creuset, avec Wudeh.

— D'accord, merci ! »

La fillette repart en courant, nullement découragée. Depuis la disparition d'Eitz, Wudeh est après elle l'enfant le plus doué de Nouvelle Lune, donc le seul à avoir une chance de se connecter un jour à un obélisque. D'après Nassun, il n'y arrivera jamais, car sa petite taille et sa fragilité l'empêchent de suivre l'entraînement nécessaire. Il n'aurait pas survécu aux creusets de sa mère à elle.

Elle ne s'en montre pas moins polie avec lui aussi, puisqu'elle s'arrête juste au bord du cercle d'exercice extérieur, où elle se retient de trop trépigner en empêchant son orogénie de se manifester pour ne pas le distraire. Il tire en effet de terre une grosse colonne de basalte qu'il s'efforce ensuite d'y faire rentrer, mais il s'essouffle déjà, alors que la colonne est plutôt lente. Schaffa le regarde avec attention, moins souriant que d'habitude. Lui aussi, il se rend compte.

Quand son pupille vient enfin à bout du pilier géant, le Gardien le prend par l'épaule pour l'aider à aller s'asseoir sur un banc. Il en a manifestement besoin, car il ne peut presque plus marcher. Schaffa jette ensuite un coup d'œil à Nassun, qui hoche aussitôt la tête, fait volte-face et se précipite au réfectoire, où elle remplit un verre au pichet d'eau aromatisée. Elle l'apporte à Wudeh, qui bat des cils, une fois, avant d'être frappé de honte par sa propre hésitation et de le lui prendre en la gratifiant pour la remercier d'un léger signe de tête. Schaffa ne se trompe jamais.

« Tu veux que je t'accompagne au dortoir ? demande-t-il au garçon.

— Je peux y aller tout seul, merci, monsieur. »

Les yeux de Wudeh se posent sur Nassun, qui en déduit qu'il aimerait sans doute en réalité recevoir un minium d'assistance. Il est juste trop intelligent pour s'immiscer entre Schaffa et son élève préférée.

Elle jette un coup d'œil à Schaffa. Si surexcitée qu'elle soit, elle peut attendre. Il arque un sourcil, penche la tête de côté puis tend la main à Wudeh pour l'aider à se lever.

Après l'avoir mis au lit, en sécurité, Schaffa vient retrouver Nassun, à présent assise sur le banc. L'attente lui a permis de se calmer. Tant mieux, car elle va avoir besoin de se montrer calme, froide, professionnelle pour le convaincre de laisser une fille qui n'a encore atteint ni l'âge adulte ni un bon niveau d'entraînement d'exercer la magie sur lui.

Il s'assied à côté d'elle, l'air amusé. « Bon, alors ? »

Elle inspire à fond avant de se lancer : « Je suis capable de retirer la chose qui est en toi. »

Ils savent tous deux parfaitement de quoi elle parle. Elle est déjà restée assise près de lui, offrande silencieuse, pendant qu'il se recroquevillait sur ce même banc, la tête entre les mains, répondant tout bas à une voix inaudible pour elle, frissonnant car la chose le châtiait en le cinglant de ses fouets argentés. Maintenant encore, une palpitation basse, coléreuse résonne en lui pour l'obliger à obéir. À tuer Nassun. Elle reste disponible, parce qu'il souffre moins en sa présence et qu'elle ne croit pas qu'il la tuera. C'est idiot, elle en est bien consciente. L'amour ne vaccine pas contre le meurtre. Mais elle a besoin d'y croire en ce qui le concerne, lui.

Il la regarde, les sourcils froncés. C'est en partie pour ça qu'elle l'aime : il ne montre aucun signe d'incrédulité.

« Oui, je t'ai sentie devenir plus… aiguisée, ces derniers temps, petit à petit. Ça arrivait aussi aux orogènes du Fulcrum, quand on les laissait progresser jusque-là. Ils deviennent leurs propres enseignants. Le pouvoir les guide sur des chemins divers, en fonction de leurs aptitudes naturelles. » Son front se plisse. « Mais la plupart du temps, nous les écartions de celui-là.

— Pourquoi ?

— Parce qu'il est dangereux. Pour tout le monde, pas seulement pour les orogènes en question. » Il s'appuie à elle, épaule chaude et réconfortante. « Tu as survécu à l'étape qui en tue la plupart : la connexion à un obélisque. Je… je me rappelle que d'autres sont morts, au moment du contact. » Inquiétude, égarement, perplexité s'inscrivent un instant sur les traits de Schaffa, pendant qu'il palpe maladroitement les plaies à vif de sa mémoire en charpie. « Je me le rappelle en partie. Je suis content… »

Il tressaille encore, de nouveau égaré. Cette fois, ce n'est pas que l'argent lui fasse mal. Soit il se rappelle quelque chose qui ne lui plaît pas, soit il n'arrive pas à se rappeler quelque chose qui devrait à son avis lui revenir.

Si bonne magicienne que devienne Nassun, jamais elle ne pourra soulager la souffrance de cette perte – pensée désolante –, mais elle n'en est pas moins capable de soulager ses autres souffrances. Voilà ce qui compte. Elle lui touche la main, les doigts posés sur les fines cicatrices qu'il s'est infligées en se plantant les ongles dans la chair, quand la douleur devenait trop intense pour que le sourire l'atténue – elle le sait, elle l'a vu faire. Il y en a davantage aujourd'hui qu'il y a quelques jours, certaines encore à vif.

« Je ne suis pas morte », lui signale-t-elle.

Schaffa cligne des yeux, ce qui suffit à le ramener d'un seul coup ici et maintenant, en lui-même.

« Non, tu n'es pas morte. Mais tu vois, mon enfant… » Il ajuste la position de leurs mains ; celle de son interlocutrice se trouve maintenant dans la sienne, si énorme qu'elle la dissimule complètement. Nassun a toujours aimé ça : se sentir enveloppée par lui aussi totalement. « … ma compatissante, je ne *veux* pas qu'on me retire ma pierre-noyau. »

Une pierre-noyau. Elle connaît à présent le nom de l'ennemi. Le mot n'a pas de sens, parce que la chose est en métal, pas en pierre, et ne se trouve pas au centre de Schaffa, juste dans sa tête, mais peu importe. Nassun serre les dents pour lutter contre la haine.

« Elle te fait mal.

— Comme il se doit. Je l'ai trahie. » Il pince brièvement les lèvres. « J'en ai accepté les conséquences. Je suis capable de les supporter. »

Ce qu'il dit n'a pas de sens.

« Elle te fait *mal*. Je pourrais l'en empêcher. Je pourrais même l'en empêcher sans la retirer, mais ça ne durerait pas longtemps. Il faudrait que je reste avec toi. » Nassun a découvert ça en discutant avec Acier et en le regardant faire. Les mangeurs de pierre débordent de magie, ils en renferment infiniment plus que les gens, mais elle peut les imiter de ce point de vue-là, plus ou moins. « Si je la retire, par contre…

— Si tu la retires, je ne serai plus Gardien. Tu sais ce que ça veut dire, mon enfant ? »

En ce qui la concerne, ça veut dire qu'il pourra être son père. Il l'est déjà, pour tout ce qui importe. Elle ne formule pas la pensée de cette manière, parce qu'elle n'est pas encore prête à affronter certaines vérités personnelles (ce qui va très vite changer), mais l'idée est là, dans son esprit.

« Ça veut dire que je perdrai l'essentiel de ma force et de ma santé, reprend Schaffa, en réponse au vœu muet de sa pupille. Je ne serai plus capable de te *protéger*, mon enfant. »

Quand ses yeux se posent sur la maison des Gardiens, elle comprend. Umber et Nida la tueront.

Ils essaieront, se dit-elle.

Il penche la tête de côté. Aussitôt conscient, bien sûr, de l'intention provocatrice de Nassun.

« Tu ne viendrais pas à bout des deux. Tu n'es pas assez puissante, malgré ta force. Ils ont des ruses dont tu n'as aucune idée. Des talents que… » Inquiétude et égarement, à nouveau. « Je ne veux pas me rappeler ce qu'ils sont capables de t'infliger. »

Elle essaie d'empêcher sa lèvre inférieure de se gonfler. Sa mère disait toujours qu'elle faisait la moue ; que les moues et les pleurnicheries étaient des réactions de bébé.

« Tu ne devrais pas dire non à cause de *moi.* »

Elle est capable de se défendre.

« Ce n'est pas à cause de toi. Je ne parle de ça que dans l'espoir de te convaincre en faisant appel à ton instinct de conservation. Personnellement, je n'ai aucune envie de m'affaiblir, de tomber malade et de *mourir*, parce que c'est ce qui m'arriverait si tu me retirais la pierre-noyau. Je suis plus vieux que tu n'en as l'impression… » Nouvelle absence fugace, qui révèle à Nassun que Schaffa ne sait pas quel âge il a. « Plus vieux que je n'en ai moi-même l'impression. Si on m'enlève cette chose, le temps me rattrapera. Je deviendrai un vieil homme en quelques mois ; les douleurs de l'âge remplaceront celles de la pierre, et puis je mourrai.

— Tu n'en sais rien. » Elle tremble, à présent. La gorge atrocement serrée.

« Si. J'ai été témoin de ce genre de choses, mon enfant. Il n'y a aucune générosité là-dedans, juste de la cruauté. » Les yeux de Schaffa se plissent, comme si le souvenir était flou, puis se reposent sur la fillette. « T'ai-je donc fait tant de mal, ma Nassun ? »

Elle éclate en sanglots sans trop savoir pourquoi, sinon parce que… parce qu'elle avait tellement *envie* de le délivrer, elle a tellement travaillé pour y arriver. Elle avait envie d'utiliser l'orogénie pour faire le bien, alors qu'elle l'a déjà si souvent utilisée pour commettre des horreurs… et elle avait envie que ce soit pour son bien à lui. C'est la seule personne au monde qui la comprend, qui l'aime telle qu'elle est, qui la protège telle qu'elle est.

Il l'attire sur ses genoux en soupirant. Elle s'enroule autour de lui et passe un long moment à sangloter contre son épaule, sans se soucier que tout le monde puisse les voir.

Les larmes épuisées, elle s'aperçoit qu'il n'a pas relâché son étreinte. L'argent s'est animé en lui et le brûle, parce qu'ils sont très proches l'un de l'autre. Il lui a posé le bout des doigts dans la nuque ; il pourrait facilement détruire ses valupinae d'une poussée, la tuant sur le coup. Mais non. Il vient de passer un long moment à en combattre l'envie. Il préfère supporter ça, risquer ça, que la laisser l'aider. Que pourrait-il exister de pire au monde ?

Elle serre les dents, cramponnée à la chemise de Schaffa, dans son dos. Elle virevolte le long de ses fils d'argent, portée par le courant qui les anime. Le saphir est tout proche. Si elle arrive à harmoniser les deux flots, tout ira très vite ; l'arrachement sera précis, chirurgical.

Schaffa se raidit. « Nassun. »

Le brasier d'argent se fige soudain en lui, vaguement pâli. Comme si la pierre-noyau était consciente du danger.

C'est pour son bien.

Mais.

La fillette déglutit. Si elle lui fait du mal parce qu'elle l'aime, est-ce encore du mal ? Si elle lui fait beaucoup de mal maintenant pour qu'il ait moins mal par la suite, cela fait-il d'elle quelqu'un d'horriblement méchant ?

« S'il te plaît, Nassun. »

L'amour ne devrait-il pas fonctionner de cette manière ?

Cette pensée rappelle sa mère à Nassun. Un après-midi glacial où les nuages obscurcissaient le soleil et où elle frissonnait aux gifles des bourrasques. Essun lui plaquait la main contre un rocher, les doigts posés sur les siens. *Si tu peux te contrôler malgré la souffrance, je saurai que tu es en sécurité.*

La fillette lâche Schaffa et se redresse, glacée par celle qu'elle a failli devenir.

Il reste un moment figé, de soulagement ou de regret peut-être, avant de murmurer enfin : « Tu as passé toute la journée dehors. Tu as mangé ? »

Elle a faim, mais se refuse à l'admettre. Un besoin impérieux de s'éloigner de lui la saisit soudain, de trouver un moyen de l'aimer moins, d'apaiser ainsi l'envie ardente qui la tourmente de l'aider malgré lui.

« Je… je vais aller voir mon père », dit-elle, les yeux baissés vers ses mains.

Le silence seul lui répond. Schaffa désapprouve, elle n'a besoin ni de voir ni de valuer pour en être consciente. Depuis la mort d'Eitz, elle a appris ce qui s'est passé d'autre ce jour-là. Personne n'a entendu ce que Schaffa a raconté à Jija, mais un tas de gens l'ont vu jeter l'intrus à terre, s'accroupir et lui sourire sous le nez, pendant que Jija ouvrait de grands yeux terrifiés. Nassun a plus ou moins deviné les raisons de l'incident. Mais, pour la première fois, elle essaie de ne pas tenir compte de ce que pense Schaffa.

« Tu veux que je t'accompagne ? demande-t-il enfin.

— Non. » Elle sait s'y prendre avec son père, et elle sait aussi que Schaffa n'a aucune patience à son égard. « Je reviens juste après.

— N'oublie pas, mon enfant. »

On dirait un rappel affectueux. C'est un avertissement.

Mais elle sait s'y prendre avec Schaffa.

« Non, non. » Elle lève les yeux vers lui. « N'aie pas peur. Je suis forte. Comme tu m'as faite.

— Comme tu t'es faite toi-même. »

Le regard qu'il pose sur elle est tendre et terrible. Les yeux de givre sont toujours terribles, y compris quand l'amour en voile l'éclat terrifiant. Elle est habituée au mélange, maintenant.

Nassun descend des genoux de Shaffa. Elle est fatiguée, bien qu'elle n'ait rien fait, en fin de compte.

L'émotion la fatigue toujours. Elle n'en descend pas moins la colline pour gagner Jekity, où elle salue d'un signe de tête les passants de sa connaissance, qu'ils lui rendent ou non son bonsoir. Elle s'aperçoit aussi qu'un nouveau grenier est en construction – le village a eu le temps de faire des réserves supplémentaires, parce que la pluie de cendre et l'occlusion atmosphérique restent intermittentes. C'est un jour calme et banal dans une bourgade calme et banale qui, d'une certaine manière, rappelle beaucoup Tirimo. Sans Schaffa et Nouvelle Lune, Nassun détesterait sa nouvelle comm autant que l'ancienne. Elle ne comprendra jamais pourquoi sa mère a décidé de vivre dans un trou aussi placide et reculé, elle qui avait le monde entier à sa disposition après s'être échappée de son Fulcrum.

C'est donc en pensant à sa mère que la fillette frappe à la porte de son père. (Il lui a aménagé une chambre, mais c'est sa maison à lui, pas la sienne, ce qui explique qu'elle frappe.)

Jija ouvre presque aussitôt, comme s'il allait sortir ou attendait sa fille. Une odeur de cuisine à l'ail flotte jusqu'à la visiteuse depuis la petite cheminée du fond. Peut-être un ragoût de poisson y mijote-t-il, car il y a pas mal de poisson et de légumes parmi les provisions distribuées aux membres de la comm. Jija ouvre des yeux ronds, car il n'a pas vu Nassun depuis un mois.

« Bonjour, papa. »

Elle se sent maladroite, mais il se penche et, sans lui laisser le temps de comprendre ce qui se passe, la soulève dans ses bras.

Jekity rappelle à présent Tirimo d'une manière agréable. Tirimo quand maman était là, mais que

Nassun avait surtout papa pour la dorloter, et qu'un ragoût de canard, pas de poisson, mijotait sur le poêle. À Tirimo, maman gronderait le petit kirkhusa des voisins qui aurait volé des choux dans la verdure de la maison, parce que la grand-mère Tukke ne l'attache jamais comme il faut. La maison baignerait dans une odeur assez semblable à celle qui parvient maintenant à Nassun – cuisine aromatique, pierre récemment taillée, produits chimiques de polissage. Uche courrait partout en poussant de longs *woouuch* et en criant qu'il tombe, mais en sautant en l'air…

Nassun se raidit dans les bras de Jija, parce qu'elle vient de comprendre : Uche. Sautant en l'air. *Tombant* vers le haut ou, du moins, faisant semblant.

Uche, battu à mort par papa.

Jija la sent se raidir et se raidit aussi. Son étreinte se desserre, lentement ; il repose sa fille par terre pendant que, sur ses traits, la joie cède la place au malaise.

« Nassun… » Il l'examine d'un œil acéré. « Comment vas-tu ?

— Très bien, papa. » Les bras de son père lui manquent, elle n'y peut rien, mais la révélation qu'elle vient d'avoir au sujet d'Uche lui a rappelé que la prudence s'impose. « J'avais envie de te voir, c'est tout. »

Le malaise de Jija s'atténue. Il hésite, comme s'il cherchait quelque chose à dire, puis finit par s'écarter.

« Entre. Tu as faim ? Il y a assez à manger pour deux. »

Elle entre donc, ils s'installent à table, et il ne tarde pas à s'extasier sur la longueur des cheveux de Nassun, ses tresses plaquées et ses mèches bouffantes. Alors, elle s'est coiffée toute seule ? Et elle n'aurait pas un peu grandi ? Elle admet en rougissant que c'est bien possible – en réalité, elle sait pertinemment qu'elle fait deux à trois centimètres de plus que la dernière fois qu'il l'a mesurée. Schaffa a vérifié un jour, parce qu'il se demandait s'il ne devrait pas réquisitionner des vêtements pour Nouvelle Lune lors de la prochaine distribution de fournitures. Nassun est une grande fille, maintenant, déclare Jija avec une telle fierté qu'elle en reste désarmée. Presque dix ans, belle, vigoureuse – elle ressemble tellement à… Il s'interrompt. Elle baisse les yeux vers son assiette, parce qu'il a failli dire qu'elle ressemblait tellement à sa mère.

L'amour ne devrait-il pas fonctionner de cette manière ?

« Tout va bien, papa », s'oblige-t-elle à dire. C'est monstrueux qu'elle ressemble à sa mère par sa beauté et sa vigueur, mais amour et monstruosité sont indissolublement liés. « Elle me manque à moi aussi. »

C'est la pure vérité, envers et contre tout.

Jija se raidit légèrement. Un muscle se contracte le long de la courbe de son menton. « Elle ne me manque pas, ma puce. »

Le mensonge est si flagrant que Nassun, stupéfaite, oublie d'acquiescer systématiquement. Elle oublie d'ailleurs un tas de choses, y compris le simple bon sens, car elle lâche : « Mais si. Et Uche aussi. Ça se voit. »

Jija se fige en la couvant d'un regard où se mêlent la stupeur de l'avoir entendue dire tout haut une chose pareille et l'horreur de cette chose. Puis, dans un processus qu'elle en est venue à trouver normal chez lui, la stupeur suscitée par l'inattendu se transforme soudain en colère.

« C'est ce qu'on t'apprend dans ce… cet *établissement* ? Manquer de respect à ton père ? »

La fatigue de Nassun s'aggrave brusquement. Elle s'épuise à essayer de contourner en permanence l'absurdité dont il fait preuve.

« Je ne te manquais pas de respect. » Elle a beau chercher à s'exprimer d'une voix égale, sans inflexion, la frustration qui s'y glisse lui est perceptible. Malheureusement, elle n'y peut rien. « Je disais juste la vérité, papa, mais si tu veux…

— Ce n'est pas la vérité, c'est une insulte. Je ne veux pas t'entendre utiliser un langage pareil, jeune fille.

— Quel langage ? s'étonne-t-elle, désorientée. Je n'ai rien dit de vilain.

— C'est vilain de traiter les gens de gènophiles !

— Mais… je n'ai pas dit ça. »

Sauf que si, d'une certaine manière. Si Essun et Uche manquent à son père, ça veut dire qu'il les aime, ce qui fait de lui un gènophile. Mais. *Je suis une gèneuse.* Elle n'est pas assez idiote pour le dire. N'empêche qu'elle en a envie.

Jija ouvre la bouche, mais se retient finalement de répliquer. Il détourne les yeux, pose les coudes sur la table puis joint le bout des doigts, comme il le fait souvent quand il essaie de maîtriser sa colère.

« Les *gèneurs*… » le mot est répugnant dans sa bouche « … sont des menteurs, ma puce. Ils menacent, ils manipulent, ils utilisent. Ils sont méchants, aussi méchants que le Père Terre lui-même. Tu n'as rien à voir avec ça. »

Un mensonge de plus. Nassun a fait le nécessaire pour survivre, y compris mentir et tuer. C'était d'ailleurs parfois pour survivre malgré *lui*. Elle regrette d'avoir été obligée d'en arriver là, et elle est furieuse qu'il ne se soit aperçu de rien. Qu'il ne s'aperçoive toujours de rien, alors qu'elle en est toujours là.

Je me demande pourquoi je l'aime encore… Voilà ce qu'elle pense en le regardant.

« Pourquoi tu nous détestes autant, papa ? »

Voilà ce qu'elle dit tout haut.

Il tressaille, peut-être à cause du *nous* machinal. « Je ne te déteste pas.

— Mais tu détestes maman. Tu devais détester U…

— Non ! » Il se rejette brusquement en arrière et se lève. Nassun sursaute malgré elle, mais il pivote puis se met à faire les cent pas, décrivant des demi-cercles rageurs d'un côté de la table. « C'est juste que… je sais de quoi ils sont capables, ma puce. Tu ne comprendrais pas. Il fallait que je te protège. »

Une brume de compréhension aussi puissante que la magie enveloppe Nassun : son père ne se rappelle pas être resté planté devant le cadavre d'Uche, les épaules et la poitrine soulevées par une respiration haletante, les dents serrées autour des mots : *Tu en es une, toi aussi ?* Il est persuadé de ne l'avoir jamais menacée. De ne l'avoir jamais fait tomber de la charrette et rouler jusqu'au pied d'une colline couverte de broussailles et de cailloux. Quelque chose dans la tête de Jija a réécrit l'histoire de ses enfants orogènes pour en faire un conte aussi immuable et ciselé que la pierre dans la tête de Nassun. Peut-être le même mécanisme a-t-il réécrit en lui le rôle de Nassun, faisant d'elle sa *fille* mais pas une *gèneuse*, comme si les deux identités étaient d'une manière ou d'une autre séparables.

« J'ai découvert la vérité quand j'étais petit – plus petit que toi. » Il ne la regarde plus ; il discourt en faisant les cent pas et en gesticulant. « Le cousin de Makenba. » Elle bat des paupières. Mlle Makenba était une vieille Tirimaise discrète qui sentait la tisane en permanence. La mère de Lerna, le médecin de la ville. Mlle Makenba avait donc un cousin à Tirimo ? Ensuite seulement, Nassun comprend.

« Un jour, je l'ai vu derrière un silo à grain. Accroupi, tout tremblant. J'ai cru qu'il était malade. » Jija secoue maintenant la tête, sans cesser d'aller et venir. « Moi, j'étais avec un copain. On passait notre temps ensemble, tous les trois. On était amis. Kirl a empoigné Litisk par l'épaule pour le secouer, et Litisk… » Jija s'interrompt brusquement. Les dents découvertes par une grimace, les épaules agitées par un souffle haletant, comme ce jour-là. « Kirl *hurlait*, et Litisk disait qu'il ne pouvait pas arrêter, qu'il ne savait pas ce qu'il fallait faire. La glace a remonté tout le bras de Kirl ; il a cassé. Le sang est tombé en morceaux par terre. Litisk disait qu'il était désolé, il pleurait, mais il continuait à geler Kirl. Il n'*arrêtait* pas. Quand je me suis sauvé, Kirl se tournait vers moi, complètement gelé, à part la tête, le torse et le bras qu'il me tendait. C'était trop tard, je le savais. C'était trop tard avant que je ne me sauve chercher de l'aide. »

Apprendre qu'il y a une raison – une raison spécifique – a ce qu'a commis son père n'apporte aucun réconfort à Nassun. Une seule pensée lui tourne dans la tête : *Uche n'a jamais perdu le contrôle de cette manière ; maman l'aurait empêché.* C'est la pure vérité. Il arrivait à Essun de valuer, et d'interrompre, l'orogénie de Nassun depuis l'autre bout de la ville.

Ce qui signifie qu'Uche n'a en rien provoqué Jija. Jija a tué son fils à cause de ce qu'a fait quelqu'un d'autre bien avant la naissance dudit fils. C'est surtout cette constatation qui aide Nassun à comprendre qu'il n'y a pas moyen de raisonner la haine de son père.

Elle est donc presque prête quand il la considère soudain du coin de l'œil, méfiant.

« Comment se fait-il que tu ne sois pas encore guérie ? »

Il n'y a pas moyen de raisonner, mais elle essaie parce que, autrefois, son monde se résumait à cet homme.

« Ça ne va peut-être plus tarder. J'ai appris à faire des choses avec l'argent et à en retirer chez les gens. Je ne sais pas comment fonctionne l'orogénie ni d'où elle vient, mais si on peut la retirer…

— Aucun des autres monstres de ce camp n'a été capable de se soigner, je le sais, j'ai demandé. » Le pas de Jija s'est accéléré. « Ils ont beau s'installer là-haut, leur état ne s'améliore pas. Ils vivent avec les Gardiens, il y en a chaque jour davantage, mais aucun qui guérisse ! Ce n'était pas vrai ?

— Si. Il faut juste que je devienne assez bonne pour y arriver. » C'est une certitude instinctive. Si Nassun affine assez son contrôle, elle sera capable de faire à peu près n'importe quoi, avec l'aide de l'obélisque saphir. « Mais…

— Pourquoi n'es-tu pas encore assez bonne ? Ça fait presque un an qu'on est là ! »

Parce que c'est difficile. Voilà ce qu'elle a envie de répondre, mais elle sait que Jija n'a pas envie de l'entendre. Il n'a pas envie de savoir que pour transformer quelque chose grâce à l'orogénie et à la magie, il faut devenir un maître dans l'art d'utiliser l'orogénie et la magie. Elle ne répond donc pas, ça ne servirait à rien. Elle ne peut dire ce qu'il a envie d'entendre. Ce n'est pas juste de la part de Jija de traiter les orogènes de menteurs puis de lui demander, à elle, de mentir.

Il s'arrête et s'énerve, instantanément méfiant devant son silence. « Tu n'essaies même pas de te soigner, hein ? Dis-moi la vérité, Nassun ! »

Elle est *tellement* fatiguée de cette rouille ! « J'essaie, papa. J'essaie de devenir une meilleure orogène. »

Il recule comme si elle l'avait frappé. « Ce n'est pas pour ça que je t'ai laissée t'installer là-haut. »

Il n'a rien *laissé* faire ; Schaffa l'a obligé à accepter. Il se ment à lui-même, mais ce qui brise le cœur de Nassun, c'est qu'il lui mente à elle – il lui a d'ailleurs menti depuis sa naissance, elle le comprend brusquement. Après tout, il lui a dit qu'il l'aimait, mais ce n'est évidemment pas vrai. Il est incapable d'aimer une orogène, ce qu'elle est. Il refuse d'être le père d'une orogène, ce pourquoi il exige d'elle en permanence qu'elle ne soit pas ce qu'elle est.

Elle est fatiguée. Et elle en a assez.

« Je suis contente d'être une orogène, papa. » Les yeux de Jija s'écarquillent. Elle vient de dire quelque chose de terrible. Elle fait quelque chose de terrible en s'aimant telle qu'elle est. « Je suis contente de faire bouger les choses, de manipuler l'argent, de tomber dans les obélisques. Mais je ne suis pas contente de… »

Elle se prépare à dire qu'elle regrette ce qu'elle a infligé à Eitz et plus encore la manière dont les autres la traitent depuis qu'ils savent de quoi elle est capable, mais elle n'en a pas le temps. Jija s'approche – deux pas rapides. Sa main se lève et retombe si vite que

Nassun ne voit rien avant que le coup ne la fasse tomber de sa chaise.

Comme ce jour-là, sur la route impériale, quand elle s'est soudain retrouvée meurtrie de partout au pied d'une colline. Sans doute Uche a-t-il vécu ça – encore une révélation. Le monde tel qu'il est censé être et, la seconde d'après, tout mal fichu, tout cassé.

Au moins, Uche n'a pas eu le temps de le détester, se dit-elle tristement.

Et puis elle gèle l'ensemble de la maison.

Il ne s'agit pas d'un réflexe. Elle agit avec intention et précision, en tissant son tore de manière qu'il corresponde précisément aux dimensions de la chaumière – pas question qu'il englobe dehors un éventuel passant. Elle le dote d'ailleurs de deux noyaux, l'un centré sur elle, l'autre sur son père. Le froid est là, contre ses poils ; la pression de l'air baisse, tiraillement sur ses vêtements et les tresses de sa coiffure. Jija, qui éprouve les mêmes sensations, se met à *hurler*, les yeux fous, écarquillés et aveugles. Le souvenir de la mort cruelle et glaciale de son copain se lit sur son visage. Nassun se relève, sans le quitter des yeux par-dessus la chaise tordue, à jamais inutilisable, renversée sur le sol verglacé. Déjà, il a reculé en trébuchant, dérapé, perdu l'équilibre puis glissé sur le dos jusqu'à heurter les pieds de la table.

Il ne risque rien. La fillette n'a manifesté son tore qu'une seconde, simple avertissement en réponse à la violence dont il a fait preuve. Il n'en continue pas moins à hurler sous ses yeux, roulé en boule, paniqué. Peut-être la compassion ou le regret devraient-ils s'emparer d'elle, mais c'est une fureur froide qui l'envahit, dirigée contre sa mère. Une fureur irrationnelle, elle en est bien consciente. Si Jija a trop peur des orogènes pour aimer ses propres enfants, on ne peut le reprocher à personne, sauf à Jija, justement. Il n'empêche qu'à une époque, Nassun aimait son père sans restriction, mais qu'elle a maintenant besoin de reprocher à quelqu'un la mort de cet amour parfait. Sa mère est capable de supporter ça, elle le sait.

Tu aurais dû nous faire avec quelqu'un de plus fort, dit en esprit Nassun à l'absente, où qu'elle soit.

Elle traverse la pièce, prudemment, pour ne pas déraper sur la glace, puis secoue le loquet quelques secondes avant qu'il ne pivote en grinçant. Au moment où la porte s'ouvre, Jija a cessé de hurler, mais son souffle court s'accompagne à chaque expiration d'un petit gémissement. Elle s'oblige à le regarder, bien qu'elle n'en ait aucune envie : elle veut être une bonne orogène, et les bons orogènes ne peuvent se permettre l'aveuglement.

Il sursaute, comme si elle avait le pouvoir de le consumer d'un coup d'œil.

« Au revoir, papa. »

La réponse n'est pas formulée.

*
**

La glace qu'il avait invoquée la consuma vivante alors qu'elle versait une dernière larme, qui explosa à terre tel l'Éclatement. Puisse votre cœur être de pierre face aux gêneurs, car leur âme n'est que rouille !

Extrait de « Baisers de glace »,
récit enregistré dans le quartant de Bebbec,
au théâtre de Msida, par Whoz Mnésiste Bebbec

(Note : Une lettre signée de sept mnésistes
itinérants équatoriaux qualifie Whoz
de « soi-disant mnésiste pop »
et la renie en tant que collègue.
Il est possible que « Baisers de glace »
soit un texte apocryphe.)

18. Vous, à rebours

Quand vous quittez la Sanzienne, je vous entraîne à l'écart. Figurativement parlant.

« Celui que vous appelez M. Gris ne cherche pas à empêcher l'ouverture de la Porte. Je vous ai menti. »

Vous vous méfiez tellement de moi, à présent. Ça vous ennuie, je le vois bien ; vous avez *envie* de me faire confiance, même si vos propres yeux vous rappellent comment je vous ai trompée. Toutefois, vous soupirez avant de répondre : « Oui, je me disais aussi qu'il y avait sans doute autre chose.

— Il cherchera à vous tuer parce qu'il ne peut vous manipuler. » Je ne prête aucune attention à votre ironie. « Si vous ouvrez la Porte, vous nous rendrez la Lune et mettrez fin aux Saisons. Lui, ce qu'il veut, c'est la faire ouvrir par quelqu'un qui partage ses vues. »

Vous comprenez maintenant les motivations des joueurs, sinon l'ensemble du jeu. Vos sourcils se froncent.

« Et quelles sont ses vues ? Il aimerait provoquer un changement ? Préserver le statu quo ?

— Je ne sais pas. C'est important ?

— Probablement pas. » Vous frottez vos cheveux, depuis peu recoiffés et nattés. « Je suppose que c'est pour ça qu'il essaie de faire expulser les gèneurs de Castrima ?

— Oui. Il trouvera moyen d'obtenir ce qu'il veut de vous, Essun ; du moins, il essaiera. S'il n'y arrive pas… vous ne lui servirez à rien. Pire, vous serez l'ennemie. »

Votre soupir trahit tout l'épuisement de la Terre, avant que vous n'acquiesciez d'un simple hochement de tête puis ne vous éloigniez. Je vous suis du regard. J'ai tellement, tellement peur.

*
**

Comme à d'autres moments de désespoir, vous vous rendez chez Albâtre.

Il ne reste plus grand-chose de lui. Depuis qu'il a renoncé à ses jambes, il passe ses journées plongé dans une stupeur médicamenteuse, serré contre Antimoine comme un chiot à la mamelle. Lors de vos visites, il vous arrive de ne pas solliciter son enseignement. Pur gaspillage, car vous êtes à peu près sûre qu'il reste en vie dans le seul but de vous transmettre l'art de la destruction globale. Il vous a prise une ou deux fois sur le fait, au réveil : vous avez émergé du sommeil blottie près de son nid, sous son regard attentif. Il n'a fait aucune réflexion, sans doute parce qu'il n'en a plus la force. À votre grand soulagement.

Aujourd'hui, il bouge à peine quand vous vous installez près de lui, à votre arrivée, bien qu'il ne dorme pourtant pas. Antimoine l'a rejoint quelques jours plus tôt dans son nid, où vous ne la voyez pratiquement que transformée en « chaise vivante » – à genoux, les jambes écartées, les mains posées à plat sur les cuisses, le torse servant de dossier à Albâtre. Il ne peut prendre cette position que parce que, perversement, les quelques brûlures de son dos ont guéri pendant que ses jambes pourrissaient. Heureusement, la mangeuse de pierre n'a pas de seins, ce qui rend son buste plus confortable, et le faux tissu qui la drape n'est ni rêche ni coupant. Les yeux d'Albâtre vous suivent à la manière de ceux des créatures – comparaison détestable, mais qui vous vient à l'esprit.

« Ça recommence. » Vous ne vous donnez pas la peine de lui expliquer ce que vous entendez par « ça ». Il sait toujours. « Comment as-tu… à Meov. Tu as *essayé*. Comment ? »

Vous, vous n'avez plus l'énergie de vous battre pour Castrima ou d'y construire une vie nouvelle. Votre instinct vous ordonne de ramasser votre sac de survie, d'attraper vos compagnons par la main et de vous enfuir avant que la ville ne se retourne contre vous. Une fuite qui vous condamnerait sans doute tous à mort, car la Saison s'est bel et bien installée dans toute sa splendeur ; mais rester sur place se révélera à votre avis encore plus sûrement mortel.

Albâtre inspire longuement, profondément, signe qu'il a l'intention de répondre. Il lui faut juste le temps de réunir les mots.

« Involontaire. Tu étais enceinte ; moi… très seul. Je me suis dit que ça irait. Un moment. »

Vous secouez la tête. Il savait évidemment avant vous que vous étiez enceinte. Ça n'a plus d'importance, maintenant.

« Tu t'es battu pour eux. » Accentuer le dernier mot vous coûte un effort, mais vous y tenez. Il s'est battu pour Corindon, Innon et vous, certes, mais aussi pour Meov. « Alors qu'ils se seraient retournés contre nous un jour ou l'autre. Tu sais que j'ai raison. »

Quand Corindon se serait révélé trop puissant, ou s'ils n'avaient réussi à repousser les Gardiens que pour être contraints de quitter l'île et de s'installer ailleurs. C'était inévitable.

Albâtre produit un petit son affirmatif.

« Alors pourquoi ? »

Il pousse un long, un lent soupir.

« Il y avait une chance que ça n'arrive pas. » Vous secouez la tête, une fois de plus. Sa réponse est si incroyable qu'elle vous fait l'effet d'un simple charabia. Jusqu'à ce qu'il ajoute : « La plus infime des chances valait la peine que j'essaie. »

Il n'ajoute pas *Pour vous*, mais c'est là, sous-texte quasi valuable sous la surface des mots. Pour que votre famille puisse mener à Meov une vie normale, simple famille parmi d'autres. Pour que vous ayez tous des possibilités normales. Des soucis normaux. Vous le considérez d'un œil fixe. Puis, impulsivement, vous portez la main à son visage et passez les doigts sur sa bouche abîmée. Il vous regarde faire, les lèvres incurvées par le petit quart de sourire auquel il en est maintenant réduit. C'est plus qu'il ne vous en faut.

Vous vous levez et repartez essayer de sauver la minuscule ombre vacillante de chance qu'il reste à Castrima.

*
**

Le scrutin doit avoir lieu le lendemain matin, à la demande de Ykka – les occupants de la géode sont censés donner leur réponse aux Rennains vingt-quatre heures après la « proposition » qui leur a été faite, mais la chef ne veut pas laisser son conseil informel décider seul de l'avenir de la comm. Personnellement, vous ne voyez pas ce que va changer le vote ; il va déjà falloir à Castrima un miracle rouillé pour survivre jusqu'au matin.

Les gens vous suivent des yeux pendant vos déplacements, mais vous regardez droit devant vous en essayant de ne pas montrer que ça vous dérange.

De courts entretiens privés vous permettent de transmettre le mot d'ordre à Cutter et Temell, que vous chargez de le répandre à leur tour. De toute manière, Temell a l'habitude de faire cours aux enfants dehors ; il va se rendre chez ses élèves et les encourager à former des groupes de travail de deux ou trois, chez des personnes de confiance. Vous vous retenez de lui dire qu'il n'y a plus personne de confiance, parce qu'il le sait. On ne peut pas s'y prendre autrement, alors inutile d'en parler.

Cutter, lui, va s'occuper des quelques autres gèneurs adultes, dont certains ne sont pas assez doués pour tisser un tore ou se contrôler correctement – il n'y a que des sauvages à Castrima, à part Albâtre et vous. Cutter va toutefois veiller à ce que les moins bons ne quittent pas les meilleurs d'une semelle.

« Et toi, qui va surveiller tes arrières ? » ajoute-t-il, impassible.

Il vous propose donc son aide. Ce qui, à votre grande surprise, vous inspire une répugnance qui vous fait frissonner de la tête aux pieds. Vous n'avez jamais eu vraiment confiance en lui, vous ne sauriez dire pourquoi. Sans doute en partie parce qu'il a dissimulé sa nature toute sa vie. Votre réaction est d'une hypocrisie sans nom, vu les dix ans que vous avez passés à Tirimo. D'ailleurs, soyons clairs, en qui avez-vous confiance, suave rouille pelante ? Ça n'a pas d'importance, à partir du moment où il fait ce qu'il a à faire. Vous vous contraignez à hocher la tête en répondant : « Viens me voir après avoir passé le mot. »

Il acquiesce.

Votre mission accomplie, vous décidez de vous reposer un peu, vous aussi. La transformation de Hoa a rendu votre chambre inutilisable et vous n'avez guère envie de vous installer dans le lit de Tonkee, car le souvenir du moisi s'attarde, bien qu'il remonte à plusieurs mois. Et puis vous vous faites soudain la réflexion qu'il n'y a personne pour surveiller les arrières de Ykka. Elle croit en sa comm, mais vous non. Hoa a mangé Rubis, qui avait intérêt à la garder en vie, du moins peut-on le supposer. Vous empruntez donc un sac à Temell, vous fouillez votre appartement, à la recherche de quelques provisions de base – ce n'est pas un vrai sac de survie, vous pourrez toujours nier de manière crédible si jamais Ykka proteste –, puis vous retournez chez elle. (Cutter aura du mal à vous trouver, ce qui est bien aussi.) À en juger par la respiration qui s'élève derrière le rideau de sa chambre, elle dort toujours. Ses canapés sont assez confortables, surtout comparés à ce que vous avez connu sur la route. Vous vous roulez en boule sur l'un d'eux, votre sac de survie coincé sous la tête, et vous essayez d'oublier momentanément le monde.

Vous vous réveillez quand Ykka traverse le séjour en trombe, des jurons plein la bouche, si pressée qu'elle manque d'arracher au passage le rideau de l'appartement.

« C'que c'est… » marmonnez-vous en vous redressant et en essayant de reprendre vos esprits.

Mais, déjà, les cris qui s'élèvent dehors parviennent à votre conscience. Des cris de *colère*. De plus en plus nombreux.

Ça a commencé. Vous vous levez et emboîtez le pas à Ykka, après avoir ramassé les sacs sans y réfléchir à deux fois.

La foule se rassemble au niveau inférieur, près des bains. Ykka s'y précipite d'une manière que vous n'allez certainement pas imiter – elle se laisse glisser le long des échelles en métal, bondit par-dessus le garde-fou de certaines plates-formes pour atterrir sur celles d'en dessous, dont elle connaît la position, traverse à toute allure des ponts qui se balancent effroyablement sous ses pieds. Vous descendez quant à vous d'une manière raisonnable, pas suicidaire, tant et si bien que quand vous rejoignez la cohue, la chef braille déjà à pleins poumons pour obtenir de la place, le silence et l'attention générale.

Au centre du cercle se tient Cutter, vêtu en tout et pour tout d'une serviette. Il n'a pas l'air indifférent, ce qui est exceptionnel, mais au contraire tendu, les dents serrées, provocateur quoique prêt à détaler. À deux mètres de lui, assis par terre, se trouve un homme congelé, figé alors qu'il reculait en se tortillant, une terreur abjecte à jamais inscrite sur le visage. Sa tête ne vous dit rien. Peu importe. Ce qui importe, c'est qu'un gèneur a tué un fixe. Une allumette jetée au beau milieu du tas de petit bois desséché, imbibé de pétrole, que constitue la comm.

« … ce qui s'est passé », hurle Ykka à votre arrivée. Elle vous est quasi invisible, dissimulée par la cinquantaine de personnes qui l'entoure. Il vous suffirait de jouer des coudes pour gagner le premier rang, mais mieux vaut rester à l'arrière-plan ; ce n'est pas le moment d'attirer l'attention. Un rapide tour d'horizon vous permet de croiser le regard de Lerna, les yeux écarquillés, les lèvres pincées. Il ne cherche pas à se rapprocher du théâtre de l'action, lui non plus. Terre en feu ! Vous venez de repérer trois jeunes gèneurs agglutinés, y compris Penty, la meneuse des petits orogènes les plus courageux et les plus idiots de la comm. Dressée sur la pointe des pieds, elle étire le cou pour mieux voir. Quand elle essaie de se frayer un passage vers le centre du cercle, vous vous arrangez pour croiser son regard et lui jeter votre Regard de Mère. Ça la calme instantanément.

« La rouille se fiche bien de ce qui s'est passé ! » lance Sekkim, un Innovateur. Vous le connaissez, parce que Tonkee passe son temps à dire qu'il est trop bête pour faire partie de sa caste et qu'il faudrait s'en débarrasser en le larguant parmi des gens moins utiles, les Dirigeants, par exemple. « C'est la raison… »

Quelqu'un lui crie de la fermer.

« *Gèneurs rouillés !* » braille quelqu'un d'autre.

Avant d'être à son tour réduit au silence : « Ferme-la, bordel ! C'est Ykka !

— On n'en a rien à foutre d'aucun de ces monstres rouillés de gèneurs…

— Espèce de fils de cannibale ! Je te pète la gueule si tu continues à… »

Quelqu'un pousse quelqu'un d'autre. On se pousse et on se repousse. On jure. On menace. C'est une catastrophe.

Jusqu'au moment où un homme se précipite au premier rang, s'accroupit près du corps gelé et fait de son mieux pour le prendre dans ses bras. Il présente avec le cadavre une ressemblance évidente, malgré la congélation : peut-être étaient-ils frères. Son gémissement d'angoisse provoque un silence agité, dont la vague recouvre progressivement la foule. Les gens dansent d'un pied sur l'autre, mal à l'aise, pendant que son cri se fond en sanglots puissants, déchirants.

Ykka inspire à fond puis s'approche de lui, profitant de l'occasion offerte par son chagrin.

« Qu'est-ce que j'avais dit ? demande-t-elle à Cutter d'un ton crispé. Qu'est-ce que j'avais *dit*, bordel de rouille ?

— Il m'a agressé, répond Cutter, qui n'a pas la moindre égratignure.

— N'importe quoi », rétorque-t-elle. Plusieurs personnes lui font écho. Elle les regarde d'un air féroce jusqu'à ce qu'elles se taisent puis considère à nouveau le cadavre. « Betine n'aurait jamais fait une chose pareille. Le jour où il devait surveiller la basse-cour, il n'a même pas été fichu de tuer un poulet. »

Cutter la fixe d'un œil noir. « Tout ce que je sais, c'est que je voulais prendre un bain. Quand je me suis installé pour me laver, il s'est écarté. Je me suis dit bon, OK, c'est comme ça. Je m'en fichais. Et puis je lui suis passé devant pour entrer dans la piscine, et il m'a *frappé*. Fort, à la nuque. »

La déclaration provoque un murmure bas, coléreux – mais aussi une agitation inquiète. Il paraît que c'est à la nuque qu'il faut frapper les gêneurs. Simple rumeur. Ça ne marche que si on cogne assez fort pour provoquer une commotion ou fêler le crâne, ce qui certes assomme les victimes, mais ça n'a rien à voir avec de prétendus dommages causés aux valupinae. Il n'empêche que le mythe perdure. Si Cutter dit la vérité, un coup pareil aurait justifié une riposte.

« *Rouille menteuse !* gronde le type qui étreint le corps de Betine, dont s'élève un léger sifflement. Il n'était pas comme ça, tu le sais *pertinemment*, Ykka… »

La chef acquiesce et s'approche pour lui toucher l'épaule. La foule s'agite à nouveau, fureur épuisée également agitée. Un lien ténu l'attache à Ykka, pour l'instant.

« Oui, je sais. » Un muscle se contracte dans sa joue, une fois, deux. Elle regarde autour d'elle. « Qui a été témoin de la bagarre ? »

Plusieurs personnes lèvent la main.

« Moi, lance une femme. J'ai vu Betine s'éloigner. » Elle déglutit, sans quitter Cutter des yeux. Sa lèvre supérieure est emperlée de sueur. « Mais à mon avis, il voulait juste prendre le savon.

— Il m'a regardé, riposte Cutter. Je sais parfaitement ce que ça veut dire, quand on me regarde de cette manière ! »

Ykka l'interrompt en agitant la main. « Je sais, je sais. Tais-toi, maintenant. Et après ? ajoute-t-elle, pour la femme.

— C'est tout. J'ai détourné les yeux une seconde, et voilà, il y avait ce… ce tourbillon. Du vent et de la glace. » Le témoin fait la grimace, les lèvres pincées. « Tu n'as pas besoin que je t'explique comment vous vous y prenez. »

Ykka fixe l'oratrice d'un air menaçant, mais tressaille quand les cris reprennent, approbateurs, cette fois. Quelqu'un joue des coudes pour se jeter sur Cutter, quelqu'un d'autre le retient, mais il s'en faut de peu. Vous voyez parfaitement Ykka prendre conscience du délitement de son autorité. Elle ne va pas arriver à les faire réfléchir. Ils sont en train de s'exciter, de se transformer en meute, et elle est totalement impuissante.

Eh bien, vous vous trompez. Elle n'est pas impuissante.

Elle le prouve en se retournant, en posant la main sur le torse de Cutter et en lui transmettant quelque chose. Vous n'êtes pas en train de valuer à ce moment-là, vous ne percevez donc que le contrecoup de ce qu'elle fait. C'est… comment dire ? Ça ressemble… à la manière dont Albâtre a soumis un point chaud, il y a des années et un cinquième de continent de cela. En plus réduit. Ça ressemble aussi à ce que le Gardien a infligé à Innon, mais en plus localisé, en moins franchement horrifique. Vous ne saviez même pas que les gèneurs étaient capables d'une chose pareille.

Quoi qu'il en soit, Cutter n'a pas le temps de dire ouf. Ses yeux s'écarquillent démesurément, il recule d'un pas chancelant, puis il tombe, les traits figés par une horreur aussi grande que la peur de Betine.

Le silence règne. Vous n'êtes pas la seule à rester bouche bée.

Ykka reprend son souffle. Ce qu'elle a fait lui a coûté, car elle vacille, à peine, avant de se maîtriser.

« Ça suffit. » Elle tourne sur elle-même pour passer la foule en revue. « Ça *suffit*. Justice est faite, d'accord ?

Maintenant, rentrez chez vous, tous tant que vous êtes. »

Ça ne va pas marcher. À votre avis, la foule va tout simplement devenir sanguinaire… mais votre avis prouve juste votre ignorance. Les gens tournent quelques instants en rond, marmonnent quelques instants puis commencent à se disperser. Les sanglots bas d'un homme en deuil les suivent jusque chez eux.

Il est minuit, crie le veilleur. Le scrutin du matin aura lieu dans huit heures.

*
**

« Il le fallait », murmure Ykka. Vous l'avez raccompagnée chez elle, plus ou moins. Le rideau ouvert lui permet de voir ses concitoyens et vice versa. Elle s'appuie au chambranle, tremblante. Un tremblement léger. Personne ne s'en apercevrait, de loin. « Il le fallait. »

Vous lui accordez le respect de l'honnêteté. « Oui, il le fallait. »

Il est deux heures.

*
**

À cinq heures, vous envisagez de dormir, car la comm est plus calme que vous ne l'auriez cru. Lerna et Hjarka vous ont rejointe chez Ykka. Personne ne parle de monter la garde, de soutenir moralement la chef, de pleurer Cutter ni d'attendre (une fois de plus) la fin du monde, mais c'est bien ce que fait votre petit groupe. Ykka est assise sur un canapé, les bras noués autour des genoux, la tête appuyée contre le mur, le regard las et vide.

Lorsque des cris vous parviennent, vous fermez les yeux en envisageant sérieusement de ne vous occuper de rien, mais des hurlements aigus d'enfants vous tirent de ce manque complet d'empathie. Les autres se lèvent, vous aussi, et tout le monde sort sur le balcon. Comme des gens se précipitent vers une des larges plates-formes entourant un cristal trop petit pour abriter des appartements, vous suivez le mouvement. Ces plates-formes servant de zones de stockage, celle qui vous intéresse est couverte de tonneaux, de caisses et de jarres d'argile, dont l'une couchée, en train de rouler sur les planches, mais qui a l'air intacte. Vous vous en apercevez dès que vous touchez au but, mais ça n'explique pas le reste.

C'est-à-dire les petits gêneurs. La bande à Penty. Deux d'entre eux hurlent en tirant et en tapant sur une femme qui a plaqué leur chef à terre, qui crie après elle et qui la tient par le cou. Une autre femme crie après les gamins, mais elle se trouve un peu à l'écart et personne ne lui prête attention. Sa voix brouillée n'est qu'un simple aiguillon.

Vous connaissez vaguement celle qui s'en est prise à Penty. Waineen, une Résistante d'une dizaine d'années de moins que vous, plus massive, aux cheveux plus longs. Elle s'est montrée assez sympa quand vous avez travaillé ensemble dans les latrines ou sur les cultures de fongus, mais les commérages vont bon train derrière son dos. C'est elle qui fabrique les miellées que Lerna s'offre à l'occasion et l'alcool qu'achètent quelques personnes. Avant la Saison, il s'agissait pour elle d'une activité annexe lucrative, puisqu'elle aidait ainsi les Castrimiens de souche à épicer une existence de mineurs et de commerçants ennuyeuse. Elle cachait ses produits dans la ville souterraine pour éviter que les inspecteurs des impôts du quartant ne les découvrent, habitude qui s'est révélée fort pratique à la fin du monde. Le problème, c'est qu'elle en est elle-même la plus grande consommatrice et qu'on la voit souvent tituber dans la géode, rougeaude et bruyante, dégageant plus de vapeurs qu'un volcan nouveau-né.

Comme elle n'a pas l'ivresse mauvaise, qu'elle partage volontiers et qu'elle est toujours fidèle au poste, personne ne s'occupe de ce qu'elle fait de son alcool. Chacun réagit aux Saisons à sa façon. Mais là, apparemment, elle a craqué, allez savoir pourquoi. Il faut avouer que Penty peut être franchement exaspérante. Hjarka et quelques autres personnes ne vont pas tarder à rejoindre Waineen et à l'écarter de la gamine, dont vous vous dites qu'elle se maîtrise heureusement assez pour ne pas geler toute la plate-forme, quand Waineen lève le bras, le poing fermé.

un poing qui

la marque du poing de Jija, meurtrissure à quatre lignes parallèles, sur le ventre et le visage d'Uche

un poing qui

qui

qui

non

Vous vous retrouvez quasi simultanément dans la topaze et entre les cellules de la Résistante. Sans penser. Votre esprit tombe, *plonge* dans le courant ascendant de lumière ambrée comme s'il y était chez lui. Vos valupinae s'incurvent autour des fils d'argent que vous rassemblez, vous êtes à la fois partie de l'obélisque et de la femme, vous n'allez *pas* laisser arriver ça, pas cette fois, non, vous n'avez pas pu arrêter Jija mais…

« Pas un de plus », murmurez-vous.

Vos compagnons vous regardent, surpris, déconcertés, puis ils détournent les yeux parce que la spectatrice qui excitait les combattantes s'est soudain mise à hurler pendant que les cris des enfants redoublaient. Penty en personne braille aussi, à présent. Waineen, qui la maintenait à terre, s'est transformée en statue multicolore luisante.

« Pas un de plus ! »

Vous valuez les gens les plus proches – les autres membres du conseil, la soûlarde hurlante, Penty et ses copains, Hjarka et compagnie, tout le monde. Tous les Castrimiens. Ils piétinent les filaments de vos nerfs, ils les martèlent, ils vibrionnent, *ils sont Jija*. Vous vous concentrez sur la soûlarde ; un véritable instinct vous pousse à exprimer de son corps la vie et le mouvement pour les remplacer par le sous-produit des réactions magiques, quelle que soit en réalité cette matière qui ressemble à la pierre. La matière qui tue peu à peu Albâtre, le père d'un de vos enfants morts, PAS UN DE PLUS. Combien de siècles l'univers s'est-il permis de tuer les enfants gêneurs pour que les autres enfants dorment tranquilles ? *Tout le monde* est Jija, la planète rouillée entière est Schaffa, Castrima est Tirimo le Fulcrum PAS UN DE PLUS vous pivotez avec l'obélisque, son pouvoir déferle en vous pour vous permettre de tuer tout le monde, en vue et hors de vue.

Quelque chose attaque votre connexion à l'artefact, intrusion qui vous oblige à conquérir de haute lutte le pouvoir qu'il vous donnait auparavant avec tant d'empressement. Vous montrez les dents par réflexe, vous grognez sans vous entendre, vous serrez les poings, vous criez en esprit NON, JE NE LE LAISSERAI PAS RECOMMENCER, vous voyez Schaffa, vous pensez à Jija.

Vous *valuez* Albâtre.

Vous le sentez dans les vrilles blanches flamboyantes qui fouettent votre connexion à l'obélisque. La force d'Albâtre dressée contre la vôtre… et ne l'emportant pas. Il ne vous arrête pas tout net, alors que vous l'en savez capable. Vous l'en croyez capable. Se serait-il affaibli ? Non. C'est vous qui êtes beaucoup plus forte qu'autrefois.

La portée de cette constatation vous cingle soudain, malgré la fugue où vous ont emprisonnée le souvenir et l'horreur. Le choc vous ramène à la froide, la brutale réalité. Vous venez de tuer quelqu'un par magie. Vous vous préparez à rayer Castrima de la carte par magie. Vous vous battez avec Albâtre par magie… *Albâtre qui ne supporte plus la magie.*

« Oh, Terre indifférente », murmurez-vous.

En cessant aussitôt de lutter. Il coupe votre connexion à l'obélisque – il a toujours plus de doigté que vous, mais sa faiblesse vous est sensible à ce moment-là, sa force décroissante.

Au début, vous n'avez même pas conscience de courir. D'ailleurs, c'est tout juste si on peut parler de courir, tellement le concours de magie et la déconnexion abrupte vous ont désorientée et affaiblie. Vous titubez de rambarde en corde comme une soûlarde, vous aussi, pendant que quelqu'un vous hurle à l'oreille. Une main vous attrape par le bras, mais vous vous dégagez en montrant les dents. Vous réussissez pourtant à gagner le niveau du sol sans tomber vers une mort certaine. Les visages flous que vous croisez n'ont aucune importance. Vous n'y voyez pas, car vous sanglotez bruyamment en balbutiant sans fin *Non, non, non.* Vous savez ce que vous avez fait, même si vous le niez en mots, en corps, en esprit.

Vous voici à l'infirmerie.

Vous voici à l'infirmerie, les yeux baissés vers une statue incongrue par sa petitesse, mais d'une grande finesse de détail. Ni couleur, ni poli – elle est juste d'un brun uniforme, vaguement orangé. Quasi abstraite, archétypale : *Homme à son dernier souffle. Troncature de l'esprit. Non-humain, non-personne. Trouvé puis perdu.*

À moins que vous ne la baptisiez juste *Albâtre*.

Il est cinq heures et demie.

*
**

À sept heures, Lerna vous rejoint, alors que vous êtes toujours roulée en boule par terre devant le corps d'Albâtre. Vous l'entendez à peine s'asseoir près de vous, mais vous vous demandez ce qu'il fait là. Il n'est pas idiot. Il devrait s'en aller, avant que vous ne craquiez une fois de plus et ne le tuiez, lui aussi.

« Ykka a réussi à persuader la comm de ne pas t'éliminer, dit-il. Je leur ai parlé de ton fils. Finalement, tout le monde, euh… est tombé d'accord pour dire que Waineen risquait de tuer Penty en la frappant comme ça. Ta réaction était excessive, mais… compréhensible. » Il s'interrompt. « Heureusement que

Ykka s'était chargée de Cutter tout à l'heure. Ils lui font davantage confiance, maintenant. Ils savent qu'elle ne te défend pas seulement parce que… » Il inspire, hausse les épaules. « … tu es une gèneuse, toi aussi. »

Bien sûr. Les instructeurs vous l'ont dit, au Fulcrum : les gèneurs sont tous les mêmes. Les crimes de l'un sont les crimes de tous.

« Personne ne la tuera. »

Hoa. De retour, évidemment. Il protège son investissement.

Lerna s'agite, mal à l'aise. Puis une autre voix ajoute : « Non, personne ne la tuera. »

Vous sursautez, c'est Antimoine.

Vous vous redressez lentement. Et la découvrez assise dans la même position que d'habitude. Elle est là depuis le début, servant de dossier à la masse minérale qui a été Albâtre comme autrefois à son corps vivant. Elle vous regarde.

« Tu ne l'auras pas », dites-vous. Grondez-vous. « Et tu ne m'auras pas non plus.

— Je ne veux pas de toi, répond-elle. Tu l'as tué. »

Et merde. Vous essayez de préserver votre rage noire, de vous en servir pour vous concentrer et rassembler le pouvoir de la provoquer, mais la colère se dissout dans la honte. De toute manière, vous n'allez pas plus loin que cette rouille de couteau-obélisque d'Albâtre. Le spinelle. Il rejette vos tâtonnements hésitants dans sa direction presque à la seconde, à croire qu'il vous crache à la figure. Un mépris bien *mérité*, pas vrai ? Les mangeurs de pierre, les humains, les orogènes, les obélisques pelants eux-mêmes le savent.

Vous n'êtes rien. Non, vous êtes la mort. Vous avez tué quelqu'un que vous aimiez, une fois de plus.

Alors vous restez là, à genoux, les mains par terre, perdue, abandonnée, si malheureuse qu'il vous semble sentir des engrenages de souffrance tic-taquer en vous. Peut-être les bâtisseurs des obélisques auraient-ils réussi à inventer de quoi exploiter une douleur pareille, mais ils sont morts jusqu'au dernier.

Un bruit vous tire de votre chagrin. Antimoine s'est levée. Impressionnante. Elle se tient très droite, implacable, et vous toise de tout son haut. Dans ses bras repose la masse brune à laquelle se réduisent les restes d'Albâtre. De votre point de vue, ça ne rappelle rien d'humain. Ça ne l'était officiellement pas.

« Non », dites-vous.

Sans y mettre cette fois aucune provocation ; vous suppliez. *Ne le prends pas.* C'est pourtant ce qu'il a demandé. Ce qu'il voulait – qu'on le donne à Antimoine, pas au Père Terre, qui lui avait tant pris. Tel est le choix : la Terre ou la mangeuse de pierre. Vous ne figurez pas sur la liste.

« Il t'a laissé un message », dit Antimoine d'une voix sans inflexion, inchangée. Il vous semble pourtant, d'une manière ou d'une autre… serait-ce de la pitié ? « *L'onyx est la clé. D'abord le réseau, ensuite la Porte. Ne rouille pas ça, Essun. Innon et moi ne t'aimions pas pour rien.*

— Hein ? »

Déjà, elle fluctue, vire à la translucidité. Pour la première fois, la pensée vous vient que les mangeurs de pierre se déplacent à travers la roche comme les obélisques oscillent entre réel et irréel.

Observation inutile. Antimoine disparaît dans la Terre qui vous hait. Avec Albâtre.

Vous restez où elle vous a laissée, où il vous a laissée. La tête vide. Mais quand une main vous touche le bras, quand une voix prononce votre nom, quand se présente une connexion qui n'a rien à voir avec un obélisque, vous vous tournez vers elle. Incapable de vous en empêcher. Il vous faut quelque chose. Si ce n'est la famille, si ce n'est la mort, tant pis. Vous vous tournez donc, vous tendez les bras, et Lerna est là pour vous, épaule chaude et confortable dont vous avez grand besoin. Vous avez besoin de lui. Juste un instant, par pitié. Juste pour cette fois. Vous avez besoin de vous sentir humaine, quoi qu'en disent les appellations officielles, et peut-être est-ce possible avec des bras humains autour de vous, avec une voix humaine qui murmure à votre oreille : « Je suis désolé, Essun, sincèrement désolé. »

Peut-être êtes-vous bel et bien humaine, juste un instant.

*
**

À sept heures trois quarts, vous vous retrouvez seule.

Lerna est parti discuter avec un de ses assistants ; peut-être a-t-il aussi parlé aux Costauds qui vous regardent depuis le seuil de l'infirmerie. Au fond de votre sac de survie se trouve une poche secrète, raison pour laquelle vous avez acheté il y a des années ce sac-là, à cet artisan-là. Quand il vous a montré la poche, vous avez aussitôt pensé à ce que vous alliez y ranger. Quelque chose à quoi vous ne vous permettiez que rarement de penser, en tant qu'Essun, parce que ça avait appartenu à Syénite, la morte. Vous avez pourtant gardé ses dépouilles.

Vous fouillez dans votre sac jusqu'à ce que vos doigts trouvent la poche en question et s'y glissent en se tortillant. Le petit paquet est toujours là. Vous le sortez et en dépliez le tissu de mauvaise qualité. Six anneaux apparaissent, en pierres fines polies.

Ça ne suffit pas à quelqu'un comme vous – une neuf-anneaux –, mais de toute manière, vous vous fichez des quatre premiers. Vous les jetez par terre, ils claquent sur le sol puis se mettent à rouler. Les deux derniers, ceux qu'*il* a fabriqués à votre intention, vous les enfilez, un à chaque index.

Enfin, vous vous levez.

*
**

Huit heures. Les représentants des maisonnées se rassemblent sur le Plateau.

Une part des provisions de la comm, un vote, telle est la règle. Ykka s'est à nouveau plantée au centre du cercle, les bras croisés, impassible malgré la tension sous-jacente que vous valuez et qui émane d'elle, pour l'essentiel. Quelqu'un a apporté une vieille boîte en bois. Les gens traînent autour, discutent, griffonnent sur des lambeaux de papier ou de cuir qu'ils y laissent ensuite tomber.

Vous vous dirigez vers le Plateau, Lerna sur les talons. Personne ne vous prête attention avant que vous n'arriviez presque au bout du dernier pont. Presque au-dessus de la foule. À ce moment-là, quelqu'un vous voit. Une exclamation sonore lui échappe.

« Rouille alors, c'est elle ! » s'écrie quelqu'un d'autre, alarmé.

Les gens se bousculent maintenant pour s'écarter de votre chemin, se marchant presque les uns sur les autres.

Ils ont raison. Vous tenez à la main droite le loncouteau rose ridicule d'Albâtre, son obélisque miniaturisé et redessiné. Vous l'avez écouté, vous vous y êtes accordée ; il est vôtre. C'est votre instabilité, vos incertitudes qui l'ont poussé à vous rejeter tout à l'heure. Maintenant, vous savez à quoi il va servir. Vous avez trouvé sur quoi vous concentrer. Le spinelle ne fera de mal à personne tant que vous ne le permettrez pas ; rien ne dit que vous ne le permettrez pas.

Quand vous vous postez au centre du cercle, le type chargé de l'urne s'éloigne en la laissant sur place. Ykka s'approche, les sourcils froncés.

« Essun… »

Sans lui prêter attention, vous saisissez brusquement à deux mains la poignée du loncouteau, parce qu'il vous est soudain facile, instinctif, naturel de le brandir de cette manière, de pivoter, les hanches souples, de frapper d'un grand geste. Il suffit à l'artefact de toucher la boîte pour l'oblitérer instantanément. Il ne la tranche pas, il ne la réduit pas en miettes ; il la désintègre en particules microscopiques qui ne sont à l'œil nu que poussière, scintillement dont le nuage en expansion disparaît ensuite dans la lumière. Poudre de pierre. La plupart des gens poussent des cris de surprise ou restent bouche bée ; en d'autres termes, ils aspirent leur vote. Ça ne leur fera sans doute pas de mal. Pas beaucoup.

Vous vous retournez en brandissant une fois de plus le loncouteau, puis vous pivotez lentement pour le pointer tour à tour vers chacun des spectateurs.

« Pas de scrutin. » Votre voix est si basse qu'elle ne couvre pas le bruit du filet d'eau qui coule des tuyaux dans les bains, des dizaines de mètres en contrebas. « Allez-vous-en. Allez à Rennanis, si les Équatoriaux veulent bien de vous. Quant à ceux qui restent, il n'est pas question qu'une partie de cette comm décide qu'une autre partie est dispensable. On ne décide pas de l'humanité de qui que ce soit par un *vote*. »

Certains s'agitent en échangeant des coups d'œil. Ykka vous regarde en se demandant visiblement si vous ne seriez pas par hasard une créature dangereuse. Hilarant. Depuis le temps, elle devrait savoir que la question ne se pose pas.

« Essun… répète-t-elle, du ton neutre qu'on emploie avec les animaux domestiques ou les fous. Tu ne crois pas que c'est un peu… »

Elle s'interrompt, parce qu'elle ne sait pas ce que c'est. Contrairement à vous. C'est un coup de force rouillé. Peu importe qui est la chef ; face au problème actuel, vous allez jouer les dictatrices. Il est hors de question qu'Albâtre ait perdu la vie pour sauver ces gens de votre vindicte, mais que ça ne serve à rien.

« Pas de scrutin, répétez-vous d'une voix modulée afin de porter, comme quand vous vous adressiez autrefois en crèche à des enfants de douze ans. Nous sommes ici dans une communauté. Vous resterez unis. Vous vous battrez les uns pour les autres. *Ou je vous tuerai tous jusqu'au dernier.* »

Silence total, cette fois. Personne ne bouge. Les yeux écarquillés posés sur vous sont tellement au-delà de l'effroi que vous n'avez pas l'ombre d'un doute : les Castrimiens vous croient évidemment.

Parfait. Vous faites volte-face et repartez.

Interlude

Dans les profondeurs tournoyantes, je résonne avec mon ennemi – je tente de résonner.

« Une trêve », dis-je – imploré-je.

Nous avons déjà tous subi tant de pertes. Une lune. Un avenir. L'espoir.

Là en bas, il est quasi impossible d'entendre des mots. Ce qui me parvient est réverbération rageuse, fluctuations sauvages de pression et de gravitation. Je finis par être contraint de fuir pour éviter l'écrasement. Ce ne serait certes qu'un revers momentané, mais je ne puis me laisser réduire à l'impuissance en ce moment. Les choses changent parmi les tiens, rapidement, comme d'habitude avec ton espèce lorsque ses membres prennent enfin de véritables décisions. Il faut que je sois prêt.

Quoi qu'il en soit, la rage a été la seule réponse.

19. Vous vous préparez à gronder

Il s'est écoulé un mois depuis votre dernière sortie à la surface. Deux jours depuis que vous avez tué Albâtre, dans votre folie et votre souffrance. Tout change, en Saison.

La Castrima de surface est occupée. Le tunnel que vous avez emprunté la première fois pour descendre dans la géode a été bloqué ; un des orogènes de la ville a tiré de terre une énorme plaque de pierre qui le scelle efficacement. Sans doute Ykka, ou Cutter avant qu'elle ne le tue. C'étaient ceux qui avaient le contrôle le plus fin de leur orogénie, à part Albâtre et vous. Maintenant, deux des quatre meilleurs sont morts, et l'ennemi est à vos portes. Les Costauds assis à l'extrémité du boyau, derrière la plaque, se relèvent d'un bond quand vous vous engagez dans le disque de lumière de la lampe électrique ; ceux qui étaient restés debout se redressent de toute leur taille. Xeber, le second d'Esni, sourit à votre vue. C'est dire si les choses vont mal. Si tout le monde est inquiet. Ils ont perdu l'esprit au point de voir en vous la championne de leur cause.

« Ça ne me plaît pas », vous a dit Ykka.

Elle est restée dans la géode pour organiser la défense, au cas où les tunnels seraient envahis. Le vrai risque, c'est que les éclaireurs de Rennanis découvrent les conduits de ventilation de la comm. Ils sont bien cachés – l'un dans la caverne creusée par une rivière souterraine, les autres dans des endroits tout aussi reculés, comme si les constructeurs de Castrima avaient eux-mêmes redouté une attaque –, mais les gens seront forcés de remonter à la surface si on les bouche.

« Il y a des mangeurs de pierre qui travaillent pour eux. Tu es assez dangereuse et rouilleuse pour te payer une armée, Essie, je te l'accorde, mais personne ici n'est de taille face à des mangeurs de pierre. S'ils te tuent, on perd notre meilleure arme. »

Voilà ce que Ykka vous a dit au Point de Vue, où vous étiez allées discuter, toutes les deux. Une certaine gêne a régné entre vous pendant une journée, parce que l'annulation du scrutin a miné son autorité et détruit l'illusion générale – tout le monde était persuadé d'avoir son mot à dire dans la gestion de la comm. Personnellement, vous êtes toujours persuadée d'avoir fait le nécessaire, ni plus ni moins : ce n'est *pas* une bonne chose que tout le monde ait son mot à dire quand il s'agit de décider des vies qui méritent d'être défendues. D'ailleurs, Ykka est d'accord, elle l'a reconnu pendant la discussion, mais l'incident ne lui en a pas moins nui.

Vous ne lui avez pas présenté vos excuses pour ça, mais vous avez essayé de colmater les fissures.

« C'est *toi* la meilleure arme de Castrima », avez-vous déclaré d'un ton ferme.

Avec la plus parfaite sincérité. C'est un miracle que Castrima ait tenu si longtemps, puisqu'il s'agit d'une comm de fixes qui a plusieurs fois évité de massacrer les gèneurs vivant en son sein. Certes, se contenter d'éviter un génocide – jusqu'ici – revient à placer la barre plutôt bas, mais bien des communautés ne peuvent même pas se vanter de ça. Il faut reconnaître ce qui est.

La gêne qui subsistait entre Ykka et vous s'en est trouvée apaisée.

« Oui, bon, ne va pas te faire tuer, c'est tout, a-t-elle fini par dire. Au point où on en est, je ne suis pas sûre de pouvoir recoller les morceaux sans toi. »

Elle est douée pour ça : donner conscience à ceux qui l'entourent qu'ils ont une raison de faire des efforts. D'où son statut de chef.

D'où aussi votre présence dans la Castrima de surface, transformée en campement par l'armée de Rennanis. À vrai dire, vous avez peur. Il est toujours plus difficile de se battre pour d'autres que pour soi-même.

La cendre, qui tombe sans discontinuer depuis maintenant un an, vous monte jusqu'aux genoux. Une pluie récente l'a assez compactée pour vous permettre de valuer une sorte de croûte de boue humide sous la couche supérieure poudreuse, qui n'en reste pas moins substantielle. Les soldats ennemis se pressent sous la véranda et sur le seuil des maisons autrefois désertes, les yeux fixés sur vous. La cendre non tassée protégée par les avant-toits montant jusqu'à mi-hauteur de la plupart des constructions, les envahisseurs ont dû creuser pour dégager les fenêtres. Ils ont l'air de gens… normaux, parce qu'ils ne portent pas l'uniforme, bien qu'ils présentent une certaine uniformité : tout le monde est cent pour cent sanzien ou, du moins, d'allure très sanzienne. Chaque fois qu'une touche de couleur attire votre œil, dans les tenues de voyage grisées par la cendre, il s'agit d'un lambeau révélateur de tissu plus fin, plus élégant, noué autour du bras, du poignet ou du front. Les intrus ne sont plus des Équatoriaux déplacés. Ils ont fondé une comm ou quelque chose de plus ancien, plus primitif : ils constituent une *tribu*, décidée à prendre ce qui vous appartient.

Mais, à part ça, ce sont des gens normaux. Souvent de votre âge, voire plus vieux. Sans doute comptent-ils beaucoup de Costauds surnuméraires ou de hors-comm désireux de prouver leur utilité. Vous diriez qu'il y a un peu plus d'hommes que de femmes, ce qui est logique, puisque la plupart des comms chassent d'abord les infertiles. De toute manière, vu le nombre de femmes, Rennanis n'est pas en manque de reproductrices vigoureuses. C'est une comm robuste.

Tout le monde vous suit des yeux pendant que vous parcourez la rue principale. Votre propreté corporelle et vos vêtements colorés suffisent à vous rendre remarquable – vous portez un simple pantalon de cuir brun et une chemise blanc cassé, mais leurs teintes franches détonnent dans ce monde de rues grises, d'arbres morts gris, de ciel gris très nuageux. A priori, vous êtes aussi la seule Moyenne de la ville, entourée de Sanziens pour l'essentiel plus grands que vous.

Peu importe. Le spinelle flotte dans votre sillage, à trente centimètres de votre tête, en tournant lentement sur lui-même. Ce n'est pas vous qui l'y poussez. C'est ce qu'il fait, à moins que vous ne le teniez à la main. Quand vous cherchez à le poser, il entre en lévitation et se met à vous suivre de cette manière. Vous auriez dû demander à Albâtre avant de le tuer comment obtenir de l'artefact ce que vous voulez, mais bon. Il palpite discrètement, réel, translucide, réel… et produit un léger bourdonnement d'énergie tout à fait audible – pas besoin de le valuer. Les traits des gens se crispent lorsqu'ils en prennent conscience. Ils ne savent peut-être pas ce que c'est, mais ils sont capables de reconnaître une saloperie quand ils en entendent une.

Le cœur de la Castrima de surface est occupé par un pavillon ouvert à coupole : l'ancien centre de réunion de la ville, où se déroulaient les bals de mariage, les fêtes et, à l'occasion, les assemblées de comm. Vous découvrez de plus près que c'est à présent une sorte de Q.G. Il s'y trouve un tas de gens debout, assis ou accroupis, dont un petit groupe rassemblé autour d'une table neuve. Vous découvrez de plus près encore qu'ils discutent d'un plan grossier de Castrima et d'une carte de la région, disposés côte à côte. À votre grande consternation, le plan montre au moins l'un des orifices de ventilation – celui que dissimule une petite cascade de la rivière. Sans doute l'envahisseur a-t-il perdu un ou deux éclaireurs pour le repérer, car les berges sont maintenant infestées de nids de bouilleurs, mais peu importe. Il l'a trouvé, c'est une mauvaise nouvelle.

Trois des membres du groupe réuni autour des documents lèvent les yeux vers vous à votre approche. L'un d'eux donne un coup de coude à un de ses voisins, qui pivote pour secouer quelqu'un d'allongé au moment où vous pénétrez dans le pavillon et vous arrêtez à deux ou trois mètres de la table. La dormeuse se lève sitôt réveillée et rejoint les autres en se frottant le visage, le regard trouble. Elle n'a rien de particulièrement impressionnant avec ses cheveux très courts, qui lui arrivent juste au-dessus des oreilles. La coupe, terriblement grossière, a dû être exécutée au couteau et lui donne l'air plus petite qu'elle ne l'est. Son torse en tonneau, dont la poitrine modeste se fond à un ventre qui a sans doute porté un enfant, minimum, est juché sur des jambes évoquant des colonnes de basalte. Sa tenue n'est pas plus luxueuse que celle de ses compagnons ; son signe d'appartenance à la tribu se réduit à une écharpe de fortune déteinte en soie jaune, négligemment nouée au cou. Mais le poids de son regard, même endormi, aiguise votre attention.

« Castrima ? » vous demande-t-elle en guise de salutations.

De toute manière, vous n'avez d'importance que de ce point de vue-là.

« Je m'exprime au nom de la comm », acquiescez-vous.

Elle hoche la tête, la main posée sur la table. « Notre message a donc bien été transmis. »

Quand son regard effleure le spinelle qui lévite derrière vous, son expression change. Vous n'y lisez nulle haine – la haine implique l'émotion. Simplement, cette femme vient de comprendre qu'elle s'adresse à une gèneuse, donc pas à un être humain, en ce qui la concerne. C'est aussi simple que ça. L'indifférence est pire que la haine.

Bon. Vous ne pouvez lui rendre son indifférence, car il vous est impossible de ne pas la voir comme humaine. Il va donc falloir vous débrouiller avec la haine. Ce qui vous intéresse, en l'occurrence, c'est que le spinelle ne la surprend pas ; elle sait de quoi il s'agit et ce que signifie sa présence. Ça vous intéresse même beaucoup.

« Nous ne nous joindrons pas à vous, annoncez-vous. Si vous voulez vous battre à cause de ça, eh bien, tant pis. »

Elle penche la tête de côté. Un de ses lieutenants glousse, la main devant la bouche, mais un autre le réduit au silence d'un regard noir. Vous appréciez : sa réaction témoigne d'un certain respect, de vos capacités sinon de votre personne, et de Castrima, même si les Équatoriaux sont persuadés que les Castrimiens n'ont aucune chance. Même si les Castrimiens n'ont… si vous n'avez tous sans doute aucune chance, en effet.

« On n'a pas besoin d'attaquer, vous vous en rendez bien compte, reprend la générale. Il nous suffit de rester ici à attendre, en éliminant ceux d'entre vous qui viennent chasser ou faire du troc à la surface. De vous affamer. »

Vous réussissez à rester impassible.

« On a un peu de viande. Les avitaminoses vont mettre un moment… plusieurs mois, minimum… à s'installer. Pour le reste, nos réserves sont pleines. » Vous vous contraignez à hausser les épaules. « D'ailleurs, il y a eu des communautés qui se sont très bien débrouillées sans viande. »

Elle sourit. Ses canines vous semblent un instant plus longues que strictement nécessaire, bien qu'elles ne soient pas taillées en pointe ; sans doute s'agit-il d'une projection.

« C'est vrai, si vous aimez ce genre de choses. Et c'est pour ça qu'on cherche aussi vos orifices d'aération. » Elle tapote la carte. « On les bouche, l'asphyxie vous affaiblit, on abat les barricades que vous avez érigées dans les tunnels et on arrive tranquilles. C'est idiot de vivre sous terre. Dès que quelqu'un sait où vous êtes, ça lui rend les choses plus faciles, pas plus difficiles. »

Elle a raison, mais vous secouez la tête.

« Oh, on peut rendre les choses assez difficiles, quand on nous cherche. Mais Castrima n'est pas riche. Nos réserves ne sont pas plus pleines que celles de n'importe quelle autre comm où ne se trouvent pas des tas de gèneurs. » Vous vous interrompez, ménageant vos effets. Votre interlocutrice reste impassible, mais les autres occupants du pavillon s'agitent un peu au moment où les implications de ce que vous venez de dire leur apparaissent pleinement. Parfait. Ça veut dire qu'ils réfléchissent. « Il y a tellement de proies plus faciles, là-dehors. Pourquoi vous en prendre à nous ? »

Vous connaissez la réponse à cette question : M. Gris veut éliminer les orogènes capables d'ouvrir la Porte de cristal. Toutefois, il n'a pas pu raconter ça à ses alliés. Alors pourquoi une comm équatoriale, puissante et stable, deviendrait-elle conquérante ? Non, attendez : elle ne peut pas être stable. Rennanis est relativement proche du rift. La vie doit y être difficile, malgré les opérateurs des nœuds. Rafales quotidiennes de gaz toxiques, pluie de cendre bien plus dense que dans les Moyennes, obligeant la population à porter des masques en permanence… et que la Terre ait pitié d'elle en cas de pluie véritable – ça risque d'être de l'acide pur, si tant est que la pluie soit possible, avec le rift qui crache autant de chaleur et de cendre à proximité. Sans doute les citadins n'ont-ils pas de bétail… ce qui signifie qu'ils manquent peut-être de viande, eux aussi.

« Parce que c'est nécessaire à notre survie », répond la générale, à votre grande surprise. Elle se redresse de toute sa taille et croise les bras. « Rennanis est trop peuplé pour ses réserves. Tous les survivants de toutes les autres cités équatoriales sont venus camper à nos portes. On aurait été obligés d'en passer par là, de toute manière, ou on aurait eu des problèmes quand les hors-comm seraient devenus trop nombreux aux alentours. Autant les armer pour qu'ils se trouvent à manger et qu'ils rapportent le surplus à la comm. Vous savez pertinemment que cette Saison ne va pas s'achever.

— Mais si.

— Dans très, très longtemps. » Haussement d'épaules. « D'après les calculs de nos mestres, si on cultive assez de champignons et de trucs de ce genre, et si on limite strictement notre population, on atteindra peut-être une durabilité telle qu'on survivra jusqu'à la fin de la Saison. Mais on aura de meilleures chances si on s'empare des caches de toutes les autres comms possibles et imaginables… »

Vous levez les yeux au ciel, c'est plus fort que vous. « Vous croyez vraiment que le pain de cache va durer *mille ans* ? »

Ou deux mille. Ou dix. Plus quelques centaines de milliers d'années de glaciation.

Elle attend que vous ayez fini pour continuer : « … et si on établit des lignes de ravitaillement à partir de toutes les comms possédant des ressources renouvelables. Les villes côtières, pour ce qui vient de l'océan ; les antarctiques, où on pourra peut-être encore faire pousser des plantes qui n'ont pas besoin de trop de lumière. » Elle s'interrompt, ménageant ses effets, elle aussi. « Mais vous, les bâtards des Moyennes, vous mangez trop. »

Bon.

« Donc, en résumé, vous êtes ici pour nous rayer de la carte. » Vous secouez la tête. « Vous auriez pu nous le dire tout de suite, au lieu de nous raconter des âneries sur les orogènes…

— Danel ! » crie quelqu'un, derrière le pavillon.

Votre interlocutrice lève les yeux en hochant distraitement la tête. Il semblerait qu'elle s'appelle Danel.

« Il y avait une chance que ça vous pousse à vous entretuer. À ce moment-là, on serait entrés sans problème, et on aurait récupéré les restes. » Elle secoue la tête à son tour. « Maintenant, il va falloir se les gagner à la dure. »

Le bourdonnement monotone, mais insistant qui s'impose soudain à vos valupinae vous signale le danger aussi efficacement qu'un hurlement.

Il est toutefois trop tard à la seconde où vous le valuez, puisqu'il signifie que vous vous trouvez dans la zone de négation du Gardien qui en est responsable. Vous ne vous en retournez pas moins en trébuchant à moitié, alors que vous avez déjà commencé à tisser un tore énorme qui va geler instantanément cette rouille de ville tout entière. Et, parce que vous vous attendiez à la négation de votre orogénie, ce qui vous avait convaincue de ne pas avoir recours à un tore bouclier serré, le couteau de perturbation se plante dans votre bras droit.

Albâtre disait que ces couteaux faisaient mal. Celui qui vous touche, un petit poignard de jet, *devrait* faire mal, car il s'enfonce dans votre biceps, assez profond à votre avis pour érafler l'os. Ce qu'Albâtre n'a pas précisé – si irrationnel que ce soit, vous lui en voulez énormément, des heures après sa mort, ce crétin de *rouilleur* inutile –, ce qu'il n'a pas précisé, donc, c'est que ces armes, même minuscules, enflamment littéralement le système nerveux du gèneur qu'elles atteignent. Un feu d'une violence inouïe, *incandescent*, brûle dans vos valupinae, qui ne sont pourtant pas si près que ça de votre bras. La douleur est telle que tous vos muscles se tétanisent aussitôt : vous tombez sur le flanc, incapable de seulement crier, et vous restez là, secouée de spasmes, les yeux fixés sur l'inconnue qui s'approche parmi la foule des soldats rennains pour vous regarder de tout son haut, souriante. Elle est étonnamment jeune, ou du moins en a-t-elle l'air ; les apparences n'ont aucun sens, puisqu'il s'agit d'une Gardienne. La peau foncée de son torse nu surprend parmi tous ces Sanziens. Ses petits seins, presque réduits aux aréoles, vous rappellent votre dernière grossesse. Après la naissance d'Uche, il vous semblait que vos mamelons ne rapetisseraient jamais plus. Vous vous demandez si vous allez souffrir quand une secousse va vous réduire en pièces, comme Innon.

Le monde vire au noir. Vous n'y comprenez rien. Seriez-vous morte ? si vite que ça ? La moindre parcelle de votre corps brûle toujours, vous essayez toujours de hurler, du moins en avez-vous l'impression, mais des sensations nouvelles s'imposent à votre conscience. Du mouvement, une sorte de bourrasque, quelque chose de précipité, le contact de particules étrangères contre les récepteurs infinitésimaux de votre peau. C'est… curieusement paisible. Vous en oublieriez presque la douleur.

Puis vient la lumière, saisissante, sur les paupières que vous ignoriez avoir baissées. Que vous n'arrivez pas à soulever. Un juron, près de vous ; celui qui l'a poussé s'approche encore, des mains vous maintiennent allongée, vous manquez de paniquer, parce que vous êtes incapable d'orogénie quand vos nerfs explosent de cette manière… et puis on vous retire le couteau du bras.

On dirait qu'une alarme secousse s'éteint enfin en vous. Le soulagement est tel que vous vous amollissez complètement, en proie à la simple, la banale souffrance. Vous ouvrez les yeux, maintenant que vous avez repris le contrôle de vos muscles squelettiques.

Lerna est là. Vous êtes étendue par terre, chez lui, dans la lumière des murs de cristal. Il vous regarde, le couteau à la main. Hoa se tient en retrait, dans une posture de suppliant qu'il lui destinait sans doute. Il ne s'est pas donné la peine de changer d'attitude, mais ses yeux de pierre se sont posés sur vous.

« Bordel de bordel de rouille en feu », gémissez/soupirez-vous. Puis, pour Hoa, parce que vous avez compris ce qui s'était produit : « Merci. »

Il vous a attirée et emportée dans la terre avant que la Gardienne ne vous tue. Jamais vous n'auriez cru être un jour reconnaissante qu'on vous fasse une chose pareille.

Déjà, Lerna a lâché le poignard et pivoté, en quête de bandages. Votre blessure ne saigne pas beaucoup. La lame s'est plantée à la verticale, parallèlement aux tendons, au lieu de passer à travers, et elle a manifestement manqué l'artère principale. Vous ne sauriez l'affirmer, car vos mains tremblent encore un peu ; le choc. Toutefois, Lerna ne bouge pas à la vitesse quasi inhumaine qui le rend presque flou et dont il fait preuve en cas de question de vie ou de mort. C'est encourageant.

« J'en déduis que la tentative de pourparlers n'a pas été une réussite », lance-t-il en rassemblant des choses, le dos tourné.

Une certaine gêne vous sépare de lui depuis peu : il vous a clairement témoigné son intérêt, vous ne lui avez pas rendu la pareille, mais vous ne l'avez pas non plus envoyé promener. À un moment, il y a quelques semaines, Albâtre a grommelé que vous auriez déjà dû mettre ce garçon dans votre lit, parce que la frustration vous a toujours rendue teigneuse. Vous l'avez traité de crétin avant de changer de sujet, mais honnêtement… c'est à cause d'Albâtre que vous y pensez davantage.

Vous pensez aussi beaucoup à Albâtre. S'agit-il de chagrin ? Vous le détestiez, vous l'aimiez, il vous avait manqué des années durant, vous vous étiez obligée à l'oublier, vous l'aviez retrouvé, vous en étiez revenue à l'aimer, vous l'avez tué. Ce chagrin-là ne ressemble pas à celui que vous inspire la perte d'Uche, de Corindon ou d'Innon. Le sang suinte toujours des déchirures que leur disparition a infligées à votre âme, alors que la mort d'Albâtre… vous *réduit*, purement et simplement.

Bon. Peut-être le moment est-il mal choisi pour réfléchir à votre vie sentimentale cataclysmique.

« Non. » Vous vous débarrassez de votre veste, sous laquelle vous portez une chemise sans manches, adaptée à la chaleur de Castrima. Lerna se retourne, s'accroupit et commence à éponger le sang avec un tampon de chiffons doux. « Vous aviez raison, Ykka et toi. Je n'aurais pas dû y aller. Il y avait une Gardienne. »

Ses yeux se lèvent brièvement vers les vôtres puis se reposent sur la plaie.

« Il paraît qu'ils sont capables d'annuler l'orogénie.

— Celle-là n'en a pas eu besoin. Sa saleté de couteau s'est chargée de m'arrêter. »

Vous pensez d'ailleurs savoir pourquoi elle a procédé de cette manière, car vous n'avez pas oublié Innon. Le Gardien qui l'a tué n'avait pas non plus annulé son orogénie. Peut-être le meurtre par contact direct ne fonctionne-t-il que sur les gêneurs dont le pouvoir est actif et l'inconnue tenait-elle à en finir avec vous peau contre peau. Toutefois, Lerna pince déjà les lèvres : il n'a pas forcément besoin d'entendre ça.

« Je ne savais pas, pour la Gardienne, déclare Hoa, à votre grande surprise. Je suis désolé. »

Vous le considérez. « Je n'ai jamais cru les mangeurs de pierre omniscients.

— J'avais dit que je te protégerais. »

Maintenant qu'il n'est plus revêtu de chair, sa voix est quasi dépourvue d'inflexions. À moins qu'elle ne soit restée la même et que vous ne la trouviez dépourvue d'inflexions parce qu'il n'a plus de langage corporel pour l'enjoliver. Il ne vous en semble pas moins… furieux. Contre lui-même, peut-être.

« Tu m'as protégée. » Vous sursautez quand Lerna entreprend d'enrouler un bandage bien serré autour de votre bras. Pas de points de suture ; super. « Je n'avais aucune *envie* d'être traînée dans la terre, mais le moment était parfaitement choisi.

— Tu as été blessée. »

Oui, il est furieux contre lui-même. C'est la première fois qu'il vous fait l'effet du petit garçon dont il a eu si longtemps l'aspect. Il est possible qu'il soit jeune pour un mangeur de pierre. Ou jeune de cœur. Ou juste si franc, si ouvert qu'il pourrait aussi bien être jeune.

« Je n'en mourrai pas. C'est ce qui compte. »

Il ne répond pas. Le médecin s'active sans mot dire. Face à la réprobation qu'ils exsudent avec ensemble, vous ne pouvez vous empêcher de vous sentir vaguement coupable.

Une fois pansée, vous quittez l'appartement de Lerna en sa compagnie pour gagner le Plateau, où Ykka a établi son propre Q.G. Ses canapés y ont été apportés et disposés en demi-cercle grossier pour que son conseil se réunisse à l'extérieur. Hjarka en occupe d'ailleurs un à elle toute seule. Elle se prélasse, la tête posée sur le poing, comme d'habitude, pendant que Tonkee fait les cent pas dans l'espace délimité par les meubles. Elles ne sont pas seules ; des gens inquiets ou juste inoccupés sont venus avec leurs propres chaises ou ont décidé de s'installer par terre, malgré la dureté du cristal. Ils ne sont pourtant pas aussi nombreux que vous l'auriez cru. La comm bourdonne d'activité, vous l'avez remarqué sur le chemin du Plateau. On allait chercher des flèches dans une des salles devant lesquelles vous êtes passée ; on fabriquait des arbalètes dans une autre ; plus bas, au niveau zéro, se déroule ce qui ressemble à un cours de maniement du loncouteau – un jeune homme élancé apprend à une trentaine de personnes à frapper sous des angles différents ; du côté du Point de Vue, quelques Innovateurs installent ce qui ressemble fort à des pièges, destinés à provoquer des chutes de rochers.

Les spectateurs du Plateau lèvent les yeux à votre arrivée, à Lerna et vous. Hilarant. Tout le monde sait que vous vous êtes portée volontaire pour aller en surface, donner aux Rennains la réponse de Castrima. Vous teniez à montrer que vous ne preniez pas le pouvoir, que c'était toujours Ykka la chef ; les gens en ont apparemment déduit que vous étiez folle, certes, mais dans leur camp. Leurs yeux débordent d'un espoir qui ne tarde pas à mourir. Votre bras bandé et sanglant ne rassure personne.

Tonkee s'est lancée dans une grande diatribe, dont le sujet vous échappe, mais elle est prête à se battre – même elle ! –, puisqu'elle a troqué sa jupe pour un pantalon bouffant, attaché ses cheveux au sommet de son crâne en un tas de boucles emmêlées et fixé à ses cuisses de fins vitrocouteaux jumeaux. Franchement, son allure est assez sidérante. Vous finissez malgré tout par prêter attention à ce qu'elle raconte.

« La troisième vague va avoir besoin de la maîtrise la plus fine. Ils réagissent à la pression, d'accord ? Un différentiel de température devrait provoquer un courant d'air assez vif pour la faire baisser de manière satisfaisante, mais il faut que ce soit *rapide*. Et attention, pas de secousse. De toute manière, on va perdre la forêt, mais une secousse les pousserait juste à creuser. Or il faut qu'ils bougent.

— Je peux m'en occuper, propose Ykka, l'air malgré tout incertaine. Enfin, en partie.

— Non, tout doit être simultané. » Tonkee s'immobilise et la couve d'un œil noir. « Ce n'est pas négociable. »

Elle prend alors conscience de votre présence et se tait, le regard instantanément posé sur le bandage qui vous entoure le bras.

Ykka se retourne. Ses yeux aussi s'écarquillent. « Saleté de rouille. »

Vous secouez une tête lasse. « Ça valait la peine d'essayer, j'étais d'accord. Maintenant, on sait qu'on ne peut pas discuter avec eux. »

Quand vous vous asseyez, les gens attendent en silence que vous leur communiquiez les informations glanées durant votre visite en surface. Une armée d'Équatoriaux surnuméraires occupant les maisons, une générale du nom de Danel, une Gardienne, minimum. Ajoutez à ça ce que tout le monde savait déjà – les mangeurs de pierre ralliés aux Rennains, la cité qui les soutient de loin –, et le tableau s'assombrit. Le plus alarmant n'en reste pas moins ce qu'il reste à découvrir.

« Comment ont-ils appris qu'on est à court de viande ? » Personne n'a l'air d'en vouloir à Ykka, malgré les révélations de M. Gris. Du moins pour l'instant. Évidemment, elle dissimulait certaines choses. Les chefs sont censés faire ce genre de choix. « Et comment ont-ils trouvé les bouches d'aération rouillées ?

— Quand on est assez nombreux, lancez-vous, il n'est pas très difficile de…

— Si, coupe-t-elle. Ça fait cinquante ans qu'on se sert de cette géode, d'une manière ou d'une autre. On connaît bien la région, mais il nous a fallu des années pour repérer les orifices. Il y en a un assez loin, au bord de la rivière, dans une tourbière rouillée qui pue jusqu'au ciel et qui prend feu à l'occasion. » Elle se penche en avant en soupirant, les coudes sur les genoux. « D'ailleurs, comment ont-ils appris qu'on était là ? Nos partenaires commerciaux eux-mêmes n'ont jamais vu que la Castrima de surface.

— Il se peut qu'il y ait aussi des orogènes parmi eux », suggère Lerna. Il y a si longtemps que vous entendez surtout parler de *gèneurs* que cet *orogènes* poli vous semble forcé, artificiel. « Ça expliquerait…

— Non », tranche Ykka. Elle lève les yeux vers vous. « Castrima est immense, mais quand tu es arrivée dans le coin, tu n'as pas repéré d'énorme trou souterrain, d'accord ? » Vous clignez les paupières, surprise. Elle hoche la tête sans vous laisser le temps de répondre, parce que votre expression a parlé pour vous. « Tu aurais dû, oui, mais il y a quelque chose ici qui… je ne sais pas. Qui *dévie* l'orogénie. Quand on se retrouve à l'intérieur, c'est l'inverse, bien sûr. La géode puise son énergie en nous. Mais la prochaine fois que tu montes à la surface, sans que personne cherche à te tuer, je veux dire, essaie de valuer la bulle. Tu comprendras de quoi je parle. » Elle secoue la tête. « Même en admettant que des gèneurs les accompagnent, ils ne devraient pas savoir qu'on est là. »

Hjarka soupire et roule sur le dos en marmonnant tout bas quelque chose. Tonkee montre les dents, sans doute une habitude héritée de sa compagne.

« Là n'est pas la question, tranche-t-elle.

— Parce que tu n'as pas envie d'y réfléchir, riposte Hjarka. Ça ne veut pas dire que c'est sans intérêt. Tu aimes que les choses soient carrées, ordonnées, mais la vie n'est pas comme ça.

— Toi, tu aimes le bordel.

— Ykka aime *comprendre* », lance Ykka d'un ton sec. Tonkee hésite. Hjarka soupire.

« Ce n'est pas la première fois que je soupçonne la comm d'abriter un espion », explique-t-elle.

Oh, rouille. Un murmure et une vague de gesticulations se répandent aussitôt parmi l'auditoire.

« Ça n'a pas de sens, proteste Lerna, sans quitter la Sanzienne des yeux. Aucun de nous n'a de raison de trahir Castrima. Les gens qui y ont été admis n'ont nulle part ailleurs où aller.

— Ce n'est pas vrai. » Cette fois, Hjarka roule de côté avant de s'asseoir très droite, un grand sourire aux lèvres, les dents bien en évidence. « J'aurais pu regagner la comm originelle de ma mère. Elle était Dirigeante de naissance, mais elle est partie parce que là-bas, il y avait trop de concurrence pour la place de chef. Alors que moi, j'ai quitté ma comm originelle – celle où elle s'était installée – parce que je ne voulais *pas* lui succéder en tant que chef. Tous ces crétins. N'empêche que je n'avais *aucune* intention de vivre ma vie d'inutile sous terre, dans un trou. »

Elle regarde Ykka. Laquelle pousse le soupir de quelqu'un dont les souffrances n'ont que trop duré.

« Je n'arrive pas à croire que tu sois encore furieuse que je ne t'aie pas butée. Je t'ai pourtant expliqué que j'avais besoin de ton aide.

— OK. Moi, tout ce que je dis, c'est que je ne serais pas restée si tu m'avais posé la question à l'époque.

— Tu préférerais une ville équatoriale surpeuplée qui se prend pour l'Antique Sanze rené de ses cendres ? s'enquiert Lerna, les sourcils froncés.

— Moi, non. » Hjarka hausse les épaules. « Je me plais bien ici, en fin de compte. Ce que je veux dire, c'est qu'il s'en trouve sans doute pour préférer

Rennanis. Et pour être disposés à nous vendre en échange d'une place dans cette comm.

— Il faut trouver l'espion ! crie quelqu'un, près du pont de corde.

— Non. » Ce ton sec… c'est votre voix d'instructrice. Tout le monde se tourne vers vous en sursaut. « Danel regrettait que les Castrimiens ne se soient pas entre-tués, elle me l'a dit. Il est hors de question de se lancer dans une chasse aux gêneurs. »

Vous ne cherchez pas à faire de l'esprit, malgré le double sens de la déclaration. Le malaise palpable qui envahit l'assistance n'est pas seulement dû à votre voix d'enseignante, vous le savez parfaitement. Le spinelle lévite toujours derrière vous, car il vous a suivie quand vous êtes redescendue sous terre.

Ykka se frotte les yeux. « Il va falloir perdre l'habitude de menacer n'importe qui n'importe quand, Essie. Je sais que tu as passé ton enfance au Fulcrum et que tu es ignare de ce côté-là, mais… ce n'est pas un comportement sain dans une communauté. »

Vous battez des paupières, un peu déconcertée et extrêmement vexée. N'empêche qu'elle a raison. Les comms survivent en préservant un équilibre soigneux entre peur et confiance. Votre impatience fait nettement trop pencher la balance du côté peur.

« Bon, d'accord », reconnaissez-vous. L'assistance se détend un peu, soulagée que Ykka arrive à vous calmer. Quelques gloussements nerveux s'en élèvent même. « Mais je ne vois toujours pas l'utilité de discuter maintenant de la présence d'un éventuel espion. En admettant qu'il y en ait un, l'ennemi sait ce que le traître lui a dit. Il ne nous reste qu'à essayer de mettre au point un plan impossible à anticiper de sa part. »

Tonkee vous montre du doigt en jetant à Hjarka un coup d'œil sévère qui signifie clairement : *Tu vois ?*

Hjarka se penche en avant, une main sur un genou, et parcourt l'auditoire d'un regard menaçant. Il est rare qu'elle discute beaucoup – c'était le rôle de Cutter –, mais ses lèvres pincées vous font comprendre que, cette fois, elle risque de s'obstiner.

« Si cet espion rouillé est encore là, évidemment que c'est important. Vous croyez vraiment qu'on va pouvoir empêcher l'ennemi d'anticiper… »

L'agitation naît au Point de Vue. On ne voit pas trop ce qui se passe depuis le Plateau, mais quelqu'un appelle Ykka, qui se lève aussitôt et s'éloigne dans cette direction-là. Une petite silhouette – un des enfants qui servent de messagers – arrive cependant à toute allure par les passerelles et la rejoint alors qu'elle n'est pas encore au bout du premier pont.

« Un message des tunnels supérieurs ! s'écrie le gamin avant même de s'arrêter. Les Rennains y vont au marteau piqueur ! »

Ykka se tourne vers Tonkee, qui acquiesce brièvement.

« D'après Morat, les charges ont été posées.

— Hein, quoi ? marmonnez-vous.

— Va leur dire de se replier et de suivre le plan, répond Ykka au messager sans s'occuper de vous. Allez. »

Le garçonnet fait volte-face et repart en courant, mais s'arrête à un endroit d'où on voit à la perfection le Point de Vue. Il lève la main, ferme le poing puis le rouvre, les doigts écartés. Une série de coups de sifflet traverse la comm, relayant le signal, juste avant que l'animation n'augmente, car plusieurs groupes se forment et s'enfoncent aussitôt dans les tunnels. Vous reconnaissez certains de leurs membres – des Costauds et des Innovateurs –, mais vous n'avez aucune idée de ce qui se passe.

Ykka se retourne pour vous faire face, d'un calme remarquable.

« Je vais avoir besoin de ton aide, chuchote-t-elle. Je suis enchantée qu'ils se servent de marteaux piqueurs, c'est bon signe : ça veut dire qu'ils n'ont pas de gèneurs. Mais l'effondrement des tunnels ne les arrêtera pas longtemps, s'ils sont vraiment décidés à atteindre la géode. Et de toute manière, je n'aime pas trop l'idée de me retrouver coincée. Tu veux bien me donner un coup de main pour créer un tunnel de secours ? »

Vous reculez d'un pas, stupéfaite. Provoquer l'effondrement des galeries ? C'est pourtant la seule stratégie intelligente, bien sûr. Les Castrimiens n'ont aucune chance face à une force supérieure en nombre, mieux armée, soutenue par des mangeurs de pierre et des Gardiens.

« Qu'est-ce qu'on est censés faire ? S'enfuir ? »

Ykka hausse les épaules. Son épuisement s'explique enfin. Elle n'a pas seulement eu à gérer une comm prête à se retourner contre ses gèneurs, elle redoute aussi l'avenir.

« C'est une possibilité. Je fais transporter les provisions et fournitures essentielles dans des cavernes écartées depuis maintenant plusieurs jours. On ne pourra pas tout prendre, bien sûr. Juste une petite partie. Mais si on part se cacher ailleurs – on a une cachette, je te le dis avant que tu ne me le demandes, une grotte-entrepôt, à des kilomètres d'ici. Bref, même si les Rennains s'introduisent dans la géode, ils tomberont sur une ville obscure, sans aucune valeur, où ils étoufferont s'ils y restent trop longtemps. Ils prendront ce qu'ils pourront, et ils s'en iront. Si ça se trouve, on pourra y revenir, après. »

Voilà pourquoi c'est elle la chef. Pendant que vous vous débattiez dans vos drames personnels, elle organisait tout ça. Il n'empêche…

« S'il y a ne serait-ce qu'un gèneur dans leurs troupes, la géode fonctionnera. Elle leur appartiendra. On se retrouvera hors-comm.

— Eh oui. Le plan de secours est minable, tu as raison. » Elle soupire. « C'est pour ça que je préfère tenter celui de Tonkee.

— Je t'ai *dit* que je ne voulais pas être une rouilleuse de chef », proteste Hjarka, furieuse.

Ykka lève les yeux au ciel. « Tu préfères te retrouver hors-comm ? Il va falloir te faire une raison. »

Votre regard oscille entre les trois femmes ; vous n'y comprenez rien.

Tonkee pousse un soupir agacé, mais se force à expliquer : « Orogénie contrôlée. Poussées soutenues de refroidissement lent en surface, autour de la zone, mais se diffusant vers l'intérieur, centrées sur la comm. Pour exciter les bouilleurs jusqu'à ce qu'ils forment des essaims. Les autres Innovateurs étudient leur comportement depuis des semaines. » Elle agite vaguement les doigts, peut-être par mépris inconscient pour ce genre de recherches mineures. « Ça devrait marcher. Mais il nous faut un orogène capable de procéder très vite, donc précis et résistant à la fois. Sinon, les insectes vont juste s'enfouir et entrer en hibernation. »

Vous comprenez brusquement. C'est monstrueux. Et ça pourrait sauver Castrima. Mais… vous vous tournez vers Ykka. Elle a beau hausser les épaules, il vous semble qu'elle est crispée.

Vous n'avez jamais compris comment elle fait ce qu'elle fait avec l'orogénie. C'est une sauvage. Théoriquement, elle est *capable* de ce dont vous êtes capable. Après tout, n'importe quel autodidacte obstiné pourrait parfaitement maîtriser les bases puis, à partir de là, affiner son art ; il se trouve que la plupart n'en font rien. Vous avez cependant déjà valué Ykka en action ; au Fulcrum, elle aurait évidemment des anneaux, quoique pas plus de deux ou trois. Elle déplace les rochers, pas les cailloux.

Et pourtant… pourtant, elle attire à Castrima le moindre gêneur à près de deux cents kilomètres à la ronde ; elle a fait *quelque chose* à Cutter ; sa solidité, sa force à la fois stable et engagée, vous sont incompréhensibles mais rendent douteuse votre évaluation à la mode du Fulcrum. Une deux ou trois-anneaux ne se value pas comme ça.

L'orogénie n'en reste pas moins l'orogénie ; les valupinae, les valupinae. La chair a ses limites.

« L'armée occupe à la fois la Castrima de surface et le bassin forestier, rappelez-vous. Tu vas tomber dans les pommes avant de geler une zone aussi étendue.

— On verra.

— C'est tout vu ! »

Elle lève les yeux au ciel. « Je sais ce que je fais, bordel de rouille, je l'ai déjà fait, d'accord ? J'ai un truc. Il suffit de… » Elle s'interrompt. Vous décidez que si vous survivez à cette crise, les gêneurs de Castrima essaieront d'inventer des mots pour décrire ce qu'ils font. Ykka en personne pousse un soupir de frustration, comme si elle vous entendait penser. « C'est peut-être aussi un truc du Fulcrum ? Quand on collabore avec un autre gèneur, on y va tous au même rythme, on s'accorde aux capacités du plus faible, mais on s'appuie sur l'endurance du plus fort… »

Vous clignez des yeux… puis un frisson vous traverse.

« Feux souterrains et seaux rouillés. Tu sais… » Albâtre vous a fait ça par deux fois, il y a longtemps, la première pour sceller un point chaud, la seconde pour échapper à un empoisonnement. « Échelonnage parallèle ?

— Vous appelez ça comme ça, vous ? Enfin bon, quand on constitue un groupe qui travaille en… en collaboration… Je le faisais avec Cutter et Temell, avant… Bref, je peux le faire, là. Me servir des autres gèneurs. Y compris les enfants. » Elle soupire. Vous avez déjà deviné. « Le problème, c'est que la personne qui sert de lien entre les autres… » *Le joug*, pensez-vous, parce que vous n'avez pas oublié votre conversation coléreuse d'autrefois avec Albâtre. « Cette personne-là s'épuise la première. Elle est obligée de… supporter la… la *friction* de la chose. Sinon, tous les membres du groupe s'annulent les uns les autres. Il ne se passe rien. »

S'épuise. *Meurt*.

« Ykka… »

Vous êtes cent fois plus expérimentée, cent fois plus précise qu'elle… et capable de vous servir des obélisques.

Elle secoue la tête, perplexe.

« Tu as déjà… euh… travaillé en groupe ? Ça demande de la pratique, je t'ai prévenue. Et puis tu as autre chose à faire. » Son regard est intense. « Il paraît que ton pote a fini par lâcher la rampe, à l'infirmerie. Il t'a appris ce que tu as besoin de savoir, avant ? »

Vous détournez les yeux, un goût amer dans la bouche, parce que la mort d'Albâtre a prouvé votre maîtrise des obélisques individuels – après tout, vous l'avez tué à l'aide d'un des artefacts. Malheureusement, vous n'en êtes pas plus avancée quant à la fameuse Porte. Il ne vous est toujours pas possible d'utiliser simultanément plusieurs obélisques.

D'abord le réseau, ensuite la Porte. Ne rouille pas ça, Essun.

Oh, Terre cruelle. *Comment peut-on être aussi incroyablement stupide !* La pensée s'adresse autant à vous-même qu'au disparu.

« Montre-moi comment construire un… un groupe avec toi, proposez-vous. On va appeler ça un réseau, d'accord ?

— Je viens de te dire… soupire Ykka, les sourcils froncés.

— C'était ce qu'il voulait m'apprendre ! Rouille pelante de merde ! » Vous faites volte-face et vous mettez à tourner en rond, surexcitée, horrifiée, furieuse. Tout le monde vous regarde. « Pas de l'orogénie en réseau, mais un réseau… » Il vous a si souvent fait étudier les fils de magie dans son corps et le vôtre ; pour que vous en perceviez les raccordements et le flux… « Mais il ne pouvait pas me le dire, tout simplement, bien sûr que non ; pourquoi aurait-il jamais fait quelque chose d'aussi raisonnable ?

— Essun… » Tonkee vous regarde en coin avec inquiétude. « Tu parles comme moi. »

Vous lui riez au nez, vous qui ne vous seriez pas crue capable de rire encore après ce que vous avez fait à votre ancien amant.

« Albâtre, expliquez-vous. Le malade de l'infirmerie. Mon ami. C'était un dix-anneaux. Et l'homme qui a fracturé le continent, au nord. »

Cette déclaration soulève une grosse vague de murmures.

« Un gèneur du *Fulcrum* ? demande Tlino, le boulanger. Il venait du *Fulcrum*, et il a fait ça ?

— Il avait ses raisons », affirmez-vous, sans prêter attention à l'interruption. Albâtre voulait se venger et donner au monde une chance de devenir tel que Corindon aurait pu y vivre, alors que Corindon était mort. Les Castrimiens devraient-ils savoir, pour la Lune ? Non, le temps presse, et ça ne ferait que les déconcerter comme tout ce cirque vous déconcerte. « Je ne comprenais pas ce qu'il avait fait, jusqu'à maintenant. D'abord le réseau, ensuite la Porte. Il faut que j'apprenne à faire ce que tu vas faire, Ykka. Tu ne peux pas mourir avant de m'avoir montré. »

Quelque chose secoue la comm. Une secousse infime, comparée à un séisme, et localisée. Tous les orogènes présents sur le Plateau, dont Ykka et vous, se tournent aussitôt dans la direction de l'épicentre, le nez en l'air. Il s'agit d'une explosion. Celle des modestes charges conçues pour abattre un des tunnels menant à Castrima. Quelques secondes plus tard, des cris s'élèvent au Point de Vue, que vous examinez, les yeux plissés ; un groupe de Costauds – ceux qui montaient la garde dans le boyau principal, quand vous êtes allée parlementer avec Danel et les autres Rennains – y arrive au petit trot, hors d'haleine, anxieux… et poussiéreux. Il vient de provoquer pendant sa fuite l'effondrement de la galerie.

Ykka secoue la tête.

« Alors on n'a qu'à travailler ensemble sur le tunnel de secours. Avec un peu de chance, on ne se tuera pas l'une l'autre. »

Elle fait volte-face, et vous lui emboîtez le pas. Mi-marchant, mi-courant, vous vous dirigez toutes deux vers l'autre côté de la géode. D'un commun accord. L'instinct lui indique aussi bien qu'à vous où il va être le plus facile de percer une issue supplémentaire. Contourner deux plates-formes, traverser deux ponts… la paroi opposée est là, enfouie sous des cristaux trapus trop petits pour abriter le moindre appartement. Parfait.

Ykka dessine un rectangle en l'air avec les mains. Vous la regardez faire, perplexe, jusqu'au moment où vous valuez la force soudaine de son orogénie aiguisée, qui perce la coquille de la géode en quatre points. Fascinant. Vous l'avez déjà vue pratiquer, mais c'est la première fois qu'elle cherche à être précise. Et… ça n'a rien à voir avec ce que vous auriez cru. Elle ne déplace pas les cailloux, mais elle tranche en dessinant des droites et des angles si nets que le résultat a l'air d'avoir été obtenu grâce à une machine. Vous n'auriez pas fait aussi bien, et vous comprenez brusquement : peut-être ne déplace-t-elle pas les cailloux parce que, franchement, qui a besoin de déplacer les cailloux ? C'est la manière dont le Fulcrum teste la précision, alors que Ykka le fait en *étant* tout simplement précise si nécessaire. Peut-être a-t-elle raté vos tests parce que ce sont des tests ineptes.

Elle marque une pause. Vous valuez sa « main » offerte. Vous vous tenez sur la plate-forme qui entoure un cristal trop étroit pour abriter des appartements, mais contenant plusieurs débarras et une petite réserve d'outillage. Il s'agit d'une terrasse récente, dotée d'une balustrade en bois à laquelle vous n'avez guère envie de confier votre vie, mais que vous n'en empoignez pas moins, les yeux clos, avant de vous tendre orogéniquement vers le contact proposé.

Ykka s'empare de vous. Si Albâtre ne vous avait pas habituée à ça, vous paniqueriez, mais il se passe ce qui s'est passé autrefois : l'orogénie de Ykka se mêle plus ou moins à la vôtre en l'engloutissant. Vous vous détendez et abandonnez la direction des opérations à votre compagne, parce que vous avez instantanément conscience d'être la plus forte : vous pourriez, vous devriez diriger à sa place… mais c'est vous l'élève, en l'occurrence, et elle l'enseignante. Alors vous vous contenez et vous apprenez.

On dirait une sorte de danse. L'orogénie de Ykka ressemble à… une rivière, avec ses remous, ses tourbillons, son cours au rythme et aux motifs propres. La vôtre est plus rapide, plus profonde, plus directe et plus puissante, mais votre instructrice la module avec une telle efficacité que les deux flots se fondent. Vous vous mettez à couler plus lentement, plus tranquillement. Elle plus vite, en se servant de votre profondeur pour augmenter sa force. Vous ouvrez un instant les yeux ; elle s'est adossée à la colonne de cristal, contre laquelle elle se laisse glisser pour s'accroupir à sa base. Voilà, elle n'a plus besoin de s'occuper de son corps pendant qu'elle se concentre… et vous vous retrouvez dans le substrat cristallin de la géode, vous en traversez la coquille, vous vous enfouissez dans la roche environnante, où votre flot épouse les courbes et les déformations de l'antique pierre froide. À votre grande surprise, il s'accorde facilement à celui de Ykka. Albâtre était bien plus brutal, mais peut-être n'avait-il pas l'habitude de ce genre de choses la première fois qu'il l'a tenté avec vous. Ykka a de la pratique, et c'est une bonne enseignante, digne des meilleurs que vous avez connus.

Mais.

Mais. Ah ! C'est si facile à voir, maintenant.

La magie. Ses filaments s'entremêlent au flot de Ykka. Soutiennent et catalysent son impulsion quand elle est plus faible que la vôtre, lissent la couche de contact entre les deux. D'où peut-elle bien venir ? Ykka la tire de la roche ; merveille des merveilles, car vous ne vous étiez pas rendu compte auparavant que la *roche* recelait de la magie. Elle est pourtant bien là, voletant entre les particules infinitésimales de silice et de calcite aussi facilement qu'entre celles de la substance minérale qui prenait possession d'Albâtre. Attendez. Non. Entre les particules de calcite, spécifiquement, bien qu'elle touche aussi la silice. C'est le calcite qui la génère, dans les inclusions de calcaire. À un moment, il y a de cela des millions de milliards d'années, sans doute la région tout entière disparaissait-elle sous un océan ou, peut-être, une mer intérieure. Des générations de vie marine y sont nées, y ont vécu et y sont mortes, avant de se déposer au fond de l'eau en couches de plus en plus compactes.

Tiens, ne serait-ce pas là une abrasion glaciaire ? Difficile à dire. Vous n'êtes pas géomestre.

Mais vous comprenez brusquement : c'est la vie qui crée la magie – ce qui vit ou a vécu, y compris ce qui a vécu à une époque si reculée qu'il s'est depuis transformé en quelque chose de totalement différent. Cette compréhension entraîne une modification de votre perception et...

et

et

Vous le voyez soudain : *le réseau*. Un filet argenté couvrant tout le continent, pénétrant la roche et jusqu'au magma qui la porte, reliant les joyaux des forêts, des coraux fossilisés, des mares de pétrole, filigrane porté par le vent tels les fils de la Vierge des bébés araignées. Il y en a dans les nuages – peu, certes –, entre les choses vivantes microscopiques que recèlent les gouttelettes d'eau. Il y en a aussi haut que porte votre perception, qui frôle les étoiles même.

Et les brins d'argent se transforment au contact des obélisques, dont le moindre flotte au point de conjonction de milliers, de millions, de *milliards* de filaments. Vous le savez car ils apparaissent sur la carte de votre conscience, soudain immense, qui couvre des centaines de kilomètres carrés maintenant que votre perception ne dépend plus seulement de vos valupinae – bien au contraire. C'est la magie qui permet de léviter aux artefacts, dont le flamboiement d'un blanc métallique scintille et palpite. Terre cruelle ! Ils sont magie quand ils cessent d'être réels. Ils lévitent, ils scintillent, ils passent du matériel à la magie et vice versa ; sur un autre plan d'existence, vous inspirez brusquement, impressionnée par leur beauté.

Puis vous inspirez à nouveau, parce que vous venez de remarquer, tout près de là…

Le contrôle de Ykka vous tire en arrière. Vous vous apercevez à retardement qu'elle s'est servie de votre pouvoir pendant que vous vous perdiez dans la révélation. Un tunnel tout neuf traverse maintenant les multiples couches de roches sédimentaires et ignées. Un escalier aux larges marches basses y monte vers la surface, régulièrement, malgré les vastes paliers qui l'interrompent à intervalles. Le percement du boyau n'a produit aucun débris minéral, car Ykka a juste déformé la pierre qui le composait en l'intégrant par pression à ses parois. Leur forte densité stabilise l'ouvrage, soumis au poids de la roche environnante. La jeune femme vous libère à présent du réseau (encore ce mot), après avoir interrompu le travail juste avant d'atteindre la surface. Vous battez des paupières en vous tournant vers elle ; ses raisons sont évidentes, bien sûr.

« Je te laisse finir. »

Elle se lève en s'époussetant les fesses – fatiguée, ça se voit. Moduler les fluctuations créées par votre surprise n'a pas dû être simple. Il ne lui sera pas possible de faire ce qu'elle a en tête, parce que l'épuisement l'emportera avant qu'elle n'ait accompli la moitié du tour de la vallée.

De toute manière, elle n'a plus à s'en charger, maintenant.

« Non, je vais m'en occuper.

— Essie », soupire-t-elle en se frottant les yeux.

Vous souriez. Pour une fois, le surnom ne vous dérange pas. Et puis vous vous servez de ce que vous venez d'apprendre grâce à elle pour vous emparer d'elle comme Albâtre l'a fait de vous autrefois – pour vous emparer en réalité de tous les gèneurs de la comm. (Un sursaut collectif salue votre réussite : ils sont habitués à ça de la part de Ykka, mais ils savent reconnaître à la valuation un joug différent. Contrairement à elle, vous n'avez pas mérité leur confiance.) Elle se raidit, mais vous ne tentez rien, vous la tenez, voilà tout, et l'évidence s'impose : vous en êtes bel et bien capable.

Vous soulignez alors votre propos en vous connectant au spinelle. Il a beau se trouver dans votre dos, vous valuez la seconde précise où il cesse de fluctuer pour vous expédier une pulsation silencieuse à faire frémir la terre : *Prêt*, paraît-il dire. Comme s'il parlait.

Les yeux de Ykka s'écarquillent soudain quand elle value la manière dont la catalyse de l'obélisque… charge ? éveille ?… éveille le réseau des gèneurs. Parce que vous faites à présent ce qu'Albâtre a essayé de vous enseigner six mois durant : utiliser à la fois magie et orogénie, de manière qu'elles se soutiennent et se renforcent mutuellement pour composer un tout plus puissant ; un tout que vous intégrez au réseau des orogènes œuvrant à un but commun, plus forts dans cette union que la somme de leurs individualités, et branchés sur un obélisque qui amplifie *x* fois leur pouvoir. Stupéfiant.

Albâtre n'a pas réussi à vous enseigner le truc parce qu'il était, comme vous, un pur produit de l'entraînement du Fulcrum, limité par le Fulcrum. Il ne pensait le pouvoir qu'en termes d'énergie, d'équations, de formes géométriques. Il maîtrisait la magie parce qu'il était qui il était, mais ne la comprenait pas réellement. Pas plus que vous ne la comprenez, même maintenant. Ykka la sauvage, qui n'avait rien à désapprendre, était la clé depuis le début. Si vous aviez été moins arrogante…

Bon. Non, pas tout à fait. Vous ne pouvez pas dire qu'Albâtre serait toujours vivant. Il était mort dès qu'il s'est servi de la Porte de cristal pour déchirer le continent en deux. Les brûlures le tuaient peu à peu ; vous lui avez juste donné le coup de grâce. Un jour, vous finirez par y croire.

Ykka cligne des yeux, les sourcils froncés. « Ça va ? »

Elle connaît la magie dont vous vous servez et sent le goût de votre chagrin. Vous déglutissez, malgré la boule qui vous obstrue la gorge – prudemment, sans relâcher votre emprise sur le pouvoir latent accumulé en vous.

« Oui », mentez-vous.

Son regard est trop avisé. Elle soupire. « Je vais te dire… si on s'en sort toutes les deux, j'ai un stock de sérédis lumenien planqué dans une des caches. Qu'est-ce que tu dirais de prendre une bonne cuite ? »

La boule logée dans votre gorge se désintègre brusquement, et un éclat de rire en expulse les débris. Le sérédis s'obtient par fermentation puis distillation des fruits du même nom. On les récoltait autrefois dans les contreforts des montagnes les plus proches de Lumen, seule région du Fixe favorable aux arbres qui les portaient. Le stock de Ykka représente donc peut-être tout ce qui reste de sérédis au monde.

« Une cuite *inestimable* ?

— Une cuite *désastreuse*. »

Son sourire est sincère, malgré sa lassitude. Ça vous semble prometteur.

« Si on s'en sort. »

Mais vous êtes à peu près sûre maintenant que vous allez vous en sortir. Le réseau des orogènes et le spinelle contiennent plus qu'assez de pouvoir. Vous allez faire de Castrima un endroit sûr pour les fixes, les gèneurs et quiconque se trouve dans votre camp. Il ne va y avoir aucune mort, à part chez l'ennemi.

Cela posé, vous pivotez en levant les mains, les doigts écartés, pendant que se déploient votre orogénie et votre magie.

Vous percevez Castrima, de surface et souterraine, ainsi que tout ce qui est matière entre, au-dessus et en dessous. Les soldats de Rennanis sont là, devant vous, centaines de points – chaleur et magie – répartis sur votre carte mentale, certains rassemblés dans des maisons qui ne leur appartiennent pas, les autres autour de la bouche des trois tunnels menant à la géode. Dans deux des boyaux, ils ont atteint la zone remplie de rochers par les gèneurs pour empêcher toute intrusion. Dans un des deux, les rochers ont provoqué un effondrement qui a tué plusieurs envahisseurs, dont les corps refroidissent. Leurs collègues sont en train de dégager le passage, ce qui prendra quelques jours, minimum.

Mais dans l'autre – rouille *pelante* ! –, ils ont trouvé et désactivé les explosifs. L'âcreté du potentiel chimique perdu et l'amertume de l'agressivité suante vous parviennent : les intrus, qui progressent sans entrave vers la Castrima souterraine, sont au moins à mi-chemin du Point de Vue. Les premiers, des dizaines de Costauds hérissés de loncouteaux, d'arbalètes, de frondes et de piques, se jetteront sur les défenses de la comm dans quelques minutes. Des centaines d'autres les suivent de près.

Vous savez ce qu'il vous reste à faire.

Oubliez cette vision rapprochée. La forêt entourant Castrima s'étend à présent sous vos yeux. Point de vue plus large : vous explorez à tâtons les bords du plateau et la dépression voisine, le bassin forestier. Il est maintenant évident qu'il s'agissait auparavant d'une mer, qui avait auparavant été glacier et bien d'autres choses. Il est également évident que les noyaux de feu et de lumière dispersés sous le couvert constituent la vie dans la région. Il y en a davantage que vous ne l'auriez cru, bien que la plupart soient en hibernation, cachés, très occupés à se protéger chacun à sa manière des violences de la Saison. Un chapelet de lumières s'étire le long de la rivière : les berges sont infestées de bouilleurs ; l'essentiel du bassin et du plateau aussi, à un degré moindre.

Vous commencez par la rivière, le long de laquelle vous refroidissez délicatement le sol, l'air et la pierre, par vagues palpitantes – présence fraîche ; absence ; présence un peu plus fraîche… Quand vous faites baisser la pression de l'air juste à l'intérieur du cercle de glace ainsi constitué, le vent se met à souffler vers son centre – Castrima. C'est à la fois un encouragement et un avertissement : *Si vous partez, vous vous en tirerez. Si vous restez où vous êtes, je vous gèlerai à mort, espèces de petites saloperies.*

Les bouilleurs partent. Une vague de chaleur éclatante jaillit des nids souterrains et des tas de cendre alimentaires de surface qui se sont formés autour de leurs nombreuses victimes ; des centaines de nids, des millions d'insectes – vous ne saviez pas que la forêt en débordait à ce point. Tonkee a donné l'alerte trop tard en ce qui concerne le manque de viande :

les Castrimiens n'auraient jamais réussi à s'imposer face à des prédateurs aussi efficaces. Vous étiez tous condamnés à vous habituer au goût de la chair humaine.

Ce n'est ni le lieu ni l'heure. Le cercle de froid est bouclé autour du territoire de la comm. Vous dirigez votre énergie vers l'intérieur, par vagues, en poussant, en rassemblant. Les bouilleurs sont rapides... et ils volent, enfer rouillé ! Vous aviez oublié qu'ils ont des ailes.

Alors... oh, Terre en feu ! Heureusement, vous ne faites que valuer ce qui se passe en surface ; vous ne le voyez ni ne l'entendez.

Il s'agit pour vous d'un tableau de pression, de chaleur, de chimie et de magie. Ici, un groupe éclatant de soldats rennains, entassés entre des murs de bois et de brique ; un essaim de scarabées brûlants l'atteint de ses points minuscules. Vous valuez à travers les fondations de la maison le martèlement des pieds, le claquement d'une porte, les claquements plus viandeux des corps les uns contre les autres et contre le sol. Mini-secousses de panique. La silhouette des soldats brille davantage quand les insectes se posent sur eux et vaquent à leurs affaires, bouillants, fumants.

Terteis Chasseur Castrima n'a pas eu de chance. Il n'a été attaqué que par quelques spécimens, ce qui explique qu'il n'y ait pas laissé la vie. Aujourd'hui, il y a des dizaines de scarabées par personne ; ils couvrent le moindre centimètre carré de chair accessible, et c'est une grâce. L'ennemi ne se débat pas longtemps. Une à une, les maisons de la Castrima de surface retournent à l'immobilité et au silence.

(Le réseau frissonne sous le joug. Les autres n'aiment pas ça. Vous les dirigez d'une main ferme pour qu'ils restent concentrés. La pitié n'est pas à l'ordre du jour.)

Les essaims gagnent les caves, s'abattent sur les soldats qui y sont rassemblés, découvrent les tunnels secrets menant à la Castrima souterraine. Là, vous vous reposez davantage sur le pouvoir du spinelle, parce que vous cherchez à distinguer parmi les petites taches de vie réparties dans les boyaux les défenseurs des envahisseurs, alors que le combat les mêle parfois. Il faut aider vos concitoyens… *ah*… rouille… de merde. Ykka rue contre votre contrôle. Vous êtes trop immergée dans le réseau pour entendre ce qu'elle dit tout haut, mais vous en avez une petite idée.

Vous savez ce qu'il vous reste à faire.

Vous tirez un gros bloc de pierre d'un mur et l'utilisez pour obstruer les tunnels. Certains des Costauds et Innovateurs castrimiens sont du côté bouilleurs du bouchon ; certains des soldats rennains du côté géode. Nul n'obtient jamais tout ce qu'il veut.

Vous ne pouvez vous empêcher de valuer à travers la pierre des souterrains la vibration des hurlements.

Le temps vous manque pour vous contraindre à l'ignorer car, déjà, un autre hurlement retentit, bien plus proche, une vibration que vous percevez par les tympans et non les valupinae. Saisie, vous entreprenez de démanteler le réseau… mais vous n'êtes pas assez rapide, tant s'en faut, car quelque chose tire violemment sur le joug. Le *brise*. Tous les gêneurs tombent les uns sur les autres, les tores s'annulent les uns les autres, et vous perdez l'alignement. Qu'est-ce que c'est que cette rouille ? Deux des membres du réseau viennent d'en être arrachés.

Vous ouvrez les yeux. Étalée sur la plate-forme de bois, un bras douloureusement tordu sous le corps, le visage pressé contre une caisse. Désorientée, gémissante, les genoux flageolants ; c'est *dur* d'être le joug. Vous vous redressez.

« Ykka ? Qu'est-ce que… »

Un bruit, derrière les tas de boîtes. Une exclamation étouffée. La plate-forme grince, mise à rude épreuve par un poids incompréhensible. Un craquement de pierre tonitruant vous fait sursauter, ébranlée, avant que vous ne vous rappeliez avoir déjà entendu ça quelque part. Vous vous cramponnez au bord de la caisse et au garde-fou pour vous hisser sur un genou, ce qui vous permet de voir :

Hoa, dans une attitude que votre esprit qualifie aussitôt, presque inconsciemment, de *guerrière*, un bras tendu. De sa main pend une tête. Une tête de *mangeur de pierre*, cheveux de nacre bouclés, visage disparu à partir de la lèvre supérieure. Quant au reste de la créature, depuis la mâchoire inférieure jusqu'aux pieds, il a été figé alors qu'elle s'apprêtait à prendre quelque chose. Posté juste devant le corps, Hoa vous apparaît de trois quarts face. Ses traits sont immobiles, ses mâchoires aussi, mais une poussière minérale pâle s'est déposée sur ses lèvres de marbre noir sculptées avec précision. Un trou de la taille d'une bouchée creuse le cou de sa victime – le craquement de pierre familier.

Une seconde plus tard, le corps *explose*, et vous vous apercevez que Hoa a changé de position pour lui expédier son poing à travers le torse. Ses yeux se posent ensuite sur vous. A priori, il ne déglutit pas, mais de toute manière, il n'a pas besoin de se servir de sa bouche pour parler.

« Les mangeurs de pierre de Rennanis viennent chercher les orogènes de Castrima. »

Oh, Terre cruelle ! Vous vous contraignez à vous lever, bien que la tête vous tourne un peu et que vous ne teniez pas très bien sur vos jambes.

« Combien ?

— Assez. »

Un battement de paupières ; sa tête s'est tournée vers le Point de Vue. Vous suivez son regard. On se bat violemment là-bas, car les Castrimiens résistent aux Rennains qui ont réussi à venir à bout du tunnel. Parmi les attaquants se trouve Danel, qui manie deux loncouteaux face à deux Costauds. Esni réclame à grands cris une arbalète, la sienne s'étant enrayée. Elle laisse tomber l'arme inutile pour tirer un poignard d'agate débitée étincelant, scintillement blanc à la lumière des cristaux, puis se jette dans la mêlée contre Danel.

Votre attention se concentre alors plus près de vous, sur Penty. La gamine s'est empêtrée dans les cordes d'un pont, pour une raison fort simple : sur la plateforme de métal d'où elle vient manifestement, derrière elle, se tient un mangeur de pierre étranger, tout de citrine jaune d'or si on oublie le mica blanc qui lui entoure la bouche. La main tendue, les doigts pliés en un geste d'invite. Penty se trouve à plus de quinze mètres de vous, mais les larmes qui lui strient le visage pendant qu'elle se débat pour se libérer des cordes vous sont parfaitement visibles. Une de ses mains se balance, inutile. Cassée.

Elle a la main cassée. La peau vous picote de partout.

« Hoa. »

Un choc sourd sur les planches de la plate-forme : votre compagnon vient de laisser tomber la tête de son adversaire.

« Essun.

— Il faut que j'aille le plus vite possible en surface. »

Vous le valuez là-haut, vous le sentez par magie, énorme, tout proche. Il est là depuis le début, mais vous hésitiez à l'utiliser, vous l'estimiez trop démesuré pour vos besoins ; maintenant, vous l'estimez exactement de taille pour vos besoins.

« Ça grouille en surface, Essie. Il n'y a plus rien que des bouilleurs », proteste Ykka, qui tient tout juste debout, appuyée à la paroi de cristal.

Vous devriez la prévenir – les mangeurs de pierre sont parfaitement capables de passer à travers le cristal –, mais le temps presse. Si vous traînez, ils l'auront, quoi que vous fassiez.

Vous secouez la tête et vous approchez de Hoa, titubante. Il ne peut venir vous chercher, car vu son poids démentiel, c'est un miracle que la plate-forme ne se soit pas déjà effondrée. Son attitude a changé, une fois de plus, maintenant que son adversaire est réduit à l'état de cailloux. Il a une main posée contre la paroi de cristal, mais reste par ailleurs tourné vers vous, l'autre main tendue, ouverte – invite évidente. Vous vous rappelez le jour où il est tombé dans la boue, au bord d'une rivière. Vous lui avez tendu la main pour l'aider à se relever, inconsciente de ce que pèsent les os de diamant et les antiques histoires réduites au silence. Il a refusé cette main afin de protéger son secret, et vous en avez été blessée malgré vous.

La sienne est fraîche, dans la chaleur de Castrima. Dure – bien que la valuation ne la signale pas tout à fait comme de la pierre, vous vous en apercevez avec une fascination fugace. Sa chair a une texture étrange, cédant à peine sous la pression de vos doigts, mais dotée d'empreintes qui vous surprennent.

Vous levez les yeux vers son visage. Il a reconfiguré ses traits pour en chasser la froideur que vous y avez lue quand il a détruit son ennemi. Un léger sourire joue à présent sur ses lèvres.

« Bien sûr que je vais t'aider. »

Il y a toujours en lui tellement du petit garçon que vous manquez de lui rendre son sourire.

Avant que vous ne puissiez affiner votre décryptage, Castrima se brouille soudain autour de vous dans une blancheur générale puis plonge dans une obscurité digne du centre de la Terre. Vous ne vous affolez pourtant pas, car la main de Hoa tient la vôtre.

Vous vous trouvez maintenant devant le pavillon de la Castrima de surface, parmi les morts et les mourants. Autour de vous, dans les allées et sur le dallage du pavillon, gisent les soldats de Rennanis, corps tordus, parfois couverts d'un tapis grouillant, quelques-uns, très rares, rampant et hurlant toujours. La table dont Danel s'est servie pour préparer son assaut a été renversée ; des scarabées en parcourent la surface. L'odeur est là, viande en saumure. L'air frémit de bouilleurs et de la brise à basse pression suscitée par vos soins.

Vous ébauchez un mouvement de recul quand une des bestioles vous fonce dessus mais, déjà, la main de Hoa, dégoulinante d'eau chaude, apparaît à l'emplacement de l'insecte. Son sifflement de bouilloire s'essouffle jusqu'à mourir.

« Tu devrais tisser un tore », vous conseille votre compagnon. Rouille pelante, il a raison. Vous allez vous écarter de lui pour procéder en toute sécurité, quand sa main se resserre sur la vôtre, à peine. « L'orogénie ne peut me faire aucun mal. »

L'orogénie n'est pas le seul pouvoir à votre disposition, mais il le sait pertinemment, alors bon, d'accord. À peine avez-vous tissé autour de vous un tore étroit, très haut, où tourbillonne la neige née de l'humidité, que les bouilleurs se mettent à vous éviter. Peut-être est-ce la chaleur corporelle de leurs proies qui leur permet de les traquer. Peu importe.

Vous levez la tête vers la noirceur qui a gommé le ciel.

L'onyx ne ressemble à aucun des autres obélisques que vous avez jamais vus. La plupart évoquent des échardes – colonnes hexagonales ou octogonales aux bouts pointus –, bien que certains aient une circonférence plus irrégulière ou des extrémités plus grossières. Aujourd'hui, un cabochon ovoïde traverse lentement à votre demande la nappe de nuages qui le dissimulait depuis son arrivée, quelques semaines plus tôt. Ses dimensions vous sont inconnues, mais quand vous parcourez des yeux la coupe du ciel au-dessus de Castrima, il s'avère que l'onyx l'occupe tout entière, du nord au sud, de l'ourlet rouge à l'horizon gris. Aucun reflet, aucune brillance. Vous le regardez en face ; il vous est étonnamment difficile de ne pas vous recroqueviller. Seuls les quelques nuages rapides qui l'entourent montrent qu'il lévite en réalité très loin au-dessus de la ville. Il a l'air plus proche. Juste au-dessus de votre tête. Il vous suffirait de tendre la main… mais cette simple idée terrifie une partie de votre être.

Un choc sourd secoue les strates quand le spinelle tombe à terre derrière vous, comme en adoration devant son supérieur. À moins que ce ne soit juste parce que l'onyx vous appelle, vous attire à lui, toujours plus haut…

… oh, grand Père Terre, il vous attire à lui *si vite*…

… qu'il ne reste rien de vous pour commander à un autre obélisque. Vous n'avez rien en réserve. Vous tombez vers le haut, vous volez vers un néant qui vous *aspire* plus qu'il ne vous guide. D'autres art facts vous ont appris à vous soumettre à leur courant, mais vous comprenez aussitôt qu'il serait idiot d'en faire autant en l'occurrence. L'onyx vous goberait. Toutefois, vous ne pouvez pas non plus lutter, ou il vous réduirait en charpie.

Alors vous faites de votre mieux : garder une sorte d'équilibre précaire en lui opposant une traction adverse, sans cesser de dériver à travers ses interstices. Il y a déjà trop de lui en vous, tellement de lui. Il faut que vous utilisiez ce pouvoir, ou… ou… mais non, quelque chose ne va pas, quelque chose est en train de perdre l'équilibre, la lumière cingle soudain les alentours, et vous vous découvrez prise dans des millions, des milliards de filaments de magie qui se resserrent autour de vous.

Sur un autre plan d'existence, vous hurlez. Vous avez commis une erreur. *Il vous dévore*, et c'est épouvantable. Albâtre se trompait. Mieux vaut laisser les mangeurs de pierre tuer le moindre gêneur de Castrima et détruire la comm plutôt que de mourir de cette manière. Mieux vaut laisser les mâchoires et les dents magnifiques de Hoa vous déchiqueter. Lui, au moins, vous l'aimez bien

vous l'aimez

ez ez ez ez ez

Coup de fouet de la magie, qui se contracte dans des milliers de directions. Treillis de lumière vivante s'enflammant soudain sur fond noir. *Vous voyez*. D'une manière qui dépasse vos possibilités habituelles à tel point que c'en est quasi incompréhensible. Vous voyez le Fixe dans son entier. La moitié de coquille que représente ce côté-ci de la planète, plus quelques rafales de l'autre côté. C'en est trop – quelle crétine, feux souterrains ! Albâtre vous l'avait bien dit : d'abord le réseau, ensuite la Porte. Vous n'y arriverez pas toute seule ; il vous faut un petit réseau pour amortir le grand. Vous vous lancez maladroitement à la recherche des orogènes castrimiens, mais impossible cette fois de vous en emparer. Ils sont moins nombreux, ils flambent puis s'éteignent alors même que vous les touchez, et leur panique les rend inutilisables, y compris pour vous.

Mais là, juste à côté de vous, se tient une petite montagne de force : Hoa. Vous n'essayez même pas de l'atteindre, parce que cette force étrangère vous effraie ; c'est lui qui se tend vers vous. Qui vous stabilise. Vous tient fermement.

Le souvenir vous revient enfin : *L'onyx est la clé.*

Une clé ouvrant une porte.

Une porte activant un réseau…

Et soudain, l'onyx palpite autour de vous, aussi profond que le magma, aussi lourd que la Terre.

Oh, Terre rouillée, il ne pensait pas à un réseau d'orogènes, mais de…

Le spinelle, pour commencer, puisqu'il est là, juste là. La topaze suit, pouvoir lumineux, aérien, s'abandonnant si facilement à vous.

Le quartz fumé. L'améthyste, votre vieille amie, qui vous suit lourdement depuis Tirimo. La kunzite. Le jade.

oh

L'agate. Le jaspe, l'opale, la citrine…

Vous ouvrez la bouche sur un cri que vous n'entendez pas.

le rubis le spodumène L'AIGUE-MARINE LE PÉRIDOT LA

« Je ne peux pas, il y en a trop ! » Le hurlement vous a-t-il échappé en votre for intérieur ou à pleine voix ? « Trop trop trop !

— Ils ont besoin de toi, Essun », dit la montagne toute proche.

Les choses se mettent brusquement en place. Oui. La Porte de cristal ne s'ouvre que dans un *but* précis.

Descente. Les parois de la géode. Des colonnes fluctuantes de protomagie ; voilà de quoi est faite Castrima. Vous valuez-sentez-reconnaissez les contaminants présents dans la structure. Ceux qui rampent sur ses surfaces, vous les épargnez.

(Ykka, Penty, les autres gèneurs et les fixes qui dépendent d'eux pour le fonctionnement de la comm. Ils ont tous besoin de vous.)

Mais il y a ceux qui interfèrent avec les treillis cristallins, qui se déplacent le long de leurs filaments de matière et de magie, qui se tapissent dans la roche entourant la géode tels des parasites désireux de s'y enfouir. Des montagnes, là aussi… mais pas *votre* montagne.

J'ai contrarié le mauvais gèneur, a dit Hoa en parlant de son emprisonnement. Les mangeurs de pierre ennemis ont plus que contrarié la mauvaise gèneuse.

Le hurlement que vous poussez trahit cette fois l'effort, l'agressivité. TCHAC, vous brisez les treillis, les filaments de magie, puis les recollez de manière à lui faire servir vos buts. CRAC, vous soulevez des colonnes de cristal entières que vous lancez tels des javelots sur les intrus pour les écraser. Vous cherchez M. Gris, le mangeur de pierre dont Hoa a été victime, mais il ne fait pas partie des montagnes qui menacent votre foyer. Il n'y a là que ses mignons. Bon. Vous allez lui envoyer un message, écrit à l'encre de leur peur.

Lorsque vous en terminez, vous avez scellé dans les cristaux cinq créatures, minimum. Franchement, c'est facile, quand elles sont assez idiotes pour passer à travers au moment où vous regardez. Elles se mêlent au minéral ; il suffit de les en démêler pour les y figer tels des insectes dans l'ambre. Les autres prennent la fuite.

Au nord, pour certaines. C'est inadmissible, et la distance n'a aucune importance pour vous, en ce moment. Vous remontez, vous pivotez, vous fondez à nouveau sur la Terre, et voici Rennanis, blotti dans son réseau de nœuds telle une araignée parmi ses proies emmaillotées, vidées de leur substance. La Porte est censée agir à l'échelle planétaire. Vous n'avez aucun mal à expédier le pouvoir vers la ville et à infliger au dernier de ses habitants ce que vous avez infligé à l'ivrognesse qui se préparait à rouer Penty de coups.

Les brutes sont des brutes. C'est si facile de tordre l'argent qui scintille entre leurs cellules jusqu'à ce qu'elles s'immobilisent, se rigidifient. De la pierre. Voilà qui est fait. Castrima a gagné la guerre en un souffle.

Maintenant, la situation est dangereuse. Maintenant, vous comprenez : manier le pouvoir du réseau d'obélisques sans disposer d'un point sur lequel le concentrer signifie *devenir* ce point et mourir. La sagesse vous ordonne de démanteler le réseau et de vous retirer de la connexion avant qu'elle ne vous détruise, puisque Castrima est sauvée.

Mais. Vous ne vous intéressez pas seulement à la sécurité de Castrima.

La Porte fonctionne comme l'orogénie, voyez-vous. Si on ne la contrôle pas consciemment, elle réagit à n'importe quel désir comme à celui de détruire le monde. Or vous ne contrôlez pas ça. Vous en êtes incapable. Ce désir est aussi caractéristique de votre personnalité que votre passé, votre nature méfiante ou votre cœur brisé à répétition.

Nassun.

Votre conscience du monde tournoie. Au sud. En quête.

Nassun.

Interférence. Douleur. La perle le diamant le

Saphir. Il résiste à l'inclusion au réseau. Vous vous en êtes à peine rendu compte tout à l'heure, engloutie que vous étiez par des dizaines, des centaines d'obélisques, mais vous vous en rendez compte maintenant à cause de

NASSUN

C'EST ELLE

C'est votre fille, c'est Nassun, vous connaissez sa complexité impassible aussi bien que vos propres cœur et âme, *c'est elle, c'est sa marque partout sur cet obélisque*, vous l'avez retrouvée, elle est en vie.

Son (votre) but atteint, le réseau commence automatiquement à se démanteler. Les autres obélisques se déconnectent, puis l'onyx vous libère enfin, quoique à contrecœur – bouffée de froid. La prochaine fois.

Vous vous affaissez de côté, parce que quelque chose vous déséquilibre soudain. Des mains vous rattrapent et vous redressent. C'est tout juste si vous arrivez à lever la tête. Votre corps vous paraît très loin, très lourd ; il vous semble être de pierre. Vous avez passé des heures sans rien avaler, mais vous n'avez pas faim. Votre endurance n'était pas de taille face à l'épreuve, mais l'épuisement vous est inconnu.

Vous êtes entourée de montagnes.

« Repose-toi, Essun, dit celle que vous aimez. Je veille sur toi. »

Vous hochez une tête aussi lourde qu'un rocher. De nouvelles présences éveillent votre attention, et vous vous forcez à lever les yeux une dernière fois.

Antimoine se tient devant vous, aussi impassible qu'à l'ordinaire, mais sa présence ne vous en semble pas moins réconfortante. L'intuition vous souffle que ce n'est pas une ennemie.

Un autre mangeur de pierre est là avec elle : grand, mince, bizarrement maladroit dans les plis de son « vêtement ». Tout blanc, malgré ses traits de Côtier Oriental : bouche charnue, long nez, pommettes hautes, sous des cheveux crépus sculptés avec soin. Ses yeux seuls sont noirs. Des yeux qui ont très vaguement l'air de vous reconnaître et où vacille la lueur étonnée de ce qui pourrait (mais ne devrait pas) être le souvenir. Des yeux auxquels vous trouvez quelque chose de familier.

Quelle ironie. C'est la première fois que vous voyez un mangeur de pierre en albâtre.

Ça y est, vous n'êtes plus là.

*
**

Et si la chose n'est pas morte ?

Lettre de Rido Innovateur Dibars,
de la Septième Université, envoyée
par courrier du quartant et de la comm
d'Allia au réveil de l'obélisque grenat,
arrivée à destination trois mois
après que le télégraphe avait répandu
la nouvelle de la destruction d'Allia.
Référence inconnue

Interlude

Tu t'effondres dans mes bras, et je t'emporte en lieu sûr.

La sécurité est relative. Tu as chassé mes lamentables frères, ceux parmi les miens qui t'auraient tuée parce qu'ils ne peuvent te contrôler. Toutefois, quand je descends à Castrima, où j'émerge dans un endroit calme et familier, une odeur de fer s'y mêle aux relents de merde, de renfermé, de fumée – et aux autres effluves de la chair, car ce parfum de fer appartient lui aussi à la chair : il est associé à la variante du métal présente dans le sang. Or les terrasses, passerelles et escaliers sont jonchés de corps ; il y en a même un qui pend d'une tyrolienne. Les combats sont cependant quasi terminés, pour deux raisons. Premièrement, les envahisseurs ont compris qu'ils étaient coincés entre les insectes qui infestent la surface et l'ennemi, supérieur en nombre maintenant que l'essentiel de l'armée rennaine est mort. Ceux qui veulent vivre se sont rendus ; ceux qui craignent une mort plus cruelle se sont jetés sur les épées ou les cristaux castrimiens.

La cessation des combats a néanmoins une autre cause : la géode est indéniablement très endommagée.

Les concrétions autrefois luisantes clignotent à présent, lumière spasmodique. L'une des plus longues s'est détachée de la paroi et brisée, poussière et débris répandus à terre. La piscine des bains n'est plus alimentée en eau chaude, si on oublie une giclée occasionnelle. Plusieurs cristaux sont ternes, morts, fissurés – on discerne dans chacun une silhouette plus sombre, figée, emprisonnée. Humanoïde.

Les imbéciles. Voilà ce qui arrive quand on contrarie ma gèneuse.

Je t'allonge dans un lit en veillant à ce qu'il y ait à proximité de quoi boire et manger. Il va m'être difficile de te nourrir, maintenant que j'ai mué hors de l'enveloppe animée dont je m'étais muni pour devenir ton ami, mais quelqu'un arrivera sans doute avant que je ne sois contraint de m'y essayer. Nous sommes chez Lerna. Je t'ai couchée dans son lit. À mon avis, ça lui plaira. À toi aussi, lorsque tu auras à nouveau envie de te sentir humaine.

Je ne suis pas jaloux de ces liens. Tu en as besoin.

(Je ne suis pas jaloux de ces liens. Tu en as besoin.)

Je te positionne avec soin, pour ton confort. Et je laisse ton bras sur les couvertures, pour que tu saches aussitôt réveillée que l'heure du choix est venue.

Ton bras droit, transformé en concentré de magie brun, solidifié. Il n'a rien de grossier : ta chair est pure, parfaite, intacte. Chaque atome en est tel qu'il doit être, réseau mystérieux, précis et puissant. Je le touche, une fois, brièvement, bien que mes doigts enregistrent tout juste la pression. Désir attardé de la chair que j'arborais tout récemment. Je le surmonterai.

Ta main de pierre est fermée en poing. Une fissure en traverse le dos, perpendiculaire à l'ossature. La magie te transformait que tu luttais encore. (Tu luttais. C'est ce que tu dois devenir. Tu as toujours lutté.)

Ah, me voici sentimental. Quelques semaines de nostalgie incarnée et je m'oublie.

J'attends ainsi. Quelques heures ou quelques jours plus tard, Lerna rentre chez lui, empestant le sang d'autrui et son propre épuisement. Il se fige à ma vue, car je monte la garde dans son salon.

Bref silence.

« Où est-elle ? »

Oui, il est digne de toi.

« Dans la chambre. »

Il s'y rend aussitôt. Inutile de l'y suivre. Il va revenir.

Un peu plus tard – quelques minutes ou quelques heures, je connais les mots, mais ils ont si peu de sens –, il regagne le salon, où je me tiens. Il s'assied lourdement et se frotte le visage.

« Elle vivra, dis-je, bien que ce ne soit pas nécessaire.

— Oui. » Il sait que tu es dans le coma, il s'occupera bien de toi jusqu'à ton réveil. Un instant plus tard, il baisse les mains et me regarde. « Tu n'as pas… euh… » Il s'humecte les lèvres. « Son bras. »

Je sais exactement ce qu'il veut dire.

« Pas sans sa permission. »

Ses traits se contractent. Un léger dégoût me saisit, avant que je ne me rappelle : il n'y a pas si longtemps, j'étais moi aussi en mouvement perpétuel et humide. Je suis content d'en avoir terminé.

« Cette retenue te fait honneur », dit-il d'un ton qu'il veut probablement insultant.

Ma retenue ne me fait pas davantage honneur que ne lui fait honneur sa décision de ne pas manger ton autre bras. Il s'agit parfois de simple décence.

Plus tard encore, sans doute pas des années, car il n'a pas bougé, peut-être des heures, car il a l'air tellement fatigué, il reprend :

« Je ne sais pas ce qu'on va faire. Castrima est en train de mourir. » Comme pour souligner la déclaration, le cristal qui nous entoure s'éteint un instant, nous plongeant dans une obscurité brutalement trouée par les lumières extérieures. Lorsqu'il se rallume, Lerna exhale, haleine aux relents d'aldéhydes, à cause de la peur. « Nous voilà hors-comm. »

Inutile de signaler que les Castrimiens seraient tout autant hors-comm si leurs ennemis avaient réussi à vous massacrer, les autres orogènes et toi. Il finira par y penser, à sa manière laborieuse et suante. Il y a toutefois quelque chose qu'il ne sait pas et que je dis donc tout haut.

« Rennanis est mort. Essun l'a tué.

— Hein ? » Il a entendu. C'est juste qu'il n'en croit pas ses oreilles. « Tu veux dire que… qu'elle l'a gelé ? D'ici ? »

Non, elle a employé la magie, mais ce qui compte, c'est que : « Tous ceux qui vivaient entre ses murs sont morts. »

Il réfléchit à la question, une éternité ou quelques secondes.

« Une cité équatoriale doit avoir des caches immenses. Assez vastes pour nourrir Castrima des années. » Son front se plisse. « Aller là-bas et en rapporter un chargement pareil serait une entreprise colossale. »

Il n'est pas bête. Je songe au passé pendant qu'il assimile ce qu'il vient d'apprendre. Quand il lâche une exclamation étouffée, je lui rends mon attention.

« Rennanis est désert. *» Il me regarde fixement puis se remet sur ses pieds pour parcourir la pièce d'un pas titubant d'ivrogne. « Terre cruelle ! C'est ça que tu me dis, Hoa ! Des murailles intactes, des maisons intactes, des caches… et qui chercherait à nous empêcher de nous en emparer ? Il faudrait être fou pour aller au nord, en ce moment. On pourrait s'installer là-bas. »*

Enfin. Je retourne à ma contemplation pendant qu'il marmonne, fait les cent pas, éclate de rire au bout du compte. Avant de s'arrêter soudain, les yeux fixés sur moi. Des yeux plissés, pleins de méfiance.

« Tu te fiches bien de nous, murmure-t-il. Tu ne t'occupes que d'elle. Pourquoi me dire ça ? »

Je modèle mes lèvres en arc. Il serre les dents, écœuré. Je n'aurais pas dû me donner cette peine. J'explique : « Essun cherche un endroit sûr pour Nassun. »

Silence. Une heure, peut-être. Ou un instant.

« Elle ne sait pas où est Nassun.

— La Porte de cristal permet une perception assez précise. »

Un tressaillement. Je n'ai pas oublié les mots qui s'appliquent aux mouvements : tressaillir, inspirer, déglutir, grimacer.

« Feux terrestres ! Alors… »

Il se calme et se tourne vers le rideau qui dissimule la chambre.

Oui. À ton réveil, tu partiras à la recherche de ta fille. Cette compréhension adoucit les traits de Lerna, accable ses muscles tendus, amollit sa posture. Je ne sais absolument pas ce que signifient toutes ces choses.

« Pourquoi ? » Il me faut un an pour comprendre que c'est à moi qu'il s'adresse, pas à lui-même. Lorsque je finis par m'en rendre compte, il a terminé la question : « Pourquoi t'obstines-tu à la suivre ? Parce que tu as… tu as faim ? »

Je résiste à l'envie de lui briser le crâne.

« Parce que je l'aime, évidemment. »

Là. J'ai réussi à m'exprimer d'un ton poli.

« Évidemment. »

Sa voix s'est adoucie.

Évidemment.

Il s'en va transmettre l'information que je lui ai donnée aux autres décideurs de la comm. Suit un siècle ou une semaine d'activité frénétique, car les Castrimiens font leurs bagages et rassemblent leurs forces en prévision d'un voyage dont chacun sait qu'il sera long, épuisant et, pour certains, mortel. Ils n'ont pas le choix. Ainsi va la vie, en Saison.

Dors, mon aimée. Soigne-toi. Je monterai la garde auprès de toi et serai là, à ton côté, quand tu te relèveras. Évidemment. La mort est toujours à portée. Je veillerai à ce qu'elle le soit pour toi.

(Mais pas pour toi.)

20. Nassun, facettée

Mais aussi…

J'écoute à travers la terre. Les réverbérations me parviennent. Lorsqu'une nouvelle clé a été fabriquée, lorsque ses creux sont enfin assez polis et aiguisés pour qu'elle se connecte aux obélisques et les fasse chanter, nous en avons tous conscience. Ceux d'entre nous qui… espèrent… se lancent à la recherche de ce chef d'orchestre. Il nous est à jamais interdit de tourner nous-mêmes la clé, mais nous pouvons l'influencer dans ses choix. Chaque fois qu'un obélisque entre en résonance, vous pouvez être sûre que l'un de nous rôde à proximité. Nous parlons. C'est pourquoi je sais.

*
**

Nassun se réveille en pleine nuit. L'obscurité règne dans le baraquement, aussi prend-elle garde d'éviter les lattes du parquet les plus grinçantes en traversant le dortoir, après avoir enfilé ses chaussures et sa veste. Personne ne bouge, en admettant que quelqu'un d'autre se soit également réveillé et ait remarqué qu'elle sortait. Sans doute ses condisciples pensent-ils juste qu'elle va aux toilettes.

Dehors, le calme règne. L'aube commence à éclaircir le ciel oriental, bien qu'on s'en rende moins compte depuis que les nuages de cendre se sont densifiés. Nassun emprunte le sentier qui monte sur la colline. Des lumières éparses brillent à Jekity. Une poignée de paysans et de pêcheurs est déjà debout. À Nouvelle Lune, en revanche, rien ne bouge.

Quelque chose cherche à attirer son attention, mais quoi ? Une sorte de démangeaison, un corps étranger qui *colle* à son esprit, comme une saleté prise dans ses cheveux et qu'il faudrait en arracher. La sensation est centrée sur ses valupinae… Non. Plus profond. Le tiraillement s'exerce sur la lumière de sa colonne vertébrale, l'argent tissé entre ses cellules, les fils qui la relient au sol, à Nouvelle Lune, à Schaffa, au saphir en lévitation juste au-dessus des nuages de Jekity, visible par moments, quand les nuages s'écartent un peu. La démangeaison vient… elle vient… du nord.

Il se passe quelque chose au nord.

Nassun se tourne vers la source de la sensation, grimpe jusqu'à la mosaïque du creuset et s'arrête en son centre, pendant que le vent fait frissonner ses tresses. Maintenant qu'elle se trouve au sommet de la colline, la forêt des alentours se déploie devant elle comme une carte, cimes rondes parmi lesquelles émergent parfois des affleurements de basalte en rubans. Une partie de son être perçoit des forces mouvantes, des lignes de résonance, des connexions, une amplification. Mais de quoi ? Pourquoi ? Quelque chose d'immense.

« Ce que tu perçois n'est autre que l'ouverture de la Porte de cristal. »

Elle découvre sans surprise Acier, soudain posté près d'elle.

« Il y a plusieurs… cristaux ? »

Elle pose la question à cause de ce qu'elle value. Un *tas* d'obélisques.

« Tous ceux qui ont été affectés à cette moitié du continent. Une centaine de pièces de la grande mécanique se sont remises à travailler comme elles étaient censées le faire. » Le baryton étonnamment agréable d'Acier trahit à cet instant une certaine mélancolie. Nassun s'aperçoit qu'elle s'interroge sur la vie, le passé du mangeur de pierre : a-t-il jamais été enfant, lui aussi ? Ça paraît impossible. « Tout ce pouvoir… La Porte canalise le cœur même de la planète… et elle s'en sert dans un but si frivole. » Léger soupir. « Mais enfin, ses créateurs en avaient fait autant, je suppose. »

D'une manière ou d'une autre, la fillette a compris qu'Acier parle de sa mère quand il parle d'*elle*. Sa mère est vivante, furieuse et débordante d'un pouvoir énorme.

« Quel but ? » se force à demander Nassun.

Les yeux d'Acier se tournent vers elle. Elle n'a pas précisé si elle pensait au but de sa mère ou à celui du peuple d'autrefois qui, le premier, a créé et déployé les obélisques.

« Détruire l'ennemi, bien sûr. Un but petit, égoïste, qui sur l'instant semble grand – malgré ses conséquences. »

Nassun réfléchit à ce qu'elle a appris, valué et vu dans le sourire des deux collègues de Schaffa.

« Le Père Terre a riposté.

— Comme le fait celui qu'on cherche à réduire en esclavage. C'est bien normal, n'est-ce pas ? »

Elle ferme les yeux. Oui. C'est tellement normal, quand elle y pense. Ce qui se passe dans le monde, ce n'est pas que les forts dévorent les faibles, c'est que les faibles trompent les forts, les empoisonnent, leur chuchotent à l'oreille jusqu'à ce que les forts deviennent faibles, eux aussi. Il n'y a plus alors que mains cassées, filaments d'argent tressés en cordes, mères qui secouent la terre pour détruire leurs ennemis mais ne parviennent pas à sauver un petit garçon.

(Une petite fille.)

Personne n'a jamais été là pour sauver Nassun. Sa mère l'a prévenue qu'il n'y aurait jamais personne. Si Nassun veut se libérer un jour de la peur, elle n'a pas le choix : il faut qu'elle forge elle-même sa liberté.

Aussi se retourne-t-elle lentement pour faire face à son père, posté derrière elle, silencieux.

« Bonjour, ma puce », dit-il, de la voix dont il se sert en général avec elle.

Une voix fausse, car ses yeux sont aussi froids que la glace qui recouvrait la moindre surface de sa maison, il y a quelques jours, lorsque Nassun l'a quitté. Il serre les dents et tremble de tout son corps, légèrement. Elle jette un coup d'œil à son poing crispé. Il tient un couteau – un beau couteau en opale rouge, ce qu'il a fabriqué de mieux ces derniers temps, d'après elle. La faible iridescence et le poli luisant de la lame dissimulent totalement son tranchant de rasoir.

« Bonjour, papa. »

Elle jette un coup d'œil à Acier, qui se doute sûrement de ce que mijote Jija, mais n'a pas pris la peine de se détourner du paysage forestier nocturne ou du ciel septentrional, où se passent tant de choses capables de changer le monde.

Très bien. Elle considère son père.

« Maman est vivante, papa. »

Si les mots signifient quelque chose pour lui, il ne le montre pas. Il se contente de rester planté là, à regarder Nassun. Surtout ses yeux. Elle a toujours eu les yeux de sa mère.

Peu importe, brusquement. Elle se frotte le visage à deux mains en soupirant, aussi épuisée que doit l'être le Père Terre après une si longue éternité de haine. La haine est fatigante. Le nihilisme est plus facile, mais elle ne connaît pas ce mot-là. Elle ne le découvrira que dans quelques années, alors qu'il définit bien ce qu'elle ressent : l'impression écrasante que rien de tout ça n'a aucun sens.

« Je crois que je comprends pourquoi tu nous détestes, dit-elle à Jija en laissant ses mains retomber à ses côtés. J'ai fait de vilaines choses, papa, mais je suppose que tu t'y attendais. Je ne sais pas comment ne *pas* les faire. On dirait que tout le monde veut que je sois vilaine, alors je ne peux pas ne pas l'être. » Elle hésite, avant d'ajouter ce qui la préoccupe depuis maintenant des mois sans qu'elle en parle à personne. Il est peu probable qu'elle ait jamais une autre occasion de le dire. « Je regrette que tu n'arrives pas à m'aimer quand même, que je sois vilaine ou pas. »

Elle pense à Schaffa en prononçant ces mots. Schaffa qui l'aime quoi qu'il en soit, comme devrait aimer un père.

Jija la regarde toujours sans bouger un cil. Ailleurs dans le silence, sur le plan de conscience où opèrent la valuation et la perception des fils d'argent, quel que soit son nom, Nassun sent s'effondrer sa mère. Plus précisément, elle sent la pression exercée par sa mère sur le réseau mouvant et scintillant des obélisques disparaître. Non que cette force ait jamais touché le saphir.

« Je suis désolée, papa, reprend la fillette. J'ai essayé de continuer à t'aimer, mais c'était trop dur. »

Il est beaucoup plus grand qu'elle. Il est armé, et elle non. Lorsqu'il s'anime, aussi pesant qu'une montagne, les épaules en avant, propulsées par toute sa masse, il accélère lentement jusqu'à ce que rien ne puisse plus l'arrêter. Elle pèse moins de cinquante kilos. Elle n'a pas l'ombre d'une chance.

Mais à l'instant où elle sent les muscles de son père se contracter, chocs minuscules se réverbérant contre la terre et l'air, elle oriente sa conscience vers le ciel pour lancer un unique ordre résonnant.

La transformation instantanée du saphir ébranle l'air, qui s'engouffre dans le vide créé par la métamorphose. Le coup de tonnerre le plus bruyant que Nassun ait jamais entendu retentit. Jija, qui se jetait sur elle, sursaute, trébuche, lève les yeux. Une fraction de seconde plus tard, l'obélisque tombe à terre devant elle, fissurant la pierre centrale de la mosaïque et le sol dans un rayon de deux mètres.

Ce n'est pas le saphir tel qu'elle l'a vu jusqu'ici au-dessus de sa tête, bien que la ressemblance des deux artefacts transcende des choses comme l'aspect. Quand elle tend la main pour la refermer autour de la poignée du long couteau fluctuant de pierre bleue, elle y tombe légèrement. Vers le haut, flottant dans des facettes de lumière et d'ombre aqueuses. Vers l'intérieur, vers le bas, dans la terre. Vers l'extérieur, au loin, frôlant les autres composantes de la Porte. L'objet qu'elle tient à la main reste le générateur monstrueux, montagneux de pouvoir argent qu'il a toujours été. L'outil qu'il a toujours été, en plus polyvalent, sous cette forme.

Jija le regarde avec de grands yeux puis la regarde de même, elle. Il vacille une seconde. Nassun attend. S'il fait volte-face et se met à courir… C'était son père, autrefois. Se souvient-il de cette époque ? Elle aimerait bien. Rien ne sera plus jamais pareil entre eux, mais elle aimerait que cette époque ait de l'importance.

Non. Il se jette à nouveau sur elle en hurlant, le couteau brandi.

Alors elle soulève de terre la lame de saphir. Une lame presque aussi longue que son corps, mais dépourvue de poids ; après tout, le saphir lévite. Simplement, il lévite maintenant devant elle et non au-dessus. Elle ne le soulève d'ailleurs pas, à proprement parler. Elle veut qu'il se déplace, qu'il change de position ; il le fait. Se met devant elle. Entre Jija et elle, de sorte que quand Jija se penche pour la poignarder, il ne peut éviter la longue épée et se cogne dedans. À partir de là, le pouvoir de Nassun passe en lui facilement, inexorablement.

Elle ne le tue pas en le gelant. Elle préfère en général utiliser l'argent plutôt que l'orogénie. La transformation de Jija est plus contrôlée que celle d'Eitz, en grande partie parce que Nassun a conscience de ce qu'elle fait, mais aussi parce qu'elle le fait volontairement.

Son père se change peu à peu en pierre, en commençant par l'endroit où il a touché l'obélisque.

Nassun n'a toutefois pas pensé à l'élan qui emporte Jija en avant alors même qu'il baisse les yeux vers le saphir, se contorsionne, s'aperçoit de ce qui arrive à son corps et inspire, prêt à hurler. Son inspiration reste inachevée, car ses poumons se pétrifient, mais il en va différemment de son mouvement, si déséquilibré et incontrôlé soit-il, qui devient chute plus qu'attaque. Une chute dont un couteau constitue cependant le point focal et touche Nassun à l'épaule. Jija visait le cœur.

La douleur est aussi terrible que soudaine. La concentration de la fillette vole en éclats. C'est dangereux parce que le saphir s'embrase en même temps qu'elle, fluctuant de son état de réalité à son état de semi-réalité et retour tandis qu'elle titube, haletante. La transformation de Jija s'achève en une seconde. Il se minéralise complètement, statue à la chevelure frisée de quartz fumé, au visage rond ocre rouge, aux vêtements en serendibite d'un bleu profond, car il s'était habillé de teintes sombres pour suivre sa fille en toute discrétion. La statue ne reste que très brièvement debout, immobile… avant qu'une fluctuation du saphir n'envoie en elle une onde qui la traverse tel un coup de cloche. Ça rappelle la commotion infligée par l'orogénie retournée vers l'intérieur – ce qu'un Gardien a fait autrefois à un certain Innon.

Jija explose de la même manière qu'Innon, quoique plus sèchement. Il est composé d'une matière cassante, peu résistante, de mauvaise qualité. Ses fragments roulent puis s'immobilisent aux pieds de Nassun.

Elle regarde un long moment douloureux les restes de son père. Derrière elle, à Nouvelle Lune, et plus bas, à Jekity, des lumières s'allument dans les maisonnettes. Le coup de tonnerre du saphir a réveillé toute la ville. Personne ne sait ce qui se passe ; on échange des cris, on value et on sonde frénétiquement la terre.

Acier contemple maintenant Jija, lui aussi.

« Ça ne s'arrête jamais, dit-il. Ça ne s'arrange jamais. » Nassun ne répond pas. Ces paroles tombent en elle comme des pierres dans l'eau, sans soulever une ride dans leur sillage. « Tu finiras par tuer tout ce que tu aimes. Ta mère. Schaffa. Tes amis de Nouvelle Lune. Il n'y a pas moyen d'y échapper. » Elle ferme les yeux. « Aucun moyen… sauf un. » Pause prudente, réfléchie. « Veux-tu que je te dise lequel ? »

Schaffa arrive. Elle le value, bourdonnement familier, torture permanente infligée par la chose logée dans son cerveau et qu'il ne veut pas lui laisser retirer. Schaffa, qui l'aime.

Tu finiras par tuer tout ce que tu aimes.

« Oui, se contraint-elle à répondre. Dis-moi comment ne pas… » Elle s'interrompt. Incapable d'ajouter « leur faire de mal », parce qu'elle a déjà fait du mal à tellement de gens. Elle est un monstre. Mais il doit y avoir moyen de contenir sa monstruosité. De mettre un terme au danger que représente l'existence d'un orogène.

« La Lune revient, Nassun. Elle avait disparu depuis si longtemps, elle était partie si loin… une balle attachée à sa raquette, mais que sa ficelle a ramenée. Livrée à elle-même, elle ne fera que passer et repartir ; elle l'a déjà fait plus d'une fois. »

Un des yeux de son père, incrusté dans un morceau de visage, regarde Nassun depuis le tas de débris. Les yeux verts de Jija sont devenus des péridots laiteux d'une nuance très séduisante.

« Mais, grâce aux obélisques, tu peux... la pousser. Juste un peu. Ajuster sa traj... » Petit bruit amusé. « Modifier la route qu'elle suit naturellement. Au lieu de la laisser passer, une fois de plus, perdue, errante, tu peux la ramener à la maison. Elle a manqué au Père Terre. Ramène-la ici pour qu'ils se retrouvent. »

Oh. *Oh*. Elle comprend brusquement pourquoi le Père Terre veut sa mort.

« Ce sera terrible, dit tout bas Acier, presque à son oreille, car il s'est rapproché. Les Saisons s'achèveront. *Toutes* les saisons. Mais... ce que tu ressens maintenant, tu n'auras plus jamais à le ressentir. Personne n'aura plus jamais à souffrir. »

Elle se retourne pour le regarder. Il s'est penché vers elle, une expression de ruse quasi comique gravée sur le visage.

Schaffa arrive alors au petit trot et s'immobilise devant eux. Les yeux fixés sur les débris de Jija. Quand la compréhension de ce qu'il voit passe sur son visage, onde de choc fugace, Nassun en est témoin. Les yeux de givre se lèvent vers elle. Elle scrute l'expression de l'arrivant, les entrailles nouées par la perspective de la souffrance imminente.

Elle ne lit sur ses traits que l'angoisse. Il a peur pour elle, il a du chagrin pour elle, il s'inquiète de son épaule sanglante. Suivent méfiance et colère protectrice quand il se concentre sur Acier. C'est toujours le Schaffa de Nassun. La douleur que Jija a infligée à la fillette s'évanouit dans le bien-être que lui apporte la tendresse de Schaffa. *Lui*, il continuera à l'aimer, quoi qu'elle devienne.

Alors elle se tourne vers Acier.

« Dis-moi comment ramener la Lune chez elle. »

Glossaire de quelques termes usités dans tous les quartants du Fixe

Anneau : Symbole du rang des orogènes impériaux. Les apprentis sont soumis à une série d'examens pour gagner le premier ; le dixième symbolise le rang le plus élevé que puisse atteindre un orogène. Ils sont tous en pierre fine polie.

Antarctique : Latitudes de l'extrême sud du continent. S'applique aussi aux habitants des comms de ces régions.

Arctique : Latitudes de l'extrême nord du continent. S'applique aussi aux habitants des comms de ces régions.

Bâtard : Personne dépourvue à la naissance de caste d'usage, ce qui n'est possible que pour les garçons nés de père inconnu. Ceux qui se distinguent sont parfois autorisés lors du baptême de comm à porter le nom de la caste d'usage maternelle.

Cache : Réserve de nourriture et autres fournitures. Les comms entretiennent en permanence des caches, surveillées et interdites, pour parer à une éventuelle Cinquième Saison. Seuls les membres reconnus d'une comm ont droit à leur part de ces réserves, même si les adultes sont autorisés à nourrir avec la leur des enfants ou autres personnes non reconnues. La plupart des maisonnées entretiennent aussi leurs propres caches, également interdites à quiconque n'appartient pas au cercle familial.

Cebaki : Membre de la race cebaki. Le Cebak, une nation d'antan des Moyessud (c'est-à-dire une unité du système politique obsolète en vigueur avant l'Impérial), fut réorganisé et intégré dans le système des quartants à partir de sa conquête par l'Antique Impérial sanzien.

Cheveux acendres : Caractéristique raciale typiquement sanzienne, avantageuse à en croire les instructions générales des Reproducteurs et donc favorisée dans la sélection. Les cheveux acendres, visiblement épais et rêches, constituent en général une houppe verticale puis, plus longs, retombent autour du visage et des épaules. Ils résistent bien à l'acide, retiennent peu l'eau après immersion et se sont révélés efficaces pour filtrer la cendre dans des conditions extrêmes. Les Reproducteurs ne s'intéressent dans la plupart des comms qu'à leur texture ; toutefois, les instructions générales des Équatoriaux n'accordent souvent cette désignation convoitée qu'aux cheveux possédant de surcroît une couleur « cendre » naturelle (gris ardoise à blanc, dès la naissance).

Choc : N'importe quel volcan. Dit aussi montagne de feu, dans certaines langues côtières.

Cinquième Saison : Hiver prolongé – six mois, minimum, suivant la définition impériale –, déclenché par l'activité sismique ou toute autre altération écologique à grande échelle.

Comm : Communauté. Unité sociopolitique inférieure du système de gouvernance impériale, soit en général une ville ou un village, quoique les plus grandes villes soient parfois divisées en plusieurs comms. Les membres reconnus d'une comm bénéficient du partage des caches et de la protection de la communauté, qu'ils soutiennent en retour par le paiement des taxes et impôts et par d'autres contributions.

Costaud : Une des sept castes d'usage les plus banales. Les Costauds sont choisis pour leurs prouesses physiques. En cas de Saison, les tâches les plus pénibles et la sécurité leur sont confiées.

Côtier : Membre d'une comm côtière. La plupart de ces comms n'ont pas les moyens de louer les services des orogènes impériaux pour se protéger des tsunamis, en faisant surélever des récifs, par exemple. Elles sont donc obligées de reconstruire en permanence, ce qui amoindrit leurs ressources. Les habitants de la côte ouest du continent ont en règle générale la peau claire et les cheveux raides, à quoi s'ajoute parfois un pli épicanthique au coin des yeux. Ceux de la côte est ont en général la peau sombre et les cheveux crépus, à quoi s'ajoute aussi parfois un pli épicanthique au coin des yeux.

Crèche : Endroit où l'on s'occupe des enfants trop jeunes pour travailler, pendant que les adultes se chargent des tâches nécessaires au nom de la comm. Lieu d'apprentissage, lorsque les circonstances le permettent.

Débiteur : Fabricant de petits outils travaillant la pierre, le verre, l'os et autres matériaux. Dans les grandes comms, les débiteurs utilisent parfois des techniques de production de masse ou mécaniques.

Ceux qui travaillent le métal ou qui se révèlent incompétents sont familièrement qualifiés de « rouilleurs ».

Équatorial : Latitudes entourant et comprenant l'équateur, à l'exception des régions côtières. S'applique également aux habitants des comms équatoriales. Grâce au climat tempéré et à la stabilité relative du centre de la plaque continentale, ces comms sont souvent prospères et puissantes du point de vue politique. L'Équatorial constituait autrefois le cœur de l'Antique Impérial sanzien.

Faille : Endroit où les fissures de la croûte terrestre augmentent la probabilité de voir survenir des séismes et des chocs importants.

Fixe (Péjoratif, Fixette) : Terme appliqué par les orogènes aux gens incapables d'orogénie.

Fulcrum : Ordre paramilitaire créé par l'Antique Sanze après la Saison des Crocs (1560 de l'Impérial). Le quartier général du Fulcrum se trouve à Lumen, mais l'Arctique et l'Antarctique abritent tous deux un Fulcrum satellite qui permet de couvrir le continent au maximum. Les orogènes entraînés au Fulcrum (dits « orogènes impériaux ») sont légalement autorisés à pratiquer l'art par ailleurs interdit de l'orogénie, en se pliant à des règles organisationnelles strictes et sous la supervision d'un Gardien de l'ordre. Le Fulcrum est autogéré et autosuffisant. Les orogènes impériaux, reconnaissables à leur uniforme noir, sont plus familièrement appelés « bêtes noires ».

Gardien : Membre d'un ordre supposément plus ancien que le Fulcrum. Les Gardiens traquent et guident les orogènes dans le Fixe, où ils veillent sur eux et les surveillent.

Génium : De « géonium ». Ingénieur spécialisé dans les ouvrages en terre – mécanismes à énergie géothermique, tunnels, infrastructures souterraines, mines.

Géomestre : Personne qui étudie la pierre et sa place dans le monde naturel ; terme général désignant un scientifique. Les géomestres s'intéressent plus spécifiquement à la lithologie, la chimie, la géologie, disciplines qui n'en forment qu'une dans le Fixe. Quelques-uns se spécialisent en orogenèse – l'étude de l'orogénie et de ses effets.

Hors-comm : Criminel ou autre indésirable incapable de se faire accepter dans une comm.

Innovateur : Une des sept castes d'usage les plus banales. Les Innovateurs, choisis pour leur créativité et leur intelligence pratique, sont chargés de résoudre les problèmes techniques et logistiques lors des Saisons.

Jeunecomm : Appellation familière des comms fondées après la dernière Saison. La plupart des gens préfèrent vivre dans des comms ayant survécu à une Saison, minimum, puisqu'elles ont ainsi prouvé leur force et leur efficacité.

Kirkhusa : Mammifère de taille moyenne qu'on adopte comme animal de compagnie, gardien du foyer ou du bétail. Herbivore, en principe ; carnivore pendant les Saisons.

Loi Saisonnière : Loi martiale que peut déclarer n'importe quel chef de comm, gouverneur de quartant ou de région ou Dirigeant lumenien reconnu. La loi Saisonnière interrompt la gouvernance des quartants et des régions ; les comms opèrent alors en unités sociopolitiques souveraines, bien que l'Impérial encourage vivement la coopération intercomm.

Mangeur de pierre : Représentant d'une espèce humanoïde consciente qu'on ne croise que rarement. Sa peau et ses cheveux ressemblent à de la pierre. On ne sait que peu de choses des mangeurs de pierre.

Marmite : N'importe quels geyser, source chaude ou fumerolles.

Mela : Plante des Moyennes, de la famille des melons équatoriaux. La mela est une rampante qui produit en général des fruits aériens, lesquels se transforment toutefois en tubercules souterrains lors des Saisons. Les fleurs de certaines melas piègent les insectes.

Métallogie : Comme l'alchimie et l'astromestrise, il s'agit d'une pseudo-science discréditée, désavouée par la Septième Université.

Mnésiste : Personne qui étudie la lithomnésie et l'histoire perdue.

Mosaïque : Terrain chaotique, marqué par une activité sismique violente et/ou récente.

Moyen : Habitant des Moyennes.

Moyennes : Latitudes « moyennes » du continent – entre l'Équatorial et l'Arctique ou l'Antarctique. Ces régions, perçues comme les provinces profondes du Fixe, produisent une proportion considérable de la nourriture, du matériel et autres ressources essentielles. Il existe deux Moyennes : celles du Nord (Moyennord) et celles du Sud (Moyessud).

Nœud : Abri appartenant au réseau entretenu par l'Impérial à travers tout le Fixe pour étouffer ou, du moins, réduire l'activité sismique. Vu la rareté relative des orogènes impériaux, l'essentiel des nœuds est réuni en Équatorial.

Nom de comm : Troisième nom de la plupart des citoyens, indiquant à quelle comm ils appartiennent et de quels droits ils jouissent. Il leur est généralement octroyé à la puberté, lorsqu'ils entrent dans l'âge adulte, et prouve qu'on a reconnu en eux des membres précieux de la communauté. Toutefois, les immigrants ont le droit de demander à être adoptés par la comm où ils se sont installés. En cas d'acceptation, ils prennent eux aussi le nom de leur comm adoptive.

Nom d'usage : Deuxième nom de la plupart des citoyens, indiquant à quelle caste d'usage ils appartiennent. Il existe vingt castes d'usage reconnues, bien qu'on n'en utilise largement que sept (il en allait déjà de même dans l'Antique Impérial sanzien). Chacun hérite du nom d'usage du parent de son sexe car, en théorie, les caractéristiques utiles se transmettent plus facilement de père en fils et de mère en fille.

Orogène : Personne entraînée ou non, capable d'orogénie. Insultant : gèneur.

Orogénie : Capacité de manipuler les forces thermiques et cinétiques, ainsi que d'autres formes d'énergie, pour influencer les secousses sismiques.

Poussière : Au Fulcrum, enfants orogènes sans anneaux qui suivent toujours l'entraînement de base.

Quartant : Niveau intermédiaire du système de gouvernance impérial, le quartant, constitué de quatre comms adjacentes, est dirigé par un gouverneur, à qui les chefs de comm rendent des comptes et qui en rend lui-même au gouverneur régional. La comm la plus nombreuse d'un quartant en constitue la capitale ; les capitales de quartant les plus peuplées sont reliées les unes aux autres par le réseau des routes impériales.

Région : Niveau supérieur du système de gouvernance impérial. L'Impérial en reconnaît sept – l'Arctique, les Moyennord, la Côtière Occidentale, la Côtière Orientale, l'Équatorial, les Moyessud et l'Antarctique –, toutes soumises à l'autorité d'un gouverneur de région à qui les gouverneurs des quartants locaux doivent obéissance. Officiellement, l'empereur en personne nomme les gouverneurs régionaux ; en pratique, le choix se fait par et/ou parmi les Dirigeants lumeniens.

Relais : Abri tel qu'on en trouve à intervalles le long des routes impériales et de la plupart des routes secondaires. Tous les relais comportent un point d'eau et sont situés près de terres arables, de forêts ou autres ressources utiles. La plupart sont construits en zone d'activité sismique minimale.

Reproducteur : Une des sept castes d'usage les plus banales. On choisit les Reproducteurs en fonction de leur santé et de leur conformation avantageuses. En cas de Saison, ils prennent des mesures de sélection pour préserver la robustesse des lignées et améliorer la comm ou l'espèce. Les Reproducteurs nés qui ne correspondent pas aux standards de la communauté sont parfois autorisés lors du baptême de comm à intégrer la caste d'usage d'un parent proche.

Résistant : Une des sept castes d'usage les plus banales. On choisit les Résistants pour leur capacité de survie à la famine ou à la maladie. Lors des Saisons, ils s'occupent des infirmes et disposent des cadavres.

Route impériale : Axe de communication majeur, surélevé, destiné aux marcheurs, aux cavaliers et aux véhicules. Le réseau des routes impériales, qui relie toutes les comms importantes et la plupart des grands quartants, constitue l'une des innovations magnifiques de l'Antique Impérial sanzien. Ces ouvrages ont été réalisés grâce à la collaboration de géniums et d'orogènes impériaux, les seconds déterminant le chemin le plus stable à travers les zones d'activité sismique (ou étouffant ladite activité, s'il n'existait pas de chemin stable), les premiers amenant l'eau et autres ressources importantes jusqu'aux routes pour faciliter les déplacements pendant les Saisons.

Sac de survie : Petit paquet facile à transporter que la plupart des gens gardent chez eux, caché dans un coin, en prévision d'une secousse ou autre cas d'urgence.

Sain : Boisson traditionnellement servie lors des négociations, de diverses réunions formelles et de la première rencontre entre des parties potentiellement hostiles les unes aux autres. Le sain se compose de la sève d'une plante qui réagit à toute substance étrangère.

Sanze : Il s'agit à l'origine d'une nation – unité du système politique obsolète appliqué en Équatorial avant l'Impérial ; berceau de la race sanzienne. Passé la Saison de la Folie (en 7 de l'Impérial), le Sanze a été aboli et remplacé par l'Affiliation équatoriale sanzienne, composée de six comms à prédominance sanzienne et gouvernée par l'impératrice Verishe Dirigeante Lumen. L'Affiliation s'est rapidement étendue dans le sillage de la Saison pour finir par englober en 800 de l'Impérial l'ensemble du Fixe. Aux environs de la Saison des Crocs, elle était plus couramment appelée l'Antique Impérial sanzien ou, tout simplement, l'Antique Sanze. Les accords de Shilteen, signés en 1850 de l'Impérial, ont officiellement mis fin à l'Affiliation, car on estimait que des chefs locaux (conseillés par des Dirigeants lumeniens) étaient plus efficaces lors des Saisons. En pratique, la plupart des comms se plient toujours aux systèmes impériaux de gouvernance, de finance, d'éducation et autres, et la plupart des gouverneurs régionaux paient toujours un tribut à Lumen.

Sanze-mat : Langue parlée par les Sanziens, puis langue officielle de l'Antique Impérial sanzien. Langue véhiculaire actuelle de la majorité du Fixe.

Sanzien : Membre de la race sanzienne. Les critères de reproduction lumeniens le décrivent dans l'idéal comme doté d'une peau dorée, de cheveux acendres, d'une conformation endomorphe ou mésomorphe et d'une taille adulte supérieure à un mètre quatre-vingts.

Secousse : Mouvement sismique.

Septième Université : École célèbre pour son étude de la géomestrise et de la lithomnésie, actuellement financée par l'Impérial et sise dans la ville équatoriale de Dibars. Les versions antérieures de l'Université dépendaient de la générosité de personnes privées ou de collectivités ; la Troisième Université d'Am-Elat, notamment (vers 3000 avant l'Impérial), était reconnue à l'époque comme une nation souveraine. Les écoles plus modestes des quartants ou des régions paient un tribut à l'Université, qui leur dispense en échange ses compétences et diverses ressources.

Valuation : Conscience des mouvements de la terre. Les organes sensoriels qui permettent cette conscience sont les valupinae, situées dans le tronc cérébral. Verbe correspondant : **valuer**.

Verdure : Terrain en jachère situé dans l'enceinte ou juste à l'extérieur de la plupart des comms, suivant les conseils de la lithomnésie. Les verdures des comms peuvent être soumises n'importe quand à l'agriculture ou à l'élevage, à moins qu'elles ne servent juste hors Saison de parc ou de jachère. Les maisonnées entretiennent souvent elles aussi leurs propres jardin ou jachère.

Remerciements

Grâce à cette trilogie, j'ai maintenant davantage de respect pour les auteurs qui écrivent des sagas de plusieurs millions de mots en cinq, sept, dix volumes voire davantage. Que vous aimiez ça ou pas, que vous pensiez quand vous en entendez parler « Waouh » ou « Beuh », je vais vous dire une bonne chose : c'est *difficile* de raconter une longue histoire complexe. Je présente tous mes respects aux pluri-tomeurs.

J'adresse aussi cette fois tous mes remerciements à mon patron de jour, qui s'est débrouillé pour me concocter un emploi du temps flexible grâce auquel j'ai rédigé ce livre en un an ; à mon agent et à mon éditrice, comme d'habitude, qui ont supporté les délires téléphoniques périodiques lors desquels je leur expliquais pendant une heure que tout était « complètement nul et irrécupérable » ; à Ellen Wright, l'attachée de presse d'Orbit, dont la patience ne se dément pas alors que j'oublie de lui dire, ma foi, à peu près tout (arrête de lire tes courriels pro en vacances, Ellen) ; à ma collègue d'Altered Fluid[1] et médecin, Danielle

1. Groupe d'écrivains de l'imaginaire vivant à Manhattan. *(N.d.T.)*

Friedman, qui a assuré une bêta-lecture du manuscrit quasi à l'improviste et à la vitesse de la lumière ; à ma collègue d'Altered Fluid, Kris Dikeman, pour m'avoir aidée à concevoir et construire mon propre volcan (c'est une longue histoire) ; à WORD Books, la librairie de Brooklyn qui m'a laissée célébrer dans ses locaux la naissance de la Sismologie Magique[1] ; à mon père, lequel m'a ordonné de lever le pied et de souffler ; aux filles du Projet Octavia, qui m'ont rappelé où j'en suis arrivée et en quoi tout ça est réellement important ; à ma thérapeute ; et, enfin, à mon chat ridicule, KING OZZYMANDIAS, qui a porté jusqu'à la perfection l'art de bondir de la bibliothèque sur mon ordinateur au moment précis où j'ai besoin d'une pause.

---

1. The Untitled Magic Seismology Project (Le projet sans titre « Sismologie Magique »), titre de travail de N.K. Jemisin pour la trilogie de la Terre fracturée. *(N.d.T.)*

12751

Composition
NORD COMPO

Achevé d'imprimer en Slovaquie
Par Novoprint SLK
Le 9 septembre 2019

Dépôt légal : octobre 2019
EAN 9782290172858
L21EPGN000664N001

Éditions J'ai lu
87, quai Panhard-et-Levassor, 75013 Paris

Diffusion France et étranger : Flammarion